·文脉中国散文库·

刹那的生命灵性

唐晓康 / 著

中国文联出版社

图书在版编目（CIP）数据

刹那的生命灵性 / 唐晓康著. -- 北京：中国文联出版社，2017.5（2023.3 重印）

ISBN 978-7-5190-2752-0

Ⅰ.①刹… Ⅱ.①唐… Ⅲ.①散文集—中国—当代 Ⅳ.①I267

中国版本图书馆 CIP 数据核字（2017）第 118123 号

著　　者　唐晓康
责任编辑　刘　旭
责任校对　赵海霞
装帧设计　中联华文

出版发行　中国文联出版社有限公司
地　　址　北京市朝阳区农展馆南里 10 号　　邮编　100125
电　　话　010-85923025（发行部）　　85923091（总编室）
经　　销　全国新华书店等
印　　刷　三河市华东印刷有限公司

开　　本　710 毫米×1000 毫米　1/16
印　　张　22.5
字　　数　357 千字
版　　次　2023 年 3 月第 1 版第 2 次印刷
定　　价　95.00 元

我希望奉献给你们一本现代版的《菜根谭》

我不喜欢李商隐的“夕阳无限好，只是近黄昏”，我只喜欢曹操的“老骥伏枥，志在千里；烈士暮年，壮心不已”。对于我来说，在人生刚刚步入老年的时候，就接连完成了两件始料未及、“有心栽花花不开，无心插柳柳成荫”的大事，心甚慰也！

第一件事：2015 年 9 月 2 日，我 24 万字的新书《瞬间的资本智慧》，正式由四川人民出版社向全国出版发行。这本书不仅是我 60 年风雨人生的见证，更是我 30 年资本沉浮的智慧结晶，我毫不保留地把我的所有思想贡献出来，以期能帮助大家早日实现人生的三大自由。

几乎是第一时间，我用快递向全国关心我、支持我、喜欢我的领导和朋友们赠送了 5000 本，每一本书，都有我的亲笔签名。

事实证明，反响非常好，截至 2017 年初，所有送出的书，没有人不表达喜爱之情，所有人看完后都表示大有收获、深受感动，甚至有女读者给我写来长信，说看了我的书后，原本萎靡不振的她，似乎又找到了重新站起来的力量。在网上，销量也一路看涨，首印 10 万册，现在除了我手中仅有的几本藏书，再想要或再想买的朋友们，只有等下次再版了。

第二件事：我从 2015 年 10 月 9 日开通微信起，就用手机，一字一句敲打我心中的感悟，几乎每天不间断地在朋友圈进行分享，不知不觉，到去年底，我恍然翻看，竟又写下了 1500 多篇海量的文字。

原本我想，这些随心随性的文字，发了就发了，没把它当回事。不曾料想，这些文字被转载到了微信以外的网络平台后，出现了我想都不敢想的奇景，网易、新浪、搜狐、今日头条、一点资讯、腾讯、凤凰网等各大网站和平台，每每在我刚写完的几分钟之内，就第一时间发表分享，单篇最高点击量达到 30 万人次，跟帖评论更是不计其数，他们都说，看了我的这些感悟，很受触动，极有共鸣。

后来我想，既然有如此多的读者朋友喜欢我的文字，与其养在深闺无人识，何不将它结集出版呢？

于是，我对这 1500 多篇文字进行了再打磨、再加工、再写作，每一个字、

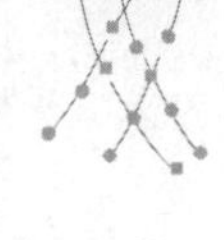

每一组词、每一句话、每一段文字、每一篇文章都是境由心生，心在动手也在动灵魂也在动，文字油然而生，文章一气呵成。最后，浓缩成了100篇不同主题的短文，这就是你们现在看到的《刹那的生命灵性》一书，这就是我继《瞬间的资本智慧》后的“第二胎”。

明代出了一本奇书《菜根谭》，可谓明朝的“心灵鸡汤”，我非常喜欢读，也深刻影响了我的人生观，但是如今我们所处的年代不同，难免有脱节之处，我期望《刹那的生命灵性》能成为现代版的《菜根谭》，它紧跟时代节奏，充满关于生命、爱情、修身、处事的深刻思考，让人灵性顿悟。

开国中将傅连璋曾说：“今日世界，唯一流行病，则争权夺利而已。推原病之所由起，公德之败坏，由于私德之废弛，人心之嚣张，由于道心之汩没，坐使权利之病深入膏肓而不自知。始而病己，继旦病人，终则病国矣。”

如今与傅连璋所处时代，已时过境迁，大为不同，但人性总是相通的、智慧总是相通的、灵性总是相通的，在这个瞬息万变、压力重重的时代，似乎人人都处于焦灼和不安之中，人们往往陷在自己的思维定式里，辗转反侧找不到出口，去向厚厚的经典请教，毕竟费时又静不下心来。

如果有这样一本书，干净、纯粹、利落又富含灵性和哲理，读一本就等于撷取了古今中外智慧之精粹，你愿不愿意读？愿不愿意分享与共？

相信不会有人做出否定的回答。《刹那的生命灵性》就是这样一本书，给你以心灵供养，但它却不是心灵鸡汤。

我觉得，这是我一生做的两件最正确的事，我写了两本我应该写的书，谁叫我当过秘书？谁叫我喜欢写作？谁叫我在写作中感受到无比的快乐和幸福？一切都是从喜欢开始，并成为生活的习惯和生命的性格。人的一生有一种喜欢与生命同在，就是我生命的最高境界和极致情怀。

目录 CONTENTS

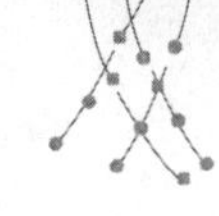

后记

讲真话是做人的第一品格

我越老越敢讲真话，因为生命很短暂。我不想到生命的最后一天才敢讲真话，我还想多活一天。我不想到坟墓里才敢讲真话，我不喜欢与鬼在一起。活着的每一天都应该讲真话，才对得起每一天，因为太阳是真的，月亮是真的，如果我们天天讲假话，真是对不起阳光的灿烂和月亮的妩媚。很多朋友讲，《瞬间的资本智慧》的作者唐晓康敢讲真话，胆子大，什么都不怕。还有的朋友劝我少说真话，说一半假留一半真，特别是敏感话题的话尽量不说，都是保护我。

其实，领导说北风吹你就说北风呼呼地吹，一生安好，平安无事。大多数人都是这样聪明地做人和做事。不知为什么，我怎么也做不到天天说假话，一说假话心里难受。因此唐晓康是另类的人另类地做人做事，所以不是聪明地生活，但是有一点智慧地活着。什么叫智慧地活着，活在真实的有自我世界的生存之中，活在简单的有个性的生活之中，活在微笑的有快乐的生命之中。讲真话是做人做事的第一品格和第一境界以及第一情怀。真善美，真永远是第一，没有第二。

然而，“讲真话”，本是一个人最起码的品质，可在现实的语境下，却成了一个大问题。甚至那些讲真话的人，被视作是勇敢的人，另类的人。

“讲真话”，这三个字看似简单朴素，实则兼具道德、政治、思想等多种语意，经历着不小的嬗变，折射出复杂的社会生态和生存规则。

人类的发展史，就是一部思想解放史，而讲真话，正是解放思想的源头。

回溯改革之初，正是林昭、遇罗克、张志新、王申酉、李九莲、顾准等人，率先扛起了讲真话这面大旗，时光流转，他们，代表了那个年代，中国人的精神高度。

历史上被不讲真话坏了大事的例子不胜枚举，有的甚至因为假话把国

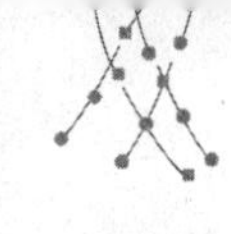

家都毁了。

宋朝就是被秦桧的谎言毁了的。当时岳飞在前线节节胜利，秦桧却因为岳飞在议和、立嗣等问题上和自己冲突，无耻诬告岳飞，使岳飞死于狱中，结果换来了宋朝的屈辱生存，最终还是被灭了。

明朝灭亡的原因也与谎言脱不了干系。崇祯二年，袁崇焕本已经击退了皇太极，解了京都之围，魏忠贤等人却因一己私利，弹劾袁崇焕，皇太极又趁机实施反间计，袁崇焕最终被朱由检以通敌叛国罪处以凌迟。

谎言大可以亡国，小也可以亡人。若不是项伯帮着刘邦说谎，项羽不一定会沦落到乌江自刎的下场。若不是萧何以谎言骗韩信进宫开会，韩信未必会死得这么快。

虽说历史自有其发展的规律法则，但是谎言的无耻是肯定的，因为谎言总是将利益建立在别人牺牲的基础上。如果人世间总以逼不得已来做谎言的借口，正义和公平什么时候才能实现？无论如何，一个公平正义的生存环境总比一个钩心斗角、没有章法的环境更有利于社会的每一个成员。故而说真话的品行，是每个人都应努力培养的。古希腊哲学家德谟克利特说："说真话是一种义务。"其实说真话真是一种义务。

秦桧、魏忠贤等人就是没有尽到自己的义务，把自身利益置于自己的私欲之下，所以成了千古罪人。邹忌讽齐王纳谏的故事耳熟能详，正是他的劝谏使齐王广开言路、改良政治；唐朝的魏征，性格耿直，敢于直言进谏，常常惹得太宗大怒，但也因此获得了太宗的赏识与尊重，太宗多有听他的谏言，如果没有魏征哪来的贞观之治？这些人就是尽到了说真话的义务，也让真话做出了大贡献。

臣对君如此，人与人之间也是这样。每个人的眼界学识都是有局限性的，古代皇帝要忠诚的臣子、勇于进谏的臣子，就是因为自己的眼界有限学识有限，要臣子加以完善、矫正，此种情况下，臣子说假话还有什么意义呢？世间的知识广博深渊，人不免有局限，每个人都需要身边有说真话的人，才可能完善自己，让自己的所作所为更正确、稳妥。魏征病逝的时候，唐太宗亲临吊唁，痛哭道："以铜为镜，可以正衣冠；以古为镜，可以兴替；以人为镜，可以明得失。朕常保此三镜，以防己过。今魏征殂逝，吾亡一镜矣。"每个人都需要这样的镜子，若世间处处是这样的镜子，会少去多少过失，所以要敢于说真话。

说真话不仅对人事重要，对内心也很重要。巴金先生晚年的代表作《随想录》中有一篇《说真话》，里面有这样的句子："大家都把心掏出来，我们又能够看见彼此的心了。"佛家讲世间一切如梦幻泡影，本来就很虚幻，如果人世间再由谎言当道，岂不更加虚？人们常说，希望自己过得真实一点、真性情一点，这些都离不开一副坦荡的胸襟，都要敢于说真话。如果有什么东西能在时间的长河里永存，那就是真理，真理就离不开真话。

真善美也是真理，平凡而高贵的真理，而一个经常说谎的人必定与真善美无缘。

在散文《三个小女孩》里，季羡林细致描写了三个女孩，以及三个女孩对他的热爱，而她们爱他只有一个缘由，真诚得让人感动，孩子的眼睛天生能分辨好人与坏人。

季羡林一生坎坷，不改赤子之心，但凡见过老先生的人，都会有如沐春风之感。真诚，纯粹，坦荡，人如其文，文如其人。

人生短短几十年，能享受到那些纯真的美好，是大福气，如此，说真话吧！

说真话还是有骨气的体现。以前的皇帝不容易听到真话，因为人们要么因为害怕他而不敢说真话，要么是奉承他而不愿说真话。就像安徒生的童话《皇帝的新衣》，那些不敢说真话的人要么是怕得罪皇帝，要么是想奉承皇帝而假装赞赏。其实这两种原因体现的本质都是奴性，是不光彩的，也是任何人都反感的。历代哲人都提倡精神的独立品格的不屈，总而言之就是要有骨气。说话是人最基本的本能，一个人每天要说这么多的话，既然如此，要做一个有骨气的人首先就要敢于说真话，若说真话这么简单的事都做不到，人生估计也是没有多少骨气的。

说真话还能守住本真、守住信仰。"假作真时真亦假"，有时候谎话说得太多就连什么是真也忘记了，这样的人生，到头来一看却是假的，一辈子岂不是白活了！

所以，不论是为了国家、他人，还是自己，都要敢于说真话，说真话的品行说到底体现的是面对真实的性格和勇气，世间一切的意义都基于真实。不敬畏真实，以谎言行走在世间，就是在白白浪费自己的生命。愿我们牢记德谟克利特的那句话："说真话是一种义务。"每个人既然都有说

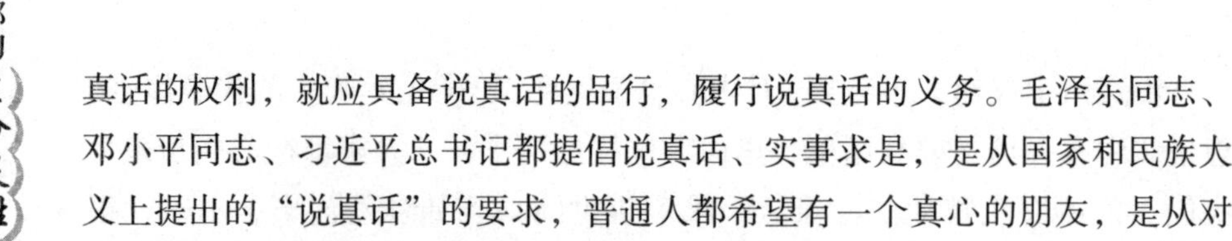

真话的权利，就应具备说真话的品行，履行说真话的义务。毛泽东同志、邓小平同志、习近平总书记都提倡说真话、实事求是，是从国家和民族大义上提出的“说真话”的要求，普通人都希望有一个真心的朋友，是从对自己人生负责的角度提出的“说真话”的要求。

然而，当今社会的环境，为什么有这么多人说谎，并热衷于说谎，其原因主要还是在于很多人喜欢听好听的谎话，说话是有人听才说。人们喜欢听好话喜欢被吹捧，这才致使谎言泛滥。而谎言毕竟是有害的，如此，我们就需要提升自己的境界，摈弃虚荣，敢于面对真实，如此才能断了谎言之路，才能听到真话，不会把说真话的人拒之门外。同时，无论我们如何明智，依然会有人说谎话，这时候就要能辨别真假，方能不被谎言所害。

世间也并非只有真话有益，有时候善意的谎言比真话还意义重大。比如面对一个患了绝症的病人，医生就往往会以谎言安抚，让病人心情平静，相对愉快地度过自己的最后时光。有时候我们生病了或是工作不顺利，打电话给远方的父母也往往会以谎言安慰父母。孩子很优秀，父母本欣慰，然而还是假装不满意严厉对待，其出发点也是为了孩子好。生命中有很多事，面对真相反而造成负面影响，如此倒不如以谎言为激励和安慰，向更好的生活迈进。这样的善意谎言，更是发自心底的关心和爱。

故而“说真话”的诠释，不仅在于说者敢说，还要求听者能听，更需要说话者从具体情况出发，以最真的心去对待听众，心诚而不固守。

人与人之间的信任去哪儿了？

这是一个伟大的时代，这是一个热烈的时代，这是一个充满希望的时代，这也是一个缺乏信任的时代。

不知从什么时候起，我们变得不相信自己，更不相信别人总认为别人是在算计自己，欺骗自己，人为筑起一张防护网，让别人走不进来，自己也走不出去，结果在资本的道路上受挫，在爱情的道路上失意，在生活的道路上迷茫。相信别人，这是一种智慧也是一种灵性。如果不相信别人，再好的机会都将与你无缘。

“与朋友交而不信乎？”是孔子每天必须要反思的问题之一，因为“人无信则不立”。没有信任就没有朋友，一个连朋友都没有的人怎么立于世界呢？可是今天的人们确实越来越缺少朋友了，人与人之间的信任去哪儿了？每当想起古代那些彼此相知、惺惺相惜的亘古友谊，我都禁不住羡慕又唏嘘。对朋友的信任、理解与支持，历史上广为世人所知的故事，莫过于管鲍之交。

春秋时期，鲍叔牙和管仲二人是好朋友，彼此相知很深。

他们两人曾经合伙做过生意，分利的时候，管仲总要多拿一些。别人都为鲍叔牙鸣不平，鲍叔牙却说：“管仲不是贪财，而是他家里穷呀。”管仲几次帮鲍叔牙办事都没办好，而且他三次做官都被撤职，别人都说管仲没有才干。这时，鲍叔牙又出来替管仲说话：“这不是管仲没有才干，只是他没有碰上施展才能的机会而已。”更有甚者，管仲曾三次被拉去当兵参加战争，而且三次逃跑。人们讥笑地说他贪生怕死。鲍叔牙再次直言：“管仲不是贪生怕死之辈，他家里有老母亲需要奉养啊！”

在牵涉到自己的切身利益之时，鲍叔牙依然以绝对的理解和宽容对待管仲。他知道管仲的难处、信任管仲的品德，并且做到了无私地为朋友着想。然而最令人感动的却在后面。

后来，鲍叔牙当了齐国公子小白的谋士，管仲却为齐国的公子纠效力。在两位公子回国继承王位的争夺战中，管仲曾驱车拦截小白，引弓射箭，正中小白的腰带，小白弯腰装死，骗过管仲，日夜驱车抢先赶回国内，继承了王位，即后来的齐桓公。公子纠失败被杀，管仲也成了阶下囚。齐桓公登位后，要拜鲍叔牙为相，并想杀掉管仲报一箭之仇。这时鲍叔牙却抛弃荣华富贵，坚决辞掉了相国之位，还向齐桓公指出管仲的才华远胜自己，劝说齐桓公不计前嫌，用管仲为相国。齐桓公听从了鲍叔牙的话，不计前嫌重用管仲，在管仲的辅佐下，齐桓公成为了春秋五霸之一。

做生意让管仲多分点利，管仲被人质疑了表示理解，这些事或许不能完全体现鲍叔牙对管仲深入的了解、深厚的信任，以及广博的无私，但是在一人之下万人之上、在匡扶社稷彪炳千秋的机遇面前，鲍叔牙居然能不顾自己推荐管仲，这样的气度可谓惊天动地。尤其在国家大业面前，鲍叔牙能把重任托付给曾经是敌人的管仲，这需要对管仲有多深的了解和多大的信任？

鲍叔牙向齐桓公推荐敌人而不被怀疑；齐桓公敢于相信曾经用箭射过自己的管仲；管仲能不怕齐桓公报仇，尽心辅佐他，也需要极大的互信。终于，在齐桓公、鲍叔牙、管仲三者相知、互信的基础上，齐桓公的霸业成功了。

古人讲“用人不疑，疑人不用”，这个哲理的基础和本质便是信任。在现代社会中，做任何事情，如果相关各方没有信任，充满了怀疑，那么做事情就会留一些不必要的余地和精力，人人不能尽心，自然不能把事情做好，还很容易搞砸。

美国总统尼克松第一任期满后竞选连任，本来他是一定能胜利的，却由于不相信他人也不相信自己，而在竞争对手的办公室里安装窃听器，结果损害了自己的形象也令支持者失望，最终失败。前秦和东晋的淝水之战，晋军以八万之众打败秦军八十万，前秦的失败，与苻坚不信任一心忠于他的汉族官员存有戒心脱不了干系。即使是王猛，虽然苻坚说他们的关系“若玄德之遇孔明”，但也是对之存有戒心的。像崇祯对袁崇焕，也是因为不信任，结果被皇太极施以反间计，致使灭国。

尼克松和苻坚因为没有与该信任的人建立信任关系，导致失败，这其中也体现出人与人之间的信任是做事的基础。而这两者本质也是一样，与人交往即使没有利益关系，若要交心，没有信任的基础就是天方夜谭。如果彼此不能信任，就不能说心里话，始终有精神距离。如果一个人对任何人或者大多数人都不能做到信任，那么他注定孤苦一生，在自我的世界里自生自灭。

可是，人们的确是越来越孤独，越来越缺少朋友，做事情也越来越缺乏信任了。这是为什么？

病因之一是现在的生活节奏太快，生活方式越来越杂、多。长期生活在忙碌中的人，一天的行程安排得太满，在社会分工越来越细节化的今天，他们往往专注于把自己的分内之事做好，没有时间去照顾自己的精神，自然更没有精力去在意别人的精神，人与人之间相知的欲望太小，了解跟着越来越少，而没有了解就谈不上信任，就没有信任。

病因之二是当今社会的价值观影响。人们越来越在意金钱，做很多事情都是以金钱为先导，人与人之间的交往很多时候都是在为金钱服务。似乎一切都是为了金钱，难以想到要与交往者成为知心朋友，这样就不会做精神上的了解，当然也建立不起信任。在这种价值观的影响下，甚至形成了一种现象：若别人突然对我们热情，我们还会猜测他是否有什么目的。在这种心理状态下，更不可能建立信任。

病因之三是生活方式拓展。古时候，人们活动的范围有限，对精神上的事物的了解渠道也不多，所以一生中与之相处的人较固定，也能常见面，在那种环境中会有更多的了解，会产生更多的感情，所以容易建立信任。而现代社会，交通的便利，工作的丰富多变，都决定了人们很少能在小范围内生活，虽然接触的人很多但是深入的交往少，缺乏了解，也不能产生信任。

在精神生活上，古人可以通过听人谈天、听书、看戏等热闹的方式来增加对世界的了解，而这些形式其实都是很热闹的，是一种社交场合，便于交流，增进了解，利于互信。然而现在的社会，有了互联网，很多人的精神生活几乎都是寄托在网络上。而网络是一个看似热闹其实非常孤独的世界，因为那热闹终究归于虚无。在虚无缥缈、变幻不定的网络世界里，难以产生持久的真实的交流，也不会有像生活那样真实的了解，故而难以建立信任。

那么，现代社会该如何建立信任呢？我们可以对症下药。

对病因一，我们可以使自己的生活节奏慢一点，让自己多闲一点，多关注自己的精神，这样才能推己及人，关心他人的精神，在了解的基础上建立信任。

对病因二，我们应该多反思自己的价值观念，明白精神上的追求才是最永恒的、决定人幸福的东西。对物质看轻一点，对人的猜疑就要少一点，建立信任成为朋友就要容易一点。

对病因三，我们可以在生活中减少一些无谓的交际，多一些深交。可以少依赖虚拟的互联网，多照顾现实的生活，在真实的基础上建立的信任才是持久的可靠的。

当然，这个世界上善于伪装的人很多，很多不值得我们信任的人却有一副真诚憨厚的面孔，所以信任也不能滥施，如果亲信了小人，后果极其可怕。项羽轻信了刘邦，夫差轻信了勾践，都带来了灭亡的苦果。所以行走于世间，一定要有一双透彻的眼睛和坚定的立场。

或许有人会问，有必要这么费尽心思去建立信任吗？活好自己不就行了？答案当然是否定的。我们之所以需要建立信任，并不是仅仅为了信任这种东西，而是在建立信任的过程中我们将会成为更健全、更完善、更高尚、更明智的人。而一个能得到别人信任的人，他的成功不在于被信任本身，而在于他所有人格魅力的优秀。

需要注意的是，信任并不是只有一味地迎合奉承才能建立，建立信任的前提是内心要真诚，比如魏征对唐太宗多有顶撞，但唐太宗反而相信他，因为太宗明白魏征是为他考虑为国家考虑。鲁迅先生过世的时候，与他观点相左的林语堂深情地写了一篇文章悼念鲁迅，肯定鲁迅。他这样写道：“吾始终敬鲁迅；鲁迅顾我，我喜其相知，鲁迅弃我，我亦无悔。大凡以所见相左相同，而为离合之迹，绝无私人意气存焉。”可见林语堂对鲁迅先生始终有足够的人格信任、人品信任。这也给了后人无限启示：了不起的信任与相知是建立在大是大非明了的基础上的，而不是私人情感所决定的。

爱情不过是彼此达成的人生契约

梁实秋曾说，自己年轻时，极爱吃红烧肉，但到老来，却变得一见那肥肉就反胃,完全想不起当年的美味来,倒像是从未喜欢过。爱情亦是如此。不知大家发现没有，历史和文学作品中著名的忠贞爱情，往往在最蓬勃辉煌的时刻就因各种原因戛然而止，以此凸显爱情的悲壮：梁山伯与祝英台化蝶而生，刘兰芝与焦仲卿投水、自缢，罗密欧与朱丽叶因家族世仇阴差阳错饮毒而死。而值得玩味的是，顺利结合的伴侣，也并没有顺势走向完美结局，或因生活发生转折、意外，或单纯经不住时间考验，曾共苦的爱侣却不能同甘：陈世美中状元后抛弃糟糠之妻秦香莲，高加林回城后对巧珍始乱终弃，这些，就是案例的缩影。

三毛，作为被文学爱好者熟悉的名字，她的出现是中国文学的一笔财富，而有关她的爱情故事，更为人们所津津乐道。两人的经典对话，如今读起来，依旧那么令人心动。

荷西问三毛：你想嫁个什么样的人？

三毛说：看得顺眼的，千万富翁也嫁；看不顺眼的，亿万富翁也嫁。

荷西：说来说去还是想嫁个有钱的。

三毛看了荷西一眼：也有例外。

那你要是嫁给我呢？荷西问道。

三毛叹了口气：要是你的话，只要够吃饭的钱就够了。

那你吃得多吗？荷西问。

不多不多，以后还可以少吃点。

越是浓烈的爱情，越是容易早夭。荷西的意外离去给三毛带来了无限打击，却将爱情留在了最美妙的时刻。

前几年我迷过一部都市青年男女搞笑剧，相信大家都有所耳闻，叫《爱情公寓》。男主曾小贤有一句经典台词：“好男人就是我，我就是曾小贤。”

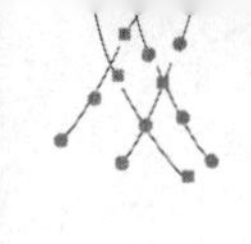

扮演者陈赫也因此被贴上好男人标签。2013 年，陈赫与长跑 13 年的女友成婚了，故事到这里应该算是画上圆满句号。然而，生活显然没那么善意。2015 年 1 月 22 日，网友爆出陈赫出轨张子萱，随后陈赫发微博宣布婚姻破裂。正如网友所说："他选择了和他一起拍摄《匆匆那年》的那个人，却抛弃了和他走过匆匆那年的人。""好男人"成了陈赫一生抹不去的污点。

私以为，爱情是某个合拍时刻的怦然心动，是属于精神层面的东西，很美妙，只是这样的生动体验并不易保鲜。事实上，爱情这东西来无影去无踪，在不改变前提下，一个人怎可能对另一个人有永久性吸引力？永远相爱？难。

二十岁暗恋过的姑娘，三十岁可能早已淡忘了名字，三十岁爱过的伴侣，回头看，似乎也不过如此。有时甚至疑心：这个人如何值得当年的我心心念念？

爱情需要经营，两个人必须不断注入新鲜血液，方能延续爱情的生命。

多情的深秋总不乏这样的故事：女孩在深夜的街边，把背包一扔，稀里哗啦都是小物件落地的声音。大概喝醉了，断断续续哭了几分钟，大喊了一句，我爱你那么多年，又算什么，谁知道？

早不是情窦初开的年纪，见此情景，却也心中动容：问世间情为何物？失恋失的又是什么？

曾听人说，关于一个人的所有记忆都已消失，这个人才算真正地死去。深以为然。人都是活在自己，以及他人的记忆里，因为时间会逝去，而逝去的时间，什么证据都留不住。而爱情难忘处，便是和你拥有独一无二的经历的那个人，拥有着你最真挚、最毫无保留的一面。失去了那个人，那一段彼此相伴的岁月，仿佛也不复存在了。

人上了年纪，并不是越来越不相信爱情，而是越来越清楚，那不是爱情。有一段曾风行过的话，说最好的爱情，是势均力敌，智商对等，三观一致，既不用攀附，也不被控制。这也成为很多年轻人积极奋斗的信条。借用舒婷《致橡树》的语言，意思便是，爱情发生在两棵树之间，而绝不是树和藤蔓。因此，你首先要成为一棵树，才能跟另一棵树相遇。站得越高，看得越远，脱离蝇营狗苟的日常，才能够得着爱情。

说起陈璧君，大家可能陌生，但提到汪精卫，大家便熟知了。汪精卫的长相，足以让很多女孩子一见钟情，但陈之所以爱上汪精卫，还因为他崇高的革命信念，优异的人品，和卓越的才华。陈璧君是富家千金，为了和汪精卫结为伉俪，毅然解除了父亲为她订的与另一豪门子弟的婚约。当时的满清王朝可谓风雨飘摇，谁都不敢保证这样一个政权会在什么时候土崩瓦解，而汪精卫更当着陈的面，立誓革命不成功永不结婚。即便如此，陈璧君对其仍然死心塌地。

1910 年，汪精卫因暗杀摄政王被捕，被判处终身监禁。有人对尚是自由身的陈说道："你反正有英国护照，被抓了领事馆自会救你。"没想到，原本可借外国护照护身的陈璧君，听后立马拿出护照撕个粉碎！可见，陈对汪的一往情深，也可以明白，爱情的前提并不是疼惜，而是彼此理解。没有理解只有疼惜的爱情，犹如无根之萍，脱离了精神层面的交流，当其依附的外貌、物质等表面条件有所改变，所谓爱情便也不复存在了。

爱情是精神层面的东西，精神的共鸣才是爱情的保鲜膜。结婚、繁殖、搭伙过日子，性欲、依赖、经济互助，说是爱情，不如说是彼此衡量后达成的度过人生的合作。这样的合作建立在利益之上，是难以经受时间考验的。

爱情是艺术，婚姻是技术，离婚是算术

爱情是生命的艺术。只有在拥有生命的个体之间，才可能发生世俗意义上的爱情——一个完整而成熟的生命若缺乏爱情的体验，便如同柔软的白缎，柔软是柔软，终究少了些许颜色，而爱情若失掉了生命的载体，便也只能制造悲剧与遗憾。一定意义上来说，生命和爱情互相成就。

英国诗人康文特里·巴特摩尔曾写过一首绝妙的诗，诗的大概内容是这样的：在经过了幸福岁月之后，男子的爱人去世了。面对着这个他心爱的女人，男人怀着痛苦和哀怨，温柔责备道："你可不是这样的！你难道不后悔吗，啊，我的爱人？七月里的那个下午，你既没有吻我，也没有说句道别的话，只是用恐惧的目光望着我，口里含糊不清地说了一句话，就与我永别了。你真的不该这样就去了呀！"

把一切的一切都寄托在一个人的生命——脆弱的生命之上，这就是爱情艺术的危险和高尚之处。

在东西方不少文学作品中，也常发生生离死别的爱情悲剧。在莎翁笔下，爱情是情投意合，但因家族世仇阴差阳错双双殉情的罗密欧与朱丽叶，生命的逝去更凸显爱情的高尚。

"吵吵闹闹的相爱，亲亲热热的怨恨，无中生有的一切，沉重的轻浮，严肃的狂妄，整齐的混乱，铅铸的羽毛，光明的烟雾，寒冷的火焰，憔悴的健康，永远觉醒的睡眠，否定的存在！我感到爱情正是这么一种东西。"

在曹雪芹的红楼中，爱情是宝玉新婚夜泪尽而死的黛玉，是抛妻弃子、出家修道的宝玉，阴阳相隔更印证了爱情的忠贞。

"滴不尽相思血泪抛红豆，开不完春柳春花满画楼，睡不稳纱窗风雨黄昏后，忘不了新愁与旧愁。"

在列夫·托尔斯泰看来，爱情是身着黑天鹅绒长裙卧轨而死的安娜，为爱赴死的决心显示了爱情的热烈。

“他看着她，好像望着一朵摘下已久的凋谢的花，他很难看出它的美，当初他就是为了它的美把它摘下来，而因此也把它毁了的。”

爱情使人丧失自我。但也有相反的情形：爱情使人发现自我。在爱人面前，谁不是突然惊喜地发现，自己原来还有这么多平时疏忽的美好一面？他渴望把自己最好的东西献给爱人，于是他寻找，他果然找到了。在寻找的途中，他的灵魂不断经历雕刻与磨炼，坏的东西被丢掉，好的东西被保存，爱情使他遇到了更好的自己。

从恋爱到结婚，从爱情到婚姻，实际上是从天上到了地上。爱情是在天上，热恋中的浪漫与热情尚拥有很多少女的缤纷幻想，结了婚，就好比坠到了地上，就要面对现实了，就必须适应现实了。

相比浪漫爱情，婚姻更多的是面临琐碎的锅碗瓢盆。

经营婚姻是一门技术活，普通的技术工不行，要有工匠精神才行。

婚姻亮红灯，一方出轨或者离婚，都不能说一定是谁的问题。

经营婚姻要时时拿出来照照镜子，抖抖灰尘，看看自己有没有爱的能力，如果没有，那么问题就会扑面而来。

女人要想得到爱，先要用爱把自己填满，直到你成为爱的磁场，有足够的吸附力，爱是吸引不是角逐。

不要试图去追逐男人，迎合男人，而是学会爱自己，让男人来追逐自己。在婚姻中，要有游刃有余的能力，要有掌控大局的魄力，不要把男人的爱看得那么不可一世，不然你就变得很卑微了。

预防婚姻问题与预防身体疾病的道理是一样的，没病要防病，有病要早治，早治早好，不要等到什么都爆发出来的晚期，“华佗再世”也没用，只有走向死亡，一拍两散。

好在婚姻还有重来的机会，而生命没有，但如果继续执迷不悟，不反思、不觉醒、不调整，等待你的依然是二次、三次、多次失败婚姻。

夫妻容易发生争吵，因为亲近之人往往挑剔。当然也有不争吵的夫妻，情况可能有二。一是双方或其中一方内心已足够疏远，到了不屑于挑剔的程度。二是双方或其中一方有足够好的教养，摆脱了对亲近者挑剔的本能逻辑。

有人把婚姻比作爱情的坟墓，但爱情同时也是婚姻的根基，当我们用婚姻这只船运载着彼此的爱情时，我们的使命是尽量绕开暗礁，躲开风浪，

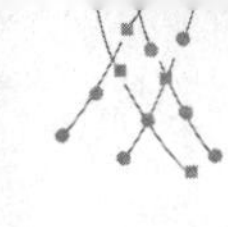

安全到达目的地。

婚姻时刻面临风险。要知道，爱情在本性上具有专一和排他性，你真正爱上了一个人，在同一时间内你就不太可能对别人发生同样强烈的感情。但是，一个好的爱情未必总是处于高涨的状态，它会有起伏和间歇。同时，爱情的排他性不等于排除了别的异性对你的诱惑，人大都喜欢新鲜美好的事物，爱情的聪慧便在于要使双方永远保持新奇感。当新鲜感被日常的温水冲淡，婚姻便岌岌可危。如何能保持爱情的刺激与新鲜，同时不对彼此制造摩擦与困扰，这便是婚姻的技术。

为什么说婚姻是技术呢？还因为婚姻的犯错成本过高。爱情淡了，两人即可一拍两散，而婚姻，往往涉及更多。

当婚姻面临破裂时，婚姻是技术，离婚便是算术。

婚姻当然应该以爱情为基础，但是，在实际生活中，人们很难做到把爱情作为婚姻选择上的唯一考虑，利益的考虑往往占有一定地位，这是正常的。尤其当婚姻破裂，各自心里便心照不宣地开始为利益进行争夺。

当奥运赛事正如火如荼的时候，宝强在微博宣布了离婚。具体原因不提，广大网民在炮轰马蓉出轨经纪人之余，两人的财产分配也成了群众焦点。

要知道，宝强出身草根，奋斗到今天地步实属不易。但也由于出身草根，他似乎从来没有建立起对自己的自信，成功之后也不太相信有人会爱上自己，无法找到一段相互尊重的感情，娶到梦中情人之后，就是予取予求，无尽地溺爱。纵然他是如此有知名度的男演员，有自己的公司，有财富，有话语权，但他在妻子面前，心态仍然是卑微的。

只是这一次的背叛，宝强忍无可忍。

离婚的算术，不仅是指财产分割，更是对各自生活的后续影响。离得体面，可成一时佳话，风波过后事业扶摇直上。离得狗血了，则成为茶余饭后的笑柄，很长时间都抬不起头来。

宝强在微博中说“恳请念及两个年幼儿女”，希望大家给一点私人空间。但自己通过微博泄愤，把孩子、妻子，甚至自己都放到流言蜚语里，风头甚至盖过了奥运，全国网民都知道了，何谈隐私？对儿女而言，已是无可挽回的伤害。

对于离婚这道算术题，并不是当时谁占上风谁就赢，而是后来谁更幸福。和平分手，共同面对，让情变的伤害降至最低，彼此才是双赢。

抱怨是自己给自己心灵上的一把锁

朋友圈有这样一类人，他们的生活看似平淡无奇，却怨气连天，对生活充满了戾气。男同志的抱怨有工作忙、工资少、付出与回报不成正比等等，女同志则有带孩子累啦，老公不体贴啦，汽油又涨价啦，天又下雨啦……正常的抱怨无可厚非，但接二连三的怨气却刻画出一个虚拟的压抑境界，负能量如冲天怨气，好像修炼了千年的大妖，横空出世，涂炭生灵。

慧能法师曾说过："不是风动，不是幡动，仁者心动。"有时候，境不缚人，而人自缚。正如，秋风一叶悲几许，然而落叶本非有情物，全是人内心的波澜起伏在作怪。

就像电影《蝴蝶效应》里面，男主因不满自己的生活，一次次地回到过去，结果却使生活变得越来越违背初心，离奇乌龙。他每一次不甘的闪回，像极了《大话西游》中至尊宝用月光宝盒拦下自刎的剑，但后者幸运的是只要改变时间的快慢，而男主却在无奈地同随之而变的"现实"抗争。可见，一味的抱怨和改变，不但不会改变环境，反而会使生活脱离轨道，变得越来越糟。

"真正的快乐是内在的，它只有在人类的心灵里才能发现。"每个人都生存在物质的现实世界，但是人的快乐与否，需要从他的内心世界体现。内心快乐，这个世界就是足以让人快乐的。就像那"拣尽寒枝不肯栖"的寒鸦，那"一蓑烟雨任平生，何妨吟啸且徐行"的行者，那高唱"大江东去"的诗人，有时候，只需转换我们的心态，便可"柳暗花明又一村"。

爱笑的人运气不会太差。当我们用美好的心去看世界时，世界回答我们的也是美好。就像美国总统罗斯福那样豁达自在，连钱丢了都觉得庆幸。

一次，美国前总统罗斯福的家中被盗，丢失了许多东西。朋友闻讯，忙写信安慰他，劝他说钱乃身外之物，你千万不要伤心啊。罗斯福平静地给朋友写了这样一封回信："亲爱的朋友，谢谢你来安慰我，我现在很平安，

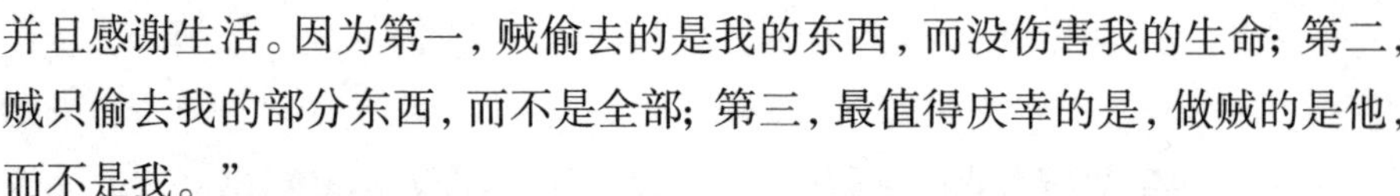

并且感谢生活。因为第一，贼偷去的是我的东西，而没伤害我的生命；第二，贼只偷去我的部分东西，而不是全部；第三，最值得庆幸的是，做贼的是他，而不是我。”

佛说：“物随心转，境由心造，烦恼皆心生。”这原本是佛教的一句偈语，却生动地阐述了人的面相随环境、心态而变的历程，即心态决定一切。事实上，人们眼中景物的好坏，与人的心境有很大的关系。

苏轼的一生颠沛流离，命运多舛。他一再被贬谪，甚至下狱。然而，豁达的苏先生无论在什么样的逆境下，都不悲声叹气、怨天尤人。无论处在何时何地，他总是保持浓郁的生活情趣，登山览胜，临渊赋诗，总是努力寻找人生的快乐，寻找人生的休闲感，而这种寻找反过来又提升了他诗词文章乃至做人的境界，很多流芳百世的诗词都是他在逆境中创作出来的。

还记得宋神宗元丰二年，发生轰动一时的“乌台诗案”，苏轼受此事连累，首次被贬黄州。元丰六年个阴历十月十二日的晚上，温柔的月光洒进苏轼栖身的屋舍，还在疗伤的苏轼不能拒绝月光的邀请，披衣起床，走入月光的怀抱，接受月光的抚摸，“解衣欲睡，月色入户，欣然起行”。柔美的月光，抚平了苏轼的所有伤痛。享受当下的月色才是最真实的，苏轼的痛苦升华了，他也因此感到了快乐。而快乐的进一步延伸就是分享。他想到了在承天寺的朋友张怀民，也贬谪在此地，于是，他把这位朋友喊了来，两人一起在庭园中，在月色中散步赏月，并给我们留下了最美的月色描绘：“庭下如积水空明，水中藻荇交横，盖竹柏影也。”月光像水一样澄澈，庭院中竹子和柏树的影子投射下来，好像水草交错。于是，两位文坛巨子在人生境界的澄澈度上，有了交集。

心随境转，苦不堪言；境随心转，便得自在。平淡若水的心境是获得幸福的源泉，积极乐观的态度是生活的调味剂。若是心中没有快乐，纵使走遍天涯海角，也总会缺失一方乐土；心中若然满足快乐，哪怕身在牢狱，一样可以悠然自在。

有时候我们会看到心胸狭窄之人，看什么都觉得邪恶，那其实是我们心底的邪恶在作祟。网络喷子看到慈善家捐款，高喊“贪污”“作秀”，而自己却从未给贫困儿童捐过一分钱；在街上看到一群貌美时髦的女孩，却说她们心术不正，不是“好鸟”；有人得奖有人升迁，推以“有关系”“有内幕”的猜测，一句话就把那些长期努力的人打入地狱。这些人乐于批判生活，却常常得不到真正的快乐，将一颗充满孤独和戒备的心紧关大门里，守着渺小的世界咄咄逼人。

把好人看作是骗子，说明你内心世界缺乏人性的真善美，你的灵魂空间缺少做人的仁义爱，做人不能太理性，境由心生，心生情感，做事理性与做人感性不是一回事。你把好人当成坏人，你的世界就全是坏人，你把善良当成骗子，你的一生都会活在骗子的世界里。你生病的时候把生命交给了医生，你若把医生当成骗子，你生命的存活率就会很低。你亏损的时候把投资的生命交给了智者，你若把资本的智者当成骗子，你资本的存活率很低。

这是为什么，因为人在做天知道，因为人在想地知道。既然相信别人，就说明你也相信自己，越信越相信，越相信越信，这是一种智慧也是一种灵性。如果不相信别人，就根本不来往，就根本不深交，就根本没有经济往来，把防火墙筑牢就行了。

其实我们活着都不容易，与人方便自己方便，与人为善自己也善，与其孤芳自赏，独善其身，自娱自乐，不如分享智慧分享美丽分享快乐分享幸福。你微笑地看世界，世界就微笑地看你，这才是生命的真相。

境由心生，我们看到的世界不过是内心的投影。爱抱怨的人总看见不美好，认为什么都是跟自己作对，快乐的人把不好的也会看成是好的；心怀鬼胎的人，把身边的人当成坏人，心底纯良的人，不会以小人之心度君子之腹。我们每一个人来到这个世界上时，命运都掌握在自己的手中，是好是坏，都由自己决定；但是我们看到的世界，却和自己的心有关。

所以一个人的心有多大，其格局也就有多大，生活便有多大。“境随心转，有容乃大”，虽然我们不能轻易改变环境，但是我们却可以调整自己的心态，使得最终呈现出来的，是一个美好的世界。

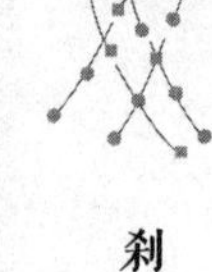

比勤能补拙更重要的素质是什么

“天才是百分之一的灵感加百分之九十九的汗水。”

这是爱迪生成功之后，接受记者采访时所说的话，也是我们从小学到大学，教室的墙上贴着的话。我一度对此深信不疑，甚至把它当作座右铭。

殊不知，人们只记住了爱迪生的前半句，而忘掉了后半句，爱迪生的原话是：“天才是百分之一的灵感加百分之九十九的汗水，但那一份灵感往往是最重要的，甚至比那百分之九十九的汗水都要重要。”

我就这样傻傻地被骗了几十年，以至于在勤奋的道路上越走越远，而一度一事无成。直到有一天幡然醒悟，我体内潜藏着巨大的资本智慧，才是指引我走向成功的关键。

类似“骗人”的名人名言还有：“父母在，不远游”。让人觉得，行孝就得一辈子呆在父母身边，却忘了下半句“游必有方”，人家孔夫子没让你不出去，只要你有理想、有去处、有抱负，尽管走。

“吾生也有涯而知也无涯”，庄子这句话，也一直被认为是在有限的生命里要无限地去学习，殊不知，人家也是带了尾巴的：“以有涯随无涯殆已”，意思是说，你拿有限的生命去学什么没完没了的知识，你不是脑残就是二百五!

以及卢梭的名言：“人是生而自由的”，下句是：“却无往不在枷锁之中。”再下句是：“自以为是其他一切的主人的人，反而比其他一切更是奴隶。”

还是回到开头的题旨，当一个人把勤能补拙发挥到极致的时候，只会出现两种结果，一是积劳成疾，甚至倒在默默无闻的工作当中；二是人没成功，生活却少了太多趣味。

身边有一个朋友，出了名的“拼命三娘”，同事对她的评价从来是勤奋认真，每天提前到办公室，晚上核对好当天工作才离开，生怕浪费了一分钟，风风火火，业绩优秀。但直到前几日，朋友才私下对我诉说衷肠：

“我生来最羡慕别人两样东西，一是美貌，二是天分。”

原来，朋友虽然成绩尚可，却从未被人夸聪明，她自小便感受到，往往自己要花费比别人更多的时间和精力，才能达到相同的学习效果，一旦懈怠，成绩立马下滑。但自己一方面有着强大的好胜心，不愿意落于人后，另一方面又不得不正视自己和那些有天赋的同事之间的差距。朋友很苦恼，问我：“勤真的能补拙吗？”

怕要伤你的心了。我说：不能。

古人云“勤能补拙”，事实上主要是依赖于熟能生巧，而在那个以固定的、重复性的技术为主的年代，勤劳，确实是能够补拙的。譬如我国四大发明之一的造纸术，从斫竹碾料到揭纸晒干，固定的制作程序，单一的操作步骤，只要勤奋好学，相信再笨拙的人也能造出纸来。但如今，科技发展日新月异，勤能补拙显然已不能跟上时代节奏。因为，往往通过熟练达到的“巧”，极有可能在你熟练之后，整套技术，已经面临淘汰边缘。

譬如人类最早使用的计时仪器：钟表，大都是制表匠在若干工种匠人的配合下共同完成。一个精巧的报时小座钟或一块拥有迷人珐琅、复杂功能的金质怀表，可能需要一位制表师在工具制作师、画师、铁匠、铜匠、金匠、金刻匠等其他匠人协助的基础上，花费数月甚至数年的时间才能制成，一枚钟表就价格不菲。然而，工业化兴起后，更多的表在机械化的促进下生产出来，量化生产轻而易举，曾经作为贵族身份象征的钟表，连小学生也可以沾沾自喜地拥有了。

工业时代尚且如此，更不用说眼下快节奏的时代。若想补拙，可能得另谋出路。

其一，勇气。在日渐多元化的现今社会，若是能拥有敢于尝试的勇气，敢于尝试新事物，敢于接受新观念，那么这个人往往更具优势。这里不得不提到老生常谈的马云，从最开始做被认为骗的电子商务、没人看好的淘宝，再到遭受质疑的支付宝、天猫、快捷支付、余额宝等，马云每一个判断都大胆而精准，从而创造了中国的创业神话。他的成功，不仅仰仗超凡的耐心和毅力、雄心壮志和野心，同样离不开其敢于尝试的勇气和前卫大胆的思想。

其二，理性。越感性的人，遇事越容易方寸大乱。客观来说，能够取

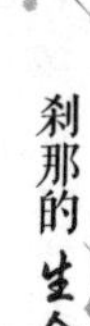

得成功的，大多是具备理性气质的个体。要知道，当人与人之间的磨合成本越来越高，高到匪夷所思，那么情绪反应越稳定、越健康的人，便更具有竞争优势。显然，这种理性气质和天赋并无关系，我们可以看到，很多在某些方面独具才华的人，反而越任性，越是放任自己的情绪。这在社会竞争中显然极为不利。很多人可惜极具演艺天赋的陈冠希，他本身塑造能力极强，却因当年那场风波荒废了八年的演艺生涯。和如今某些吸毒、嫖娼被抓后仍觍着脸圈钱相比，那场风波实在不值一提，因为放任个性，坚决不回头，站在艺人的角度不能不说这是种遗憾。

其三：严谨。勤能补拙，不如谨能补拙。这里的严谨并不是一本正经，或者让你变得保守谨慎；而是，在可预见的未来，随着工作模式的自由化办公室中心化，除了特殊极具某方面才华的专业性人才，组织会越来越需要一种“虽然没有特殊才能，却能够专注于某项细节的”榫接型人才。并且，这种自律到苛刻的严谨，同样无关天分。说起郭敬明，很多人会联想到抄袭、拜金，但必须承认，“他不是一个合格的作家，却是一个成功的商人”。除了才华与精明，郭敬明在界内也是出了名的自律，抛开抄袭黑历史不谈，这么多年能够埋头一直进步，足以令人非常佩服。作家富豪榜常年榜上有名，《小时代》系列总票房突破16亿，着手打造了上海最世文化，今年又迎难而上挑战真人CG电影。他曾这么回复喷子：“你在骂人的时候我都在赚钱。”

因为天分的缺失，凡人只能在其他方向寻得安慰。观念上勇于尝新，情绪稳定可控，做事自律严谨，这三者，便都是所谓天才的软肋，也是当代社会的稀缺，也是无关天分，完全由后天养成的特质。

至于所谓勤奋，我曾看过一句高考励志语，大意是：最可怕的不是比你更聪明，而是比你聪明的人比你更努力。话糙理不糙。对于天赋所在的某些领域，天才们往往更加勤奋，毕竟，知之者不如好之者，好之者不如乐之者。兴趣加上天赋，往往能达到事半功倍的效果，也能够保证奋斗过程中不至于因动力缺失而懈怠。因此，奋斗之前，选好方向是关键，毕竟先贤早已说过“认识你自己”。从感兴趣和具备天分的领域着手，相对来说总是比较轻松。辛辛苦苦完成某事没什么好到处宣扬，可能只是你做了不擅长的事。

不要辜负每一个凤凰涅槃的过程

传说，凤凰是人世间幸福的使者，每隔五百年，它就要背负着积累于人世间的所有不快和恩怨情仇，义无反顾地扑向熊熊烈火中自焚，以生命和美丽的终结换取人世的祥和与安乐。与此同时，它的肉体在经受了巨大的磨炼后，才能得以更美好的身体重生。其羽更丰，其音更清，其神更髓，其力更猛。

当凤凰从漫天火光中再次振翅搏击长空时，它的灿烂光芒照亮的又岂止是我们的双眼？又岂是飞蛾扑火那般绚丽所可比拟的？

涅槃是佛教教义，意译为灭、灭度、寂灭、安乐、无为、不生、解脱、圆寂，用以作为修习所要达到的最高理想境界。

当我们来到了这个世界，就注定了要履行很多职责，在不同的角色中转换。当我们渐渐长大之后，我们扮演的角色也会渐渐增多，而且，生活对我们的要求越来越严格，越来越不容忍。我们都想做完美的人，至少想把自己在做的每一件事做好。在无数的期望和责任中，我们不可避免地要感到疲倦，感到精神的不支，当这种情绪难以摆脱又无法解决，以致我们再也不想做什么的时候，对生活的抱怨往往就来了。可是，我们不该抱怨，也不要责怪生活，它虽然让我们精疲力竭，却同时磨砺着我们的意志。

可能很多人会说：“不是我难以坚持，是我实在太累了。”我们先来看世界上最受“精疲力竭”折磨的那位英雄。傅雷在给《约翰·克利斯朵夫》的献词中说：“战士啊，当你知道世界上受苦的不止你一个时，你定会减少痛楚，而你的希望也将永远在绝望中再生了吧！”看了他的痛苦，我们就会发现自己的“精疲力竭”真的是一种幸运。他就是古希腊神话中的神——西绪福斯。

古希腊神话中，西绪福斯因为他的狡猾失信被诸神惩罚，这个惩罚很

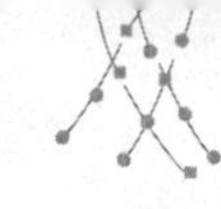

有深度也很恐怖，而且很特别。它既不是死刑也不是囚禁，而是让西绪福斯不停地推一块巨石上山，石头到了山顶，又会因为自身的重量滚下山去，西绪福斯又继续往山上推，如此往复永不休止。诸神认为，再也没有比这种无效无望的劳动更为严厉的惩罚了。我们不得不佩服古希腊人的智慧，他们在那个远古的年代就参悟了人生最大的悲剧，那就是无效无望而又必须不停地劳动，精疲力竭而又无法摆脱。

其实不难懂得，人的一生究其本质就是劳动的一生，倘若我们不感到劳动的苦，总是有一些希望支撑我们的劳动，诸如家庭、爱情、事业。如果感受不到这些，就会觉得人生没有意义，追求意义的人因之苦闷。是的，倘若西绪福斯是追求意义的人，那对他的惩罚就是最严厉的。

西绪福斯的悲剧又比我们的悲剧来得纯粹和彻底，因为他的劳动连一丁点的惊喜和幸福都没有，也没有任何偶然的小成功，他的所有过程就是推石头。他同样精疲力竭，但是他的精疲力竭没有任何意义。而我们不一样，我们最劳累最难以承受的时候，往往是在做什么大事，或者为重要的人或是自己创造财富、履行职责。就像父母到处奔波是为了儿女，我们为工作到处奔波是为了财富或是实现自己的价值。因此，我们的很多精疲力竭是幸福的。

而和西绪福斯的精疲力竭相比，我们和他一样，都在劳累中磨砺了自己的意志。西绪福斯在这种毫无意义的精疲力竭中，没有自杀，他选择了坚持，永无休止地做那无效而无望的工作，所以他成了最有勇气最能忍耐的代言者。细想这勇气和忍耐的英雄主义多么荒诞，然而他的确又是勇气和忍耐的英雄，他赢得了尊重。倘若我们能在精疲力竭中磨砺出西绪福斯这样的意志，面对生活中那些有意义的劳苦奔波还有什么怨言呢？我们不会抱怨，将勇敢面对，全力与生活的烦恼抗战，走向成功，走向胜利。

战胜精疲力竭的反面是被它打垮，法国小说大师加缪就因为西绪福斯的悲剧来了灵感，对自杀进行了哲学思索，写下了他最重要的代表作之一《西绪福斯神话》，里面分析了自杀的原因，其中有一个很重要的原因就是难以忍受生活让人精疲力竭而没有任何意义。因为，有的人一旦想到自己终将死去，生命短暂，就会对无效又无望的人生劳动感到更强烈的悲剧、恐惧和绝望，于是想到结束自己的生命，因为他们已经没有任何生活下去的理由和希望了。

生活中，我们经常会看到一些自杀的新闻，或者是高中生无法忍受学习的压力而选择自杀，或者是企业员工被工作压迫得喘不过气而选择自杀，或者是贫困地区的人们因为劳苦奔波却看不到生的希望，连基本的生活都保证不了而选择自杀。这些自杀的本质原因，都是被生活的各种困难折腾得精疲力竭，无法承受而选择了逃避。我们不必去责怪这种选择，但是我们需要明白，这样做的损失是惨重的，因为人只有一次生命，从出生到长大、成熟，拥有自己的一些感情、财富是多么不容易，但是一个“死”把这些都抛开了，这是极其不负责任的行为，不仅轻率地放弃了再不复活的生命，还给在乎我们的人带来了无尽的折磨。

因此，我们只有选择生。不论如何，我们一定要保证对生命的负责，那么我们需要战胜生活中的“精疲力竭”，战胜它的过程，就是磨砺意志的过程，而这从精疲力竭上站立起来的“意志”会是我们战胜一切困难的法宝。

军队生活很苦，军事训练也会让战士们精疲力竭。但是为什么军人要给自己找这些似乎不必要的折磨来使自己疲劳？还是一个原因：磨砺意志。因为战争是极其残酷的，没有强大的意志，就是给死神留下了致命的软肋。

孟子说：“舜从田地中辛勤耕作被任用，傅说从筑墙的泥水匠中被选拔，胶鬲从鱼盐贩中被举用，管仲从狱官手里获释后被录用为相，孙叔敖从隐居的海边进了朝廷，百里奚从市井之间登上了相位。所以上天将要下达重大使命给这样的人，一定要先使他的内心痛苦，使他的筋骨劳累，使他的身体经受饥饿之苦，使他受到贫穷之苦，使他做事不顺，通过这些来使他的心惊动，使他的性格坚强起来，增加他所不具有的能力。”

孟子所说的无疑就是精疲力竭给人的最大的益处了，它是一个凤凰涅槃的过程，在苦难中增加我们曾经没有的能力，磨砺我们强大的意志，用于战胜生活，走向更大的成功。

不下地狱，焉能成佛。相比西绪福斯，我们是幸运的，因为我们还有变化的过程，这过程中惊喜常常不期而遇，所以我们更该像西绪福斯那样活着，坦然接受上天给我们的劳累，不愿不恨，战胜它，不辜负每一个凤凰涅槃的过程。

不要总为自己的犯错找借口

人这一生不知道要经历多少事。可能临终之前，每个人都会这样想：这一生怎么不知不觉就完了？可是当我们经历的时候，或者说精力还很有限的时候，都会觉得生活中充满了各种事，忙得不可开交，一会儿为这件事折腾，一会儿为那件事折腾，折腾得心烦。等到遭遇不快、不顺的时候，“借口”这个幽灵就大摇大摆地走出来了。

主要是因为……这个事情真的不怪我……全是他的错……怪我今天太倒霉了……我真的很无奈……这一切的一切，有些是对的，有些是错得道貌岸然。其实它们中的大多数都是借口，而因为这些借口有一定的合理性，或者让人无法反驳（比如运气不好），所以没有引起人们的重视，认为理所当然。哪里知道一个又一个的借口正悄悄地毒害我们。

我借口的是“怨天尤人”。有些人由于妄自尊大，或是不愿意承认错误的虚荣心，导致形成了一种一遇到事情就怪老天、怪别人的性格。这种性格很多人都有，我们扪心自问，就会发现自己也有一点这个缺陷。但“怨天尤人”的后果被天下人为之悲哉的，还是英雄项羽。

项羽溃败之时，被数千汉军围困，无法走脱，他于是大发感慨：“我起兵到今天 8 年了，打了七十多场仗，阻挡我的都被攻破了，被我攻击的都臣服了，从来没有失败过，才称霸天下。然而今天被困在这里，是老天要亡我，并不是我不会打仗。反正今天要死了，我与你们杀个痛快，必定取得三次大胜，让你们知道是天要亡我，而不是我不会带兵。”

当然，项羽取得了三次大胜——正好用上了他破釜沉舟的勇气。然而他这样的胜利有意义吗？对楚汉相争的大局来讲，他所做的一切已经不能挽回楚军惨败的事实、不能挽回他败局已定的事实。所以这可以说是无用功，不必考虑。

到后来乌江亭长要他渡江，他又说：“是天要亡我，我渡过去干什么呢？”走上了自刎这条路。

看起来，项羽因为前一个“天要亡我”而拼死杀敌暂时挽回了自己的性命，而第二个“天要亡我”把自己的性命丢了。其实，“天要亡我”根本没有挽救项羽的命运，反而是把他害了。因为他之前拼死杀敌并非是为了活下来，而是为了证明“天要亡我”是对的，而他一旦证明了自己的借口是对的，就没有活下去的兴趣了，选择自刎。因而，归根结底，项羽还是因为“怨天”而死，他责怪老天而又以为老天无法反抗，因此把自己的命定在了“死”上。

项羽是千古英雄，他可能也是遭受了巨大失败并自杀却还能受到历史肯定的英雄中最无可争议的一位，后人对他无限惋惜，而这种惋惜中，除了他一些用人做事上的过失，其实主要是在于他最后赴死时表现出来的“怨天尤人”，人们由此认为项羽不知天命、不自知、败得糊涂、败得悲。从项羽的经历中，我们也可以感受到“借口”的可怕，借口可以使人丧失反抗的动力，放弃可能东山再起的一切生机，采取一种悲观的心态来面对现实，使事情往最坏的方向发展。

同时，项羽的“借口”也反应了他不善于在自己身上找原因的巨大缺点，这个缺点并不是他临死之前才有的，而是一直就存在的。在鸿门宴上，刘邦解释自己并没有反抗之心时，项羽没有思考刘邦这句话的真假，即使他真信了也不想想是不是自己的怀疑导致的误会，而是脱口而出“此沛公左司马曹无伤言之”，把一切推给曹无伤，丢掉了自己的眼线。这件事情也体现了项羽的不善于反思，总是爱把原因归咎于他人。所以司马迁这样评价他：“自矜功伐，奋其私智而不师古，谓霸王之业，欲以力征经营天下，五年卒亡其国，身死东城，尚不觉寤而不自责，过矣。乃引‘天亡我，非用兵之罪也’，岂不谬哉！”可以说，项羽被他的借口害了他的千古霸业。

历史上还有一个可悲的帝王崇祯皇帝，他最大的错误也是太相信自己，太自以为是，不懂反思，爱给自己找借口。明朝的灭亡与他的这种性格也有关系。他与项羽一样同样选择了自杀，而临终前的遗言，也体现出一种至死不改的爱找借口的悲剧性格。

“朕自登极十七年，逆贼直逼京师。虽朕薄德匪躬，上干天咎，然皆诸臣之误朕也。朕死无面目见祖宗于地下，去朕冠冕，以发覆面，任贼分

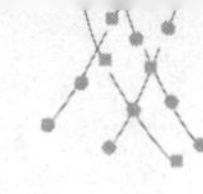

裂朕尸，勿伤百姓一人。”这是崇祯皇帝的临终遗言，他这几句话虽然体现了他的自责也体现了他对于百姓的爱，并敢于承担的责任感，但是一句话暴露了他的致命弱点而且至死没改，这句话就是“上干天咎，然皆诸臣之误朕也”，意思是他的确惹怒了老天，老天惩罚他，但是主要还是大臣们误导了他，他“尤人”。这句话有强烈的借口的气味。我们可以设想，或许正是崇祯皇帝这种爱责怪别人不反思自己的心加速了明朝的灭亡。

由此可见，借口的坏处可以达到亡国亡己的程度，虽然这只是众多原因中的一个，但我们也需要引起重视。只有少怨天尤人，才能更多地找自己的原因。天命不可违，别人的事我们常常干涉不了，唯一能做的就是改变自己、调整自己。而借口使我们失去了这样的机会。

很多时候，生活中的种种借口还可能是“怨自己”，在自己身上找借口。比如说今天虚度了，或是这个事情没办好，或是该完成的事情没完成，我们有时候就会以身体不适、睡眠不足、心情不好等借口为自己解释。这同样是极其可怕的，这将逐渐消磨我们的意志，让我们离正确的思维方式和生活态度越来越远。

因而，最合理的人生态度应该是，不怨天尤人，并客观冷静、严肃、认真地看待自己。接受那不能改变的，改变那可以改变的，冷静客观地看待一切，少给自己找借口。

低到尘埃，从尘埃里开出花朵

低到尘埃，开出花朵，是张爱玲给丈夫胡兰成写的一句话，原句是“见了他，她变得很低很低，低到尘埃里。但她心里是欢喜的，从尘埃里开出花来”。

张爱玲是一代孤绝的才女，当遇见大她15岁的胡兰成，被其才华倾倒了。她的孤绝的内心突然变得很低很低。爱上一个人，觉得对方一切都是好的，是如此完美，然后心里只是默默地喜欢对方，不说出来，甚至默默地开出喜悦的花朵。后来胡兰成叛逃并背叛了她的时候，她就变得清醒决绝：“我已不喜欢你了，你亦是早就不喜欢我了……不用找我或者写信，我亦不会看的。”也许，恋爱中的人才会有一种特有的卑微和欢喜吧。

这里说的是爱情，放到生活中，不惹尘事，不沾烦恼，不跟风，不谄媚，不浮华，不随波逐流，不与人争执，不汲汲于名利。就像种子一样，把自己种入尘土里，之后开出自在而骄傲的花。

都说人往高处走，可是高处不胜寒。水往低处流，谁知低处纳百川。

“上善若水”，这已经是句老话，水之善，有一个原因就是姿态低，与世无争：遇到阻碍便绕过，不争辩、不战斗，顺其自然。而水得到了什么好处呢？不断往自己的目标靠近，最终汇聚成海。

水的低姿态已经是非常难得了，但是还有比它更低的，那就是更低的大地。这片更低的大地能够留住姿态极低的水，使之成为自己的一部分，大海因此形成，这就是地低成海。

然而这是预言，大海的形成，科学原理是重力的作用和水的流动性。但是如果我们把这个科学原理用于为人处世，则成了一种绝高的智慧——人低成王。

纵观历史上的开国皇帝，没有一个是高姿态打下江山的。

我国最早的历史文献《尚书》记载：“昔在帝尧，聪明文思，光宅天下。”

尧身为统领而光宅天下，是对万民的低姿态。

商朝的开国皇帝成汤“以宽治民”，要求其臣属“有功于民，勤力乃事”，否则就要“大罚殛汝”。对那些亡国的夏民，则仍保留“夏社”，并封其后人。身为国军以民为首，不自矜；宽容对待亡国的夏朝后人，同样是低姿态。

周公一饭三吐哺，是低姿态。刘邦从一个亭长做到皇帝，同样离不开他对手下谋臣、大将，以及兄弟的低姿态；宋太祖陈桥兵变，黄袍加身时他先不同意是低姿态。

但是，若要在历史上找一个姿态最低的帝王，还是刘备。刘备因为自己的低姿态而取得的成就，告诉了我们两个真理：低姿态易得人心，低姿态易保全自己。

三顾茅庐一定是刘备最广为人知的故事之一，这个故事体现了刘备全方位的低姿态。

“玄德来到庄前，下马亲叩柴门”，刘备第一次来到诸葛亮住的地方，没有叫弟弟关羽、张飞去敲门，而是亲自下马敲门，这体现的是刘备对兄弟二人的低姿态和自己谦逊的态度。童子说孔明不在，刘备离开了。在路上遇到崔州平，以为是孔明：“‘此必卧龙先生也！’急下马向前施礼”，后来玄德发现了这是崔州平而不是孔明，但他没有看不起，而是谦虚地向崔州平请教，这体现了他不因人异的低姿态。

后来刘备又得知了孔明在家的消息，准备立即出发，张飞不快了：“量一村夫，何必哥哥自去，可使人唤来便了。”这是张飞的高姿态，刘备回答说：“孔明当世大贤，岂可召乎！”遂上马再往访孔明。这次刘备遇到了两个老者，以为孔明是其中之一，于是“玄德揖而问曰：‘二公谁是卧龙先生？’”这两人都不是，于是把刘备带到了孔明的住处。到了茅庐，刘备听见有人唱歌，以为是孔明。“玄德待其歌罢，上草堂施礼曰：‘备久慕先生，无缘拜会。昨因徐元直称荐，敬至仙庄，不遇空回。今特冒风雪而来。得瞻道貌，实为万幸。’”从刘备等他唱完歌再问以及问时候的语气，也能感受到刘备的低姿态。可惜这个人不是孔明，而是孔明的弟弟诸葛均。刘备又扑空了。

诸葛均的态度不好，关羽和张飞非常生气，要刘备马上就走。然而刘备却极其谦虚地，以恳求之态留下了书信，表达对诸葛亮的渴求之情。上马要走的时候，遇到一个老人吟着诗走进茅庐，求贤若渴的刘备又以为是诸葛亮。“滚鞍下马，向前施礼。”激动得从马上滚下来，这是何等的低姿态？可是刘备遇到的是诸葛亮的老丈人黄承彦。

第三次，大概是诸葛亮被他的诚心打动了，愿意给他机会。但是刘备也不是一帆风顺的，他先是遇到了诸葛均，诸葛均告诉他孔明在，但是不引路就走了。张飞抱怨，刘备却说：“彼各有事，岂可相强。”到了庄前敲开门，刘备说“有劳仙童转报”，对童子也非常尊重。可是童子说孔明在睡觉，这个时候恐怕一般人已经生气地走了，可是刘备却说：“既如此，且休通报。”让关张二人只能守在外面，不能进来，而自己则“拱立阶下”。

诸葛亮醒来之后，“玄德下拜曰：汉室倾颓，奸臣窃命，主上蒙尘……”于是千古奇文《隆中对》由此产生，刘备的事业渐渐上了路途，千古名相诸葛亮开始大展宏图。

我们可以肯定，没有刘备的低姿态，他绝不可能拥有诸葛亮。诸葛亮对刘备的考验，大概也是考验刘备有无海纳百川的胸襟和智慧——因为这是做大事的必要条件之一。

在煮酒论英雄中，刘备则是因为自己的低姿态保全了自己。在曹操问刘备谁是天下英雄的时候，刘备装疯卖傻，放低姿态吹捧别人。最后骄傲的曹操对刘备的“平庸之见”忍无可忍，用手指刘备，然后自指，说：“今天下英雄，惟使君与操耳！”刘备听了这话，吃了一惊，手中拿的筷子故意落在地下。正好天要下雨，雷声大作。刘备于是从容埋下头捡筷子，并说：“一个雷而已，就把我吓成这样。”曹操笑着说：“大丈夫也怕打雷？”刘备狡猾地说：“圣人迅雷风烈必变，安得不畏？”

刘备在这里的低姿态，是装出来的。他装得很聪明，先是装得胆子很小把筷子掉在地上，然后又装“淡定”“掩饰”，使曹操确信他不但胆子小，反而爱耍小聪明。刘备就这样使自己无限低于“曹操”，保住了自己的性命。虽然这样的低姿态是假的，但是我们必须承认一个事实：当别人觉得我们敬畏他、比不上他时，就会少算计我们。

卑贱之物易长存似乎是一个真理，在地球的演变中，恐龙这样不可一世的动物最终灭绝了，但是老鼠、苍蝇这些小东西却永远活下来，繁衍不息。或许天地之间的法则就是如此，越不起眼越安全。

然而人毕竟不是卑贱的老鼠苍蝇，智慧的低姿态也不是卑贱，而是一种谦让的美德，一种不争、宽容、和善、接纳的胸怀，也是一种为人处世的智慧。当然，真正的“低”不是献媚的低、奉承的低、没有人格尊严的低。真正的“低”是一种凌驾于他人之上的包容、奉献，与不计较。

不要做别人戏剧里的配角

“婴儿堕地，其泣也呱呱，及其老死，家人环绕，其哭也号啕。然则哭泣也者，固人之所以成始成终也。”生命，一个富有活力而又显得格外沉重的词语，每个人伴随着哭声来到世界，也终将在亲人的眼泪中离开。生命短暂而不可重回，每个人只需做好自己生命的主角，而不是他人生活的看客。

生命是自己的，生命的短暂众人皆知，生命真正的价值与意义又能有几人在生命结束前能彻底明了？生命中有太多事，我们都无力也不必去更改，有的看似轻如微风，却让人难以承受。只有坚守自己的内心，才能与喧哗世事抗衡。

福宝镇是南方的一个老旧小镇。小镇铺着一大片顺河而建的高低错落、鳞次栉比的古建筑，虽历经500多年沧桑，仍保持着原有的古老格局。斑驳的青石板街面，两边都是上了年纪的古朴而优雅的闲静院落。即便在盛夏，穿梭在小镇之中，总有种遗世独立的荫凉感。

“围布盖好，剪头发嘞！”

大青石铺成的古街头，时常会有一声低沉浑厚的川南软语，从一面不大的实木窗里蜿蜒传来，穿透小镇的清幽。

一个头发花白的老人，直立立站在那儿，毕端毕正，挺着腰板。身旁一张老旧的藤椅上，正坐着前来理发的小孩子，小孩子已经系好了围布，一头生机勃勃的黑发浓密笔直。

老人跟前一把剪刀，一把推刀，一把齿梳。

这位头发花白的老人，被居民们称为小镇最后的“理发师傅”。当大街小巷纷纷立起了颇具现代感的发廊、理发店，发艺更层出不穷花样百出的时候，这位老人却选择固执地延续老祖宗的手艺，办起了这个理发摊。

一晃，竟也二十余年。二十年来，他坚持理发，并只做理发，且理发价格一直未变，童叟无欺。他说：“各人有各人的活法，我晓得我想怎么活。”

是的，不忘初心，方得始终，何必向别人证明什么，做自己生活的主角，更好地生活，仅仅是为了自己。

生命不在于你活得有多长久，而是你在活的时间里是怎么活的。有的人嫉妒明星的光环，艳羡名人的财富，沮丧自己的平凡，整天追名逐利，到头来也还是不知道自己为什么而活着。而有的人看似无所事事，一无超脱的无所谓自然状态下却活得洒脱、活得精彩。

借用先贤的话说，要想演绎好自己的人生，首先得“认识你自己”。人总是要有追求，无论你追求什么，终究都要活得明白，以便灵魂有个去处，别让自己做他人生命的看客，或者自身灵魂的游子。通透的生命，必是能看透自己的本心。

努力，上进，才能让自己的生活变得更漂亮。

在《不能承受的生命之轻》中，米兰·昆德拉将生命的承受通过人物的个人命运表达得淋漓尽致。他提出了对生命隐喻式的哲学思考，也有人生命中的悲欢离合。他认为，在没有永劫回归的世界里，生命没有绝对的真理，只有一大堆相对的问题。就像生命，生命由于缺乏绝对的意义，变得没有依凭与支撑，甚至不如随风飞舞的羽毛那样有确定的方向。生命并不是绝对，而是相对。于他人，你是过客，于自己，你才是主角。生年不满百，且行且珍惜。自己永远是自己的主角，何必总在别人的戏剧里充当着配角呢？

做自己的主角，不是与别人格格不入，更不是离经叛道，而是对人保持热情和友好，对钱保持淡定和从容。人一出生并无好人坏人之分，做错事做对事瞬息万变，你喜欢也好不喜欢也好，人也有春夏秋冬，人也有潮起潮落，这不是偶然而是必然。

人是高级动物，人是灵性之躯。我们要学会而且学好面对人的一切，接受人的一切，承受人的一切，享受人的一切。包括对你好的人和对你不好的人，对人保持热情和友好，其实就是对自己保持热情和友好，你的世界你的人生就会像诗一样，何乐不为。

对钱和对人应该有所不同有所区别，金钱既没有温度也没有灵性。对金钱保持淡定和从容其实就是理智，其实就是智慧，其实就是灵性，这也是一种对钱的境界和情怀。钱在天使手上钱就是天堂，钱在魔鬼手中钱就是地狱，钱在平民百姓钱就是平凡的人间。

没有钱不行钱多了也不行，你有越大越强的承载能力，你有越宽越广的美丽胸怀，你才能拥有更多更长久的钱财。来到这个世界，没有钱不是你的错。离开这个世界，没有钱也不是你的错。如果人的一生一切都是为了钱并且一切都是向钱看，钱就是你生命的一切，你就大错特错。

我们大多数人都在生命的起跑线和生命的中途去比谁更有钱，只有极少数人才会在生命的终点站去比谁人生的最后一公里是为钱活着还是为一呼一吸的刹那生命而活着。

生命不是活给别人看的，生命就是一朵花，静静地开，悄悄地落。我们无法按照个人意志影响他人，却可以左右自身生命的精彩程度。要怎么活，要怎么过日子，要经历什么样的生活，自己才是主导因素。

每个人的生命只有一次，人们或是感叹人生苦短，或是感伤“年年岁岁花相似，岁岁年年人不同”，结合自身的生活，都是可以理解的。是你的就是你的，不是你的，不必强留。或许，我们都只是沧海一粟，但是，只要我们有枕着阳光的心，梦想的种子就会发芽，做自己的主角，每个人的生命都独一无二。

不愿吃亏你将吃大亏

俗话讲，吃亏是福，然而在利益面前，又有多少人能甘愿吃亏呢？不过真理始终是真理，很多人就是因为不愿意吃亏，斤斤计较，贪图小便宜，而丧失了人生的机遇或是人生的幸福。

法国批判现实主义小说大师巴尔扎克的代表作《欧也妮·葛朗台》中就刻画了一个令人触目惊心的因吃不了亏而丧失了人生幸福的形象——吝啬鬼葛朗台老头。

葛朗台从最初的一个箍桶匠变成了当地首富，离不开他生意人的精明。可是成了首富之后他却更加贪婪，吃不得亏，容不下自己的一丁点财产流失。为了占得金钱的便宜，亲自动手为妻子和女儿分发食物与蜡烛，导致妻女受冷挨饿，妻子生病了首先考虑的也是看医生要花钱。聪明的葛朗台想到万一妻子死了就要立遗嘱，他的财产便要被分割，是得了医药费的小便宜而吃了财产被分割的大亏，这才抓紧给老婆看病。这样的精明可谓无耻。

对女儿欧也妮也是如此，为了自己的金钱他想方设法劝说自己的女儿放弃自己的财产继承权。在爱情上，他考虑的并不是女儿的幸福，而是怎样利用女儿赚取更多的财产。

而葛朗台的结局却是荒谬的，他想方设法占尽便宜，但是他死之后，财产还是给了他的女儿，并用于了慈善事业，这要是被泉下的葛朗台知道，估计要气得复活。他的妻子被他吝啬对待至身体恶化死去，他的女儿则因为他不愿意吃亏，丧失了自己珍贵的爱情、整个人生的幸福，以至在修道院里度过一生。

毫无疑问，葛朗台最终丧失了自己固守的财产，辜负了夫妻之情，剥夺了亲生女儿一生的幸福，自己也因为沉迷于自己的财产而离群索居，错失了生命的精彩。而这一切的缘由无非是他太看重财产，容忍不了任何一丁点的流失罢了。人死则一切都消失，葛朗台因为他永远也抓不住的东西牺牲了生命中最可贵最真实的东西，实在是愚蠢不堪。

同样是父亲，宋朝的苏洵却做得很好。他给女儿选夫婿，则根据女儿的性格，以才华和人品为第一，而不是因为自己家族的名誉要求对方非富即贵。最终才子秦观通过了重重考核，与苏小小结为伉俪，恩爱一生。在女儿的婚姻大事上，苏洵就做到了以大局为重，以女儿的终身幸福、家庭的终身幸福为重，抛开金钱、权贵这些小便宜，成就了一对佳人，完成了一个父亲的使命，也为历史留下了一段佳话。苏洵在金钱、权贵上吃的亏岂不是福？而他也因此而拥有了更重要的东西，其实并没有吃亏。

现实生活中，因为贪图小便宜而吃了大亏的例子更是数不胜数。近些年来猖狂的电信诈骗案，虽说责任主要在犯罪分子，但很多成功的诈骗往往都是受骗者贪图犯罪分子给出的虚假便宜，最后一步步陷入深渊，最终造成巨大的损失。那些因为贪污受贿而受法律惩处的贪官污吏，同样是因为最初的贪小便宜，一步步养大胃口，壮大胆子，最终祸国殃民，也害了自己。

爱占便宜的人，终究占不了便宜，捡到一棵草，却失去一片森林。相反，不贪婪，不自私，放得下一些小利益，吃得一些小亏，往往会带来更大的利益或是新的机遇。

刘邦在进关中之初，对手下士兵抢夺骚扰老百姓的行为持纵容态度，他想的是，将士们辛苦征战，把命都豁出去了，胜利之后放纵一下是情理之中。然而萧何张良等人却看得长远，知道此时的小便宜会坏了大事。他们明白得人心者得天下，于是马上建议刘邦善待民众，让民心安稳，偏向他这一方，与此同时，项羽却在战争中屡屡暴露残暴的本性，而最终，刘邦抢占仁义的先机，致使项羽处于被动的局面。

其实楚汉之争的转折点几乎都在于一些关键时候当事人对小便宜和吃亏的态度。韩信之所以全心帮助刘邦，是刘邦满足了他想当齐王的小便宜。项伯帮助刘邦，同样是刘邦给了他小便宜，许诺把女儿嫁给他。鸿门宴上，项羽心软，也有他收了刘邦的礼而放不下情面的缘由。项羽在乌江自刎，主要也在于他吃不得面子这个亏。刘邦不进驻咸阳，也是以吃亏保全了自己。纵观这一系列事情，我们都可以发现，在一些小事情上，似乎都是刘邦在吃亏，而项羽赚了便宜。但是刘邦却从极端弱势中一步步成长起来，

化险为夷，一次次拥有新的机遇，最终得到了天下。

蒙古草原狼是极为凶悍的动物，小说《狼图腾》中，牧民们为了保护自己的羊群，最智慧的做法是捕杀草原上的野生黄羊时，不斩尽杀绝，给狼群留下一部分。这样，狼有了猎物就不会来祸害家养的羊了。牧民们这种牺牲小利益的方式，换来了整个草原生物链的和谐安定，也更好地保护了属于自己的财产。

《吕氏春秋·义赏》有："竭泽而渔，岂不获得，而明年无鱼。"讲的也是目光短浅，只顾眼前利益，不顾长远打算的道理。水是鱼赖以生存的环境，如果把水放干了，能把所有的鱼捞到，在当时取得最大的收益，但是那些鱼苗没了，环境被破坏了，第二年便没有收获。对森林的砍伐也是如此，森林的形成是千万年日积月累的结果，人类为了眼前利益可以一日毁尽，但随后带来的生态恶化却可能是永远也弥补不了的罪恶。

天道与人道相通，不论是自然规律还是历史现象，吃得亏、不占小便宜的本质都是一种与天地间的一切宽容相处、理解相待、多付出少拥有的心态。

《道德经》云："曲则全，枉则直，洼则盈，敝则新，少则得。"揭示了万事万物相生相克，阴阳相佐，得失平衡的道理。对待人生，处理人事，如果处处做得太满，过于斤斤计较，那样的拥有其实是失去，失去发展的空间，也会因为耽于小事而忘了大事。

善于吃亏，不占小便宜体现的是一种豁达与宽容，体现的是对他人的利益的尊重、意志的尊重、人格的尊重，而任何人都愿意与拥有这样品性的人相处。"得道多助"，吃小亏，人缘好，朋友多，机会多，最终拥有的也就越多。反之，如果吃不得亏，生存发展的空间缩减，就是吃大亏了。

从男女情话看真话假话

在漫长的历史长河里，青年男女的终身大事一直是“父母之命，媒妁之言”，痴男怨女们对自己的爱情并没有发言权。然而，在我国南方，却也有着通过情歌互诉衷情，再上门提亲的习俗。那悠悠情歌、绵绵情话，虽白云千载已成追忆，却在历史的画卷里永久而清晰。

但凡热恋中的人儿，总少不了绵绵情话、铮铮誓言，古往今来，皆无例外。有人问，什么假话最真？答曰：情话。说者信誓旦旦，听者亦信以为真，殊不知，一句“我永远爱你”，证明却需耗尽一生。

事实上，情话是真是假已然不重要。两个人的爱情或许会随着时间的冲淡而消逝，但曾经拥有的蜜意柔情，却因为情话而得以永存。斗转星移，岁月流金，当世间万物变幻，沧海变作桑田，那无数曾叩动人们心扉的情话，仍旧撩拨着今人心弦，诉说着爱情的弦音。

说起情话，当数元稹的《离思》，初读便觉惊艳无比，尤其其中两句：

曾经沧海难为水，除却巫山不是云。
取次花丛懒回顾，半缘修道半缘君。

未见沧海前，清水是水，浊水也是水，沧海之后，再无水了；未至巫山前，流云是云，游云也是云，巫山之后，再无云了。虽然常在花丛中穿行，我却不曾有心思欣赏花，一半，源于心中已经修道，一半，便是因为我心心念念的你！

此诗情之凄切，堪称千古绝唱，不知赚了多少纯情少女的眼泪，亦不知碎了多少多情人的心。后人多引用前两句诗，喻指对爱情的忠诚。想来，作者必是痴情之人，任凡夫俗子们伸长了脖子也难望其项背。然而，值得玩味的是，如此忠贞不渝的情诗，却不晓得诗人究竟为谁而作！

黄肃秋在《唐人绝句选》中说道：“《离思》五首，据说是眷念双文之作。双文，即元稹《莺莺传》中被始乱终弃的崔莺莺。”

年少时，元稹曾保护远房姨母郑氏一家不受乱军骚扰，因而认识了崔莺莺。元稹见其美艳动人，遂托红娘传诗以表心迹：

月色溶溶夜，花阴寂寂春；
如何临皓魄，不见月中人？

这便是《西厢记》中，以元稹为原型的张生传与莺莺的情诗。元稹有诗才，也有魅力，几首情诗便使得深闺寂寞的莺莺心神激荡。两人你来我往，爱情的火苗在情诗中悄悄燃烧。及至元稹相约，红娘小丫头送了回信，但见崔莺莺回复道：

待月西厢下，近风户半开。
拂墙花影动，疑是玉人来。

元稹见信乐不可支，料想美事可成，谁知半夜翻墙相见，崔莺莺却对他一番训斥。这崔莺莺虽是妓女，却也心气高，一般人也看不上。正绝望间，几天后的一个夜晚，崔莺莺却又携枕而来，端端地上了元稹的温床。被爱情俘虏的她已在劫难逃，不由自主地把自己降低到尘埃里了。元稹遂得偿心愿。

在此后一个月的时间里，元稹“朝隐而出，暮隐而入”，两人情投意合，在西厢里颠鸾倒凤，夜夜狂欢。只是，欢爱过后，元稹却未曾有与之成婚的念头，反把崔莺莺归为害己害人的妖孽——“大凡天之所命尤物也，不妖其身，必妖于人”——凡是尤物，不害己必害人。削尖了脑袋想进入仕途的元稹，不过为自己始乱终弃的恶行找到了绝佳理由，从而义无反顾地踏上了考取功名的青云道。

元稹爱崔莺莺么？爱。只是与功名利禄相比之，元稹更倾向于后者。

也有人说，这诗是写给韦丛的。韦丛是太子少保韦夏卿的幼女，比元稹小四岁，二十岁与元稹成婚。那时候元稹还没有功名利禄，生活是清贫的：自嫁以后，“始知贫贱，食亦不饱，衣亦不温”，但即使是“贫贱夫妻百事哀”，却也“野蔬充膳甘长藿”，两人恩爱有加，度过了七年艰苦却也幸福的生活。七年后，元稹高升，当上了监察御史分司东都，韦氏却离他而去，时年27岁。韦氏的离去使元稹悲痛不已，我们可以看到，他的不少诗歌都不由自主地有着他爱妻的影子：

谢公最小偏怜女，自嫁黔娄百事乖。
顾我无衣搜画箧，泥他沽酒拔金钗。
野蔬充膳甘长藿，落叶添薪仰古槐。
今日俸钱过十万，与君营奠复营斋。

——《遣悲怀·其一》

她如谢公最偏爱的小女儿，嫁给我这贫士百事不顺心。
见我无衣衫到处翻箱倒柜，求她买酒就拔下头上金钗。
野蔬豆叶充饥她吃得甘美，靠古槐落叶当柴也无怨言。
今天我的俸钱已超过十万，只能为你办祭品烧些纸财。

除此之外，还有《六年春遣怀八首》《杂忆五首》《妻满月日相唁》等等，可以说篇篇都感人至深，可以想象韦丛是一个何等贤淑端庄的女子，也可以看出元稹是一个痴情专一的男人。

但转念一想，情话，往往是最最玄虚的句子，看似温润如玉，其实冰冷如铁。

我们知道，当韦丛卧病在床、奄奄一息之时，元稹就趁出差之机来到成都，与蜀中才女薛涛在锦江畔吟诗作赋，共赏良辰美景奈何天。而这位薛涛，整整大了元稹11岁！这位风韵犹存的美人，在诗词、音律等方面皆有很高的素养，如今看来，也应是上流社会的一位交际花。薛涛的才情令元稹惊艳，元稹的柔情，亦叩开了薛涛的心扉。两人初见，便生相见恨晚之心。然而聚散终有时，次年元稹回城，两人并未能厮守终身。

临别时，元稹笑言：洪度，我走了，我会尽快回来的。薛涛心灰意懒随口道：勿忘我。他说：不会的，我即使会忘记你，也不会忘记你的诗啊。你的诗我全带了，如你怕我忘记，就常常写诗给我吧。

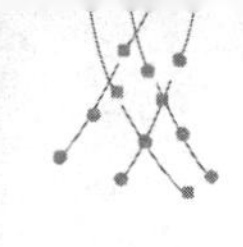

元稹爱薛涛吗？不能说爱，亦不能说不爱。至少，元稹并没有因薛涛而留下来，但那一篇篇绝美诗篇，却是两人爱情的最好见证：

锦江滑腻蛾眉秀，幻出文君与薛涛。
言语巧偷鹦鹉舌，文章分得凤凰毛。
纷纷辞客皆停笔，个个公卿欲梦刀。
别后相思隔烟水，菖蒲花发五云高。

元稹爱慕薛涛的才华，却不知这相思远隔烟水，再到不了薛涛彼岸，两人的爱情亦无疾而终，不过，这些美妙的诗句，却如夜空下一抹淡淡月影，千年后仍旧撩拨着世人的心弦。

令人啼笑皆非的是，元稹回到长安后，爱妻韦丛便不久辞世，他立即写下五首《离思》，悼念亡妻，并发誓永不再娶。但亡妻尸骨未寒，元稹又另娶妻！不是崔莺莺，更不是薛涛。别了沧海，他的心中依然沧海汹涌，别了巫山，他的心中依旧云蒸霞蔚！只是那一句“曾经沧海难为水，除却巫山不是云”，不知道是韦丛，是薛涛，还是后来纳的妾，又娶的妻了。

张爱玲说：娶了红玫瑰，久而久之，红的变了墙上的一抹蚊子血，白的还是“床前明月光”；娶了白玫瑰，白的便是衣服上沾的一粒饭黏子，红的却是心口上的一颗朱砂痣。失去的永远是最好的。沧海也好，巫山也罢，不过是文人的应景之作。但那一瞬的惊鸿一瞥、那一霎的怦然心动，却能够以这般绝美的句子得以留存，千年后依旧如浅浅浮动的春水般，惊艳世人眼光。

真作假时真亦假，假作真时假亦真。假话泛滥，不仅体现在爱情上，也渗透于社会的肌体当中。据国外的科学家研究，长期讲假话的人阴阳的平衡能力较差，大脑和小脑的平衡能力较差，内心世界和外部世界的平衡能力较差。而且长期说假话的人，最容易患焦虑症和忧虑症，爱和被爱的几率最小。

讲真话是人性的本质和初心。童真童心童趣是人生最真实快乐的生命阶段。但是一旦进入 18 岁成为成年人，特别是拥有身份证以后，很多人的思维能力和行为能力却开始远离童真童心童趣的世界，真善美也离他们越来越远。这究竟是为什么？其实讲真话非常容易，比讲假话简单。

讲一句假话要用十句假话去掩饰和掩盖，慢慢开始讲假话成为生活的习惯和生命的性格，而讲真话一句就是一句，一辈子不用去掩饰和掩盖。我有一个体会和感悟，讲真话心里愉悦和舒服，讲真话是修身养性的善为，讲真话才是大智大慧和大美的最高境界和极致情怀。讲真话真的很好，一生一世安好！

从女人与衣服说开去

“女人如衣服”，不知这句古话源于何时，又何以流传至今，使得我这孤陋寡闻的人也早早听闻了。这句话，我听到它伊始，立即认为它是在贬低女人，而后头脑去了一点蠢，又懂得了它是在批判男人，现今又去了一点蠢，我才明白它是在高度赞扬女人。

这句话是出自封建社会无疑，那个时候的文化里，女人的地位是卑微的，三从四德如是，故而对女人的赞扬是不能太明目张胆的，不排除多有弦外之音，后人万不可仅从字面评判。“女人如衣服”，我大可以猜测补之其潜台词：“男人不可缺”。也就是说男人无法离开女人，没有女人就没有温暖，没有女人就没有阶级，没有女人浑身赤裸裸的就更显得脏。那么，这句话不啻是在肯定女人无与伦比的价值。此比喻之贴切委婉深藏，我相信，在人类整个女性崇拜史上都是一座高峰。

大凡人买衣服，总要考虑三点：其一，大小；其二，质量；其三，外观。

所谓大小，就是要合身。你是“修八尺有余”的邹忌，就穿不下“三寸丁谷树皮”的武大郎的汗衫；你是“三寸丁谷树皮”的武大郎，就无力消受“修八尺有余”的邹忌的长服。但总的看来，我们去买衣服，大小绝不是问题，NBA 球员要定做是例外。且不说逛满整条街，就是一家店子，也一定能找出适合自己凡胎肉身的。我相信，普通人买衣服时绝不会产生“没有大小合适的怎么办”这样的担忧。我不妨借此妄自菲薄一番，把衣服大小的合适、夫妻关系的牢固度画上一个略等号，那么一个男人娶了某个女人一定要家破人亡的情况定是绝少数，因为人是会妥协的、懂包容的。这也不难证明，这世上因夫妻不和而离婚的情况的确少之又少。但男人选择另一半时，常露出“找不到合适的”一类的话。这也正确，是从完美的角度去考虑的，并非是担心以后离婚，而是担忧婚姻的质量。再把女人比作衣服，那么这种不合适很少因为大小不合身，而多是因为质量与外观两种因素。

再谈质量。衣服的质量，在价格能接受的范围内，肯定是越好越满意，所以男人大都奢望能娶到更好的女人。但一个贫苦的农民，往往不敢奢求白富美。《巴黎圣母院》中的盲聋驼丑敲钟人卡西莫多虽然能为绝色美女爱斯梅拉达献出自己的生命，但从没有动过占有她的念头。我还从一部小说里读到一句话，大意是一个乞丐若能得到公主哪怕是无意间的一瞥，也会感动得泪流满面。这都是很好的例子。这多是各类表象地位的悬殊。在古代，这种悬殊尤为突出，也有很多女性的悲剧，神话传说里有织女、三圣母，文学作品里有《复活》的卡丝洛娃、《苔丝》的苔丝，《呼啸山庄》中更是因为这种悲剧而引发一系列恐怖的悲剧。此外还有很多，我就不再列举了。

总之，因地位悬殊发生的爱情悲剧在历史上是数不胜数的，艺术无疑是他们的倒影。这种悲剧现代也还有，但数量少了，程度低了，这得益于人类文明的进步。衣服的质量，材料为最大的影响因素。古代制衣服的布料，一是种类不多，二是不同阶级所穿的衣服在质地上都有限制，不似现代这般杂。再把女人比作衣服，人民穿衣有阶级，男人择偶也有阶级，这就是门当户对。这种文化传统就在一定程度上控制了女人质量的合适，婚姻也少了很多麻烦。当然，这少有人性的自由。

虽说现今的文化并不限制我们选择衣服，但我们现在去买衣服，还是会考虑阶级。这种阶级是拐了个弯的，金钱就是这个弯。就说学生阶级，只准备了三百块钱，就不会进阿迪达斯，更名贵的更不消说了。所以大多数学生去买衣服时质量范围已经是定好了的。虽说有所限制，这个范围也非常大，可以进特步、鸿星尔克、匹克、以纯、安踏等等等等，总之是够了。这些店子里的衣服，价钱相差不大的质量也相差不大，材料可能不同，但耐久度是鲜有区别的。

综合上两段，我是否可以这样说，天下的女子，虽分有阶级，但同一阶级里内心的质量几乎都无大好大坏。她们的各式各样的区别，就好比活泼、文静、温柔、细腻、大方的区别，你不能说哪一种好，哪一种不好，有包容力的人都是可以接受的。但男人选择女人时还是要挑，就好像大小、质量皆合适的衣服多，却觉得满意的少一样。这是什么原因呢，还有最后一个标准：外观。

去买衣服，大小合适了，质量合适了，依然不会满意，那无疑是因为外观了。我认为，男人找对象，在可以选择的时候，都会考虑女人的外貌。女人外貌的美有很多种，总之是要看起舒服，要自己看起舒服。我们去买衣服，不管别人如何说，还是要自己觉得好看才会买。在外观上男人当然也会妥协，若时间紧迫又忙穿新的，或是没有钱买更好看的，就不得不妥协："唉！将就吧。"就是这个道理。人们常说的男人好色，大抵是说男人喜欢漂亮女人。我以为女人不可以此攻击男人，因为"女人如衣服"，谁看了漂亮衣服不会欣赏？即使是穿在别人身上的也会欣赏，是忍不住的。但男人总不至于跑上去把人家的漂亮衣服剥了给自己穿，仅是饱饱眼福罢了。若有抢人衣服的，那是流氓强盗，在如今的法治社会并不多。

大小、质量、外观都谈了，谈得很荒唐，现在做一些重要的说明。买衣服的法则适用于男人找女人的并不多。一，买衣服重外观，找女人也重外观，但衣服仅是一种装饰，女人是有情的。若有真情，则可排挤外观，可惜真情难遇，所以在真情如平原一般平坦时，注重外观是必然的。二，现今衣服质量相差不大，是否大多数女人的内在魅力也相差不大？虽有区别，也好比蓝色与红色，你不能说哪种更好。若真有内心鹤立鸡群的女人，男人是能发现的。若内心皆是平平，又无刻骨铭心的真情，何以有理由不考虑外貌？三，衣服是被动的，女人是完全可以主动的，所以男人在选择她时，她也有同等的权利选择男人。一个男人可以不喜欢一个女人，一个女人也可以不喜欢一个男人。适合与不适合是双方的，绝不是一厢情愿。四，衣服可以经常换，但女人不可换，婚外恋便是这种道德限制下的产物。五，评判一件衣服是综合大小、质量、外观的，评判一个女人也是多方面综合的。各种因素相互影响、补充。

如上所谈，女人与衣服可以有诸多关联，那么女人喜欢衣服便是天经地义的了，我们无疑要大力提倡女人喜欢衣服，如此顺应天道。衣服很多样，我谈的仅是冰山一角。同样，"女人如衣服"，女人亦复杂，我谈的也仅是冰山一角，且多有谬误。明理之人不必较真。

女人如衣服，男人不可缺。

从“食色性也”想到的

林语堂说吸烟是灵魂上的事业，实乃至理，非明理之人不能懂。然倘若我说好色是灵魂上的事业，大概痴傻凡圣皆会认为无可指摘了。我曾听到一句颇有性情的名言：男人可风流但不可下流。我以为此乃惊天地泣鬼神的妙言真知，不逊于贾平凹赞女人来此世间是为贡献美。我以下所谈的“好色”皆不逾“风流但不下流”之篱墙。切记。第五版《现代汉语词典》解“色”有“指妇女美貌”，亦有“情欲”，我以下所谈的“好色”是指前者，然正如叔本华所云性欲乃生存意志的核心，故我谈的“好色”里也定有“情欲”掺杂，却似葡萄之酸核，大可忽略，囫囵吞之。明理之人定懂得。

好色不失为男人最大的魅力之一，不好色的男人无大趣。张贤亮有一个说法：“男人的一半是女人”，倘若正确，我们大可推测女人的看法对一个男人是何等重要。《金瓶梅》中，西门庆情妇数十，然我观之其并无强逼之举，妇人皆是自愿，可见西门庆是有其独特魅力的，除他的身体上的天赋、雄厚的家势、豪爽的性格外，好色也是其魅力所在，姑且美其名曰“解风情”。外国的歌德、拜伦亦是好色，一生情人无数，也因情人带去的灵感而传世了那些美妙的作品，读他们的书页有趣得多，少有托马·斯曼、雨果的晦涩。自然，逛妓院的叔本华也比尼采易懂。我突然发现，好色的天才都比一般天才受女人青睐，大概女人都喜欢她们倾心的男人好色，如此她们才有用武之地。我相信，倘若凯撒大帝不好色，埃及艳后对埃及的拯救定是螳臂当车。吴王若不好色，勾践决不能复越。三十六计之“美人计”如是。

好色的男人更有趣，更具人情味儿。不妨来贴近生活，多年前在贵州，我家隔壁的一位叔叔每到了晚上，总会抬一个凳子放在人行道上，潜心观察过往美女，即使是他的夫人在，也不回避其内心的真实，坦言：“她们穿得这样漂亮走在路上就是让人看的。”我以为甚妙，他的夫人也是一笑，可见她是默许的，也是承认其丈夫的观点的。美人可养心，平常走在路上，似我这般好色之徒，总会自发地东瞅瞅西望望，不免耳濡目染赏心悦目的女子。当此时，总希望与同路人分享，如同路人亦好色，则不必言传，只消一个眼神，或轻微一碰身子，他便能会心一笑，如此甚为美哉。倘若同路人是不好色之人，非但他不能领会我的眼神与细微的动作，就算你与他明说了，他还一脸诧异地问：“啥？哪里？”甚使我失望。而若是道貌岸然的君子，我则不得不深藏我所观得的美景了，万一表露出来，还落得个道德沦丧之名，即使是好心也是赔了夫人又折兵：心情丢了，道德也丧了。说到这里，我殷切希望女子们不要深责我们男子好色无聊，打一个比方，你们走在路上，看到一只可爱的小狗也满露欣喜之情，而你们作为世间最有活气的美妙艺术，又怎能屠杀我们的欣赏之心呢？我当诚心地奉劝你们：一个男子倘若不懂得欣赏女人之美，你千万不可嫁与他，因为他若不懂得欣赏女人，定不会懂得欣赏你，你怎能屈身同一个不懂得欣赏自己的男人过一生呢？

梁实秋云：“男人的谈话，最后不谈到女人身上便不散场。”屠格涅夫享誉世界的也是作家本人最爱的作品《初恋》，也是借几个好友坐在一起谈女人时说出。毋庸置疑，大多数男人都是好谈女人的。但女人好谈男人否？我不知，大概没有男人谈女人的殷勤，而是谈服装饮食旅游较多吧。但万万不可说女人因此而不好色，只是程度低些，或是没表露出来而已。再举《金瓶梅》，虽说西门庆是大色鬼，但我觉得同西门庆有染的女人也不是道德的圣人，好色的程度并不低，潘金莲尤甚。然而细心的读者不难发现，西门庆宠爱潘金莲，与她的好色（或曰“解风情”）有千丝万缕的联系。故而，好色在某种意义上也是女人获得男人深爱的法宝。《静静的顿河》中笑谈：“女人晚熟的爱情不像鲜红的郁金香，而是像如火如荼的盘根草”；《日瓦戈医生》里有妙语：“热恋中的女人特别喜欢情人露骨的无耻的放肆。”如果我列出的两本巨著中的观点有一定的道理，那么女人也是好色的。但女人的好色似乎很明智，又一本巨著《约翰·克里斯托夫》这样说道：“女人天生靠不住，但她会保护自己不吃亏。”我倒觉得这句话放在感情上不大准确，据我的观察，女人总是吃亏的多，尤其在“好色”上，所以我不忍心女人胡乱好色。

我曾读到过一个智者的话，其人我记不清楚了，他所说的大意是从男人之间谈不谈女人可以得知他们交情的深浅。此话非常妙，也可证明女人总是藏在男人的最深处，且最真诚的地方。

好色之事，所有道德忌讳之处，但也有你情我愿的规则。女人的爱打扮必然更多是为了得到异性的欣赏，我们从很多女性在家随意任性、一出门便淡妆浓抹总要相宜的事实便可看出。女人之爱吸引男性，已是定律，或许不想与男人成为情人关系，但是若能博得男人的欣赏也是能使自己骄傲开心的。罗素更有颇为讽刺的语句：“守贞操的女人嫉妒那些虽然不守贞操却没受惩罚的女人。”这话虽然显得偏激，但也闪烁着幽默的真理之光。“食色，性也。”“性”即本性，男女皆是如此。过分批判本性显然是不对的，通情达理的观念应是让好色得体优雅而有道德感、责任感。

从世界的起源看男人和女人

关于东西方智慧的不同，也许我们可以从两个最古老的故事管中窥豹。

中国神话说，在太古之初、时间之外，世界还是一颗被尘封的巨星，黑暗笼罩、万籁俱寂。然而，这颗巨星没有跟谁有染，就自发地怀孕了，而且怀的，同样是一个巨人，一个率先打破宁静、改变世界的巨人。

他叫盘古，为了把眼前的混沌劈开，为了早些见到天日，他实在是蛮拼的，不知从哪里抡起一把斧子，不停地劈啊砍啊，可谓是废寝忘食，加班加点！

这一世间最浩大的工程，他一个人足足干了一万八千年，当最后一斧劈出时，仿佛一声巨雷在天空炸响，先前你我不分的巨星一分为二：盘古头上的一半，化为气体，不断上升，飞啊；脚下的一半，则变为大地，不断加厚，迅速垒高。于是，天和地横空出世了。

天和地每日加高三尺，盘古也越来越高大威猛，那身高，那体形，姚明站在面前，也仿佛一粒微尘，只能无限仰望，盘古真正成了“顶天立地”的英雄。

但是盘古太累了，一万八千年啊，他一直在像农民工一样，干最苦最累的活，连一个双休都没玩过！

他已经耗尽生命的最后一丝力气，如同一盏灯燃尽最后一滴油。他死了。他的遗体没有被送往殡仪馆供人悼念，也没有被烧成灰，而是把器官都捐献了出来！捐献给了人类！

他呼出的最后一口气，变成了风云；声音变成了雷霆；左眼变成了太阳，普照大地，给人类带来光明和温暖；右眼变成皎洁的月亮，给夜晚带来诗意和美丽；数不清的头发变成数不清的星星，散落在苍穹，供小孩子们数，或者男生扬言去摘给女生；血液流淌开来，变成江河湖海，日夜奔腾不息；

肌肉变成茫茫沃土，万物从此生长；骨头变成花草树木，点缀人间；筋脉变成了一条条道路；牙齿变成了石头和金银铜铁；精髓变成明亮的珍珠；就连汗水，也变成了雨露霜雪，滋润庄稼。

盘古开天辟地的故事，带着典型的中国思维，东方智慧。那就是我们对祖先的神化，对未知世界的想象，对光明的向往，对无私奉献英雄的点赞。是谁创造了人类？是谁改变了世界？又是谁推动社会向前？是劳动人民自己，是我们自己。

与其说盘古是一个惊世骇俗的神仙，不如说他是自然大道的化身，在他的传奇里，有着十分精深的东方文化、科学和哲学内涵。

而同样关于世界的由来，《圣经》是这么说的：相对盘古的一万八千年，上帝耶和华仅用不到一周时间就创造了世界，也创造了人，第七天还要了个单休。周一打造白天与黑夜；周二打造高天、大地、海洋；周三打造山川、平原、丘陵、花草、树木等自然景观；周四创造了璀璨群星，让季节分明，晚上是用来睡大觉的，如果执意远行，就让月亮的清辉洒在那些穿越沙漠的漂泊者身上，不至于迷失方向；周五创造了飞禽走兽，给人类带来肉食和生机；周六创造什么呢？那就是万物之主、万物之灵的人！

上帝先搞了张自拍，然后照着自己的颜值，用泥巴捏出了一个人，人是死的，朝他鼻孔里吹了一口气，人就活了，站起来，到处跑，上帝给他取名亚当。

亚当住在伊甸园里，这是最诗意的栖息居所，景色绝美，要啥有啥，但唯独没有女人！

亚当总觉得生命中缺失了什么，每天独坐园中，心里很苦，上帝说："宝宝别哭，我再造一个人来陪你吧！"当亚当睡着时，上帝就在他身上动手术了，轻轻取下他身上的一根肋骨，再用针线缝合。手术技艺之高，不打麻药，不留疤痕，亚当也丝毫不觉疼痛。那根肋骨变成了一个女人，名叫夏娃，站在亚当面前，满目含情。

亚当醒来，看到眼前的女人，说："你是我骨中的骨，肉中的肉！"

虽然二人一丝不挂，也不害臊。

亚当和夏娃快乐地玩耍，无忧无虑，从来没有想过要谈恋爱，更没想过干男女那事，但是伊甸园中的一条蛇引诱亚当，他们做了羞羞的事，有道德洁癖的上帝岂能容忍？将二人开除了伊甸园的园籍，爱去哪去哪，从

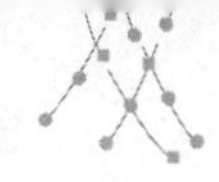

此江湖路远，后会无期！

后来，夏娃生了二胎，该隐和亚伯。亚伯因为嫉妒该隐得到父母的爱太多，把兄弟杀死逃走，夏娃又继续生更多的孩子，慢慢就繁衍成了人类。

两个古老的故事，演绎着不一样的信仰和智慧。盘古开天塑造了传奇得近乎真实，令后人景仰的先辈；上帝造人更像是在讲一个浪漫的爱情故事。

从盘古开天的故事里，可以看见中华民族的性格基因，意志坚定、勤劳勇敢、牺牲自己成全他人；开天辟地的过程，就是一部人生的奋斗史，不信鬼神，只信自己的双手。

而上帝轻松搞定了创世的难题，西方人总是把“上帝与我同在”当作口头禅，总是拥有一颗乐观豁达的心，因为他们都把难题抛给了上帝，活在自己的世界里。他们总是以所思所想为目标，撇开细节枝蔓的纠缠，直奔主题。

尽管东西方智慧各异，但有一点是相同的，那就是人才是世界的主宰！而且要由男人和女人共同来主宰！女人是水，上善若水，至阴至柔。女人可以梨花带雨可以撒欢撒娇。

男人是泥做的，属阳，阳则刚，从一开始就注定了一生的宿命，世界靠你去打拼，女人要你去爱怜。

男人和女人，在各自的角色里演绎不同的人生。其实，弱女子也有女汉子的一面，甚至体内还潜藏着洪荒之力；强悍的男人，也有脆弱的时刻，只不过他们善于隐藏、掩饰罢了！只有在不为人知的时候，在夜深人静的时候，在满心伤痕的时候，在蓦然回首的时候，在酩酊大醉的时候，男人才会哭吧哭吧不是罪！

因此，男人和女人，是你中有我，我中有你的关系！似男似女大智者。只有阳刚之气的男人不是智者，只有柔情如水的女人也不是智者。阴阳达到平衡，内涵和外延一致，理智和情感兼备，推理和想象融合。男人身女人的美丽容貌，女人身男人的宽广胸怀，举手投足无不显现和流露爱心和善为的雌雄一体之人，不是智者就是大智者。人类就是男人和女人的世界，男人有男人的智慧，女人有女人的美丽，要成为万人之中的一位智者，一定是兼具男人的优秀智慧品质和女人的美丽灵性魅力而于一身。因此，优秀的男人一定要向优秀的女人学习，优秀的女人也一定要向优秀的男人学习。

在岁月的时间里，在生命的空间里，让阴和阳保持最大的平衡状态，让性别所造成的习惯和性格的差异在生存、生活、生命的历程之中减少到似男似女的一种意念和境界的无我和有他（她）状态。

什么时候具有男人的性格什么时候又具有女人的情怀，一定是在正确的时间正确的地点正确的心情的三合一的交叉路口三而合一的不经意之中相遇相守到永远。男人太像男人只是聪明的男人，女人太像女人也只是聪明的女人。男人要拥有智慧一定要有神似女人的地方，女人要拥有智慧也一定要有神似男人的地方。也许这是人类的一种极致的生活和极致的生命，但是人类从来不缺对极致生活和极致生命的追求和向往。拥有智慧成为智者其乐无穷，一生幸福，何而不为？

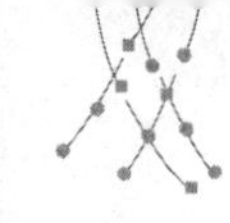

大肚能容容天下难容之事

“相逢一笑泯恩仇”这句话，估计很多人都会以为是古人说的，我们看武侠小说，里面就常常说，体现一种豁达不计较的侠义精神。其实这话是鲁迅先生说的。林语堂在《鲁迅之死》中写道：“鲁迅终不以天下英雄死尽，宝剑无用武之地而悲。路见疯犬、癞犬及守家犬，挥剑一砍，提狗头归，而饮绍兴，名为下酒。此又鲁迅之一副活形也。”这段描述中的鲁迅俨然一侠士，故而“相逢一笑泯恩仇”这样的“古语”由鲁迅这位今人说出，并不奇怪。换个角度想，鲁迅先生以一句诗打通古今，恰好说明了一笑泯恩仇的大肚量历来深入人心。

我们看鲁迅先生为什么而写下了这句诗才体会得到他的大肚量。“相逢一笑泯恩仇”出自《题三义塔》，这首诗的大意是讲：日本强盗轰炸上海，饥饿的鸽子在瓦砾堆中幸存了下来，偶然遇到一个好心肠的日本友人把它带回日本。鸽子死了日本人民还建筑起高塔纪念，常把它记挂在心田。如果死去的鸽子从梦中醒来，一定会化作精卫鸟衔石填平东海，消除战争种下的仇恨的种子，中日两国人民和谐相处，笑容以待。

试想，日本侵略者这样残暴的行为，鲁迅先生尚能期待“一笑泯恩仇”友好相处，人世间还有多少恩怨不能一笑冰释呢？不过鲁迅先生写这首诗时是 1933 年，1936 年先生就与世长辞了，如果他能目睹后来日本侵略者的残暴，断不会如此温和。

然而这都是后话了。重点在于，人生的仇怨，尤其是在太平时代，几乎没有战场上厮杀那样的仇怨，没有那样的深仇大恨。一生几十年，一年几百天，一天的分分秒秒，我们会遇见数不尽的人、经历数不清的事，无数的情绪会在我们的生活中出现，“一笑泯恩仇”如果用在日常生活中，就会有数不清的好处，帮助我们化敌为友，和谐融洽身边的环境，拥有更多的事业机遇，拥有更多珍贵的感情，也拥有一颗豁达的、愉悦的、没有负担的心，最大地实现人生的价值和生命的欢乐。

爱尔兰大文豪萧伯纳是闻名世界的幽默大师，他的幽默常常使人会心一笑，他也善于一笑泯恩仇。一次，他的剧本《武器与人》首次公演获得巨大成功。许多观众在剧终时要求萧伯纳走上舞台，接受观众的祝贺。萧伯纳应邀走上舞台，当他准备向观众致意时，突然有一个人对他侮辱性地大声喊叫："萧伯纳，你的剧本糟透了，谁要看！收回去，停演！"观众们大吃一惊，以为萧伯纳一定会气得浑身发抖，用高声的抗议来回应这个人的挑衅。然而萧伯纳不但不生气，反而笑容满面地向那个人深深地鞠了一躬，彬彬有礼地说："我的朋友，你说得好，我完全同意你的意见。"说着，他指着场内的其他观众说，"但可惜的是，我们能禁止这出剧本演出吗？"面对这个人的挑衅，骄傲的萧伯纳没有大吵大闹，因为他知道剧本已经上演，说什么都无济于事，而且观众已经给出了极大的肯定，不必要再做任何争辩了。况且每个读者、观众都有评价作品的能力，萧伯纳出于对那个人权利的尊重，选择一笑视之，成功化解了一场不必要的纠纷，也保护了当事人的尊严。

萧伯纳是诺贝尔文学奖获得者，他的内心是非常骄傲的。当初，闻名世界的女舞蹈家邓肯给萧伯纳写了一封热情洋溢的信，信中建议：如果让他俩结婚，那将对后代和优生学都是件好事。她着重指出："将来，生个孩子有你那样的智慧和我这样的外貌，该有多么美妙！"萧伯纳在回信中表示不能接受这番好意，他说："那个孩子如果只有我这样的外貌和你那样的智慧，就糟透了。"邓肯是一个非常聪慧的女性，她的《邓肯自传》就深得林语堂先生赞赏，说邓肯的才智不输男子。然而萧伯纳却骄傲得深深地讽刺邓肯。

新闻中常常报道碰瓷，也有一些人因为一点小事就大吵大闹。来看萧伯纳是如何处理车祸的：一次萧伯纳在街上行走，被一个冒失鬼骑车撞倒在地，幸好没有受伤，只虚惊一场。骑车人急忙扶起他，连连道歉。可是萧伯纳却做出惋惜的样子，笑着说："可惜你的运气不好，先生，你如果把我撞死了，你就可以名扬四海了！"能够不受伤已经是大幸，气度不凡的萧伯纳怎么会跟一个冒失鬼纠缠不休，耽搁宝贵的时间呢？这样的"一笑泯恩仇"应该引起我们的反思。

归根结底，"一笑泯恩仇"其实就是大肚量、大胸襟，能够以笑容去

包容生活中的不快与恩怨。这种境界也可以说是“宰相肚里能撑船”。

“宰相肚里能撑船”这个故事的主人公相传是宋朝宰相王安石。

王安石中年丧妻后，续娶了一个妾叫姣娘。姣娘才 18 岁，出身名门，长得闭月羞花，琴棋书画无所不通。婚后，王安石身为宰相，整天忙于朝中之事，经常不回家。姣娘正值妙龄，独居空房，便跟府里的年轻仆人私下偷情。这事传到了王安石那儿，王安石使了一计，谎称上朝却藏在家中，到了晚上潜入卧室外窃听，果然听见姣娘与仆人床上调情。他气得火冒三丈，举拳就要砸门捉奸，但是就在这节骨眼上，“忍”字给他当头一棒，让他冷静下来。他转念一想，自己是堂堂当朝宰相，为自己的爱妾如此动怒实在犯不上。他把这口气咽了回去，转身走了。一不留神撞上了院中的大树，一抬头，见树上有个老鸹窝。他灵机一动，随手抄起一根竹竿，捅了老鸹窝几下，老鸹惊叫而飞，屋里的仆人闻声慌忙跳后窗而逃。事后，王安石装作若无其事。

一晃儿到了中秋节，王安石邀姣娘花前赏月。酒过三巡，王安石即席吟诗一首：“日出东来还转东，乌鸦不叫竹竿捅。鲜花搂着棉蚕睡，撇下干姜门外听。”姣娘是个才女，不用细讲，已品出这首诗的寓意，知道自己跟仆人偷情的事被老爷知道了。想到这儿她顿感无地自容。可她灵机一动，跪在王安石面前，也吟了一首诗：“日出东来转正南，你说这话够一年。大人莫见小人怪，宰相肚里能撑船。”王安石细细一想，自己年已花甲，姣娘正值弱冠年华，偷情之事不能全怪她，还是来个两全其美吧。过了中秋节，王安石赠给姣娘白银千两，让她跟那个仆人成亲，一起生活，远离他乡。这事很快传出去，人们对王安石的“忍”字当头，宽宏大量，成人之美，深感敬佩。“宰相肚里能撑船”这句话也就成了宽宏大量的代名词。

王安石身为一朝宰相，文学大家，礼法、道德都是很严苛的，而淫乱在礼法、道德上都是坚决不能容忍的丑恶，何况这样的事发生在自己的身上！然而王安石却宽宏大量地把这样的怨气吞下了，不加以报复反而成人之美。这至少体现了王安石的三个好品质：其一，不与小人计较；其二，明白悲剧的原因也与自己有关（老夫少妻）；其三，与其得不到不若顺其自然。这三点也是我们为什么要一笑泯恩仇的缘由：凡事要多找自己的原因，少计较，多成全。有这样的襟怀和度量，人生还有多少事容不下呢？

到什么山你就得唱什么歌

世间万物都有运行的道，但这个道却都是变动的。水稻和玉米同样是大地上的庄稼，但是水稻必须长在水田里，玉米则要长在旱地里。说话做事的道理也是一样，必须要在适宜的环境里才能取得最佳效果。毛主席明白这个道理，所以在与国民党抗争的初期，就选择打“打得赢就打，打不赢就跑”的游击战：敌进我退，敌疲我打，敌驻我扰，敌退我追。但是在解放战争开始，就要选择打歼灭战。这就是因时因地因人制宜。

“到什么山唱什么歌”这个道理，孔子在几千年就已经明白并践行。《论语・为政》中有这样几则：

孟懿子问孝。子曰：“无违。”

樊迟御，子告之曰：“孟孙问孝于我，我对曰，无违。”樊迟曰：“何谓也？”子曰：“生，事之以礼；死，葬之以礼，祭之以礼。”

孟武伯问孝。子曰：“父母唯其疾之忧。”

同样的问孝，孔子的答案却不同，孔子这样做就是“到什么山唱什么歌”。

孟懿子是从政的人，孔子答话就比较含蓄，只说：“不要违背”，不要违背什么呢？不违背天下人的意思，必须大孝于天下，就是这个道理。他为什么这样答复？意思是说，你孟懿子的身份不同，既然是从政的人，对天下人要负公道的责任，视天下人如父母，那才是真孝，这是大臣的风度。所以“无违”，就是不可违反人心。

他回答孟懿子的时候，学生樊迟在，但是他因为害怕把“孝”说得太小了干扰孟懿子的领悟，因为孔子是希望孟懿子把“孝”上升到天下人的高度。所以仅说了“无违”二字，其他的让孟懿子自己去感受、领悟。但是他这两个字樊迟不一定能理解，于是私下里，樊迟给他驾车的时候，他又故意把这个事情牵扯出来，给樊迟说“孝”。樊迟是个武人，又是他的

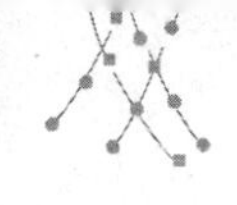

学生，所以他说得很具体，谈到了“礼”，意思是你樊迟是个武人，“孝”一定不能不拘小节，太粗莽，不管是对父母还是对天下人，都要遵守礼的规范。

孔子对孟武伯这位世家公子的问孝，答复又不同，他说孝道很简单：你只要想到当你病的时候，你的父母那种着急的程度，你就懂得孝了。以个人而言——所谓孝是对父母爱心的回报，你只要记得自己出了事情，父母那么着急，而以同样的心情对父母，就是孝。孟武伯是世家公子，将来一定会当政的。我们读历史晓得一句话，就是最怕世家公子当政“不知民间之疾苦”。所以为政的道理，要知道民间疾苦，晓得中、下层社会老百姓的苦痛在哪里。所以爱天下人，就要知道天下人的疾苦，如父母了解子女一样。世家公子不知民间之疾苦，往往是失败的，晋惠帝当天下大荒年的时候，太监对他讲大家没有饭吃，他说：“何不食肉糜？”他就不知道连饭都吃不上，哪里吃得到比饭还不容易的肉糜。这就是不知道民间之疾苦。

孔子的因人而异可谓用心良苦。上述三则是出自《论语》中的《为政》篇，“孝”为什么和政治有关系？其实在中国文化里，以孝治国就是大道。“圣朝以孝治天下”这句名言，朝朝代代都在用。因为以孝父母之心孝天下，以老百姓为父母，由个人的孝父母，扩而充之爱天下人，这就是最高的政治境界。孔子的“变”而不偏题，就好比到什么山唱什么歌，只要这歌声好听就是好歌。

千古流传的田忌赛马的故事，也是“到什么山唱什么歌”，如果以之前的经验，就是上等马对上等马、中等马对中等马、下等马对下等马。但是遇到齐威王的马更好的情况时，就要换个方式对待，“换首歌唱”，最后孙膑的智谋帮田忌赢下了这一场比赛。

关于战国时期的“远交近攻”也是这个道理，同样的国家，却要以不同的方式对待才可能占得先机，赢得胜利，而不是全交或是全攻。

关于醉酒，恐怕是很多人都厌恶的事。在生活中，我们也经常目睹一些劝人少喝酒的场景，尤其夫妻之间，常常因此而闹矛盾。有的是在丈夫喝酒回来后生气大骂，有的是在丈夫喝酒的时候去阻止。这都算不上高明，来看三国时期孙权的臣子的故事。孙权爱打猎、饮酒过度，顾雍看到孙权这样认为会耽误国家大事，就参加宴饮，但自己滴酒不沾，而是悄悄记下孙权及周围那群醉汉的丑态，等到大家酒醒后再一一念给他们听。这招取得奇效，和直接相劝相比更加幽默也更让人接受，顾雍虽然没有明说，却一切尽在不言中，其他人都懂了。

孔子说：“中人以上，可以语上也；中人以下，不可以语上也。”这句话其实揭示了一种辩证的真理，拓展开来，也就是说同样的道理、方法，在不同的情况下就会有不同的效果。在生活中，说话做事要察言观色，既要选准时机还要选准方式，这样才会有正确的收益。天地万物，相生相克，刚柔并济，如果没有把准事物的本质而贸然行事，就很可能造成可怕的后果。

在什么山头唱什么歌，还可以用到企业经营中，资本运作中，比如，经济效益下滑，许多企业缺乏现金流，想把企业卖了好收手不干了，但就是忘不掉成本，总想不亏才脱手，结果失去了一次又一次的卖出机会，最后又快支撑不住了。

我由于工作关系接触过太多太多的企业，我有时十分无奈又极不情愿地对快要倒闭的企业一把手讲，你要记住猴年马月的成本，你当下要急于变现走人就是一场梦，如果你能忘掉成本略有亏损转卖出去，你自己有机会别人也有机会干成这件事。这叫在什么山头唱什么歌。

你此时此刻都不行了还想着捞一把才走人，天底下没有这样的美事。现在做生意做买卖，已经做穿了，傻子太少，聪明人太多。货真价实的傻子都在医院里，真正有含金量的疯子也都在医院里。你在用算盘算计别人的时候，别人也在用计算机计算着你。你在把对方当傻瓜的时候，对方也开始把你当傻瓜来研究。

因此，把结果看得厚重一些，把动机看得平淡一些，把做成事情放在首位，把做好事情放在第二位，你成功的概率才大，你的机会成本才更低。时间和空间的重要性随时随地都会发生意想不到的变化，和不可思议的扭转。

什么时候时间重要，什么时候空间重要，需要智慧也需要灵性。

做生意做买卖如此，做人做朋友也是如此。

“到什么山唱什么歌”这个真理，体现的是一种不固执、固守，依据万事万物的本质为人处世的原则，这样的原则是我们正确生活、轻松生活的前提。

德不配位，必有灾殃

在荧幕上光鲜无比的明星，因滥交吸毒而星光不再；呼风唤雨的大老虎们，为何会瞬间跌进冰谷？一掷千金的土豪，因投资受挫而“一夜回到解放前”。

还有那些英年早逝的才子，那福至祸也到的苦痛……

这一切都是为什么？有人说是运气不好，有人说是不作死就不会死，其实只有四个字可以解释：“德不配位”。

与此相对应的是厚德载物，什么名啊利啊，都是物。这物不是什么人都可以承受得起的，只有有德之人可以，无德之人可以载着一时，却迟早会倾覆，毁灭。

秦朝的帝位继承，历史上几乎有定论，是赵高伙同李斯篡改遗诏，害死了扶苏，把胡亥推上帝位。但是关于秦始皇为什么要把扶苏派去边疆，而带着胡亥南巡的问题却多有争论。有专家说，秦始皇是知道扶苏有才，但是扶苏经常和他唱反调，让他不舒服；而胡亥虽然没有扶苏优秀，但却事事顺他的心，而且胡亥也不笨。究竟该把江山留给谁，秦始皇犹豫不决。于是秦始皇以扶苏反对他焚书坑儒为契机，把扶苏派去边疆，一来可以出出气，二来可以让学识渊博道德高尚的扶苏知道打江山并不容易，让他不要轻武，而且扶苏经历过战争会更让天下人心服口服。而秦始皇为什么要带着胡亥南巡呢？原因是胡亥娇贵惯了，让他去看看老百姓的疾苦，以后当了皇帝能多为百姓考虑。总之，秦始皇就是想通过这样不同的方式锻炼两个儿子，看最后谁更适合当皇帝。可惜秦始皇半路就死了，秦朝的结局也就成了历史上所写的那样。

但是，如果真如这位专家所分析，我们考量秦始皇的初心，他用两种不同的方式锻炼儿子，其目的是让儿子成为德才俱佳的继承人：对扶苏是希望他能懂得打江山之难并以战功让扶苏服众，对胡亥是希望他能体会人间疾苦而不做一个养尊处优的人；也就是说，他要让他的继承者有“德”足以服天下、安天下。因为秦始皇明白：德不配位，必有灾殃。

摆在秦始皇面前的例子太多了。在他之前的六段大历史，就诉说着“德”对于位的重要。尧、舜、禹三个统治者，是因为德高望重而继位，也是因为德足服民心而让国家安定。相反，夏、商、周三朝，夏朝是因为桀残暴，而把江山丢了。有道德有才华的成汤打下了江山，结果不肖子孙商纣王沉迷女色、残害忠良、奴役百姓，因为德不配位而被“一饭三吐哺”、拜一个钓鱼的七旬老人为师的大德之才周文王和他的儿子周武王灭掉，可是周幽王这位烽火戏诸侯的子孙又因为德不过关败了祖宗的基业。

秦始皇一统天下本来不易，看着前面六个大王朝的兴衰，体会到了德足以配位的重要性，所以用那样的方式培养他的两个儿子。

“德”足才能服臣、安民，这已经是历史定论。秦以后的汉朝，在汉初的时候，文景二帝以黄老之术治国，就是以松懈的“无为”彰显德，让天下安定稳定休养生息。到了蜀汉，同样是汉家子孙的刘皇叔以德服人，把诸葛亮、庞统、关羽、张飞、赵云等一帮谋臣虎将聚集在身边，从一个流浪汉变成了皇帝。而他打败的张鲁是怎样一个人呢？是“民殷国富而不知存恤”，德不配位，所以刘备得以乘虚而入，收了他的地盘。张鲁的遭遇验证了德不配位，必有灾殃。

司马光在《资治通鉴》中有这样一段关于才与德的论述:“智伯之亡也，才胜德也。德胜才谓之‘君子’，才胜德谓之‘小人’。凡取人之术，苟不得圣人、君子而与之，与其得小人，不若得愚人。何则？君子挟才以为善，小人挟才以为恶。挟才以为善者，善无不至矣；挟才以为恶者，恶亦无不至矣。愚者虽欲为不善，智不能周，力不能胜，譬如乳狗搏人，人得而制之。小人智足以遂其奸，勇足以决其暴，是虎而翼者也，其为害岂不多哉！”

司马光说的智伯即是晋国的一位君主智瑶。当时，晋国的智宣子想立智瑶为继承人，族人智果说他不如智宵。智瑶有超越他人的五项长处：美发高大、精于骑射、才艺双全、能写善辩、坚毅果敢，总之是一个很有才华的人。然而智伯却有一项致命的短处：很不仁厚。所以智果说：“如果他以五项长处来制服别人而做不仁不义的恶事，谁能和他和睦相处？要是真的立智瑶为继承人，那么智氏宗族一定灭亡。”然而智宣子置之不理。

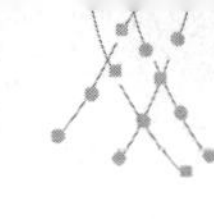

正如智果预言，智宣子去世后，智瑶当政，一开始就做出了不仁厚的事。一次他与韩氏的领袖韩康子、魏氏魏桓子在蓝台饮宴，席间戏弄韩康子，又侮辱他的家相段规。智瑶的家臣智国听说了这件事，就告诫他说："主公您不提防招来灾祸，灾祸就一定会来了！"智瑶说："人的生死灾祸都取决于我。我不给他们降临灾祸，谁还敢兴风作浪！"智国又说："这话不妥。《夏书》中说：'一个人屡次三番犯错误，结下的仇怨岂能在明处，应该在它没有表现时就提防。'贤德的人能够谨慎地处理小事，所以不会招致大祸。现在主公一次宴会就开罪了人家，又不戒备，还说人家'不敢兴风作浪'，这种态度恐怕不行吧。连蚊子、蚂蚁、蜜蜂、蝎子，都能害人，何况是国君、国相呢！"智瑶不听。

就是这样任性的智瑶，最终被韩、赵、魏一起打败，不仅自己被杀，家族也被灭了。司马光从他们的经历中总结出了"德高于才""德不配位，必有灾殃"的道理。

在现代社会中，德对于位的重要性也很明显。共和国的开国元帅中，每一位都战功赫赫，然而朱总司令却能统领三军，能服众，其主要原因就是因为他"肚量大如海、意志坚如钢"的大德。华为取得如此大的成功，也与他们的老板任正非先生的"德"离不开。任正非先生身为华为的总裁，却每天按时到办公室，在食堂就餐和员工一起排队，正是这样的德让华为上下团结一心、共创辉煌。相比之下，一些小企业家、小老板，总是一副高高在上的样子，最终哪怕没有让自己的公司倒闭，但至少也没有激发出公司的最佳创造力。这也是某种程度上的"灾殃"。

在日常生活中，每个人都扮演着自己的角色，或许是政府工作人员，或许是一位人民教师，或许是一位医生，或许是一个滴滴司机，或许是一位保安、一位环卫工人……哪怕只是一位家长，也是一种角色，有自己的位置。生活的经验告诉我们，在自己的位置上做不到应有的"德"，不但会给相关人员带来影响，引起反抗或是怨恨，而自己也没有尊严，甚至会因为自己的"德"不足而受到不同程度的负面影响，而遭殃。

所以说，人人皆有其位。而"德不配位，必有灾殃"，读者诸君应引以为戒。

余秋雨惹谁了？

有些人至今都还不愿意放过余秋雨，是嫉妒。嫉妒太可怕，它可以完全让人沦为私欲的死士，抛弃真理与真实。余秋雨做得太好了，他是第一个将文化和文学融合得如此直观、全面、朴素的作家。先不管他深刻与否，但不能否认的是，读余秋雨的散文，不但能感受到文学，还能一下子被宽广的文化和历史包围，能很直观地感受到他字里行间溢满的人文情怀，仿佛找到了自己的根，追溯到生命的遥远深处，让人宁静，让人怀念，让人思考。

余秋雨找到了文学与文化的结合点，建立了他自己的散文王国，这个王国不一定有康德、黑格尔那样的深邃，但它是高雅的、文明的，同时，它又是非常接地气的、朴素的，让人知道他在说什么，并且喜欢听他说。

其次，余秋雨的散文是正义的、高贵的，在他的笔下，表达是人类内心高贵典雅的情感，他或许也煽情，但是他那种煽情不是泛滥的小忧伤，而是人们内心深处那些大的情感。他不像某些受热捧的作家那样去抠那些小情感，所以余秋雨的散文读来是大气的，读他的散文可以养气，就像贾平凹说读托尔斯泰的小说可以养气一样。

余秋雨也不像某些作家那样，迎合读者，在那些细腻的小心思上做文章，说得玄乎其玄，其实空洞无物。他虽然也知道怎么写读者喜欢，但是他有他的原则有他的度，他写得很有感情，言之有物。他笔下的温情是有依托的，不是在那里挖空心思遣词造句，让情感泛滥。所以余秋雨的散文还有力，不是软绵绵的无病呻吟、故弄玄虚。这非常重要，很多文学作品没有骨气、没有力量，那是害读者，把读者熏陶得软绵绵的，生命的力量和生活的力量会被消磨，影响生命向更深处更高处发展，耽误人生。

尼采的作品就很有力，像狼一样，莫言也是。托尔斯泰的作品很大，它让人心胸广阔，养气。罗曼·罗兰的作品就很积极，让人坚韧向上。陀思妥耶夫斯基等人的作品就很深，让人思考。普鲁斯特的作品很细，让人丰富。巴尔扎克的作品很毒，发人深省。巴金、路遥的作品很真，让人感动。我仅列举这些。这些品质都是非常独特非常高贵的，这样的作品不但是好的文学，还是好的生活哲学，不但可以陶冶情操，还可以让人变得更好。而这两点是我阅读的原则，始终坚守的原则。那些没有力、没有骨气的书，无论它多么煽情，我都是抵制的，因为它会让我耽于小情感，腐蚀我的心智，蚕食我的力量。

而余秋雨作品的特点，我给它这样一个评价：充满了温情的浩然之气与人文关怀。余秋雨的书读了没坏处的，这就已经很不容易了。他极大地拓展了散文的影响力，在这个方面他是现当代第一人。这必须承认，那些嫉妒他的人也不能抹杀他的成就，这是很不体面很没有风度的。人类不能对不起余秋雨。

但我还得说，余秋雨的作品严格意义上讲深度并不是最高，所以若要更上一层楼就必须不受限于余秋雨的深度，而应该去追求那些更高的，这样的作品很多，我就不说了。余秋雨的作品也不是都好，也是参差不齐的。余秋雨的作品，我读过的最触动我的是《借我一生》《文化苦旅》《一个王朝的背影》《抱愧山西》。《借我一生》最特别，它跨越了散文的界限，有小说和回忆录的余味悠长，余秋雨的冷静和从容在这部作品中展现得淋漓尽致。

一年前，我打开《借我一生》，没有停歇就把这本书读完了，我最大的感触是：我们不能对不起余秋雨。

这个世界上，能长存的人，不是富可敌国的人，也不是手握重权的人，而是能长期给精神的黑暗和无知注入光明与智慧的人。余秋雨就是这样的人。

余秋雨的书，我可以一目十行，也可以十目一行。他的书我读得少，以后也不会多读。但是这一本《借我一生》足够让我肯定对他的尊重和敬佩，因为一个作家在写到他自己的一生时是最真实的。我尊重那些自传性作品，因为我能了解到一颗大的心最真诚最真实的发展历程，读那本书就是读他的一生。一个人的一生是值得尊重的。

高傲的蔑视是对伟大的尊重。我们需要高傲的蔑视。蔑视无知，蔑视丑恶。

我总幻想这样一个场景：秋雨绵绵的深夜，余秋雨在烛光中笔尖游走，平静而深远，无悲无喜纯粹宁静，如陀思妥耶夫斯基那样的心境，心生微叹——是的，这就是我的一生。

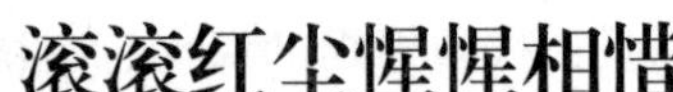

滚滚红尘惺惺相惜

茫茫人海中，我们随着时间的年轮聚聚散散，站在流年的彼岸，回首那逝去的光阴。无论是轰轰烈烈的邂逅，还是人来人往的相逢，冥冥之中，仿佛一切缘分都是注定的。苍苍众生，人与人或是人与物之间相遇，相识，相知，便是一种缘分。

瞩目远方，风雨兼程。步履轻盈，结伴同行，我们怀揣着执念经历着人生中的小确幸，平淡的生活堆积着精彩。人生最珍贵的不是未得到和已失去，而是正在把握的幸福。惜缘，珍惜得来的每一份天赐的缘分，因为这一切都是缘分的安排。

杰·泰勒曾说过：“人们结成友谊的原因很多，有出于自然的，也有出于契约的，有出于自身利益的，也有出于共同志趣的。”

管仲从小就和鲍叔牙是好朋友。鲍叔牙知道管仲是个人才。管仲和鲍叔牙一起做生意时候多分红，鲍叔牙不认为管仲贪，知道他家里穷。管仲打仗的时候进攻后进，撤退先跑，鲍叔牙也不认为管仲胆小，知道他家里有老母。管仲临死的时候，齐桓公让他推荐继任人，他没有推荐鲍叔牙。有人告诉鲍叔牙，鲍叔牙说，我这个人疾恶如仇，当丞相会误事，管仲了解我啊!

春秋时期,俞伯牙是当时最善弹琴的人,但终日弹琴,无人赏识。一日，遇到钟子期，子期听到伯牙的琴声，激跃之处，便说浩浩乎志在高山；当听到琴声回转千叠处，便说荡荡乎志在流水。二人于是成为莫逆之交。后来，子期因病而死，伯牙悲叹没有了知音，便摔掉他珍爱的琴，再不弹琴。

“人生得一知己足矣！”真的有一知己，才会更多体味人间那点点令人动心的美。就像陈奕迅的歌《最佳损友》中唱的：“毕竟难得有过最佳损友，从前共你促膝把酒……为何旧知己在最后变不到老友。”诚于偶然，止于永久。挚友间的相知恨晚、莫逆之交，倾通宵都不够一瞬间，就这样欢歌、微笑，就这样相诚、相聚，甚至都来不及好好地话别，马上就要各奔东西。

缘分靠天，惜缘在己。珍惜每一个对你好的人，宽恕对你不好的人，抓住你想要的东西，放开不是你的人和事，守住你唯一的拥有，唯有珍惜才是世间最美好的事。

珍惜才能留住爱。有句话如是说：世上最遥远的距离，不是生与死的距离，不是天各一方，而是我就站在你面前，你却不知道我爱你。而世上最凄绝的距离，是两个人本来距离很远，互不相识，忽然有一天，他们相识，相爱，距离变得很近。然后有一天，不再相爱了，本来很近的两个人，变得很远，甚至比以前更远。

每个人都想得到一份天长地久能相伴到老永不变心的爱，想拥有一份既安定又美满的幸福。但是在快节奏的时代，人们走得很快，快过时间和爱情，常常因为自己的急于求成或者反应迟钝而错过爱情，错过缘分。

世界上不能如愿的爱情甚多，像那维纳斯和阿多尼斯的毁灭之爱，罗伊和马拉的滑铁卢之恋，还有在阴森森的巴黎圣母院保护着爱斯美拉达的撞钟人。残酷的爱情，在世间的角角落落上演。

梵高经历了三段失败的爱情，让梵高把所有的经历全部倾注在了绘画上，终于取得了伟大的成就，尽管他的名声和价值姗姗来迟。但是，这三段爱情成为了梵高心中恨恨难忘的一场梦，也或多或少地促成了这位偏执狂的落寞。

这时候很容易让人想起张爱玲的经典语录：娶了红玫瑰，久而久之，红的变成墙上的一抹蚊子血，白的还是“床前明月光”；娶了白玫瑰，白的便是衣服上的一粒饭黏子，红的却是心口上的一颗朱砂痣。有的爱人，当你得到的时候不觉得她的珍贵，失去了才觉得她的珍贵。

爱德华八世和辛普森夫人，是近代以来最被人们津津乐道的一个爱情故事，直到如今还被广为流传。在不列颠帝国将近千年的历史中，还没有一位国王会主动逊位。而爱德华八世下台的原因却是为了两个字——爱情。这位使得他抛弃自己应有政治地位的女人，竟然是一位离过两次婚的美国女人。

但任何事情就是这样，有一得必有一失。国王失去了他的王位和他的王国，得到了他最珍视的——爱情。为了爱情而抛弃王位的君主，从国家民族的角度来看，是不负责任，从人的角度来看，是把爱情当作自己毕生的信仰，是“人”这个概念的最完美的诠释。可见，有代价的爱情是无处不在的，但爱情的代价在蔑视爱情的人的面前是泰山，在珍视爱情的人的面前什么也不是。

爱情是含笑饮毒酒，既让人神往又让人感伤。人生是一场美丽的邂逅，一场萍聚，相遇是缘，相爱是缘；缘起缘灭，缘浓缘淡，不是我们能够控制的。我们能做到的，是在因缘际会的时候好好地珍惜那短暂的时光。

如果说爱人是陪你静看日出日落的人，那么亲人便是在渡口徘徊等待你归家的芦苇，一花一世界，一叶一菩提。人生就是花开花落的过程，转瞬即逝，待到叶落归根，缘分枯竭，我们又该何去何从？

宋欣宜是汶川大地震幸存者之一。这个长着一双大眼睛的 3 岁女孩在与死神抗争了逾 40 个小时从废墟中被解救出来的时候，人们惊奇她生命力的顽强。随着挖掘的深入，女孩奇迹生还的谜底被揭开：已经故去的年轻父母脸对脸、胳膊搭着胳膊，用自己的身体搭成一个拱形，在地震发生的一瞬双双挡住倒塌下来的沉重墙体，用血肉之躯为自己的孩子构筑了一道“生命的围墙”。

亲情是一面帆，让我们破海渡洋；亲情是一座楼，为我们挡住寒光。有时候阴阳相隔就是一瞬间的事，血浓于水，寸草春晖，也抵挡不住命运的蹉跎。

流年如水，昭华如梦。人生有太多的悲喜交加，酸甜苦辣。懂得珍惜这难得的缘分，便是苦难中的幸运。活在当下，静静地守望着生活与岁月所给予的点滴幸福。

当然，人生中除了人缘，还有物缘。与人结缘，体验情之滋味，与物结缘，看尽人生百态。王献之的成功，就与他家的大水缸密不可分。王献之是王羲之的第七个儿子。有一天，王羲之指着园里的十八口大水缸说：“你把这十八口大水缸里面的水写完，就知道练书法的秘诀了。”从此，献之学着父亲的样儿，每天早早起来写字，日复一日，年复一年，坚持不懈地勤学苦练。后来，他也成了大书法家。

又说图书。书，从甲骨文、纸质图书至电子出版物乃至网络出版物，从古到今，积累着人间的精神生活和物质生活的宝贵财富，传承着民间的文化生活。大多数人经历了从小人书、图书到网络出版物三个时代，与书结下了不解之缘。

马克思“啃书”，学会大量文学理论，为《资本论》奠定基础；列宁“借书”，如饥似渴地阅读，并做了大量摘录；毛泽东“批书”，在书眉和空白的地方写上许多批语，成就伟人豪言；鲁迅“用书”，他用犀利的笔作“匕首”和“投枪”，向形形色色的敌人做殊死搏斗，成了文化战线上的民族英雄。名人与书的不解缘分，感召和启示后人刻苦读书，沿着“人类进步的阶梯”奋力攀登。书缘让文人一醉方休，唯有博览群书，方可达到“使其言皆若出于吾之口，使其意皆若出于吾之心”的境界。

人生有着许许多多的不解之缘，有人缘、书缘、物缘……对于这些缘，有的人惜缘、有的人忽缘、有的人梦缘，然而一切尽在追忆中，一切尽在追梦中。所以，珍惜曾经的美好，守候曾经的拥有，让缘分化为我们前进的力量，化为最美好的回忆，才是面对缘分应有的态度。

人生如梦，梦如人生。春来暑往，芸芸众生都只是匆匆过客。曾与自己惺惺相惜的人，顷刻间，谁又知被放逐在天涯何处；曾与自己情投意合的物，也会被时间的洪流冲淡消逝。人生中总会有太多的悔恨与辛酸，留住生命中的美好，守候那份拥有，且行且珍惜，彼此珍重，不悔此生。

读懂别人易，读懂自己难

我们一直在读书，读别人，读世界，却很少读自己，读读自己的内心。其实，人生最难读懂的不是别人，而是自己。

只有读懂自己，才能修正和完善自己；读懂自己，才能丰富自己去感知世界美好；读懂自己，才能在天地之间自由地翱翔。

读懂自己是一种智慧，在“读”的过程中，难免会有风霜冷雨，这就要有一颗平静的心、认真的心、聪慧的心去读。

如果现在问你，有哪些你热衷着的书籍，你恐怕怎样都能说上一些。从很早的时候开始，我们就被告诫着“好读书，读好书”或是类似的话，谁也不能否认，我们从这些书当中收获良多。那些启蒙书籍带给我们的，可能是朱自清笔下青黑马褂的父爱，可能是北京城南小巷里英子的一夜长大，也会有小狗包弟死去时的难过生气。在我们初能识字的时候，它们就将一个个故事赠予年幼的我们，有关于亲情、友情、生命的种种，就像在纸上呈现了一个世界。

随着我们的长大，书籍对我们的影响更是逐渐变大，且不说越发多的教科书，我们自己也会选择种类繁多的书本阅读，它们可以影响我们人生观世界观的形成。在人生路上，它们让我们明白道理，甚至足够优秀，读懂世间百态，知道如何看待每一个人。

到了这一步，我想说得上是一种明悟。可是，就是这样的你，你还能明白你自己吗？

我很早就读到了王国维的《人间词话》，古今之成大事业、大学问者，必经过三种之境界：“昨夜西风凋碧树。独上高楼，望尽天涯路。”此第一境也。“衣带渐宽终不悔，为伊消得人憔悴。”此第二境也。“众里寻他千百度，蓦然回首，那人却在灯火阑珊处。”此第三境也。在这里，我有一些自己的理解：第一境，即年少时意气风发，有自己远大的理想抱负，一份指点江山、挥斥方遒的雄心。第二境，讲的是在自身学术事业上需要付出的努力，甚至达到一种忘我的状态，是能力上的要求。第三境，是回头，在实现了前两境后，你或许已经成功，走上人生的一个巅峰，成为大家羡慕的一种人。可是，你却需要回头，看看你一路走来的旅程，你得到了什么，失去了什么，梦想还是否是最初那样，你是否还像梦开始那样。

在中国古代史上，能够以自身的学术事业成就留名的人并不在少数，就这一点，我们谁也不能说他们不优秀。可就是这样的一些人，有因为几次的落榜一蹶不振，成日无病呻吟、怨天尤人的诗人，甚至有成为为人不耻的奸臣，为了功利不择手段。他们都曾有远大美好的理想，誓为祖国效忠，也都勤奋努力，满腹经纶，但因为种种原因而改变了。

子曰：士志于道，而耻恶衣恶食者，未足与议也。发愤忘食，乐以忘忧，不知老之将至。饭疏食、饮水，曲肱而枕之，乐亦在其中矣。不义而富且贵，于我如浮云。贤哉，回也！一箪食，一瓢饮，在陋巷，人不堪其忧，回也不改其乐。贤哉，回也！富与贵，是人之所欲也；不以其道，得之不处也。贫与贱，是人之所恶也；不以其道，得之不去也。富而可求也，虽执鞭之士，吾亦为之。如不可求，从吾所好。

子曰：君子有九思：视思明，听思聪，色思温，貌思恭，言思忠，事思敬，疑思问，忿思难，见得思义。

这一字一句，都表明着孔子对自身的高度认知并不断坚持着自己所相信的真善美。有时我们谈到朱熹和孔子，或许会承认他们对儒学有同样卓越的贡献，但是毫无疑问，我们更敬仰孔子。除开其他原因，很重要的一点是，朱熹说着很多他没做到的，孔子虽然也是，可他明白自己是怎样的，不断改善己身，才会成为从古至今最接近圣人的大学问家、大教育家。

在如今的社会生活中，你可能还在感叹看清别人不容易，但是往往更难的却是认识自己、坚持初心，同时这也是最重要的。或许我们不用向着古圣贤的方向努力，至少明白自己是不是一些人所说的样子，你的一言一行是来自学习还是本心，无法认识自己，会是一件很可怕的事，它有关于自己的人生方向，有关于自己的底线原则，一切都关于自己。

19 世纪末，英国伦敦，诞生了一个不幸的男孩。出生一年后，他的父母离婚，他跟了母亲。然而母亲在他 6 岁时精神失常被收入精神病院，他也被收入孤儿院。他自小当过药店的徒工、旅店的服务生、书店的伙计、玻璃厂的零工、印刷厂的学徒。每个知道他经历的人都给他同样的不屑与

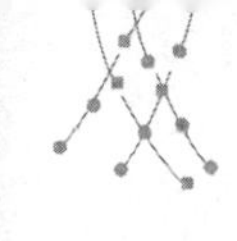

嘲弄。他的童年饱受都市里的苦难，没有一个正常儿童应有的快乐，后来他发现了苦难给予他的东西，他掌握了笑的诀窍和秘密。于是他把笑拍成电影，他的每一部电影在世界范围拥有三亿观众。他就是查理·卓别林。

在别人眼中，卓别林或许只是一个社会底层一无是处的可怜虫，可他却明白自己应该成为什么样子，他不惧任何阻力，一直努力着，把笑容和欢乐带给了大家，这才是他，这才是他坚持的梦与追求。这样说来，比读书学习升华自身、认识世界更重要的，是认识自己，最初的自己，一路走过又成为了怎样的自己。

苏格拉底曾说："未经省察的生活，没有价值。"其实我们都应该明白，当初的我们是什么样子，如今的我们又成为了什么样子。我们才不是别人刻画的一个模样，认识自己，读懂自己，这很难，但希望每个人能够清楚明白。

读懂自己的世界才去试着读懂外面的世界，做好自己的一生才试着去要求别人做好一时。寒冷的冬季是我一年之中最最平静的时刻，60 岁的年龄是我一生之中最最从容的时光。我曾经在澳大利亚墨尔本的演讲中说过，投资的春天就是冬天的冰块咔嚓咔嚓声开始悄然进入耳朵的时候。

我曾经在北京大学百年讲堂的演讲中讲道，人生的收获是夕阳下的淡定与从容，在某一刻突然开始忘记什么又悄然开始放下什么。当你从懂得记住到懂得忘记，当你从知道拥有到知道放下，你才开始读懂自己的世界又开始读懂外面的世界，你有了做好自己一生的磨炼和历练才能去要求别人做好一分钟的为人处世。

一个男人要读懂自己太难太难，没有经历过生死，不知道活着就是最大的成功。没有经历过贫富，不知道贫富就是一种意念的最深刻的体验。没有经历过爱恨，不知道灵魂的世界才是诗和生命的远方。其实我们一生中不经意相遇的人都比我们聪明和智慧，都是我们应该认识应该善待的人。

没有为什么，没有所以然。记住他们的微笑，记住他们的祝福，已经足够了。时间和岁月就这么多，心里装着快乐就藏不住痛苦，心里充满善良就没有怨恨的地方。

凡是认识的人都是成熟的因缘，凡是记住的事都是美好的回忆，一片雪花不会飘落在错的地方，一段情谊只会留在美丽的心灵。

把物质的东西放下再放下，把精神的东西留住再留住，你的人生无限美好，比你想象的还要美好！

读书是人生最大的乐趣

读书的用处，自古以来都视“教化”为第一位，古代以读书考取功名，这种思想文化的本质，也是因为“善读书者更能教化民众”。书的教化作用，中国文化里资格最老、影响最大的那位读书人——孔子说得很明了，在《礼记·经解》中，孔老先生这样说：“进入一个国家，只要看看那里的风俗，就可以知道该国的教化如何了。那里的人们如果是温和柔顺、朴实忠厚，那就是《诗》教的结果；如果是通晓远古之事，那就是《书》教的结果；如果是心胸广阔坦荡，那就是《乐》教的结果；如果是清洁沉静、洞察细微，那就是《易》教的结果；如果是端庄恭敬，那就是《礼》教的结果；如果是善于辞令和铺叙，那就是《春秋》教的结果。”

孔老先生的这段话，十分明了地说出了书的教化作用，那个时候的书很少，如果孔老先生是后来人，估计还会说“读《庄子》可以使人洒脱，读《红楼梦》可使人知人情世故”一类的了。这是后话。但我们必须承认书对人们的教化作用是很明显的，比如《朱子治家格言》，就被很多家庭视为至宝，大智者李宗吾先生的父亲就以此治家。

不过，书的教化作用是其功用，就像我们吃饭，吃饭了长身体补充能量是它的实际功用，而吃饭过程中的享受却有一种精神感知的愉悦。同样，读书也有此种精神愉悦，是为读书之乐，乐即是读书的艺术之境。

有人问，读书以乐为目的是否丧失了读书的最大意义？其实不然，乐也是人生的一种大境界，我们同样以古今第一读书人孔子来论证。《论语·先进》中有这样一则：子路、曾皙、冉有、公西华四个人陪孔子坐着。孔子问四人的理想，子路、冉求、公西华，都讲了治国安邦之道，孔子又问正在弹瑟的曾皙，曾皙把声音逐渐放慢，悠悠地站起来说：“我想的和他们三位说的不一样。我想的是暮春三月，已经穿上了春天的衣服，我和五六位成年人，六七个少年，去沂河里洗洗澡，在舞雩台上吹吹风，一路唱着

歌走回来。”孔子长叹一声说：“我和曾皙想的一样。”

孔子的回答里，就体现了他最想拥有的人生：快乐的人生。推己及人，就是天下人都快乐了仁治也就实现了。

我们也能感觉到，如果人生始终是快乐的，或者大体上是快乐的，就很少会感到遗憾了，而一旦不遗憾，便是成功的人生。所以孔子的乐是大实话，也就是说，读再多的书，最终的目的都应该考虑到人生的乐。而读书本身就带着快乐，能使人得到一种优雅和风味。

宋代诗人黄庭坚讲：“三日不读书，便觉语言寡味，面目可憎。”林语堂先生这样解释他的话：“他的意思当然是说，读书使人得到一种优雅和风味，这就是读书的整个目的，而只有抱着这种目的的读书才可以叫作艺术。一人读书的目的并不是要‘改进心智’，因为当他开始想要改进心智的时候，一切读书的乐趣便丧失殆尽了。”因此，我们需要在读书中去寻找和感知阅读的快乐。

“好读书，不求甚解，每有会意，便欣然忘食。”陶渊明在《五柳先生传》里这样说，“欣然”一词就体现了他的乐。

读书的乐是怎么来的呢？主要来自以下几种情形。

第一种，书籍承载着知识，人的思想观念是有限的，而书籍是各个大智者思想的结晶，当我们于书籍中发现了自己从未发现的东西，便有一种哥伦布发现新大陆的喜悦，或是流亡沙漠者突然看见绿洲的喜悦，乐自然生起。

第二种，乃是共鸣，书籍中有无穷无尽的思想，当我们读书时发现竟有人把我们所想的说了出来，便有一种遇知己的感觉。人们常说人生孤苦，当我们在现实生活中遇不到知心人时，一旦于书中找到共鸣，便有“他乡遇故知”的快乐感受。

第三种，乃是丰富的喜悦。书籍跨越了地域和时间，在各类书籍中记载的丰富的历史事实和人文风情让我们动容，我们于书籍中感叹世界是如此丰富，世界上有这么多可敬可爱的人，有这么多丰富的人生，在这种感叹中，我们将会获得一种丰富了内心的喜悦。

由此看来，读书乃是天地间一大乐事。但古人为何说“寒窗苦读”呢？其原因乃是大多数书生把读书视为考取功名之道，利益熏蒸之中，死记硬背，没有去用心体会书的内涵，因此苦不堪言。况且，考虑功名之书多半是儒家经典，翻来覆去地啃，就像一年四季只吃馒头，再随便的人都会生厌。于是清代大才子金圣叹讲，人生的一大乐事便是“雪夜闭门读禁书”。这个“禁”字写出了两种狂味儿：其一是科举之书太少太呆板，读之枯燥无乐；其二是，读书还是要以乐趣为主。

在《平凡的世界》中，有很多关于孙少平读书的描写。一次是孙少平借了金波姐姐的《钢铁是怎样炼成的》，在草垛上读了一个通宵尚不知觉。这必然是快乐导致。他上课偷偷看《红岩》，如若没有快乐，也不会冒着风险做这样的事。

明代著名文人袁宏道有一晚无意间发现了一本同代诗人的小诗集，读之兴趣盎然，视为珍宝，他不由得从床上跳起，对着朋友呼叫起来。他的朋友开始拿那本诗集来读，也叫起来，于是两人叫完了又读，读完了又叫，而他们的仆人则疑惑不解。这样的情形，别说当事人，就是我们后来的旁观者，都觉得快乐异常。

这个时候我们再来回味黄庭坚的“三日不读书，便觉语言寡味、面目可憎”，就能体会到，语言寡味无乐，面目可憎讨厌，那么为什么读书可以改变此种情形呢？其原因就在于读书能使人长见识，生趣味，使谈话有理亦有趣，使面目神态意味深长而动人，于是整个人便有了优雅与风味，有了颇具风度的人格魅力。

不过，优雅与风味也不是读什么书都能培养起来的，这两种个性是好的，那么也应读好书才能培养。若是坏书，读了反而语言寡味、面目可憎，还将导致肤浅与寡味。读书人应提防。

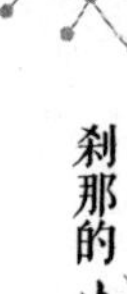

渡己不忘渡人，渡人便是渡己

“渡”这个字的精神内涵，与渡船、摆渡人联系在一起，就很容易理解，它的意思就是把人从这边载到他想去的那边，把这个意义升华，就是帮助人、解救人、为别人服务的意思。从这个角度上讲，渡人就是为别人考虑，自渡就是为自己考虑。

范仲淹说：“先天下之忧而忧，后天下之乐而乐”，是先渡人再自渡；佛家的高僧闭关修炼后出关，是先自渡再渡人。罪犯自首并供出他的同伙，为社会的生命财产安全做出贡献的同时又救赎了自己，这就是渡了别人也渡了自己。

而只要有一颗奉献之心，并将奉献付诸行动，无论是渡人还是自渡，都是既渡了人又渡了自己，实现了社会价值和人生价值。

明朝的崇祯皇帝朱由检在位期间大力铲除阉党，勤于政事，生活节俭，曾六下罪己诏，是位年轻有为的皇帝。然而他在位期间农民起义猖獗，关外满清势力强大，明朝已处于内忧外患的境地。1644 年，李自成率军攻破北京后，年仅 34 岁的朱由检在煤山自缢身亡。他自缢前在蓝色袍服上大书“任贼分裂朕尸，勿伤百姓一人”。虽然他曾犯错，但最后这一刻的渡人精神却足以撼动山河。

渡人的精神不仅存在神话里、历史上，就说近代以来，为了整个中华民族的命运而放下个人利益，为民族独立、国家解放、人民幸福而斗争的一切仁人志士都是渡人者。牺牲自己以手撑炸药包的董存瑞，用身体堵机枪口的黄继光，为了不暴露目标被大火烧死的邱少云，这些伟大的英雄都体现了渡人的精神。

而不论是崇祯皇帝，还是董存瑞、黄继光、邱少云，他们在牺牲自己渡别人的同时，也实现了生命的价值，在奉献中成为一种永垂不朽的精神。司马迁说：“人固有一死，或重于泰山，或轻于鸿毛。”相对那些轻于鸿毛的死，为渡人而死岂不是自渡？

而人生在世，未必所有的渡人都要丧失自己的生命，在有余力的前提下为灾区捐款，为贫困地区孩子寄去一笔助学金，哪怕是在公交车上为需要帮助的人让座，也是渡人。

关于渡己，孟子曾说，穷则独善其身，这便是渡己精神。每个人都未必能为社会做出大的贡献，但对我们自身，却都可以不受外界的干扰而完善。儒家说："修身，齐家，治国，平天下。"便是一个从渡己到渡人的过程，先把自己的修养提升起来，然后能把家管理好，进而才能把国家治理好，最后才能平天下。这句话揭示了一个真理，那就是能渡己更能渡人。

国学大师南怀瑾一生最大的抱负不仅是关门读书研究学问，他在早年的时候就曾写下"不二门中有发僧，聪明绝顶是无能；此生不上如来座，收拾山河亦要人"的诗句。然而在他年轻的时候，国民党让他做官他却不愿意，而是跑到峨眉山闭关了三年，阅尽《大藏经》，彻悟佛法，最后出山弘扬佛法，打通儒释道三家弘扬传统文化，组织筹建金温铁路，建立太湖大学堂，不仅传播了学问，还为社会做了实际的贡献。而如果没有先生早年闭关渡己的修炼，他的学问境界不会如后来这么高，自然不会对社会做出这么大的贡献。所以先生是渡己之后才渡人。

也有一些只顾渡己而不渡人的人才，鲁迅先生与林语堂的矛盾，人们对周作人的批判，皆不是他们学问不好，而是他们为艺术而艺术，没有对民族做出应该做的贡献。因而在渡人这个层面上，鲁迅巴金等人就比他们高一等，也更受到人们的尊重。奉献之心是人性中的高贵品质，若只渡己而不渡人是自私的。

渡人即是渡己，这个真理，也有很多例子。上面提到的巴金先生，他早年的时候很不想当作家，他还想搞他的无政府主义。然而他始终矛盾不堪，因为他想搞社会运动却没有地方给他搞，只得借助写作来救赎自己，把这些精神上的痛苦写成故事，这些故事就是后来很有名的"爱情三部曲"这些书。而他一写，大家就觉得巴金给大家指出了一条路，很多年轻人都喜欢读巴金的书，通过他的影响而走上了救国救民的道路。"我不怕，因为我有信仰！"这句话激励了万千中国青年。巴金先生的例子，就是渡人的同时又渡了自己。

列夫·托尔斯泰的小说《复活》中，男主人公聂赫留朵夫年少时期引

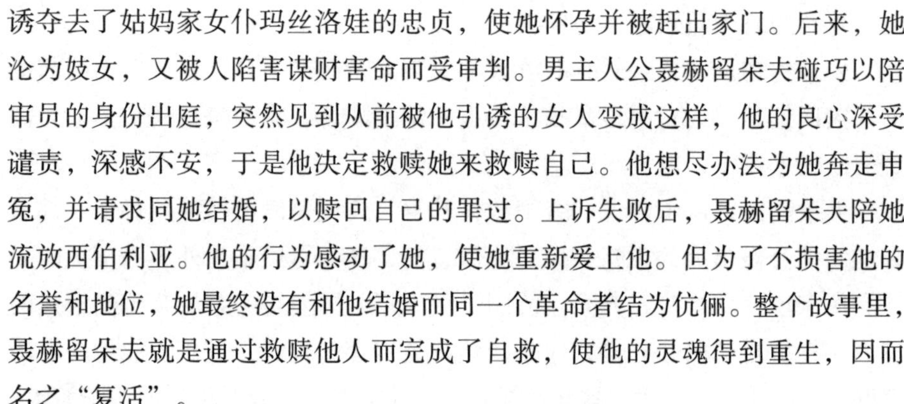

诱夺去了姑妈家女仆玛丝洛娃的忠贞，使她怀孕并被赶出家门。后来，她沦为妓女，又被人陷害谋财害命而受审判。男主人公聂赫留朵夫碰巧以陪审员的身份出庭，突然见到从前被他引诱的女人变成这样，他的良心深受谴责，深感不安，于是他决定救赎她来救赎自己。他想尽办法为她奔走申冤，并请求同她结婚，以赎回自己的罪过。上诉失败后，聂赫留朵夫陪她流放西伯利亚。他的行为感动了她，使她重新爱上他。但为了不损害他的名誉和地位，她最终没有和他结婚而同一个革命者结为伉俪。整个故事里，聂赫留朵夫就是通过救赎他人而完成了自救，使他的灵魂得到重生，因而名之“复活”。

每个人都是独立的个体，又都具有社会性。能够渡人便是社会价值的实现，而在实现社会价值的同时也就升华了人生价值。只自渡而不渡人是自私的，一味渡人而不重视渡己是有所欠缺的。只有拥有一颗渡人之心，还有渡己的责任，将渡人渡己打通，渡己不忘渡人，渡人便是渡己，才能完成整个生命的大救赎。

多在别人门前种花，少在他人心里栽刺

在网络上，有一种人，叫喷子。你干了好事，他会说，是不是想出名啊？你犯了点错，他会骂，你怎么不去死！

作为一位写点文章的人，我被喷得更多。写正能量满满的文字，他会说你是五毛；写带点批评的文章，他会说你只看见社会的阴暗面。

刚被喷时，我还很不适应，企图以理服人，后来才发现，你根本不可能跟一个存心要流氓的人讲道理。于是到了后来，我就索性一笑置之了。

喷子们无处不在，活跃于微博、论坛、新闻评论、直播平台、百度贴吧、网络游戏、QQ 群、朋友圈，他们不惜以最大的恶意揣测你，用最恶毒的语言中伤你。成群结队，暗箭伤人，喷人速度之快，遣词造句功力之强，令人叹为观止。我不知道生活中他们长什么样，但我知道，大凡上网之人，都被别人喷过，也喷过别人！区别在于程度深浅、业余和职业罢了！

因为，每个人身上潜藏着“喷子”的因素，或源起于嫉妒，或发轫于无知，或喷薄于压抑，但更多是一种自视甚高的狂妄。

说到这里，我又不得不提大家都已经看得想吐的罗尔事件了，大凡走红网络的事件，剧情总是在反转，比电视剧还要戏剧，罗尔事件也不例外，喷子们也很是见风使舵，做一根墙头草，一会儿说罗尔是天使，一会又说罗尔是魔鬼。

还有当初那位被虎咬的母女，网络上密布“不作死就不会死”之毒语，但当真相一点点剥开后，事情也许并非想的那么极端。

“用刀解剖关键性的字，它会流血。”美国思想家、文学家埃默森曾说，语言是有生命力的，它同时具备创造与摧毁的能力，一句恶语，可能会成为压死骆驼的最后一根稻草，而一句良言，也可能拯救沉沦的灵魂。

你可能永远无法想象，一句咒骂，一句嘲讽，会给他人造成多大的反差。

2016 年 11 月 17 日，林丹被爆出在妻子谢杏芳怀孕期间出轨丑闻，随

后他在微博回应道：“作为一个男人我不为自己做更多的辩解，但是我的行为伤害了我的家人。在这里，我向我的家人道歉，对不起。”

话题一出，瞬间掀起轩然大波，无数键盘侠闻风而动。而底下的评论，也大多是这样的逻辑：

在老婆怀孕期间你竟然出轨，你可不就是一渣男！

羽毛球打再好有什么用？超级丹变垃圾丹！

截至目前，林丹的微博评论理所当然地成为谩骂重灾区，不仅如此，在谢杏芳回应原谅后，不少网友又涌到谢的微博，一遍一遍表达自己的沉痛之情，仿佛被出轨的女人，倒成了自己。

可以想象，要是林丹孩子有了微博，网友会不会涌到他的微博下，一遍遍洗脑：你爸爸，在你妈怀着你的时候就出轨了！

可怕。这样的孩子，还能健康成长吗？

有时候，身怀锋芒，手藏匕首，脱口而出的“恶语”，就可能成为刺伤对方心灵的利刺，伤人而不自知。

辛苦忙碌了一天，一对农民工夫妇就着路边，拿出了家里自带的盒饭。饭虽是冷了，但面儿上卧了蛋，和了腊肉丁，两人吃得香。这时候，路边经过一位穿着考究、妆容精致的贵妇人，瞥了一眼夫妇手里的盒饭，仿佛发现新大陆似的，尖声说道：天呐，这样的菜，也能吃？

男人的脸顿时一沉，女人眼中泛出了泪花，手中饭菜也失了颜色似的，食之无味了。

少不更事的年纪，最常犯的错误是，把微笑留给别人，却把最坏的脾气留给了亲人，人前说话和气，回家却夹枪带棍，因为彼此了解和熟悉，耍起横来拿捏精准，痛快淋漓。为什么？情商低呗，知晓亲人会把自己宠着惯着，但别人不会，所以最爱自己的人，反倒成了受气桶！

事实上，亲人间彼此互相关心着，但可能因为话说不当，导致沉甸甸的爱，成了伤人的刺。

老话说，棍棒底下出人才，许多父辈对后代的培养方式不是鼓励，而是非打即骂。骂的人心里的想法是：因为你对我重要，我才骂，你和我没关系，我用得着费力去骂吗？但听的人不会这么认为，你骂我，你就是恶人。

永远不要小看恶语的杀伤力。你以为的爱，其实是一种伤害。

恶语伤人，要么希望你成长，要么，就是单纯见不得你好。

经常有明星或者身边朋友在社交平台发自拍，底下留言，却似乎混杂了这样的声音：

“只有我看到了肚子上的赘肉？”

“只有我觉得胸很假？”

“只有我发现了山寨包包？”

无法安然地欣赏美好，却把心力都放在了寻找瑕疵，以挑刺、泼冷水为乐，他们像随时爆发的火山，随时喷发滚烫的岩浆。是他们心太毒么？也不一定，甚至他们自己，都没有意识到自己的“恶语”，有多么强大的伤人威力。

荀子曾说：与人善言，暖于布帛；伤人之言，深于矛戟。人是语言的动物。我们用语言发声，用语言抵抗，用语言攻击，用语言搜寻，语言就像小小子弹，折辱肉眼所不能见的生命领域，而说出的话，最终将成为自己。

要学会收拾自己的情绪。

在《晏子》上记载着这样一个故事，说齐景公让马夫喂养自己最喜爱的马，但这个马却得了急病死了。齐景公大怒，命令侍卫拿刀肢解马夫。这个时候，晏子正好陪伴着景公，看见侍卫手握钢刀往前走去，他就制止了侍卫并且问景公，他说：“请问古时候尧、舜肢解活人，先从身体的哪一部分开始？”景公听了这一问猛然恐惧起来，尧舜哪里会肢解活人呢？一个仁君爱民如子、视民如伤，怎么能够随意就这样下令肢解活人？于是他就下令停止，说：“把他交给狱吏来治罪。”

晏子接着说：“请允许我数说他的罪状，让他知道自己的罪过，然后再交给狱吏治罪。”景公说：“可以。”晏子对马夫说：“你的罪状有三条：君主让你养马，你却将马给养死了，应当判死罪，这是第一条；而你养死的是君主最喜欢的马，当判死罪，这是第二条；因为你养死了君主的马，使得君主为了一匹马的缘故而杀人，百姓听了之后一定会怨恨我们的君主，诸侯听了以后一定会轻蔑我们的国家，这是你应当被判死罪的第三个原因。所以，应把你交给狱吏治罪。”齐景公在旁边一听，若有所悟，叹了一口气说：“把他放了吧！”

你看，脾气一上来，往往就丧了理智。

万事离不得忍。

忍字极有意思，心上来一刀，不惊不跳，不向心里去，不记恨，心

平气和，任何的不平、愤恨都在这心口熄了火。忍一时风平浪静，退一步海阔天空。

要知道，恶语，最终伤害的是自己。经由自己的口抛出去的负能量，迟早，也会以其他方式给自己制造厄运的果实。一句话，可以逗人笑，也可惹人恼。为什么不选择传递快乐呢？多在别人心里栽花，自己也会嗅到花香。

感恩生命长河中的每一次经历

光阴蹉跎，世界喧嚣，我自己要警惕，在人生旅途上保持一份童趣和闲心是不容易的。如果哪一天我只是埋头于人生中的种种事务，不再有兴致扒在车窗旁看沿途的风光，倾听内心的音乐，那时候我就真正老了俗了，那样便辜负了人生这一趟美好的旅行。

——周国平《车窗外》

古人云："人生如梦。"的确，世上的每个人都在做梦。我们在梦魇中舞蹈，感受这生活的戏剧与荒诞。

生活何其美好。早起时透进窗台的第一抹暖阳，无助时陌生人的问候与援助，困惑时朋友的倾听与解难，还有在树下安坐的老人、怀揣在心的梦想，我们期待，我们欢笑。这时生活像一幅色彩斑斓、丰富多彩的画卷，记载着种种幸福的瞬间。

"食罢一觉睡，起来两瓯茶；举头看日影，已复西南斜；乐人惜日促，忧人厌年赊；无忧无乐者，长短任生涯。"白居易通过《食后》这首诗表达了对闲适生活的追求和向往，同时把茶与人生做比较，抒发了不以物喜不以己悲的豁达情怀，不受喜怒哀乐的困扰，坦然面对人生的积极的生活态度。

生如夏花之绚烂，死如秋叶之静美；红尘一梦，游丝横路；沧海桑田，岁月迷离。因为美好，所以感恩。我们感恩这蓝天白云，感恩清风大雁，感恩"班姬续史""谢庭咏雪"的佳人之美，感恩"吟诗不厌捣香茗"的安然自乐，感恩"偷得浮生半日闲"的偶然放空。感恩，是一种姿态，一种境界，更是一种天性！

但凡看过《阿甘正传》的人都会喜欢电影中的这句话："人生就像一

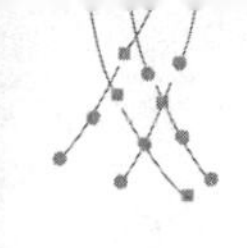

盒巧克力，你永远也不知道下一个吃到的是什么味道。”这是阿甘的妈妈曾经说过的话，然而在这简单的话语中却蕴含着每个人都很难做到的人生态度。

影片讲述了男主角阿甘——一个智商不足80的“傻子”在母亲和青梅竹马的女孩珍妮鼓励下，挣脱腿箍（他原有先天性残疾），摆脱小朋友和大朋友的追打，跑进大学，跑进军营，立下战功，成功经营捕虾船，购买苹果公司股票，最终成为百万富翁乃至亿万富翁的故事。

电影中，阿甘是真正的随波逐流的人，他不去考虑下一块巧克力是甜是酸，只是从容地去接受。他没有强求过什么、没有奢望过什么，只是用自己的憨厚和纯真来触碰这个世界，他不问“为什么”，而是乐观接受，并且感恩生活中的点点滴滴。

俗话说：“智者千虑，必有一失，愚者不曾有千虑，仍可一得。”聪明的人为了显示自己的智慧，不断地在上帝给的巧克力中挑来挑去，无论挑到什么，总是感觉不到已经在手的巧克力有多好；而愚笨的人，拿到一颗是一颗，最终收集满了所有的巧克力，也体会尽了这人生百态。生活得最有意义的人，不是聪明的人，而是对生活最有感受的人。

由此一来，这世上可以分为达人和小人，其中的达人便是阿甘的同类，是通达天道人道的智者，他们能够俯观天地、珍惜生活、把握当下，携一壶美酒，豁达乐观，坚定不移地追寻自己的理想与人生。

有时美好的梦魇抵不过羁绊的现实，人生之路从来都与挫折相伴而行，灯火辉煌的城市总会有迷雾笼罩的一天，再平坦的人生也难以避免经历挫折与磨难。生命中充满许多未知数，而对待这些不管是好的、还是坏的，是酸甜的滋味还是苦辣的滋味，我们都要学会从容、乐观、积极地去面对。

帮助汉高祖打平天下的大将韩信，在未得志时境况很是困苦。那时候，他时常往城下钓鱼，希望碰着好运气，便可以解决生活。但是，这究竟不是可靠的办法，因此，时常要饿着肚子。幸而在他时常钓鱼的地方，有很多漂母（清洗丝棉絮或旧衣布的老婆婆）在河边做工的，其中有一个漂母，很同情韩信的遭遇，便不断地救济他，给他饭吃。韩信在艰难困苦中，得到那位以勤劳刻苦仅能以双手勉强糊口的漂母的恩惠，很是感激她，便对她说，将来必定要重重地报答她。那漂母听了韩信的话，很是不高兴，表示并不希望韩信将来报答她。后来，韩信替汉王立了不少功劳，被封为楚王，他想起从前曾受过漂母的恩惠，便命从人送酒菜给她吃，更送给她黄金一千两来答谢她。这就是“一饭千金”成语的来历。

这个故事中，韩信既感恩了生活中的美好，也感恩了生活中的不美好，善良的漂母使他得到人性的关怀，而生活的苦难造就他坚毅的性格。巨树的成长，既要沐浴阳光，也要包容风雨；经受过严寒的人，方才知道太阳的温暖。学会感恩，不仅要回报有恩之人，同时应以宽阔的胸怀去善待那些曾与己有过的仇人，用感恩的眼光去看待那曾无情摧残自己的苦难生活。最终，韩信成为西汉开国功臣，与萧何、张良并列为“汉初三杰”，享有中国杰出军事家的美誉，当他再度回首往事时，恐怕只剩下一声长笑。

“南非国父”曼德拉曾因政治迫害被囚禁监狱长达27年之久，1994年，在他当选南非总统的就职典礼上，年迈的曼德拉缓缓站起身来，恭敬地向三个曾经关押他的看守致敬，这一举动使现场所有的来宾顷刻安静下来。曼德拉解释说，对于他们，自己并没有怨恨，相反，自己感恩于这一段艰苦的岁月，感恩这牢狱岁月给了自己时间和鼓励，使自己学会了如何处理痛苦，如何控制情绪。感恩造就了曼德拉的广阔胸襟，乐观情怀，同时也造就了一代伟人的历史绝唱。

岁月走过，斑驳无数，终不过一纸繁华。感恩，是享受生活的最高境界，更是看透人生的智慧结晶。如“文王拘而演《周易》；仲尼厄而作《春秋》；屈原放逐，乃赋《离骚》；左丘失明，厥有《国语》；孙子膑脚，兵法修列；不韦迁蜀，世传《吕览》”。跌倒也要笑，是苦中作乐的顽强精神，是不屈不挠的人生态度，具有这样的可贵品质，早晚会走出低谷，再创辉煌，即便壮志未酬，也会虽败犹荣，虽死犹生。

生活如此，伤感良多，不如淡然而浅笑。心怀感恩的人永远沐浴在热情的光影中。感恩挫折，你会悟到“千磨万击还坚劲，任尔东西南北风”的壮志豪情，享受“星垂平野阔，月涌大江流”的雄浑壮阔、心潮澎湃，终得“山重水复疑无路，柳暗花明又一村”的精神境界。夕阳西下，落日的余晖射向琐碎的乌云，天边的绯红衬托着渐深的暮色，我们不必戚戚于夜幕降临的感伤，因为黎明之后，鸡啼如昔，昨日的生活又开始了新的篇章。

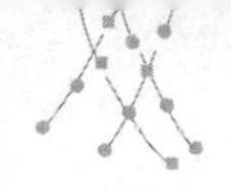

光阴蹉跎，世界喧嚣。人生本是一趟美好的旅行，或简单，或烦琐，时而欢乐，时而纠结。感恩一切美好与不美好的人和事，你会发现快乐就包含在生活的每个瞬间。正如柴静在《看见》中所说：“人们声称最美好的岁月其实都是最痛苦的，只是事后回忆起来的时候才那么幸福。”

感恩地活着，用爱去修行。尽管我已经60岁了，已经到了含饴弄孙的时候，但我内心却平静不下来，闲不下来，总有一种欲念驱使我去做更多的事。比如，现在我几乎每天都会在微信上写两篇文章，分享给朋友们。

因为我很清楚，这点点滴滴的智慧，这刹那的生命灵性，不是从天上掉下来的，不是从地下蹦出来的，而是60年的成长生命中所经历的人和事赐予我的。我要感恩生命长河里每一个遇见的人和事，我要把它们分享出来，让更多的人受益，哪怕是得到些许的美。

时光如流水，不知不觉，一年又过去了，我也写下了800多篇文章，这一年365天，有生病的时候，有出差的时候，有开会的时候，有演讲的时候，有在国外的时候，有乘飞机坐汽车坐轮船的时候，有陪伴病人的时候，但是这些都没有影响我坚持每天创作的热情，因为，我知道，总有一个人，在默默地等待着来看我的文字。

这就是我的初心或者叫动力的源泉，我绝不能把自己30年的一点点资本智慧和资本灵性以及资本德性，孤芳自赏地，自娱自乐地，孤独和寂寞地带进坟墓。也不能自私自利自我地把自己60年的一点点生存聪明、生活智慧和生命灵性也不留给这个养育了我一生一世的大千世界和茫茫人海。

我这一生非常喜欢自己在10年资本地狱痛苦和无助的磨难和历练中顿悟出的一句话：山水之间读微尘，天地之间看虚空，轻轻地来，轻轻地走，带不走一片彩云，但是一定要让瞬间的智慧和刹那的美丽永恒！

我们心存感恩直到永远，我们每天都向太阳问好向月亮请安向空气致敬！

孤独是一个人内心的繁华

马克思常年在图书馆研读，久而久之，座位下的地面竟被磨掉一层。

康德一辈子都没有走出过哥尼斯堡，在他那一亩三分地里，写出了《纯粹理性批判》。

梵高的四十多张自画像上都镌刻着孤独的印痕，最后他举起手枪，对准太阳穴杀死了自己。

孤独吗？这些文学或艺术上有很高造诣的人，往往感性而自我，如尘世中孤独的行者，在巅峰俯视人间的苍茫。

成长的孤独无法避免。

茫茫宇宙间，每个人都是偶然地来到世上，又必然地离去。正是因为这种根本性的孤独，才有了爱的价值和理由。人人都是孤儿，所以人人渴望有人爱，想要有人疼。我们并非只在年幼时需要来自父母的疼爱，即使在年长时从爱侣那里，年老时从晚辈那里，孤儿寻找父母式疼爱的隐秘渴望都始终伴随着我们。

年轻时就有过这样的困扰：因为兴趣不同，和身边的朋友渐行渐远，觉得不被理解，被空虚和孤独包围。然而这里的孤独，往往是缘于缺乏陪伴，在独处的时候发生。有人觉得孤独充实快乐自由自在，有人觉得枯燥无味寂寞难熬，有人享受孤独，有人害怕孤独，而太多的人因为害怕自己一个人，选择搭伙凑合，委曲求全，也许不孤单，但也不快乐。

周国平曾说，一个人不擅长交际可能是性格的弱点，但是如果一个人不能忍受独处，就是灵魂的缺陷。独处时的百无聊赖，往往暴露个人的乏味枯燥，不会生活，并且缺乏安全感。然而人生，大部分时光依然是和自己相处，因此打造一个充实、丰富、有趣、独立自主、擅于思考的自己真的太有必要了。

人间一切美好的情谊，都只在忠实于自己灵魂的人之间发生。真正有

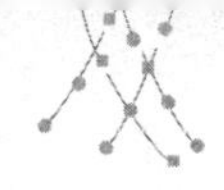

趣的人，往往享受孤独而不觉得寂寞，厌弃生活但对生命始终赤诚，最关键的是，有趣的人永远不会缺乏朋友。交朋友讲究的是志同道合，在人生旅途中，每个人都有自己的志趣，并向着自己的志趣前进，而志趣相投的人，无论一开始，各自从何地出发，他们最后，道路都会渐渐重合。

我的一位女性朋友，对健身兴趣浓厚，但身边人却对健身兴趣寥寥。于是，带着些许无奈，朋友独自去了健身房，原以为自己会是可怜的落单者，没想到，却意外地在健身房认识了不少有意思的人。朋友笑说："不要约不想健身的人健身，而要在健身房找到合拍的朋友。"

有道是，道不同，不相为谋。为了所谓合群，迎合，融入，追着人跑，即便此刻因缘际会，可能因居住相邻，班级相近，导致道路交叉的一段，但只要搬家了，毕业了，离职了，从宏观来看，关系则无可避免地被时间冲淡。相反，一旦拥有志趣，并沿着这条路，向前走，一时之间，或许觉得，路上少人行，但走着走着，却会发现，不知不觉里，居然慢慢地，有些人的道路，就这样慢慢融入了你的足迹。尤其是越接近目的地，越是如此。行前无相约，行间无寻觅，然后只朝着志趣默默走着，然后交叉："哎，原来你也在这里？"

而另一种孤独，是优秀的心智寻求理解而不可得。

鲁迅在《呐喊·自序》中曾说："凡有一个人的主张，得了赞和，是促其前进的，得了反对，是促其奋斗的，独有叫喊于生人中，而生人并无反应，既非赞同，也无反对，如置身毫无边际的荒原，无可措手的了，这是怎样的悲哀呵，我于是以我所感到者为寂寞。"

优秀的人，身处人群中往往更感到孤独。

举世皆浊我独清，众人皆醉我独醒。在《离骚》中，我们看到屈原执着不懈地艰难跋涉，孤独无援地上下求索，因为孤独，愈显其人格的伟大和精神的高尚，他的人格征服了后世无数文人，赢得了后世人民的爱戴和怀念。

"竹林七贤"中的阮籍，本有济世之志，却因不满司马氏统治，故以酣饮和旷达来避祸。他可大醉60日而绝文帝之求婚，邻居少妇有美色，他可当垆沽酒醉而卧其侧，"时率意独驾，不由路径，车迹所穷，辄恸哭而返"。阮籍忧愤的情怀和故作的旷达，最好的注释其实只有两个字：孤独。

有人说“陶渊明生前是孤独的，他的诗歌是一个孤独者的自白”，但陶渊明对这种孤独非常坦然，从喧闹归向平静和孤独，他是主动选择的。无车马之纷扰，门虽设而常关，即所谓“质性自然，非矫厉所得”。这高扬个性精神的举动固然显出陶渊明的洒脱，但我们仍旧在他的诗文中透过看似平淡的生活而窥见其内心的悲苦。“景翳翳以将入，抚孤松而盘桓”，孤独的人面对着孤独的松，是双方在进行无言的交流，也是人向青松汲取精神营养。孤独，使他成了真正的猛士。

卢梭曾言：“我常常想，若是把我囚在巴士底狱或一间伸手不见五指的暗室里，我也仍然可以悠悠幻想。”对卢梭而言，孤独是一笔巨大的财富。只有思想深刻、充实丰富的人，才能和自己相处愉快，即享受孤独。岁月漫长，心中始终要有激荡的洪流，永不枯竭的涌动，方能在人生的孤独前行中引领我们走向信仰。

敬畏你头顶的天空和满天繁星

据相关数据统计，人体有365穴位，一年刚好有365天。人体有四肢，一年有四季。人体有12条经络，一年刚好12个月。脊椎有24节，一年刚好有24个节气。人有7窍，一个星期有7天。人与大自然完全吻合，这就是大自然的规律，也是人类的规律。

因此，没有比自然更值得我们敬畏的，没有头顶的天空和满天繁星更值得人们敬畏的。

世界上有无数种人生观，可以说每个人都有自己的人生观念和生活心态，但是总有一些关于生命的真理是永恒的，经受了时间的淘洗，愈加铮亮，愈加尊贵而可信。这些真理，一定有正义、善良、奉献，然而对于我们的整个人生，如果要用一句话作为生命中自始至终都应坚守的信念，可以这样说：敬畏你头顶的天空和满天繁星。

“敬畏你头顶的天空和满天繁星”，天空和繁星是什么？我们敬爱的前总理温家宝曾写过一篇《仰望星空》的诗作：

我仰望星空，
它是那样寥廓而深邃；
那无穷的真理，
让我苦苦地求索、追随。
我仰望星空，
它是那样庄严而圣洁；
那凛然的正义，
让我充满热爱、感到敬畏。
我仰望星空，
它是那样自由而宁静；

那博大的胸怀，
让我的心灵栖息、依偎。
我仰望星空，
它是那样壮丽而光辉；
那永恒的炽热，
让我心中燃起希望的烈焰、响起春雷。

我们可以回想小时候，最无忧无虑的童年里，我们一抬头看到的蓝天和白云；繁星也是如此，我们小时候在母亲怀里仰望过晴朗之夜的星空，甚至真的如书里说的那样的细数满天的繁星。回想这样的画面，我们就能感受到“头顶的天空和满天繁星”代表了什么，那便是生命中一切的纯真与美好，我们那一颗最纯洁的心灵。

这样的纯真心灵可以说是生命中最可贵之物，它不仅使我们收获了生命的本真，也会带给别人快乐。面对这样的心灵，千古一帝秦始皇都不能抵抗。

关于胡亥的继位，历史的普遍观点是赵高勾结李斯改了遗诏，赐死扶苏蒙恬扶持胡亥上位，这个我们不去争论。但是我们要看出一些端倪，秦始皇一生总共五次巡游天下，他的目的是以天子之威征服民心。他的第五次巡游，也就是死在半路的那次巡游，目的估计也是料想大限将至，再来一次威震天下，所以意义是很重大的。那么，秦始皇为什么要把胡亥带上呢？是考查，他早有立胡亥之心而犹豫不决，就是对胡亥的能力不放心，于是带上胡亥，一边让胡亥了解民间疾苦，以后万一当了皇帝要体恤百姓，一边考核他适不适合当皇帝。那么秦始皇为什么偏爱胡亥，想把位子传给他呢？胡亥的纯真是一个很大的原因。

我们听了太多秦二世残暴的故事，其实秦二世干的坏事几乎都是赵高出的馊主意，和胡亥无关。胡亥是个很纯真的人，秦始皇喜欢他估计也是被他的纯真打动了。

据历史记载，秦始皇有一次大宴群臣，胡亥也在，太小没怎么喝酒，其他人喝醉了，胡亥就跑来跑去把那些大臣、王子的鞋子挨着踩个遍，其他人都害怕秦始皇震怒，然而严酷的秦始皇不但没有生气，反而乐呵呵的。

秦始皇是被胡亥的纯真感动了，试想，秦始皇一辈子不仅劳心于秦国

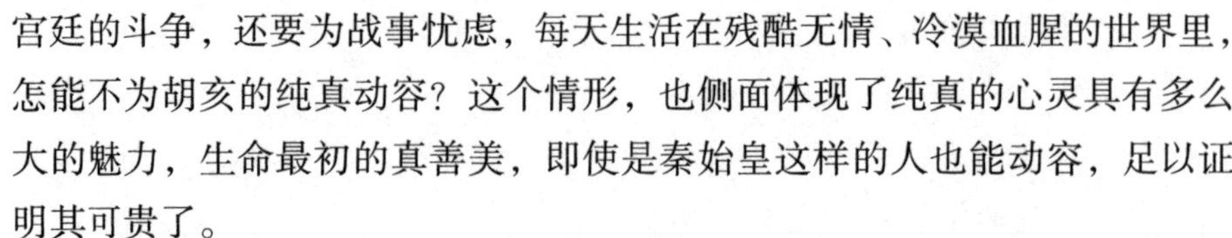

宫廷的斗争，还要为战事忧虑，每天生活在残酷无情、冷漠血腥的世界里，怎能不为胡亥的纯真动容？这个情形，也侧面体现了纯真的心灵具有多么大的魅力，生命最初的真善美，即使是秦始皇这样的人也能动容，足以证明其可贵了。

历代哲人都在讲童心的重要与可贵，而我们头顶的天空和满天繁星不正像我们的童心那样美好和永恒吗？英国诗人胡德在《我记得，我记得》这首诗中写下了这样的句子：我记得，我记得，高高的枞树一片葱茏；我常想，它那细嫩的树梢紧挨着蓝蓝的天空；那是我童年的稚想。而我现在知道，天堂离我们比孩提时所想象的更远，这不免使我怏怏不乐。

胡德这首诗可以分为两部分，第一部分是他对童年美好的肯定——宛若天堂，他把这种美好比喻为“蓝蓝的天空”，与我们提到的“头顶的天空和满天繁星”本质内涵相同；第二部分，是胡德说成熟以后才发现那种美好太遥远了，比孩提时代想象的更远，遥不可及，他感到怏怏不乐。胡德这样说，其透露出的真理就是：随着我们的长大，生命中的纯真离我们越来越远。

这似乎不可避免，当我们置身于社会，到了一定的年龄，那些纯真好像就保不住了——因为社会太残酷，纯真就是软肋？

或许是，胡亥因为纯真被秦始皇偏爱，也因为纯真害了自己害了秦国。赵高之所以能如此横行，原因就是胡亥太相信他，把一切都交给他，认为赵高就是他唯一信得过的人，所以他什么也不管，也不防备赵高，这都是因为他太纯真的缘故。最后赵高派人杀他，胡亥问的第一句话竟是“能否见丞相一面？”他对赵高的依赖之深由此可见，哪怕赵高要杀他他也不计较。这种依赖恰似不懂事的孩童对父母的依赖，纯真使然。

如果说纯真易被人欺负也说得通，因为纯真之人往往没有坏心思，那些心机深的人就容易加以利用陷害，胡亥的命运就是如此。

但是胡亥是秦二世，他特殊的身份决定了他的命运，因此他的悲惨虽有关于纯真，却也是时局逼迫。如果秦二世生于寻常百姓家，那样纯真的一个孩子会不会像辛弃疾写的那样“最喜小儿无赖，溪头卧剥莲蓬”呢？

因此，即使命运悲惨、困难重重，也不能归咎于纯真。纯真是好的，也是永恒的，我们知道得更多的是纯真带给了生命更本真的幸福。

钱钟书先生就是一个时刻保持童心的人。钱钟书一家和林徽因一家做邻居时，两家的猫爱打架，钱钟书先生竟会半夜起来拿着竹竿帮自家的猫。钱钟书先生非常爱他的女儿，也经常和女儿玩游戏。而他做得最多的则是，趁女儿不注意时在女儿的被窝里塞满了玩具，或者在女儿熟睡时用毛笔在她脸上画个大花脸，逗得一家人其乐融融。

不幸英年早逝的徐志摩也是一个童心未泯的人，他会在下雨天跑到剑桥大学的桥上淋雨看彩虹，正是这份童心养成了他率真的性格，给他的朋友带去轻松和快乐，受到所有他的朋友的怀念。

因此，我们可以说，纯真的品性是生命源头里的美好，是人类本能所喜欢的东西，所追求的事物，永远熠熠闪光，高贵而动人。

周国平先生说："在复杂的环境中求生存和发展，一个人或者会走向世故，或者会走向智慧。二者的区别在于，世故是牺牲高贵的灵魂来适应环境，智慧是适应环境来保护高贵的灵魂。"或许一个人是否纯真，是否留下了生命中最初的美好，正是判断他成熟或是世故的标准。

生活艰难，保持纯真也难，但是我们必须认真去呵护纯真，因为纯真是永恒的美好，是最初的美好，是最珍贵的财富。一个人即使拥有了全世界，丧失了生命的纯真，失去了生命中最本质的美好，又有什么意义呢？正如纪伯伦所说："我们已经走得太远，以至于忘了为什么而出发。"

唯愿我们呵护纯真，敬畏头顶的天空和满天繁星，做一个成熟而非世故的人。

距离产生的不是美，而是更远的距离

距离产生美，这一句貌似真理的话，却在现实的时空阻隔面前，变得不堪一击。那些小学初中同学，那些一起上班的同事，还有那些共患难的兄弟，如今，还有多少在你身边，甚至还有联系呢？恐怕早已散落天涯，音讯渺无。

爱情是最怕距离的，有句网络语不是说么："距离产生的不是美，而是小三。"这无异于在说，在当下社会，距离已成为爱情的试金石了。

有人信誓旦旦："只要我们有爱情，还怕距离来考验吗？"事实上，距离带给爱情的考验，往往不是距离本身，而是随之而来的寂寞，诱惑。

为什么会恋爱呢？想来，大部分人的答案并不是心动，而是出于内心的寂寞。对于渴望摆脱寂寞但又不善社交的人来说，爱情是刚需。没有爱情，会寂寞，寂寞久了，会病会死。

因为寂寞，我们需要爱情，但为了爱情，我们却未必扛得住寂寞。异地恋的爱情是看不见的，摸不着的，只能凭借社交软件传递着冷冰冰的文字。这个时候，若是身边有了实实在在的入侵者，拥抱摸得着，温暖能感受到，那么，这一段因排遣寂寞而生的爱情，便岌岌可危。

大学生的毕业季常被称为分手季。为什么？因为相对而言，学生阶段的社交圈子狭窄、生活两点一线，爱情面临的可变因素少之又少，而一旦毕业，进入另一个完全陌生的环境，社会的不稳定因素和因工作造成的距离就会给爱情带来阻碍。并且，新的环境往往会有新的选择。朋友公司新进了两个 90 后，都是异地恋，没多久，这两人理所当然地在一起了。都知道远方有爱情，但是久了，生了，冷了，谁都知道不取暖会死。如果身边有光，为何不舍远求近呢？

该怎么去形容你最贴切／拿什么跟你做比较才算特别／对你的感

觉，强烈／却又不太了解，只凭直觉／你像窝在被子里的舒服／却又像风，捉摸不住／我爱你有种左灯右行的冲突／疯狂却怕没有退路／你能否让我停止这种追逐

这首《红色高跟鞋》，我总是经常反复听，体会其中的凄迷情节：她要跟他分手，他决绝转身，她突然不舍，穿着高跟鞋在雨中疯跑，试图追上他，可是，“咔嚓”一声，鞋跟断了。坏了，脚崴了，再也追不上。

异地恋，不也就像是一场自我安慰的暧昧吗？就像这红色高跟鞋，美得多么热烈，跑起来也会崴脚，追不上那个当初爱得热烈的人。

但相反的，有时候，我们也需要一个距离来遮掩爱情。

许多在网络上彼此活络的人，放到现实生活中，往往并没有想象中自如。因为笨拙与青涩，怕见光死，怕自己的外在不够令对方满意，怕真实无间的相处……诸如此类的种种，都会令我们抓牢距离的盔甲，用网络、手机默默地接近别人，毕竟在视频都能够美图秀秀的年代，距离更有机会遮掩自己的不完美。距离成全我们想要浪漫的心，而且不必为现实买单。

这样的爱情，与其称之为爱情，不如说是类似爱情。没有真实相处过的关系，没有心与心的触动，他们只是披着爱情的外衣，给予彼此依偎取暖的理由。真正的爱情，是精神层面的碰撞与共鸣。爱情的距离，只能是心与心的距离。

血气方刚的时候，追求的是滚烫的爱情，要的常是对方的全部。那爱是炙热燃烧的火，以最大的愿望，企盼对方跟自己一起燃烧；那是一对一的真心对真心，容不得一粒沙子的掺入，容不得第三者的干预，容不得一丁半点儿的距离。那时的爱情，是亲密无间的，一路高歌猛进，热烈而激昂。

只是，过于亲密的爱情，势必会引发冲突与矛盾。其一，便体现在对个人社交生活的入侵。

朋友曾私下调侃，说到了一个年纪你会发现，所有的女性聚会，统统围绕她们的男朋友或者老公展开。因为除了爱情，她们似乎没什么可谈，以至于聊任何话题，都能拐个十八弯绕到自己的对象上，实在无聊透顶。

其二，过度亲密的距离，也会造成彼此爱情的压抑。

在路遥的经典作品《人生》当中，重新回到城市的高加林，经过爱情利害的反复权衡后，抛弃了朴素无私的巧珍姑娘，和城市女孩黄亚萍走到

了一起。

和心地善良的巧珍不同，亚萍浪漫，张扬，任性，爱得热烈而无所顾忌。

亚萍将高加林带到了另一个生活的天地，这是他此前未曾体验过的。他们的恋爱方式完全是现代的，加林疯狂地陶醉于与亚萍罗曼蒂克的热恋中，任亚萍随意折磨。他们不顾社会的舆论，不考虑对周边人造成的影响，两人的爱情容不得一点杂质。但两人的感情基础亦是不牢靠的。加林喜爱亚萍的聪慧与财富，亚萍欣赏加林的才华与能干，两人完全是对对方别的东西爱慕倾心，他们的幸福需要冷静与沉淀，过度亲密的距离，造成了两人矛盾的爆发。

一次，亚萍称自己的一把水果刀不见了，要加林帮忙着找回。加林冒着大雨搜寻无果，回来却见亚萍笑着说，水果刀并没有丢，这只是一个浪漫的"考验"。

亚萍的任性有时让加林觉得他们简直是苦恋。

所以，在爱情里，距离真的能产生美吗？对待恋人是否应该毫无保留，彼此都是透明的？

这得分阶段谈。热恋中的情侣，往往如胶似漆，形影不离，这个时候，若是有他力让两个人刻意分开距离来，是可笑，也是不必的，大可不管不顾，尽情享受恋爱时光。

不过，当爱情进入相对稳定的阶段，热情渐渐冷却的时候，保持距离是必要的，也是必然的。无关相爱的程度，爱情中的两个人，各自仍然是独立的个体，彼此的差异一定会表现出来，双方也一定会感觉到。能够长远的爱情，必然得经历相互磨合的阶段，发现彼此的差异，接受彼此的不同。要知道，差异并不是坏事，相爱的两个人，往往某个方面高度合拍，同时存在个体差异。有差异，爱情才能神秘和有趣，此时的距离，便是给爱情留一个喘息与成长的空间。

亲密有间，保持适当的距离，爱情方能长久。

无论怎样的感情，适当的距离是可以有的。适当的空间和时间，的确会产生一定的美感，而距离一旦超出了必要的限度，那就会渐行渐远。它们就像空气和水，你伸出手来挽留能留得住吗？它们转瞬即逝，即使你用瓶子把它装起来，时间一久，味道也会变的。

距离产生的不是美，而是更远的距离。

旅行是一场心灵的迁徙

旅行是什么？有人调侃，旅行就是从一个你待烦了的地方到别人待烦了的地方去。

想想，也是不无道理。有的人把旅行当成一种感官的享受，但更多人，把旅行当成一种生活方式，边旅行边探寻人生的意义。还有人把旅行当作一种学习，他们常常一个人上路，随心所欲地与风景对话。

小时候，别人问你，你的理想是什么？也许很多人都回答过要周游世界。然而，长大后，旅行却成了停留在嘴里的一句话。读书时，你说工作后去；工作了，你说挣了钱再去；挣了钱你说买了房去，买了房你说结了婚去；结了婚你说有了孩子去；有了孩子你说孩子大点去；等孩子真正长大成人，才发现自己也老了，你不但哪儿也没去，而且已经不像年轻时那么有想走的冲动了。你哪儿也没有去。

“读万卷书，行万里路”，这是多么美好的一件事，人们常用这两句话来表达自己的梦想。我们取这两句话现今最普遍的含义：读万卷书当然是多读书，行万里路可以理解为多做事多经历多实践。

可是，现在很多人对“行万里路”的理解又更简单了，在旅游业高速发展的今天，人们乘着便利的交通工具四处旅行，亦美其名曰：“行万里路”，这样的旅行是行万里路吗？恐怕未必。但旅行终究还是到处走，坐着飞机飞来飞去，要不了几次也就超过了万里，因而说行了万里路也过得去。我们今天不去探讨什么才是有价值的行万里路，我们来探讨怎样的旅行是深度的旅行。

首先，我们要明白旅行不是旅游。旅游，一个“游”字给了它更多的自由与随性，我们在生活中看到的大多数旅行，其实都是旅游，它们以玩为主，目的是打发时间，当事人去某个地方旅游，其目的主要是看看那个地方，吃吃那个地方的美味，玩那些娱乐设施，只抱着这样的观念便是旅游。而旅行

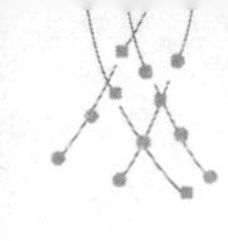

则不一样，旅行的性质带着孤独，带着对人生的严肃性，旅行者宛若一个踽踽而行的朝圣者，他背着行囊走向远方，绝不只是为了玩，而是想要摆脱当下的束缚，去感受和融入一种全新的生活，在行走中找回自己的内心。

于是，我们不妨说旅行带有一种沉重的况味儿，带着人生的重量，把旅行当作生活。这样去思考，我们就会发现世界上少有旅行者，多是旅游人。

这个时候，我们反观一到了周末长假，就涌向各大景区，一路玩手机，到了景区挤得满头大汗，慌慌张张地拍照发自拍，而对景区尚未了解得清楚就匆匆忙忙赶回来，这样的旅游价值何在呢？恐怕只是多看了几眼纷扰的世界、打发掉了自己的空虚而已。那些涌向各大城市，爬高楼，尝美食，逛逛豪华商圈的旅游方式亦是如此。

关于这个普遍现象，著名学者周国平先生有这样经典的论述：“如果没有好胃口，天天吃宴席有什么乐趣？如果没有好的感受力，频频周游世界有什么意思？反之，天天吃宴席的人怎么会有好胃口，频频周游世界的人怎么会有好的感受力？心灵和胃一样，需要休息和复原。独处和沉思便是心灵的休养方式。当心灵因充分休息而饱满，又因久不活动而饥渴时，它就能最敏锐地品味新的印象。”

周先生一针见血地说出了当下旅行存在的问题：大多数人的旅行并没有对人生起到有益的作用，只是打发了时间促进了经济而已。因为在这样快节奏的旅行中，人的心是浮躁的，重在走马观花选择暂时的愉悦，而没有深入的思考。折腾来折腾去，看似行了万里路，其实在原地踏步。

所以我们不难发现，爱旅游的人几乎随时随地都在想着旅游，想要到处跑。看似是一种活力，看似是向往多姿多彩的生活，但本质上，其实体现的是自己躁动不安的心，因为躁动不安，所以坐不住。而事实上，人生真的要永远行走着奔波着才有意义，才能体会到世界的精彩吗？答案是否定的。

人们都会承认托尔斯泰几乎写尽了俄国，但是在托翁所处的年代，交通远没有我们发达，现在比他见过更多地方的人多的是，但是为什么没有作家能够超越他呢？又如莎士比亚，皇皇巨著影响了全世界，他又去过几个地方呢？那么他又怎样做到了诠释全人类的情感？所以真正高质量的生活，断然不会是到处跑到处折腾的，而应该有深入的思考，要有好的感受力。这些都需要我们保持内心的平静。

内心平静是真正的旅行所具有的特质，因为在平静中，人才能更好地了解自己也才能更好地感受生活。因此我们可以把那些朝圣者看作真正的旅行者，把那些骑着自行车跨省旅行的人称作真正的旅行者，把那些挑战珠峰的人当作真正的旅行者，把那些抱着一把吉他流浪天涯默默唱歌的人当作旅行者。因为他们的旅行中有人生的梦想，有坚守的信仰。

2011 年，56 岁的加拿大人让 · 贝利沃终于完成了他的环球之旅。在过去的 11 年里，他一共徒步行走约 7.5 万公里，穿越了 64 个国家。当初，贝利沃是由于生意破产而计划去环球旅行，以排解压力，渡过人生的难关。途中他还响应了联合国教科文组织的号召，沿路宣传反对虐待儿童的理念，当然，这也使得他的徒步旅行变得更加有意义。

像让 · 贝利沃这样的人才是真正的旅行者，因为全身心去感受生活，并让自己的每一步都走得有意义。而现在的很多旅行，距离虽超过了万里，而实际上真正属于旅行的时间却寥寥无几。“世界这么大，我想去看看。”可是看了大千世界真正留存于我们内心、充实了我们生活的旅行又有多少？

如果世界是一本书，那么不旅行的人只看到其中的一页。

每个人心里都有一个小世界，总想跨越这个小世界去看更大的世界。但其实，你真正跨过去了后，才发现那边的世界并没有多少不同，与其说，旅行是空间的移转，不如说是心的迁徙。

最精彩的旅行，不是看到了最美丽的风景，而是看到了自己最澎湃的内心。

当我们这样去审查自己的旅行时，不禁感到一阵恐慌，因为似乎看起来有意义的“行万里路”其实多是瞎折腾。这样的反思或许应该给我们这样的启示：真正的旅行最好不要为自己设置一个终点，以防我们为了终点而丢掉了过程。而旅行中“行”的意义，本身就是寓意全部的过程。由此看来，最好的旅行当然是忘掉目的地忘掉过于细节的规划，把旅行当作生活，保持一颗随时接纳一切偶然的心，才能收获其全部的意义、本质的意义。

需要注意的是，旅行有时候会成为逃避生活的一种方式，麻痹我们忘掉当下面临的责任和困难，这样的旅行太多当然是有害于人生的。所以，真正的旅行者所持的心态断不是逃避人生的心态，而是敢于直面人生走向远方的心态。

仔细想想，生命何尝不是一场盛大的旅行，而日子就是脚下的每一站风景，或美丽动人，或愁绪满怀，或豁然开朗。

没有女人的世界一定是死寂的世界

读书人向来最会安慰人，仕途不顺可以找老庄，被世俗所排挤可以找伯夷叔齐，若是没有女人，还可以说一句“书中自有颜如玉”。但那是身边没有女人的时候才说书里有，而如果身边就有一个好女人呢？读书人该去读书里的女人，还是读身边的女人？

这个问题，先来找蒲松龄。《聂小倩》是《聊斋志异》里很经典的一篇，宁采臣就是个好书生，最终还是更爱现实里的女人——哪怕她是鬼。还反问：“反不疑其鬼，疑为仙。”司马相如把卓文君“拐走”；白居易迷恋苏小小，有诗歌“若解多情寻小小，绿杨深处是苏家”为证。歌德 74 岁了还疯狂爱上 19 岁的少女；拜伦是出了名的浪荡子，他的代表作《唐璜》，其实就是主人公与十多个女人的风流史。

但也有读书人爱书胜过爱女人的，比如柳下惠。相传在一个寒冷的夜晚，柳下惠宿于郭门，有一个没有住处的女子来投宿，柳下惠担心她被冻死，叫她坐在怀里，解开外衣把她裹紧，同坐了一夜，并没发生非礼行为。这个故事就是著名的“坐怀不乱”。

但柳下惠是圣人，常人是做不到的。《世说新语》里有句话：“圣人忘情，最下不及情，情之所钟，正在我辈。”颇为中肯，书与女人究竟孰轻孰重呢？

汤氏的妙作《小桃红・春情》有一个苦读的场景：月临绣窗，寒生罗帐，如此良辰如此夜，秀才独坐攻书。怎料汤氏却安排了另一销魂的场景：娇娥一捻粉团香，搭伏定牙床上，雨魄云魂姿飘荡。娇嗔道：“睡早些又何妨？”

倘若把自己当作秀才，是该读书还是早睡呢？不必作答。

这些故事的意义，不在于分出书和女人的轻重，但是它揭示了一个真理：书和女人总是牵扯甚多，一个代表知识，一个代表生活；一个代表灵魂，一个代表躯体。两者总是纠缠不清，此消彼长，其关系剪不断理还乱。

莎士比亚说：“任何事情，追根究底总有一个女人。”其实世界上的书，大抵也都有个女人。《红楼梦》里面的女子迷倒众生，哈代的代表作《苔丝》是写女人，福楼拜的代表作《包法利夫人》是写女人，莫泊桑的代表作《羊脂球》是写女人，《红与黑》是写一个男人与两个女人的情史，《堂·吉诃德》故事的起源则是那位伟大的骑士先生想要获得他心爱的女人的欢心而下决心做一个英雄，而川端康成最好的作品都是写女人的。

那么究竟是这些书里面的女人使书本经典，还是这些书让女人经典呢？答案当然是女人成就了这些书，这就像鸡和蛋的关系：女人好比鸡，作品好比蛋，没有女人，哪来的这些好作品？而有些书的写作导火线就是因为女人，比如享誉世界的《安娜·卡列尼娜》。

1878年，有人问托尔斯泰：“你写作《安娜·卡列尼娜》的念头是怎样产生的？”

托尔斯泰躺在沙发上回答说：

“是的，就像现在这样，饭后我独自躺在这张沙发上，吸着烟……我不知道我是在竭力思索呢，还是在与瞌睡作斗争，突然有一条非常漂亮的贵妇人的光胳膊在我面前掠过，我不由得仔细看看这个幻影。接着出现了肩膀、脖子，最后是一个美丽的女人的形象，她身穿白衣裳。她那双含怨带恨的眼睛看着我。幻影消失了，可是我已无法摆脱它，它日夜跟踪着我。为了摆脱它，我必须给它找个化身。这就是写作《安娜·卡列尼娜》的起因。”

贾平凹的名作《带灯》，写作的起因则是他经常收到一个乡下女干部（“带灯”的原型）的短信。而贾平凹先生的作品本身，就解释了书与女人、艺术家与女人的微妙关系。

女人代表美，艺术家是创造美的人，当然爱美，也就是爱女人。如果在生活中难以遇见他们理想的女人（遇上的几率几乎为零），就会在艺术中创造出一个甚至多个（艺术家是多变的），作为大作家的贾平凹就以写书来创造。

《废都》的核心是以性来拯救庄之蝶的灵魂，也可以说贾平凹通过对性的大胆幻想描写，来拯救自己孤独的灵魂。“这是一本使我灵魂安妥了

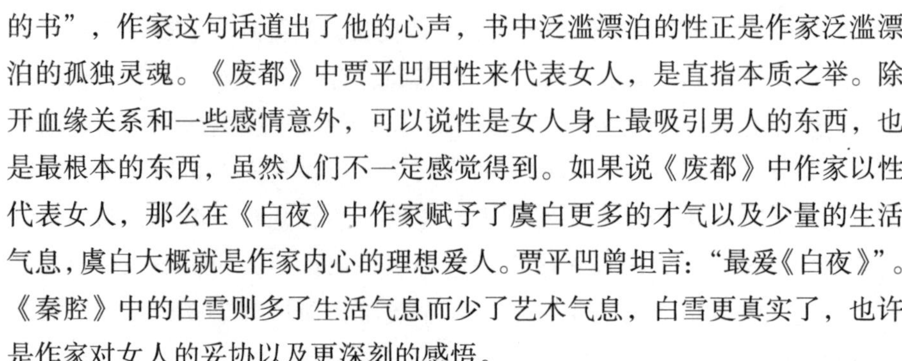

的书”，作家这句话道出了他的心声，书中泛滥漂泊的性正是作家泛滥漂泊的孤独灵魂。《废都》中贾平凹用性来代表女人，是直指本质之举。除开血缘关系和一些感情意外，可以说性是女人身上最吸引男人的东西，也是最根本的东西，虽然人们不一定感觉得到。如果说《废都》中作家以性代表女人，那么在《白夜》中作家赋予了虞白更多的才气以及少量的生活气息，虞白大概就是作家内心的理想爱人。贾平凹曾坦言：“最爱《白夜》”。《秦腔》中的白雪则多了生活气息而少了艺术气息，白雪更真实了，也许是作家对女人的妥协以及更深刻的感悟。

可以说，没有对女人的深刻感悟，贾平凹写不出女人，这就是贾平凹先生的书与女人的关系。

其实这个世界上，很少有书和女人无关，就算是《论语》，也有“唯女子与小人难养也”，《道德经》也有“天下皆知美之为美，斯恶已”。

书与女人如此的“纠缠不清”是永恒的，因为书本代表智慧，智慧来源于生活。而女人是最懂生活的，也是比男人更贴近生活的。男人善于幻想，女人则比较实际，而生活多是实际的。

所以，女人是一座永恒的桥，搭建在知识和生活之间的深渊上，而且是一座美丽的桥。要寻找知识，离不开她，要寻找美，也离不开她。因此一个真正的智者必然是离不开女人的，不论是爱还是恨，都离不开她。

不过，一个人若过分地爱女人，就注定与智慧无缘，与真理无缘。正如拜伦那句话：女人身上令人可怕的地方，就是我们既不能与她们共同生活，又不能没有她们而生活。拜伦所说的生活不仅仅是肉体的生活，更是培育灵魂的生活。

写到这里，我还想说几句关于女人的题外话，美国大选刚刚落幕不久，我以为，美国人民选举的总统不完全是特朗普，而是他的女儿伊万卡·特朗普。一个倾国倾城集万千宠爱于一身的漂亮美丽智慧灵性的女人。

伊万卡·特朗普在美国总统选举前夜帮助父亲特朗普竞选总统的演讲，与其说是帮助父亲竞选美国总统，不如说就是一个美国未来女总统的热身赛和见习期的精彩绝伦的闪亮登场。

未来的世界是女人的世界，这是历史的必然方向也是人类的智慧选择。

客观的理由客观的存在告诉我们：

一是全世界女人的平均寿命比全世界男人的平均寿命多7岁至10岁。

谁活到最后谁笑到最后才是世界的主人。

二是女人的形象思维特别是情感世界比男人丰富和完美。未来的世界已经不是单一的逻辑思维和推理行为的世界，而是形象思维和逻辑思维一起的思维共振的结果。而且一定是情感世界和推理世界一起共同作用的世界。女人在情感的基础上拥有推理比男人在推理的基础上拥有情感完全占据优势。

三是女人在拥有美丽和拥有智慧特别是拥有灵性的本质上远远超过只拥有智慧而缺少美丽灵性的男人。

四是未来的世界是预期的世界，是想象的世界，是虚拟的世界，是梦幻般的世界。而女人在这四个方面的思维和行为都大幅度地胜于男人。

五是有女人的家才是家的港湾和灵魂的归宿。世界也是一个大家庭，世界更需要女人去当世界的家，远离战争，保卫和平，母仪天下，世界温暖，世界太平，人民幸福，一切皆好，一切美好！

没有痛苦的彻悟，哪来快乐的享受?

当我们提到痛苦，即使不感到一阵惊悚，恐怕也会沉默或是叹息。因为这两个词总会让我们想起人生中某些不堪的往昔，而那些往昔是不好受的。所以不用怀疑，很少有人喜欢痛苦，坦然接受痛苦。但是我们又不得不承认，当一个深受痛苦的人从痛苦中走出来的时候，他的彻悟是极深的。这很无奈，但是上帝总算公平，给了我们痛苦，却教会了我们成长，这正是“良药苦口利于病”，人生的不彻悟就是病，痛苦就是专治这病的，而且往往是越痛越能彻悟。

有一位母亲讲过这样一个故事，是关于她教育孩子的心得。孩子太小，家人担心他不小心碰到热水瓶烫伤，奶奶的想法是，不准孩子自己去拿热水瓶，每次都让大人给他拿。但是母亲觉得这不是长远之计，因为她觉得家人不可能永远陪在孩子身边，万一孩子趁他们不注意时去拿热水瓶，就很可能出意外。因此母亲认为，为了孩子的安全，最好的办法就是让他害怕热水瓶。于是，母亲有一次把孩子叫过来，取出热水瓶的瓶塞，冷却到一定的温度时抓过孩子的手，用瓶塞去烫孩子，孩子受到了刺激，哇的一声哭了。母亲就问：“疼吗？”孩子哭着说：“疼。”母亲又指着热水瓶说：“你看到那个冒烟的东西了吗，它很吓人，以后千万不能碰。”果然，后来她的孩子看到热水，就自然地产生一种畏惧心理，离得远远的。

这个母亲所采用的方法，其原理就是痛苦使人铭记，深刻地思考并践行。如果母亲只是告诉孩子热水瓶不能碰，还是或许会听，但是他始终没有明白为什么不能碰。但是被热水烫的痛使孩子感受到了热水瓶的可怕，这样刻骨铭心的体验就很彻底，长存于孩子的心中，这样的教育无疑是更彻底的。

在人生的经历中，痛苦就具有这样的功效。他能够加深经历的印象，使大脑进行深入的思考，更利于大彻大悟。“棍棒下才能出好儿女”，这种思想也是在用痛苦来使孩子彻悟。

在余华的小说《活着》中，福贵好赌输掉了家里的全部田产，被迫要把老家的房子卖掉，换钱还债。福贵问父亲是把房子换成纸质的钞票还是换成铜钱，他的父亲说换成铜钱。福贵说铜钱太重了，纸质钞票省事、不累，他的父亲依然坚持，最后还是换成了铜钱。到了还债的那天，福贵这个娇生惯养的少爷挑着两大箩筐铜钱去城里还债，几十里的路把肩膀磨出了血，福贵感叹道：“原来爹叫我换成铜钱是让我明白祖上的家业不容易啊。”就是这痛苦让福贵大彻大悟了，从此再不赌，做一个踏实本分的人。

但是这种痛苦是别人强加的，而有些时候，有的人为了更能彻悟人生，甚至会自己给自己寻找痛苦。据史料记载，佛教中的僧侣为表示对佛祖的虔诚，发愿刺出舌头的血为墨水，用于书写经卷。每天清晨把手洗净，虔诚地焚香，刺破舌尖，滴血入杯，以毛笔蘸血书写。有的僧人甚至把蜡油浇在手指上，点燃了供佛。佛教僧侣的这种行为，其目的除了表示对佛的虔敬，也是想把自己置身于痛苦之中，于苦难中参悟佛法，因为彻悟的程度往往等于痛苦的程度。

德国大作家托马斯·曼的长篇巨著《浮士德博士》中，天才的作曲家阿德里安·莱韦屈恩为了追求“真正伟大的成功”而与魔鬼交易，染上梅毒，甘愿于痛苦和孤独中感受悲剧的痛苦，激发灵感，这也是寻找痛苦来提升自己的境界。然而这位作曲家最终堕落败坏，直至疯癫。

虽然彻悟的程度往往等于痛苦的程度，但对于普通人而言，刻意寻找痛苦是不切实际的，因为这不仅需要极其坚定的信仰，还需要巨大的心理承受能力。因此我们更可能遇到的情形是灾难不期而至，痛苦没有预兆地来临。当遇到这种情形的时候，我们则应该顶住痛苦带来的压力和折磨，以强大的勇气接受挑战并寻找出一条新的路，当我们完成了这个艰难的过程，也就大彻大悟了。

济公这位高僧，可能我们还以为他是小说里的人物，其实真有其人。济公原名李修缘，是南宋人，他在 18 岁赴考之时寄宿在西湖灵隐寺，怎料父母双双得急病去世。病情来得很急，不出三日，就相继撒手人寰了。李修缘接到寄自家中的信，万念俱灰。三天后，悲痛之中的他就在灵隐寺落发为僧。

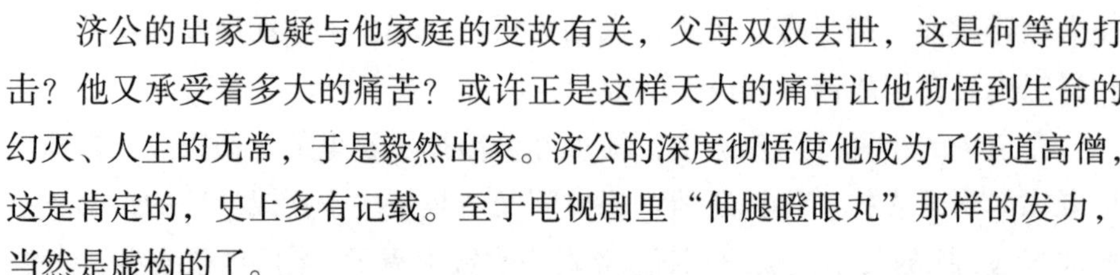

济公的出家无疑与他家庭的变故有关，父母双双去世，这是何等的打击？他又承受着多大的痛苦？或许正是这样天大的痛苦让他彻悟到生命的幻灭、人生的无常，于是毅然出家。济公的深度彻悟使他成为了得道高僧，这是肯定的，史上多有记载。至于电视剧里“伸腿瞪眼丸”那样的发力，当然是虚构的了。

《红楼梦》中甄士隐的彻悟，也是一个个的苦难促成的。他先是丢了爱女英莲，家里又着火，损失惨重，而后迫不得已变卖家产带着妻子封氏投奔了岳父封肃，封肃又是势利眼，令甄士隐既悔恨投奔错了人，又急愤怨痛。他本就有积伤，又是暮年之人，经过这么些打击，贫病交攻，渐渐透彻了人生的本质。有了这些彻悟，在遇到跛足道人后，才能明白那首《好了歌》，并作出了精辟的注解，最终随跛足道人飘然离去，解脱了自己。

不过济公和甄士隐有一种逃避的色彩，他们虽然在深沉的痛苦中有了深刻的彻悟，但是这种彻悟是有些消极的。在生活中，我们总不能彻悟了就出家。俞敏洪在大学里追自己喜欢的女生，但是那些女生都因为长相看不起他，这种情形俞敏洪肯定是很痛苦的，但是他却能从痛苦中站立起来，也可说是彻悟，把生命投入到事业和梦想之中，最终获得了巨大的成功。

其实，我们的痛苦源于我们的感触，沉浸在痛苦中不可自拔而忘了痛苦的来路，我们必须换一种方式思考，那就是，痛苦是我们谁都无法逃遁的感受，痛苦来源于我们的不作为，任其痛苦下去，就会更痛。殊不知，痛苦也可以塑造你的坚强，是成功的积累，没有痛苦，哪里来的快乐？一切都是相对的。

走出痛苦的方式应该是积极的而不是消极的，正如罗曼·罗兰所说：真正的英雄就是看透了生活的本质却依然热爱生活。

梦是天光云影，路是源头活水

中国的文化里，向来喜欢大的东西，动辄天地、阴阳，比方说一部《周易》，就以简简单单的文字揭露了天地运行的机理。这当然没有错。以这样的思维去生活，简单、大气，直至人生本质，是一种大境界。但是这种境界更多的时候，是一种指导思想，和安慰自己的哲学观念，然而到了具体的事情上，又非具体不可。如果我们彻头彻尾地以这种观念去生活，则会对生活的很多事情感到无所适从，这叫“远水解不了近渴”。

道家提倡无为，无为就很大，是很大的一种思想观念。庄子在《说剑》中，谈到了治理天下的第一把剑“天子之剑”，他这样说：“天子之剑，以燕溪石城为锋，齐岱为锷；晋卫为脊，周宋为镡，韩魏为镡；包以四夷，裹以四时；绕以渤海，带以常山；制以五行，论以刑德；开以阴阳，持以春夏，行以秋冬。此剑直之无前，举之无上，案之无下，运之无旁。上决浮云，下绝地纪。此剑一用，匡诸侯，天下服矣。此天子之剑也。”

这段话的意思，就是天子治理天下，要以天地运行的法则为基础，顺天地万物之形，依人性，在大道之下，无为而治，国家就会长治久安，天下万民就会臣服。这话对吗？当然是对的。但这只是一种理想状态，人世间的一切不可能都如我们所想的这样，尤其人是有意志的，每个人是不一样的，如此看来，如何能用一种大的方法管理天下？数不清的小问题爆发之时，具体问题还需要具体解决。

比方说庄子所说的天子之剑，几乎全靠自然而然，但是如果敌人来犯呢？如果发生了天灾人祸、内部动乱需要解决呢？两军交战也不是靠嘴皮子，而是要战士们装备好、粮草充足，这样才更有胜算。所以天子之剑再大，秦始皇还是要修长城，大力发展兵器。

所以道家的思想在古代几乎没有帝王长期用，因为人的思想是会变的，人都是有私欲的，一旦无为过度，内心的自由泛滥，就不听招呼，不按规则，

就要出问题。所以法家和儒家的思想更受青睐，因为法家和儒家能对具体问题提出具体的解决办法，或者用法律来约束人，或者用人伦礼义来约束人，犯错了有方法治，事情做过头了有伦理道德来评判，这样才能做到具体问题具体解决。

人最容易犯的就是幻想，我们的想法太多了就成了幻想，听起来是很有道理但是实施起来却非常艰难。我们需要仰望星空，更需要脚踏实地，换句话说："生活中最重要的是不要去遥望远方模糊的风景，而是要做好眼前清楚的事。"

屠龙之技和庖丁解牛这两个典故很明显地对比出了这个真理。

先看屠龙之技的故事，故事出自《庄子·列御寇》。从前有个叫朱泙漫的人，无论什么都想学一招。他听说支离益会杀龙，就立刻变卖了全部家产，不远千里去拜支离益为师。过了三年，朱泙漫学成回乡了。乡亲们问他学到了什么手艺，他就连讲带比画，表演给大家看——怎样按住龙头，怎样骑上龙身，怎样把刀插入龙颈……正在他说得兴高采烈的时候，一位老年人问他："小伙子，你上哪儿去杀龙呢？""哟！"朱泙漫像被迎头浇了一盆凉水。他这才醒悟过来：世界上已经没有龙，自己学的这一身绝技毫无用处啊。

再看庖丁解牛的故事，这个故事出自《庄子·逍遥游》。有一个名叫庖丁的厨师替梁惠王宰牛，手所接触的地方，肩所靠着的地方，脚所踩着的地方，膝所顶着的地方，都发出皮骨相离声，刀子刺进去时响声更大，这些声音没有不合乎音律的。梁惠王非常吃惊，庖丁悠然地分享了他的心得："身上的骨节是有空隙的，可是刀刃却并不厚，用这样薄的刀刃刺入有空隙的骨节，那么在运转刀刃时一定宽绰而有余地了，因此用了十九年而刀刃仍像刚从磨刀石上磨出来一样。虽然如此，可是每当碰上筋骨交错的地方，我一见那里难以下刀，就十分警惧而小心翼翼，目光集中，动作放慢。刀子轻轻地动一下，哗啦一声骨肉就已经分离，像一堆泥土散落在地上了。"

毫无疑问，杀龙比之杀牛听起来要高级得多，想起来也要高级得多。天下能杀龙的人恐怕只有朱泙漫一人，而能杀牛的屠夫却是数不胜数，可是我们有理由相信没有一个人会说朱泙漫是个好屠夫而庖丁比不上他。道理很简单，因为朱泙漫所做的是不切实际的，是幻想出来的，没有真实的基础，他看到的龙是远方模糊的风景。而庖丁虽然是杀牛的，但是他所做的却是眼前的事，是真实存在的能触摸到的手里的事。这两个寓言也告诉了我们，只有把眼前的事做好，才可能取得实质性的进展和成功。

庄子的思想很大，但他又讲这两个截然相反的寓言故事，似乎是让我们知道生活并不能只有大，还需要有小。大是眼光之大，小是做事情要从小事做起。也就是人生应从大处着眼小处着手。

毛泽东思想指引了中国革命的胜利，但是具体下来，还是无数具体的战术以及数不清的大小战役一步步促成了最后的成功。这就是从大处着眼小处着手。

对我们的人生而言，我们可以有梦想，梦想可以是千万富翁，可以是一个伟大的科学家、艺术家，但是这些东西只能以信仰存在。我们要具体地实现，则应该认真对待好当下，做好当下的每一件事，一步步提升自已，最终才能踏着无数的阶梯一步步靠近梦想的圣地。对生活中的困难也是如此，总幻想着一下子解决，到头来却是什么也没有解决，还是要从头做起。

鲁迅说："希望本无所谓有无所谓无的，就像世上本没有路，走的人多了也就成了路。"梦在远方，路在脚下。有人形容道，如果说梦是半亩方塘中徘徊的天光云影，那么路便是清如许池中的源头活水；如果说梦是夏日荷塘中映日别样红的凌波仙子，那么路便是与天相接的无穷碧叶；如果说梦是秋日山谷白云深处的袅袅炊烟，那么路便是崎岖不平的寒山石径；如果说梦是梨花般曼舞天地的白色精灵，那么路便是卷地的北风和恢宏的胡天。

人生短暂，梦想遥远，如果一味地沉浸于远方的幻景，而不顾应该脚踏实地的眼前，则会在幻想中一点点让时间白白流逝，最终"白了少年头，空悲切"！

明明可以靠脸吃饭，也要靠内在

“我们的世界潮涨潮落，并无恒常。无论是怎样的奋斗和成功，无论何等的痛苦和磨砺，都会很快渗入浪涛中，就像水墨颜料泼洒在纸上。”小百合乱发飞舞站在悬崖之巅，从胸口最温暖的地方取出来的手帕一撒手风吹了去。

在著名电影《艺伎回忆录》中，女主角千代子（小百合）的故事这样开始：

在日本的一个小小的渔村里，拥有与别人不同的半透明灰色眼珠的千代子出生在一个很清贫的家庭中。不过，千代子继承了母亲独特的眼睛——一种半透明的灰色眼珠，于是就注定了她和别人的不同。由于家里贫穷，无法生存，少时的千代子经历人生的颠簸辗转，被卖到各种地方，随后，千代子进入了艺伎学校，穿上蓝白相间、没有衬里的棉布学生服，学习唱歌，并且观摩初桃化妆。

千代子改名小百合，成为了一名艺伎。千代子拥有无与伦比的美丽，她的眼睛像一潭深水，她把自己的面目藏在那层描画过的脸后面，她舞蹈，她歌唱，她能给任何一个靠近她的男人带去无尽的幻想。在电影中，男人的确比女人肤浅，往往只因为女人的一个眼神或一个微笑便足以心醉。女人高两层，需要一些与众不同，或者是一些与她们见识迥异的经历方许心倾。无论如何，小百合做到了！她成了最红的艺伎，被男人们竞相追求。

美丽能带来一些东西，同样能使她失去一些东西。

多年前，一个英俊的陌生人给了小女孩一杯红豆冰，从此，无休止的情愫在那位小女孩——小百合的心里蔓延。那么多年，她始终在旁边偷望着他，给予他从来不曾给别人的情意：暗地里枝繁叶茂幕天席地遮盖一切的相思！然而，他在明处，她在暗处；他光鲜亮丽，她千疮百孔。小百合太过美丽，美得天花乱坠，不可一世，所有男人都觊觎和占有她，她却无能为力。

她在暗影中休憩，悄无声息，但她的心也在逐渐死去，一点一点死去，希望像树叶般片片飘落。

一场战争，销尽了京都祇园的繁华。岁月流逝，世事变迁。当小百合终于有机会得到男神的爱时，竟是以情妇的身份。为了避免引起岩丸的家庭纠纷，她选择远居美国，晚年住在纽约市沃尔多夫大厦三十二层的豪华日式房间里，看着窗外的车水马龙，她感叹道："似乎周围的一切都那么陌生。"

世界的变化不会比海上的波浪还要长久，不论面对的是怎样的艰难或胜利，一切很快地就会化开成一幅淡水彩画，就好像纸上的淡墨水一样，艺伎再丰富多彩的一生也不过如是了。

有人说，女人的容貌就是她灵魂的样子。"回眸一笑百媚生，六宫粉黛无颜色"是小百合的真实写照，却落得个"老大嫁作商人妇"的凄苦结局。纵使拥有再美丽的容颜，灵魂肤浅、怯弱、不堪一击，也会输得一败涂地。

当一个女人因为美貌而过度地受到关注时，意味着她的生活也开始失真了。男人赞美她，哄着她，让着她，让她误以为这就是爱；一众男人千金买笑，优越的物质生活，让美丽者失去谋生的动力和能力，最终苟且地沉浸、沦陷在虚荣的那层皮上。美貌就像海市蜃楼，一旦失去，建立在其上的生活，就会突然坍塌，猝不及防。

在这个日新月异的时代，世界经济迅猛发展，脱离贫困的人们不断迸发爱美之心，开始追逐更高层次的生活。于是整容业兴起，无数妙龄少女手攥"范冰冰""蕾哈娜"的照片作为范本，开启了一条浩浩荡荡的整容不归路；与此同时，稍有姿色的女孩为跻身演艺圈挤得头破血流，就为了在青春尚在的大好年华，利用美貌大红大紫；网络上，网红的性感自拍成了宅男每日期待的必备品，殊不知照片背后艰辛的P图过程，为了将图片磨成"充气娃娃"般精致用了多长时间。

然而不管美女丑女，难以避免终会有老去的一天，年轻时有美丑之分，年老时该有粗鄙恶俗和优雅慈祥之分，希望到那时候，我们不会输得一塌糊涂。

台湾女作家琼瑶曾说过："美丽短暂，渺渺茫茫，离别时候，藏着多

少凄凉。”这句话用来形容生活，同样也可以用来形容女人。女人的容颜，随时间的流逝、岁月的蹉跎，终将成为过去的那一抹记忆。只有当日行月随，年岁渐长，有过更多经历，走过更多城市，认识过更多的人，我们才会逐渐明白，颜值的好坏是没有明显界定的，真正评定一个女人美的标准，是内心，是心中所持的那份淡然、果敢、坚毅。

美国作家爱默生也曾说过：“优雅比美丽更富有魅力。”女人的美在于岁月的沉淀，在于时光的雕琢。可以没有漂亮多彩的外表，没有妩媚妖艳的身形，但是举手投足、言谈举止的从容，上得厅堂下得厨房、为人处世的淡定，都在她们身上一览无遗。优雅的女人，无论什么时间什么地方，永远是一道鲜活、亮丽、永不褪色的风景。

普莉希拉经历了一场美好的童话故事。作为一名美籍华裔，平凡的她，却与身家500亿美元的Facebook创始人结成夫妻，被称为“征服亿万富豪的厉害女人”，她的脍炙人口不仅仅在于她是扎克伯格的妻子，还在于作为“灰姑娘”的她并不漂亮。

但在普莉希拉面前谈颜值，大概有些不妥。

为了考上名校，普莉希拉一直在自我历练的道路上行走。并没多少运动天分的普莉希拉，凭借刻苦训练，打出一手很棒的网球。同时，她还参加各种学校活动，尽可能地让简历看上去很丰富。如果你真心想做一件事，全世界都会给你让路。她果然如愿以偿，考上哈佛大学，与“金龟婿”扎克伯格相遇。在恋爱过程中，普莉希拉不但独具慧眼，还知道怎样去经营一份爱情。追随爱人，更追求独立，她投身于自己的事业，积极为丈夫排忧解难。

谈及普莉希拉，扎克伯格一脸幸福，大概这就是爱情最好的模样。据说，普莉希拉从不买奢侈品，出门只吃麦当劳，也许她认为，幸福就是最好的保养品。

正如巴尔扎克所说：“一个相当标致的女人可以无须装饰品的帮助，运用艺术的手法，把化妆下降到次要的地位，而突出自己朴素的美。”女人之美非美在颜值而在内心，岁月流转，沧海桑田，心依然如昨。时光不老，女人依旧，在她或长或短的一生里，非常的高贵迷人。

老唐我今天看到一则消息，说女人要用吃饭的钱去美容，然后有人排着队请你吃饭。秀色可餐在计划经济年代特别吃香，在市场经济岁月也有余热，因为很多资源掌控在级别和权力以及金钱手中，等价交换，各取所需的商品和人性的表现淋漓尽致。

但是，请记住“但是”两个字，中国已经进入伟大的资本时代，中国已经进入更伟大的智慧经济。资本运作特别是财富的重新分配和财富的保值增值以及资本财富的倍增和裂变，已经在悄然地远离级别，远离权力，远离金钱，远离美色，而是以最快的时间和最大的空间回归人类的智慧和人类的灵性以及人类的良知。

老唐不得不再啰唆一句，女人的美丽不在亮丽的外表而在美好心灵。女人的气质高雅和女人美丽的魅力在于阅读在于音乐在于艺术的人生。靠脸蛋吃饭只能吃一时，靠心灵吃饭可以吃一世。

女人的脸一定有保鲜期和保质期，但是女人心智的成熟和灵魂的美丽，永远在内心世界青春不败，用自信自立自强演绎最女人的一生！

莫让戏子当道，英雄流泪

中国文明中国文化中国精神中国情怀近30年有一个奇怪的现象时有发生，崇拜演英雄的演员而不崇拜真正的英雄，追捧演艺明星而不追捧科学家、作家、画家、智者。各大宣传平台和网络媒体更是集体一边倒，把娱乐节目娱乐到极致。信念在哪里？思想又在哪里？智慧在哪里？良知又在哪里？不能一生都是你娱乐我我又娱乐你的一生。每个时代都需要有每个时代的英雄，而绝对不是天天需要演绎英雄的英雄。如果把演戏真当成生活，如果把娱乐真当成生命，最后演戏的就成为一代又一代的英雄，而真正的英雄就成为一代又一代的艺术人生。

如果把娱乐和明星当成生存生活和生命的最高境界和极致情怀，那么追捧的热情和追捧的学问就是你的最高学府和梦中的天堂。我们为什么要追捧明星和宣传明星，我们为什么不追捧和宣传科学家、作家、画家和各行各业真正的英雄？战争年代有战争年代的英雄，和平年代也有和平年代的英雄。演员并不是英雄，明星并不是智者。如果从难度系数和概率学来讲，演员和明星只是聪明的人而不是特别聪明的人，与科学家、作家、画家相比，无论智慧的含金量和灵性的含金量都相差甚远，根本不是一个级别和段位。过去演员叫戏子，现在演员叫明星。

过去戏子是混口饭吃，现在演员是富可敌国。人还是那个人，事还是那个事，为什么现在与过去差距就这么大呢，我百思不得其解。如果非要寻找一个合情合理合乎逻辑又合乎想象的理由，就是我们的生活太没有任何现实意义，而迫切需要演戏的生活来麻醉自己的一生。其实把演英雄的当成英雄去追捧和宣传才是我们这个社会的最大悲哀！

每个人都有自己崇拜的人，最疯狂的可以为了自己崇拜的人自杀。迈克尔·杰克逊去世的时候，就有人为他自杀；刘德华，也有人为他跳楼。这些事情总让人们大跌眼镜。那么为自己崇拜的人下跪呢？

这样的行为估计更让人们不屑，因为下跪比自杀更严重的是把人格尊严都丢了。自杀还有一丝悲壮之感，下跪则有一种懦弱的嫌疑。当然了，如果是在某人的坟前下跪，意义又当另说。

下面将要谈到的下跪，也可以说是惊世骇俗的。

今年 4 月，华语文学传媒大奖系列活动之“文学对谈——文学的精神秘密”于广东顺德北滘中学举行，素有文坛怪才、鬼才之称的著名作家贾平凹先生前来参加，当时他急着赶往会场，突然一个文学青年就出现在面前，突然下跪，并连磕三个响头，贾平凹连忙将他扶起。

这样的下跪该如何评判呢？估计所有人都不知道该如何回答了。来看看其他人的意见。

顺德作协称，在这个浮躁的社会中，文学似乎在很多年轻人心中已死，但眼前发生的这感人一幕，似乎又让我们重新认识了文学的价值与意义。顺德作协同时又发了疑问，文学青年向文学家磕头这算是个人崇拜呢？还是算对文学的一种景仰呢？

后来，一位女老师问贾平凹怎样看待文学青年向他下跪磕头的事情。贾平凹说：“毕竟下跪也不好，有什么好好说。他的心情我很理解，我当年年轻时见到一些明星，也不算明星，只是乡里文艺团的演员，穿个白衣服，很潇洒，我觉得很好，印象很深刻。所以年轻人这种激动我很理解。不过怎么说呢，我贾平凹也是个普通人，不是什么大人物。见到我不用这样下跪，这样毕竟是不好的。”

而网友们的看法，表示理解的就觉得这是崇高的精神，那个青年是对文学下跪磕头，而不是对贾平凹。不理解的呢，就说这种行为太过头了，因为下跪只有对父母祖辈才正常。而很奇怪的是，网友们没有对这位文学青年进行严厉的嘲讽和侮辱。

试想一下，如果是一位追星的粉丝对着娱乐圈的明星下跪，网友们会如何说？毋庸置疑，肯定是大加批判，甚至谩骂。而有意思的是，对娱乐明星下跪这样的事情毕竟还没有发生。这不是偶然，而是大众认为娱乐明星还没有资格接受人们下跪磕头的大礼。

“崇拜”是一个高贵的、神圣的词，从古至今，要任何一个心智成熟的人说出自己的偶像，或是对自己影响最大的人，估计得到的答案，都是孔子、柏拉图那样的圣人、哲人，毛泽东、丘吉尔、拿破仑那样的政治人物，

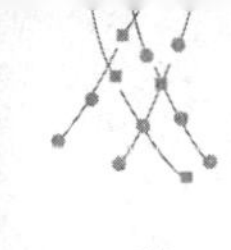

或者是莎士比亚、托尔斯泰这样的大作家，贝多芬那样的精神英雄。估计没有人会说是某个唱歌的明星、演戏的明星，或者耍杂技的。这样的现象揭示了一个真理：那些改变了人类的命运或是激励了人们精神的人，才是真正值得人们尊重并铭记、视作楷模的人，而绝不是娱乐明星。

其实大多数娱乐明星在历史上地位都是很低的。古人有个排名“士农工商”，是按对社会的贡献来排的，也是按社会地位来排的。商人排在了最后，而娱乐明星的地位却比商人还低。

《琵琶行》里面的那个故事，白居易被贬官，对那个容颜衰老的弹琵琶的女子说：“同是天涯沦落人”，那个女人的经历如何呢，是“门前冷落鞍马稀，老大嫁作商人妇”。这样一个出色的“歌手”，却沦落得嫁给了最不受尊重的商人。

这是偶然吗？当然不是。古时候把“娱乐明星”称作“戏子”，戏子是难以嫁入社会地位高的家族的，阶级这道坎跨不过。

戏子古称优伶，这个名字已经不恭，因为“优”的意思，就是调戏，本意是调笑戏弄的行为。戏子这样做也是被逼的，为了迎合上层阶级，他们只有牺牲自己的品格投其所好，换自己养家糊口的生活费。连瞎子都知道他们是拿钱唱曲的工具，当然不会得到尊重。

就说才子柳永，虽然写了很多好的词作，但他人格的地位其实是不高的。

音乐和舞蹈的诞生，最初都是为了给宫廷服务，老百姓们一天忙着种地交税都来不及，哪来的娱乐心情？所以，古代的艺人在某种程度上讲，其实就是贵族阶级消遣的工具，是一种相对高雅的奴隶。

后来社会得到发展，音乐和舞蹈逐步走向民间，艺人的地位才有所提升。

到了现在，阶级观念已经可有可无，财富成了普遍的崇拜，出名成了人们的梦想。这时候，既能轻松赚钱，又能声名远播的娱乐明星的社会地位得到空前提高，何况他们大都有美丽的外表，所以引起了人们的崇拜。“追星”因此而来。

但是，不论他们怎么出名，也改变不了一个事实：他们依然是依靠迎合观众来实现自己的目的，而不是实实在在地为社会做出了贡献，让人们生活得更好或是滋养了高贵的精神。

这个时候，再看看那些政治明星、道德明星、文化明星。像毛泽东，他带领中国人民改变了中国的命运；像孔子，他的“仁”的思想观念影响了中国社会几千年，成了中国伦理的基础，至今依然熠熠闪光；像柏拉图，他以他的著作构建了西方哲学的框架；像司马迁、司马光，以两部史学巨著留给后人无价的财富；像路遥，以他的著作激励了千万人，马云就是受了他的影响，从一个蹬三轮的年轻人一步步走到了今天。而耶和华文献的作者，他们的一部《圣经》可以说改变了全世界。

这样的例子数不胜数。人毕竟是理智的动物，人类的发展是要芝麻开花节节高的，人的精神境界也应该是要一点点拓展、加深的。这个时候，榜样的力量就极其重要。而那些真正对人类的发展有益、对人类的精神有益的人，必然是与日月同光的政治明星、历史文化明星、道德明星，只有他们才有资格作为天下人的楷模。

古人讲：“玩物丧志”，娱乐即是玩，适当地玩玩可以，玩得太深丧了志就严重了，损失是不堪设想的。

母亲才是我们的诗与远方

前段时间我在网上看到一个讨论帖，内容是：孩子究竟该穷养还是富养？底下人各执己见，评论也挺有意思：提倡富养的人问：孩子要穷养？你孩子跟你多大仇？提倡穷养的人说：穷人的孩子早当家！孩子视金钱如粪土，我视孩子化粪池！有人更是直呼：没钱你生什么孩子？

的确，当下社会的生养风险越来越大，成本越来越高，各类资源直接和钱挂钩，如果父母的经济能力欠佳，对孩子而言，实打实的是“输在了起跑线上”。拿最基本的说，现在的家长都非常注重孩子特长的培养，各类书法绘画、吹拉弹唱培训班，无一不靠钱当敲门砖，更不用说其他方面的投资，不过原生家庭的经济差异，也不止体现在物质，对孩子的教育也是大相径庭。

国庆和一个朋友聊天。假期他去了九寨沟旅游，我问他玩得怎么样，他说，玩得挺好，但心中却有了困惑。原来，在旅游区疯玩的基本都是年轻人，大学生居多，年过半百的朋友觉得，现在的孩子太能攀比和享受，家庭情况不见得好，自己也还没赚钱，日子却过得够高级，吃好的，住好的，旅游区消费本来就挺高，花起钱来不眨眼。

这让我想到了网络流传的一句话：你的父母曾经苟且，你却炫耀诗与远方。不少孩子活得光鲜亮丽、青春无敌，身后的父母却为了给孩子提供足够的经济条件，正向着世界低声下气。

不过，我却想提一提这句话的另一角度。

美国政治家约翰·亚当斯有句名言：“我必须研究政治和战争，因此我的儿子们能够学习数学和哲学，我的儿子们应该学习数学、哲学，使得他们的孩子可以学习绘画、诗歌、音乐和雕塑。”意思是说，动物界的爱具有普遍下倾的性质，也正是因为下倾式的付出，后代得以在上一辈的基础之上，过上相对而言更优越的生活，每一代都要为下一代殚精竭虑。按照传统的“养儿防老”的习俗，后代也要承担年迈父母的饮食起居。父母的爱是以后代反哺为前提的有偿付出。

那么，我们为什么还要歌颂父母的爱？事实上，我们并不是歌颂父母为子女创造了生命，也不是父辈的奋斗与付出，为子女的成长创造了良好环境。但凡父母，总要尽可能地为孩子提供更好的生存条件，后代理应得到关爱多于想着回报，也就是说，对等条件下，子女是无论如何回报不了父母付出的，也不需要回报。

改革开放以来，人民生活水平和社会发展水平大幅度提高，两代人的生活近乎天差地别。作为历经过一穷二白、艰苦岁月的上辈人，很难避免地，与新生代的年轻人们在生活观念、消费观等存在巨大差异。并且，父母们还会不由自主地，将当年的自己和眼前的孩子作对比。

如果你是年轻人，来看上辈的这些话，你可能不会陌生：

“去年买的衣服，怎么就不穿了？”

“饭不好好吃，你爸当年为了口饭去扛沙包呢！”

“现在这些孩子，就是不懂得感恩！想当年我们……”

我想起另一位朋友的故事。

朋友说，在她结婚的前一晚，母亲从箱子底下拿出一个雕花的小木盒，取出几件首饰，作为新婚礼物交到她手上。朋友一眼认出，那是母亲旧时收藏的一套漂亮银饰，小时候曾见过。那套银饰工艺精致，带着穿过岁月之后沉淀下来的柔和光泽，温润美丽。

但朋友心里并不欢喜。母亲明知自己更喜欢时下流行的新款，却也只给出嫁的女儿，送一套旧物。

接着，朋友和老公出国度蜜月，蜜月都快度完了，朋友才想起来给母亲打电话。

“国际长途哎……”母亲却不领情，“你们好好玩吧，有话回来再说！”

回家那天，朋友兴高采烈地将礼物拆开，母亲却抚摸着南洋珍珠，轻轻抱怨：“看你这孩子，又乱花钱。”

所走过的时代不同，彼此差异在所难免。我们歌颂父母，是歌颂父母与孩子彼此尊重的相处模式。父母的爱应是乐观的，乐观地看世界，乐观地看待孩子，无为而治，大有可为。父母的爱也应是包容的，包容和尊重彼此间存在差异的生活方式，给予的是自由、平等、尊重的一世一生。

是的，父母还在苟且，而作为子女，已经开始能够见到，并在乎起诗与远方。

对此，有人认为，这不就是儿辈的“炫耀”么？不过，或许从另一个角度看，我们会说：这是所有上一辈的人，在历经了辛苦苟且之后的骄傲。

台湾有位女作家朱天心，常常在社区讲座，宣导保护流浪猫狗。某一回，在座有个老农民，听完演讲后，嘟嘟囔囔地表示不满：“什么玩意儿，猫猫狗狗的，浪费力气，在我们那个年代，连人命都是拼来的！”

“那么，就让我们做一些你们那个时代没法做的事吧。”朱天心回答道，“这样，才能让你们的牺牲，不至于被浪费。”

是了，父母曾经苟且，后代已经诗与远方，我们并不能因此对生活相对优越的孩子们进行苛责。或者应该说，相较于经历过苟且艰辛的上辈而言，他们是幸运的，生来就站在相对优渥的位置，无条件地享受上辈打拼的成果，但同时，生命对彼此也是公平的，尚且年轻的他们，迟早也将面临这个时代的苟且和黑暗，也会为他们的后代奋斗和打拼。而动物界的终极竞争，就是基因的竞争，也就是把自己的基因传下去，并且扶上马一程，帮后代好好存活。

我，唐晓康，作为刚刚加入老人队伍的一员，已经在这个美丽的世界度过了整整 60 年，尽管我已经实现了人生的三大自由，但我不知道什么是诗与远方。我只知道，我和我的母亲，都是在艰难岁月中走出来的，我更知道，我 83 岁的母亲沈蓉华从来没有批评过我这个大儿子一次，甚至于从来没有冷眼看过自己的大儿子唐晓康一眼。60 个春夏秋冬，对我全是表扬和赞美。这就是我灵魂深处切身感受到一个母亲实实在在在山水之间在天地之间平凡到伟大的母爱。如果一定要用美丽的词汇来形容来表达我此时此刻此情此景的最高境界和极致情怀的真情流露，就是无为而治胜过有为而治一生管用受用到永远，就是无招胜有招一世有益无穷到永恒。父爱如山，但是父亲批评我最多。老婆情深，但是老婆也经常批评我。女儿爱我，但是有时女儿也批评我。两个兄弟情同手足，但是大小兄弟都批评过当哥的。唯有我的母亲，从我有记忆开始，对唐晓康表扬和赞美整整 60 年了，一如既往，自始至终。这 60 年，我发生了多少人间故事，遇到了多少艰难险阻，无论是巅峰还是低谷，母亲总是微笑地面对我的一切，母亲总是赞美地支持我的一切。虽然大千世界的母爱都是一样的，但是在茫茫人海中我的母爱与众不同。她只有爱没有恨，她的初心是爱她的终点也是爱，从爱的开始到爱的终点之中的全部生命过程都是爱。她爱得温馨，她爱得温暖，她爱得淡定，她爱得从容。她爱得如此这般彻底，她爱得如此这般长久。

把母爱的温情温馨和温暖融入到大儿子唐晓康的血液里骨髓里和灵魂里。全世界发行量最大的《圣经》讲："鼎炼金炉炼银赞美也炼人。"寓意深刻寓意深远。我认为母亲给予儿子自由才有儿子的今天，母亲给予儿子表扬才有儿子的今天，母亲给予儿子赞美才有儿子的今天。有母爱地活着生活就是一首歌，有母爱地活着生命就是一首诗！我走过了60个春夏秋冬，我见过了无数的花开花谢，母亲的母爱才是我作为儿子心中永远的青春不败。

其实，母亲才是孩子的诗与远方，不是么？母亲一直用诗般的爱呵护孩子、疼惜孩子，而孩子长大后，却渐渐离她远去，只有在夜阑人静之时，才会想起，这份远方的诗，是那么深入骨髓，是每个孩子灵魂深处永远盛开的花！

难得糊涂才是真清醒

你是否遇见过这样一类人，他们锋芒毕露，爱好显摆，把自己的“传奇经历”掏心掏肺地诉说与人；你是否遇见这样一类人，语言尖锐，善于批评，针砭他人还乐此不疲；你是否遇见这样一类人，他们钩心斗角，人心难测，把生活演绎成宫斗大戏……

人有百态，事有百般；境况不同，思想不同。待到他日曲终人散，一切不过是过眼云烟。人生如饮酒，一半清醒一半醉，难得糊涂，方可体验美味人生。

《菜根谭》有这样一句话：“涉世浅，点染亦浅；历事深，机械亦深。故君子与其练达，不若朴鲁；与其曲谨，不若疏狂。”意思是：对于一个小足世道浅显的人来讲，他沾染的不良习惯较少；一个人的阅历世事一旦加深，那城府也随着加深。所以君子与其处事圆滑，不如保持朴实的个性；与其事事小心谨慎、委曲求全，倒不如豁达一些才不会丧失纯真的本性。

在社会生活的巨大洪流里，人们之间的思想情感总难免磕碰，终会使人锋藏角秃，城府日深。因此人的阅历一多，无法不变得世故圆滑。社会现实，人心更是难测，真真假假，虚实莫辨。只有精于“糊涂”的人，灵活应变，从容谨慎，终得左右逢源。难得明白，更难得糊涂。

苏东坡诗云：“人皆养子望聪明，我被聪明误一生。”可见如今我们憧憬的“聪明一世”不见得就是好事，缺乏审时度势，“百伶百俐”也可变成“百口莫辩”。大智若愚，大巧若拙，糊涂人变聪明难，聪明人变“糊涂”更难。

人们咏叹的“人生几何”，镶在郑板桥的“难得糊涂”之上。

公元 1751 年，郑板桥在潍县“衙斋无事，四壁空空，周围寂寂，仿佛方外，心中不觉怅然”。他想：“一生碌碌，半世萧萧，人生难道就是如此？争名夺利，争胜好强，到头来又如何呢？看来还是糊涂一些好，万事都作糊涂观，无所谓失，无所谓得，心灵也就安宁了。”于是，他挥毫写下“难得糊涂”。因此它被称为“真乃绝顶聪明人吐露的无可奈何语，是面对喧嚣人生、炎凉世态内心迸发出的愤激之词”。

人生一世，难得糊涂。活得过于清醒的人，反倒是糊涂的；活得糊涂的人，其实才是清醒的。糊涂一点，生活中才会少些摩擦，名利淡泊、宁静致远，以平常之心、平静之心对待人生，泰然安详；糊涂一点，才能平静地看待世间的纷纷扰扰，才能超越世俗功利，身居闹市而心怀宁静。糊涂一点，潇洒生活。

当一个人的聪明外观、锋芒毕露时，总容易遭人妒忌。

王安石的《临川先生文集》中提到，有一个叫方仲永的神童，5岁便可指物作诗，天生才华出众。由于这份天赋过于显露，大街小巷的人都知道了方家的这位神童。渐渐地，同县的人对他父亲以宾客之礼相待，还有的人用钱求取仲永题诗。他的父亲认为有利可图，每天带仲永到四处拜访同县的人，不让仲永学习。仲永成年后终“泯然众人矣”。因为每天忙着显摆而耽误了修行从而更上一层楼的时间，锋芒毕露最终泯灭为凡夫俗子。

诸葛恪，诸葛亮的兄长诸葛瑾的儿子，小的时候就展现出了才思敏捷、天赋过人的特质，并且大家都认为他的才能超过了其父诸葛瑾。诸葛瑾不为有这个好儿子而感到高兴反而觉得诸葛恪会给家族带来不幸，他认为恪性格急躁、刚愎自用，而且太喜欢表现自己。果然，诸葛恪掌权后独断专行，引起众怒，最终被吴主孙亮与大臣孙峻设计杀死，自己的家族也被夷灭。

做人的最高境界，就是“装疯卖傻”。这里的卖傻不是真傻，而是掩饰自己不过分显露与炫耀自己的长处，抱朴守拙，淡泊宁静。这种人不张扬，不高人一等，平易近人，反而更易得到众人的欢迎。

半醉半醒是一种人生态度。活着没必要凡事都争个是非对错，看淡人生有时也是一种幸福法则。像那“采菊东篱下，悠然见南山”的陶渊明，“夫唯不争，故天下莫能与之争”的老子，“世事沧桑心事定，胸中海岳梦中飞”的杨绛先生，还有那“梅妻鹤子”的林逋，与世无争的庄周，哪一个没有活出梦想中的自在与洒脱？可见，人生中的难得糊涂，其实是表面糊涂、内心清明的大智若愚。面对过于复杂的世事，逢人不急，遇事不恼，才能

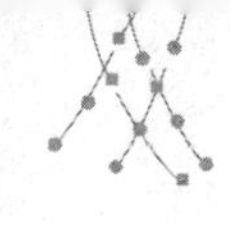

从琐事的纠纷中超脱出来，成为真正的大家。

莎士比亚曾说过：“装傻装得好也是要靠才情的；他必须窥伺被他所取笑的人们的心情，了解他们的身份，还得看准了时机；然后像窥伺眼前每一只鸟雀的野鹰一样，每个机会都不放松。这是一种和聪明人的艺术一样艰难的工作。”难得糊涂，是一种智慧，也是一种常人难以达到的境界。糊涂不出风头，能避免站得高摔得疼。糊涂暗中助人，能在不知不觉中赚足人情。糊涂包容有雅量，达观生活多快乐。糊涂不耿耿于怀，隐忍以图将来。

洗尽铅华，看淡红尘。难得糊涂，是看透了事物的人生境界。人至察则无徒，有时机关算尽，反算了卿卿性命；大智若愚，往往是成功之道。处事分清缓急，做人胸襟坦荡，保持一份淡泊空灵、虚怀若谷的心境，简单做事，随遇而安，心醇气和，潇洒生活。

你的生活你做主了吗?

什么时候，生活由自己做主，才是你的真实人生。人的一生，不想不知道，一想吓一跳，很多时候，生活都不是自己在做主。

刚出生听接生阿姨的话，然后听父母的话，幼儿园听幼儿老师的话，上小学初中高中大学研究生博士生听教师的话，参加工作听领导的话。好不容易60岁退休，又开始听医生的话，直到离开这个世界，根本没有时间和空间去听听自己内心世界最真实最个性最自我的心里话。

我们都活在别人的世界里，活在他人的思想里。别人笑我们就笑，领导说北风吹我们就说北风呼呼地吹，医生叫我们干什么我们就干什么，结果医生还没有我们活得长久。这些都是为什么，为什么做人做事一定都要听别人的而不是听从自己内心的呼唤和真实的感受?

这个世界究竟怎么了，是谁改变了人生的生存生活和生命轨迹，是谁不让我们拥有自己的内心世界和自己的灵魂世界?我们的生命究竟是自己做主还是别人做主，别人的生命又由谁去做主，我不得而知，百思不得其解。

我们为别人活着一生，把一生都交给别人又是为了什么?我们什么时候为自己活着，哪怕是为自己的自由为自己的个性为自己的尊严活一天一夜，你都是真正的自我，你都是真正的真我，你都是人类本性聪明智慧和灵性本然所在。

我们害怕什么，我们恐惧什么，我们为自己活着天经地义，公平正义尊严地活着，是别人害怕我们，而不是我们恐惧别人!

一切仿佛是注定的。美妙的故事总是让我们读出宿命论的味道。

正如电影《乱世佳人》刚开始时打出的一行字幕：一个文明是随风而飘的，最终是要飘散的；一个人的命运是随风而飘的，最终也会飘散。

电影淋漓尽致地描绘了南北战争期间，新时代与旧传统的冲突与牺牲，

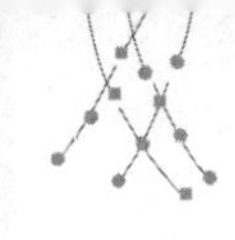

新欢与旧爱的更迭与迷失。那是南北战争时期，一个动荡不安的年代，每个人都是一粒随风飘舞的微尘，为了活着，苟且麻木，顾不得一切。但女主角斯嘉丽并不如此，她不做战争的附庸，追寻爱情、追寻事业，甚至不顾自己保护家人，战争中坚强勇敢得令人扼腕，在时代之悲的交响乐中，她不随波逐流，挥舞出自己的人生。

时间是滚滚转动的车轮，没有失去便没有所得，没有改变便没有运动。而战争中，随风飘散的，不仅是人个体的生命，还有一代人的信仰和梦想，我们是选择清醒而悲观空虚地活下去，还是活出自我，也许斯嘉丽的这句话会告诉我们答案："不管怎样，明天又是全新的一天。"

明天又是新的一天，所以何必安于现状、安于宿命——我们的人生，应该自己做主。拿破仑曾说过："我只有一个忠告给你，做你自己的主人。"正所谓：我的人生我做主。

身处于现代的繁忙都市，我们看似渺小，却无时无刻不受着周围事物的影响。在现实生活中，我们对于生活的掌控往往不尽如人意：我们总是被命运操控，总是被生活操控，总是被身边的事物操控。恋爱中的年轻人常常被迫听取媒妁之言，婚姻被父母左右；学生本是祖国的花朵，却在公众对于成绩的严格要求下而变得如履薄冰，战战兢兢，完全丧失了孩子的天性；辛苦的工作族，也总是被老板左右，加班到深夜换来的只是一顿效率不好、业绩低下的谩骂。

面临种种牵绊和束缚，随之而来的是竞争、压力、狂躁，不能自知、不自量力是当代人的显著特点，由此产生巨大的社会压力，不仅会影响工作效率，还会使我们失去对生活的向往，最终变成随波逐流、失去斗志、失去本性的尘埃。

卢梭说："人生而自由，但无往而不在枷锁之中。"这句话辩证地揭示了自由与不自由是对立统一的关系，同时，也说明了二者是相对而言的。自由与不自由，关键取决于人们对此的态度与作为。

有位年轻人曾让一位得道高僧为其解惑，说："无论我做什么都是一事无成，是不是我的命运就注定我一辈子都这样不顺？"高僧笑而答曰："你把手伸出来我给你看看手相吧！"年轻人将手伸出来，高僧指着年轻人手掌上的三条掌纹说："这是命运线，这是事业线，这是爱情线！他们全部掌握在你自己的手中。"年轻人恍然大悟，转身离去。

浩瀚的星河，宁静的海洋，我们背起行囊，向远方流浪。一个人，只有真正认识了自己，了解自己，才能找准自己发展的方向，确立好奋斗目标；只有抱着“不喜轰轰烈烈死，岂愧碌碌无为生”的心态，才能在珍贵的人生中画上圆满的句号。又想起《超级女声》里的那句歌词：“想唱就唱，唱得响亮，不怕风雨的阻挡。”那是怎样一群拥有梦想、斗志昂扬的年轻人，唱出、活出人生的精彩。所谓，漫漫人生，爱拼才会赢。

附庸品的另一突出表现就是对钱的追逐。为了拥有丰富的物质条件，追名逐利的人不相上下，穷孩子感叹自己的“悲惨”身世，富二代沉溺于优越家庭的泥淖不能自拔。然而人生就是为了有钱，有房子，不受饿受冻这些物质条件的？盲从于生计的奔波，貌似充实的人生真的就是如此有意义，如此值得我们去效仿？

自立是人间最宝贵的财富。如今纨绔子弟仗着祖辈的财富任意挥霍、坐吃山空的例子并不少见，他们自甘堕落，从小养成好逸恶劳的恶习，一旦中途衰败，便从此一蹶不振。相反，有的人却忽视这些外在因素，拼命创造自己的价值，创造属于自己的人生。

香港巨富李嘉诚的两个儿子李泽钜和李泽楷都以优异的成绩在美国斯坦福大学毕业，想在父亲的公司里施展宏图，干一番事业，但李嘉诚果断地拒绝了：“我的公司不需要你们！还是你们自己去打江山，让实践证明你们是否合格到我公司来任职。”于是，兄弟俩去了加拿大，一个搞地产开发，一个去了投资银行，他们克服了难以想象的困难，把公司和银行办得有声有色，成了加拿大商界出类拔萃的人物。李嘉诚的“冷酷无情”，把孩子逼上自立、自强之路，陶冶了他们勇敢坚毅、不屈不挠的人格和品性。

美国总统罗斯福十分注重培养孩子们的独立人格。他有句名言：“在儿子面前，我不是总统只是父亲。”他反对孩子们依靠父母过寄生生活。他让孩子们凭自己的本事自食其力。大儿子詹姆斯 20 岁去欧洲旅行，临行前买了一匹好马，然后打电报向父亲求援。父亲回电话说：“你和你的马游泳回来吧！”儿子只好卖掉了马换路费回家。“二战”打响后，罗斯福的四个儿子都上了前线。父亲病故了，他们还都坚守在各自的军舰上，用这种特殊的方式为父亲送行。

人生不过是一次自我实现的过程，而钱财、外貌、家世等外在条件不

过是人生路上的附属物。排除掉这些外在因素，我们要先深窥自己的心，“而后发觉一切的奇迹在于自己”。不如撇开那些束缚你的外在条件，进行一场灵魂的旅行。

范仲淹，幼时家贫，没有饭吃，只能喝粥，冬天煮好粥，让它结冰，再用刀切成一小块一小块。每天只能吃一块，他朋友知道后，给他送来吃的，他就随食物腐坏，也不碰，他跟朋友说不能让自己学会享受，最后终于有所作为。苏秦以锥刺股，发奋读书，最终以纵横之术游说诸侯，与张仪名扬诸侯之间；宋濂，幼时家贫，但是好学，向地主家借书抄写，冬天冻得手指不能弯曲，也义无反顾，最终成为明朝文章三大家之首。

“自古雄才多磨难。”在这个世界上，任何困难和挫折都不能让一个充满希望、自力更生的人倒下，只有自己才是自己最大的敌人。因此，好好把握自己的人生之路，才是做出一番事业、活得精彩的唯一途径。

在根据真实事件改编的电影《风雨哈佛路》中，女主丽兹出生在美国的贫民窟里，从小就开始承受着家庭的千疮百孔，父母酗酒吸毒，母亲患上了精神分裂症。贫穷的丽兹需要出去乞讨，流浪在城市的角落，生活的苦难似乎无穷无尽。随着慢慢成长，丽兹知道，只有读书成才方能改变自身命运，走出泥潭般的现况。她从老师那里争取到一张试卷，漂亮地完成答卷，争取到了读书的机会。从现在起，丽兹在漫漫的求学路上开始了征程。她千方百计申请哈佛大学的全额奖学金，面试时候连一件像样的衣服也没有。然而，贫困并没有止住丽兹前进的决心，在她的人生里面，从不退缩的奋斗是永恒主题。

追求人生，追求自我，是生命永恒的使命。人生把握在自己手里，片刻的漂泊和风雨兼程，只是到达人生彼岸的短暂瞬间，不如用双手挥舞人生的船桨，走过无数的山川河流，回首过往，那里总会充满我们曾经留下的美好足迹，歌声回荡，阳光笼罩，这是属于我们自己的人生。

正如罗曼·罗兰所说：“先相信自己，然后别人才会相信你。”不要感叹上天的安排，其实上天并没有给我们安排什么命运，相反，命运就握在自己手里。我的人生我做主，当代人不应成为谁的附庸，不应言听计从于谁，而应培养独立思维、独立人格，走出属于自己的独立人生！

宁做物质穷人，不做精神乞丐

瞧不起物质、坚守精神，列举在这方面做到极致的人物，少不了伯夷、叔齐。这两人是商朝末年孤竹国国君的长子和三子。孤竹国国君在世时，想立叔齐为王位的继承人。他死后，叔齐要把王位让给长兄伯夷，这是“悌”。伯夷说：“你当国君是父亲的遗命，怎么可以违背呢？”于是伯夷逃走了，这是“孝”。叔齐仍不肯当国君，也逃走了。

其实伯夷叔齐逃跑，还有一个原因，就是他们不愿意当了国君同纣王合作。在他们眼里纣王是荒淫无道的，不仁。后来周武王没有下葬他的父亲文王就去讨伐纣王，而且是以臣子的身份去“背叛”君王，兄弟两人认为武王此举不忠不孝，为自己投奔西周感到羞愧。

后来周朝取代了商朝，兄弟二人更是感到羞耻，于是不吃周朝的粮食，后来连野菜也不愿意吃（因为野菜也是周朝的），活活饿死。他们的气节也流传了下来。

韩愈在《伯夷颂》里这样说：“殷既灭矣，天下宗周，彼二子者独耻食周粟，饿死而不顾。由是而言，夫岂有求而为哉？信道笃而自知明者也。”意思就是说，伯夷叔齐连自己的命都可以不要，甘愿饿死，难道是还贪图什么吗？当然不是，只是他们明白自己心之所向并坚守，至死不渝罢了。这样看来，伯夷叔齐是活在自己的信仰之中，是幸福的，也是正确的。

而伯夷叔齐死后，至今几千年，他们的故事依然流传，成为坚守气节、有骨气的光辉榜样。正是有这种榜样，历史上、人间才有这么多坚持真理、坚持信仰的人。无疑，伯夷叔齐已经成为一种精神，净化着人们的内心，激励着人们的志气。如此说来，伯夷叔齐所做的贡献是巨大的。这其实就是精神的力量。

谈到的精神，免不了要谈物质。精神与物质孰轻孰重，一直以来是个争论不休的问题。贬低物质吗？显然不对，比方说，此刻你们阅读这篇文章，

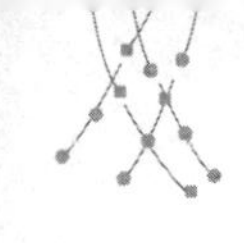

是用书本在阅读，这都需要物质（钱）。孔子说颜回：“一箪食，一瓢饮，在陋巷，人不堪其忧，回也不改其乐。”这样的人算是精神境界极高的了，但是他完全不需要物质吗？当然不是。“一箪食，一瓢饮，在陋巷”，这就是物质。《五柳先生传》中“环堵萧然，不蔽风日；短褐穿结，箪瓢屡空，晏如也。常著文章自娱，颇示己志。忘怀得失，以此自终”，是非常潇洒而自由自在的，在精神中活出了人生，但他们依然离不开必需的物质，因为人不但有精神，还有一个需要物质维系的躯体。再者，假使颜回物质生活好一点，说不准能长寿，跟着孔子做更大的事，为老百姓做更多的好事，岂不皆大欢喜？

所以摒弃物质是不对的，中庸的心态是“不做物质的奴隶”。人活一世，能自由自在地，按自己内心的向往去生活是最好的。

“世与我而相违，复驾言兮焉求？”陶渊明不为五斗米折腰，不迎世俗，一朝悟得真理——“寓形宇内复几时！曷不委心任去留？胡为乎遑遑欲何之？”于是乎辞官，两岸归声啼不住，轻舟急奔桃花源。屋前五柳，终日饮酒，采菊东篱，种豆南山，或逗欢鸟，或戏闲鱼，或涉清溪，或扶孤松……悠然之心于作品中处处洋溢，归去来兮之乐写之无尽，其脱俗的生活历来令世人神往。最终收获了“怀良辰以孤往，或植杖而耘耔。登东皋以舒啸，临清流而赋诗”，发出了“聊乘化以归尽，乐夫天命复奚疑！”的感慨，这样的快乐，如若他受物质名利所困，又怎能收获？

再说李白，如果没有辞官的勇气与不羁，没有对名利的洒脱，怎能写出“人生得意须尽欢，莫使金樽空对月”这样的千古佳句？鱼和熊掌不可兼得，物质与精神必有取舍，李白舍去了他的官，但却收获了真性情的一生，自在而逍遥。这样的人生难道不是最好的吗？

李白被誉为诗仙，“仙”字形容得好。在中国的传统文化里，佛与仙是最令人神往的境界。佛看透一切，仙则逍遥自在。成佛毕竟难，成仙却充满了无限可能。只要我们能控制心中的欲望，不做物质的奴隶，就都可能逍遥自在。

“世人都晓神仙好，惟有功名忘不了！古今将相在何方？荒冢一堆草没了！世人都晓神仙好，只有金银忘不了！终朝只恨聚无多，及到多时眼闭了。”《好了歌》唱出了人生的真谛。功名和财富是带不走的，为物质挣扎了一生，还没来得及享受，短暂的生命却已逝去了。既然如此，还有什么理由不享受精神的愉悦，创造精神的财富呢？

生命中究竟有多少东西我们必须拥有？苏格拉底逛完集市后说：“原来这个世界上有那么多我并不需要的东西。”大多数人逛完集市则会说：“原来这个世界上有那么多我并未拥有的东西。”这样的人便是被物质遮蔽了精神，看不清何为所需何可舍弃。而同样是在几千年前，老子说出了“五色令人目盲；五音令人耳聋；五味令人口爽；驰骋畋猎，令人心发狂；难得之货，令人行妨”这样的至理名言。

正如周国平先生所说：“平凡的生活才是生命的本质”。只有不被物质奴隶，保持内心的自由，人才可能倾听自己的声音，不辜负自己的生命。

其实，对物质少欲、对精神多求不仅仅有益于自己短暂的生命，对于出类拔萃的人而言还能为后世积累宝贵的精神财富。

清代学术大师黄宗羲便是一个极具说服力的例子。康熙素闻黄宗羲大师之名，多次召他为官，都被回绝，甚至自掘墓穴，决心以死抗旨。不久，康熙又召其进宫主修《明史》，钦差到时，却看见黄宗羲的孩子披麻戴孝出门迎接，钦差无奈走后，他才从棺材里爬出来著书立说，一直活到85岁，为后人留下了珍贵的学术著作。

钱钟书先生更是平平淡淡地道出了精神追求的可贵，他说：“我这人志气不大，只想贡献一生，做做学问。”如果钱钟书先生有功名利禄的“大志向”，读者们恐怕就读不到《围城》这样幽默洒脱而深刻的小说，也看不到《管锥编》里跨越东西方的精辟见解了。

追求精神财富的人必然很少考虑过多的物质财富，因为深刻的精神本身便是简单的朴素的。追求精神必然也免不了要受些苦，这个时候就需要坚持，“衣带渐宽终不悔，为伊消得人憔悴”。追求精神的人也要做好这样的准备，有精神可追求已是大幸，这点苦是能受的，有的人甚至愿意舍去生命。

苏格拉底便是为真理而死，在放弃学习哲学与接收死亡之间，他选择了死亡。如果不让他学习哲学他宁愿死去，他为他的精神信仰献出了自己的生命。发人深省的是，临死之前他又以他特有的反讽委托判官们一件事：“我儿子长大后，如果关注钱财先于德行，没有出息而自以为有出息，请责备他们，一如我之责备你们。”

有感于苏格拉底之死，才回过头来看伯夷叔齐之死，会发现这两者惊

人地相似，他们都用生命捍卫了自己的精神信仰。生命都能舍弃，何况物质？他们的死伟大吗？这样的问题并没有多大意义，但可以肯定的是，他们用生命诠释了“不做物质奴隶，要做精神首富”的伟大，为人们的精神之路树立了参考，注入了力量。

就我个人而言，当我实现人生的三大自由后，绝不再为钱而奋斗！特别是2016年9月2日，我整整60岁的时候，中国银行把我的工资关系正式移交中国社保，而且10月17日正式领到中国社保卡发放给我的合法保障收入以后，我更彻底地顿悟，我今后需要的不是为钱去工作，为生存去奋斗，我今后只需要好好地活着。

未来的活着就是全部的工作。为精神活着，为艺术活着，为快乐活着，为幸福活着，为自由活着，怎么舒服怎么活着。很多单位请我去演讲，出场费很高，但是我不去，理由不舒服。很多出版社联系我写书，稿费优惠，但是我不写，理由不舒服。很多领导和朋友请我吃饭喝茶，还有土特产和纪念品，但是我也不去，理由也是不舒服。更有很多企业希望与我合伙搞资本运作，我拿大头，但是我也不干，同样的理由也是不舒服。其实不舒服就是不舒服，没有更多的为什么。

我有四句话必须牢牢记住，一条也不能忘。第一是与喜欢的人发微信，不喜欢的人坚决不发微信。第二是与相处舒服的人喝茶吃饭，不喜欢的人坚决不在一起喝茶吃饭。第三是与相互欣赏的人留下念想，不欣赏的人坚决不留在脑海里。第四是不与没有共同信仰共同信念共同价值观的人共事，坚决不与负能量的悲观者在一起合作合伙谋事。

我对现在的生活非常满意非常开心非常愉悦，就像一只快乐的小鸟自由自在地飞翔在蓝天和白云间，就像一只聪明的小猴无忧无虑地生活在花果山童话般的世界里。把瞬间的生活当成永远，把刹那的生命当成永恒，坚决不为钱去活着，而是活着就是活着，单纯地活着，简单地活着，长寿地活着，宁做物质穷人，不做精神乞丐！

女儿就是父亲上辈子的情人

今天我看见一则新闻，心里很痛。在重庆，一位14岁小女孩，家中失火，为救父亲，重返火场，双手烧伤或截掉右肢，躺在重症监护室，她说:“我右手保不住了，没有关系，我还有左手。要是爸爸没了，我什么都没了。”

我也有个女儿，她很爱我，我也很爱她！在这个寒冷的冬天，女儿给我买了一部苹果7，说屏幕大一些，阅读和写微信更方便快捷，于是把我原来的苹果6换成了苹果7。用了几天苹果7，体验感特别好，心里感觉特别温暖，都不知道现在已经是冬季，还以为春天已经来临。

我没有养育儿子的亲身经历，体会不到有个儿子从小到大、从大到老的心路历程。我只体会到有一个女儿的万般美好，女儿那种细致入微的关怀备至和点点滴滴的于微深处的真切关爱，特别快乐特别的幸福。我这一生，有一个女儿，特别特别知足，特别特别骄傲，特别特别感恩。

我必须好好活着，好好享受父女之间的天伦之乐，好好享受血浓于水的感情到永远，好好享受温暖温馨的亲情到永远。永远有多远我不知道，但是我知道把这份父女深厚的爱和父女真诚的情留在自己的心里留在自己的灵魂里就是永远。

祝福我的女儿美丽加智慧，开心快乐每一天，有女即是福，我是偷着乐!

记得有一句话说，女儿就是父亲上辈子的情人，我深以为然。

白鸽飞舞。阳光透过教堂的彩色玻璃大窗，洒入殿堂。在赞美歌的旋律下，女孩挽着父亲的手臂，踩在满是花瓣的红毯上款步走向象征幸福的鲜花拱门。新郎接过新娘的手，两位男人四目相对，若有所思，却坚定不移。

新娘的父亲缓缓地点了点头。

有人说，结婚就是一个男人把女人托付给另一个男人。这句话没错，却有些片面。父亲在把女儿交出去的那一霎，不是爱的终结，而是爱的延续。如果丈夫是紧随自己下半生的那个男人，那么父亲便是默默守护自己一生的男人。

女儿是父亲前世的情人。前世无缘，今生相伴。由于上辈子没能得到那么多的爱，受尽委屈；今生今世，女儿才来索取，父亲便是来偿还前世欠下的情债。所以父亲这一生才会加倍还，把能给她的，她想要的，都给她，无论是呵护，疼爱，还是宠溺。

前世未了，今生还情。女儿的一举一动，都牵挂着父亲无尽的爱。今生，情人做了女儿，男人做了父亲。他要养育她，宠爱她，为她忧心忡忡，最后却注定要送她离开，白发苍苍依然守望着她，用尽一生，无怨无悔。

父爱是无私的，不求回报的。与父爱相比，爱情好像显得略微逊色。常言道，婚姻是爱情的坟墓。男男女女之间，总有那么些不快，总有那么些屈辱和忍让，有时甚至也会夹杂着背叛。父爱则不同，父亲对女儿的爱是不求丝毫回报的，不会强求女儿只爱自己一人，不会干涉女儿接下来的人生，他能做的只是片刻的陪伴和未来的担忧。爸爸与女儿那种深沉的、默默的感情，是一种超越爱情的感觉。

也许情人间的相处会多些甜蜜多些情趣，可父亲始终是最无法割舍的牵挂，上一世的柔情蜜意早已升华为今生今世的点点滴滴平淡琐事。平淡是真，父女在今生的情已到了无可升华的地步，没有海誓山盟，没有你侬我侬，没有肝肠寸断，只有生活中的点点滴滴流淌出来的岁月的印记。

《飓风营救》在告诉我们不要乱上陌生人的“车”的同时，也告诉我们父爱是无尽的。老特工布莱恩在经历婚姻的失败、失去女儿的抚养权、引起女儿反感等一系列事情后，17岁的女儿轻信他人，被卖淫团伙拐卖。这位老特工父亲像开挂了一样度过了急速96小时，历经艰难救出女儿。

布莱恩年轻的时候为国家安全工作，练就好身手，但是，也是因为长期当差，不在家庭的缘故，失去了妻子和女儿的信任。但是，在女儿出现危险的灾难时刻，富裕的继父显然帮不上什么忙，所有的一切只有靠布莱恩去摆平。整个故事的展开，我们不会看到父亲平时的木讷和女儿的任性，只会看到一个父亲在女儿临难之际，所表现出的无尽的父爱和牺牲精神。所谓神挡杀神，佛挡杀佛，大概也是如此。

世界上有一种爱是无尽的，这种爱就是父爱。河边高速逆行，死神一次一次袭来，如极乐世界的光线一次一次照亮布莱恩愈发坚毅的脸庞。其实每个父亲都是这样，纵使没有戏剧中所描述的美国特工出身的布莱恩所具有的非凡身手，但是在爱孩子本身，在为孩子做出所有的牺牲本身，都是一样的——他们的能力不一样，但是他们都愿意为了孩子赴汤蹈火。

不同于母爱那样的沁人心脾、柔软和触手可及，“父爱如山”木讷却深沉，能给女儿带去前所未有的安全感和归属感。不像情人带来的患得患失，爸爸的爱从来未曾让女儿有丝毫的遗憾。父爱大多疏于表达，疏于张扬，但它却巍峨持重。父亲始终扮演着一种特殊的角色，像一棵默默无闻的参天大树，以其特有的沉静的方式影响着女儿。

心理学家调查发现，绝大数的父亲会有恋女情结，而母亲会有恋子情结。这不是什么乱伦，是一种普遍的现象，因为异性更能凸现感情的溺爱。

而事实上，每个女儿或多或少都有恋父情结。被父爱包裹的小女孩总有一天会渐趋成熟，长大成人。当女儿长大的那一天，她找对象有意无意地会以爸爸做标准去衡量她将来的那一位，于是，爸爸是女儿上辈子的情人似乎有了理论根据。事实也确实如此，父亲对女儿的爱是那样真挚，那样厚重，这么说也就不足为奇了。

人世间没有比亲情更加珍贵的。无论是前世还是今生与来世，是还情还是付情，只要我们拥有一颗爱人如丝的心，就会有爱与被爱的快乐，前生与今生的因果。

无论父亲和女儿在一起的时光是多么曼妙，总有一天，父亲会手把手踏踏实实地把女儿的手交给另外一个人。或辛酸，或幸福，其中的滋味，只有做过父亲的人才知道。但这并不是一场别离，不妨看作女儿离开父亲这个港湾的又一次人生旅行。世界纷杂，变幻莫测，女儿会永远惦记着这份沉甸甸的感觉，并把那份对父亲的爱复制到另一个人身上，与爱人开启人生下一阶段的征途。

女人掌权不要搞成宫斗大戏

人类的历史，一直以来都是男性掌权的多，很多女强人对此不满意，认为这是重男轻女的封建观念影响。但是男性掌权的习惯延续了几千年，至今依然没有改变，我们就要思考这其中是不是有一些法则和真理。如果男性掌权真的是一种偏见，这偏见真能经得起几千年的考验？答案是否定的。女性很少有机会能掌权也必然是因为一些因素使历史阻止她们掌权，不愿意让她们掌权。

中国的男尊女卑现象在历史上比较严重，所以整个中国历史上数得出的女性统治者是少之又少，人们对女性掌权都持着一种鄙视的心态，能够反对必定反对能够反抗必定反抗，造成这种观念的原因，《尚书》里有这样的论断："牝鸡司晨，惟家之索"。

这句话，表面上是讲母鸡在清晨打鸣，这个家庭就要破败，实际含义却是比喻女性掌权，颠倒阴阳，会导致家破国亡。

"牝鸡司晨，惟家之索"，据文字记载虽然出自《尚书》，但口号的形成却比儒家经典更早。不过，是后来儒家利用这句名言来发扬男尊女卑的观念，才得以广为流传。古时候，人们多以农业、打猎为生，且部落之间战争不断，所以对当权者的"力量"和勇敢要求很大。女性性格温柔，重感情，也容易因为感情耽误事，力气又没有男性大，所以在上古社会遭受歧视，认为女性比不过男性也是可以理解的。

但儒家估计是为了排挤或者压制女性，他们把这句话上升到了人性和政治的高度，认为女性不仅没有与男人平等的政治权利，连平等的人格也不配有。越到后来越严重，简直认为女性低男人一等，做不好事情，反而耽误事，坏事。不过也确实有一些坏事的女性给人们留下了把柄。

"牝鸡司晨，惟家之索"最后名留青史就是因为一个女人——妲己。商纣王能干这么多坏事，很多时候都离不开妲己在背后"出谋划策"。妲己的狠毒历史传说多有说明，在此不赘述。妙在聪明姬发讨伐纣王时，对着他统领的多民族统一战线联军，向他们发布与商纣王作最后决战的动员令时，他劈头就说："牝鸡无晨。牝鸡司晨，惟家之索。"意思是指纣王宠信妲己，朝政落于妲己之手，所以必须打倒。姬发一下子把罪责安在妲己的头上，男人的征服欲使得将士们对这个美丽的恶毒女子充满仇恨，斗志昂扬，打败了纣王。从此"牝鸡司晨"一语就成为对女人从政现象的一种含有贬义甚至恶意的寓指，而"牝鸡司晨，惟家之索"这句话就上升到了家破人亡的高度。

虽然商朝的灭亡，更大的原因在于纣王没脑子——毕竟他是当权者，但妲己胡作非为也助长了纣王的暴虐。妲己是纣王的爱妃，她当然不希望自己的老公被敌人消灭，也不希望商朝灭亡。也就是说，她做这么多坏事，其实还是在于自己没有意识到问题的严重性，任性得过了头，目光短浅。

目光短浅，是人们常常贬低女性的。这也不无道理，女性长期以来都扮演"内"的角色，在几十年前连读书的机会都难以得到，更不可能远走四方，了解外面的大千世界。这就导致了女性的视野相对男性较狭窄。所以妲己在有机会并且实质上已经通过纣王左右朝政的时候，她实际上没有考虑到她影响的是一个国家的存亡，认为自己影响的仅仅是一个宫廷，又觉得外面的都是宫里的臣子，再怎么闹也不能被他们伤害到，这才任性妄为，酿成了无法弥补的后果。灾难的本质就是把后宫当成了天下。

耶律普速完也犯了同样的错误，不过她不是篡位，而是名正言顺登基的女皇帝。公元 1163 年，辽仁宗病死后，由于太子耶律直鲁古年幼，便遗命耶律普速完临朝称制。第二年，耶律普速完正式登基。后来，耶律普速完经常与驸马萧朵鲁不之弟萧朴古只沙里幽会偷情。耶律普速完为了拉拢驸马，封他为东平王。但驸马并不贪图王位而让自己戴上绿帽子，便经常指责耶律普速完。为了情欲，也为了安心，耶律普速完便罗织罪名把驸马处死。驸马的父亲萧斡里剌是西辽的元老，官拜六院司大王，权势熏天。公元 1178 年，他发动宫廷政变，杀死耶律普速完和萧朴古只沙里。

耶律普速完虽然没有带来破国的危机，但是她也没作为，没有做好一个皇帝该做的，把感情看得高于天下，原因也是她的目光短浅，把一个小小的皇宫里的关系当成了天下大局，不知身上责任的重大。

相比之下，吕雉和武则天就做得很好，虽然历史对她们的负面评价很多，但在国家大事、民族大义上她们是很明理的。

作为最高政治权力的掌握者，吕后的最大贡献在于维持了汉初数十年国家内外稳定、经济持续发展的局面。这一个强硬到能设计杀害很多大臣的女人，在国家大义面前却能软弱，以一种超出常理的谦卑来回答匈奴单于的侮辱性调侃，因为她目睹并经历了战争的苦难——曾沦为项羽的俘虏和人质，而且秦末以来的战乱已经造成了人口锐减、国力衰竭的严峻后果，不愿再把国家卷入战争（其实她的残忍多半也是为了国家的稳定），当务之急是与民休养生息。她不仅对外敌隐忍，对内也要把对物欲的追求压缩到最低程度，为“轻徭减赋”让开道路，这才有了“萧规曹随”的“无为之治”。正是这个“无为”成就了被视为两千年来帝国政治标杆的“文景之治”。

武则天也是如此，她虽然利用一些手段当了皇帝，但是她当了皇帝之后，能以国家发展为首要任务，以唐太宗那样的观念治理天下，对外也如太宗那般以友为主却不怕，不好武而强武。朝廷内，也任用张柬之、狄仁杰等大臣，使周朝在她的治理下欣欣向荣，强盛安定。

其实，把后宫这样的小环境当成天下也几乎是那些失败的女皇最爱犯的错误，也是最不能避免的错误。女性掌权，几乎都是靠内斗上台的，由于没有男性那样的传统地位，她们难以实质性掌握国家的政权、军权，而只能通过小小的皇宫内斗，去培养自己的势力。而一旦掌握了权力还不能把眼睛往大处看、远处看就要遭殃：因为天下人把天下交给你，你却不顾天下。

现在的社会，男女在很多方面都有了同等的机遇，女人做大事的情形也越来越多，这证明了很多女人比不过男人，并不是她们不行，而是她们被特定的人文环境限制了。所以，上述女性的事例，男性也应该反思，做任何事情，都要把目光看远，在其位就要担其责，拥有了一片大山，就不能只顾一棵树木。

一个女人独处就开始孤芳自赏自娱自乐，两个女人在一起就开始议论生活议论家庭，三个女人在一起就是一台样板戏，戏的开始就是戏弄人生，戏的结尾就是艺术人生。绝少有女人在一起会关心国家大事，关注政治关注科技的进步和发展。

因为她们是女人家，连自己的小家都够她们自己一生一世去保持阴阳的平衡和家园的青春不败和长城的长治久安。朴槿惠输在哪里又败在哪里，以及英拉输在哪里又败在哪里，希拉里输在哪里又败在哪里，等等等等的女性政要的故事。

女人从政女人当官特别是女人当总统，其实比男人有许多的优势和长处。第一生命比男人活得久，能够笑到最后。第二形象思维发达，想象力丰富。第三情感的世界辽阔宏伟，江山如此多娇。第四女人天生就是一朵花，如花似玉美若天仙，万千宠爱，既爱美丽又爱江山两相宜。

但是一旦女人有了从政当总统的心路历程，弱势和短处就暴露无遗。其一，没有一个智慧的男人成为自己的深闺之蜜，没有一个长者的男人成为自己智多星的忘年交忘年恋忘年情忘年的同盟者。一个女人，无论多么聪明无论多么美丽无论多么智慧无论多么杰出，毕竟还是一个十足的女人。

既然是女人就一定有女人的优点和女人的不足，如何扬长避短？如何扬长就一直永远不停地扬长，如何永远不停地避短？你的一米之内必须有一个出类拔萃的智慧男人和灵性超出常人的男人闺蜜。一个女人团结一个男人去战斗比团结100个女人去战斗胜算的概率在90%以上。

而韩国女总统朴槿惠输就输在只团结了一个女闺蜜一起去从政一起去玩总统一起去战斗。而韩国女总统朴槿惠败就败在自己的一米以内24小时缺少韩国最智慧的最有灵性的男人。

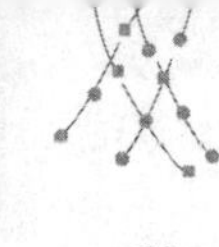

让书籍成为你一生的情人

一天，在我居住的小区门口，有人用中型货车，拉了满满一车书卖，而且，全是正版精装珍藏版的各种书籍，最让我兴奋不已的是，这些书不是论本，而是论斤卖。

我只知道收购废品的，才是把书当作斤来计量，没想到，这些令我喜欢至极的书，也可以论斤来买。

眼前这些书，无论是内容、印刷、包装、质量、手感，还是那氤氲开来的书香味，都是我的“菜”。心里有感应，手上有感觉，口袋里的钱就使劲地往外跳。我一口气买了 30 本：从《道德经》到《菜根谭》；从《黄帝内经》到《论语》；从《孙子兵法》到《古文观止》；从《纳兰词》到《瓦尔登湖》；从《经济学原理》到《巴菲特全书》……

我虽然一生跟资本打交道，但国学、史学、文学都是我的大爱。我一直深信，世界上任何一门学问都不是彼此独立的，而是息息相通的。

钱是纸，书也是纸，但是书的纸比钱的纸更有智慧和灵性，买田买地不如买书，积金积玉不如积德。

只要认真回顾一下便会发现，古往今来，那些成功者、成名者、大智慧者，无一不是好读书、读好书之人。

战国时著名“网红”苏秦，“初中没毕业”就出去闯社会，到处应聘却处处碰壁，家里人也相当看不起他，把他精神刺激到了极限，有一天终于爆发了、改变了，天天去逛图书馆，以馆为家，手上随时拿着枚大头针，一打瞌睡，就往大腿上扎；东汉领导人孙敬，小时候可以只读书，不吃饭、不睡觉，甚至为了防止睡觉，他还找来一根麻绳，将自己的长发绑在房梁上，打盹了，头皮就会被扯得生痛，一下又来了精神，继续往下读。于是，这二人创造了“头悬梁、锥刺股”的苦读奇迹。

西汉时，也有一个大学问家，名叫匡衡。小时候家里穷得连小偷都不愿光顾，油灯都点不起。可是小匡同学爱读书啊，咋办？一天晚上，偶然看见邻居家的灯光从缝隙里传到了自家屋里，他于是用凿子把裂缝凿得更大些，一道火红的烛光投射进来，小匡同学如获至宝，天天借着这光读书，终于读成了博士后。

孟子小时候特别贪玩，他妈妈很生气。为给他找间学区房，连搬三次家，还咔嚓一声剪断全家唯一的生存工具织布机做他思想工作，孟子从此一头栽在书海里，勤学苦读，最终成为儒家的领军人物。

但要细论起古今读书第一人，还是非毛主席莫属。毛主席的一生，是为党、为国、为人民操劳的一生，他是一位顶天立地、举世瞩目的伟人。他不仅是一位伟大的政治家、思想家、理论家、军事家、诗人、书法家，同时还是一生与书为伴的学问家、读书家。

有人说他是最杰出的、最有魅力的特殊的"读书家"，这个评价一点都不为过，放眼古今中外，像他那样喜欢读书，读而有所获，有所获而能用于实践，用于实践而生巧的人，千百年来，无人能出其右。

毛泽东读书之多、之广、之繁，令人叹为观止。可谓古今中外、经史子集、天文地理，无一不包，甚至连流行一时的小人书（连环画），都在他的收藏和涉猎范围。他的书房就是一个中小型图书馆，汇集图书一万余种，10万余册。这些书，有他自己买的，有别人赠送的，也有的，是在硝烟和战火中辗转保留下来的。

他的生活秘书张玉凤说："当年打土豪时，吃的穿的都分给穷苦乡亲或手下将领了，而好的书爱不释手，主席就自己留了下来。"

毛泽东曾说："他们封了我许多头衔，这个'家'、那个'家'的，我只承认两个。一个是'导师'，因为我年轻时是个教书的，再一个是'书生'，我是'孔夫子搬家——全是书'。"

仔细梳理看来，毛泽东所读之书，大致可以概括为马克思主义、哲学、自然科学、社会科学、政治、经济、军事、历史、文学、书法等计十大类。尤其是他饱读《二十四史》《史记》及蔡东藩的《中国历代通俗演义》，一部《资治通鉴》他竟读了17遍。他在延安写《新民主主义论》的时候，把《共产党宣言》读过十几遍。《菜根谭》是他枕边书，他曾说："嚼得菜根者百事可做。"

甚至古人写的随笔、小说、笑话、楹联，他也乐于去读，哪怕宗教经典，如《六祖坛经》《法华经》《大涅槃经》，毛主席也有过很深的研究。

毛泽东对书之热爱，非常人所能及，真正做到了“活到老，读到老”。他在延安的时候，曾说：“如果再过10年我就死了，那么我就一定要学习9年零359天。”

即便是他重病在床，全身插满了管子，一旦清醒了过来，他就要书要文件看。

临终前，他最后一次清醒，已是口不能言，只见他用手指头轻敲了三下木床板。工作人员不明所以，后来才知道，当时日本竞选首相的名叫三木武夫，他敲三下木头，就是要看此人的材料啊！

老唐虽也是爱书爱读之人，但比起古人和毛主席，那只能是无限仰望了。

我这一生60个春夏秋冬，无论在老家还是在新家，家里永远都有一个书柜。

最早在家乡宜宾的家是竹子做的书柜，现在成都的家是木质材料做的书柜，而且是书柜越来越好越来越多。

家有书柜，书柜上有书，心里踏实，灵魂有个家，睡觉也踏实。

买一本美国总统尼克松的书《领袖们》放在书柜上，世界的顶级领袖都在我家里。

买一本洪应明的书《菜根谭》放在书柜上，中国几千年的为人处世的秘密都在我家里。

买一本世界投资大师查理·芒格的书《查理·芒格传》放在书柜上，全球赚钱的方法都在我家里。

活在精神的世界比活在物质的世界快乐和幸福100倍，活在有书的世界比活在无书的世界快乐和幸福100倍。

有书柜的家比有放钱的保险柜的家更有生活的意义和生命的价值。拥有智慧比拥有金钱更踏实，小偷永远偷不走你的智慧，但是小偷永远都会惦记着你家里保险柜里面放的金钱。

我们不怕小偷偷，就怕小偷惦记。家里还是放一个书柜，让自己的灵魂有一个家！

前几年，当我把自己一生最喜欢的几千本书籍赠送给我的宝贝女儿以后，内心深处有一种难以言表的自豪和满足以及特别舒心和放心。

我总在想，独生子女没有哥哥姐姐，没有弟弟妹妹，一定要拥有成百上千本好书，独生子女在生命的历程之中，才不会孤单和寂寞，精神世界和灵魂的生命随时随地都会很愉快和充实，物质世界和财务、身体、灵魂三大自由都会在不经意之间自然地富足和自然地实现。

什么是家，一是有女人就是家，女人是家的归宿；二是有书籍才有灵魂，书籍是灵魂的港湾。有疑惑要读书，没有疑惑更要读书，书到用时方恨少，迷茫时候显身手。

行到水穷处瞬间的智慧在心中，坐看云起时刹那的灵性定乾坤。

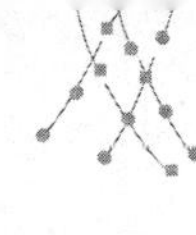

人不可貌相，但不可不修边幅

有句老话说："人不可貌相"。事实上，以貌取人，现今看完全合理：因为性格写在脸上，人品映在眼中，生活方式显现于身材，情绪起伏表露于声音，态度看手势，家教看站姿，审美看衣服，层次看鞋子，爱不爱干净看指甲，好不好打扮看头发，投不投缘，吃一顿饭就能知道……

不修边幅，是指一个人的衣着打扮，随随便便，甚至邋里邋遢。南朝宋范晔《后汉书·马援传》说："公孙不吐哺走迎国士，与图成败，反修饰边幅，如偶人形。此子何足久稽天下士乎？"《北齐书·颜之推传》说："好饮酒，多任纵，不修边幅。"

为什么要修边幅？因为，我们自觉或不自觉地，都在"以貌取人"。

早在古时候，着装就是身份地位的一种表征。如诸葛亮在《出师表》中说道："臣本布衣，躬耕于南阳。"这里的"布衣"，便是平民的代称。又如白居易在《卖炭翁》中所说："黄衣使者白衫儿。"黄衣，则是宦官穿的衣服。在《史记》中曾这么说："公孙弘以春秋，白衣为天子三公"，白衣，便专指没有做官的读书人。此外，还有专属君王的龙袍，属王宫卫士的黑衣，抑或者表地位低下的青衣。诸如此类，不一胜举。古人的衣着，往往因身份不同而具有明显区别。

现如今，衣着并不完全与身份挂钩，但合适的着装能够体现出一个人的社会地位和涵养，甚至将一个人包装出超越现有阶层之上的档次感，从而帮助他在社会交往中建立更具优势的个人形象。

事实上，大部分人都自觉或不自觉地通过着装来判断一个人的社会属性，并选择与之打交道的态度和方式。

个人形象，就是一个人自我状态的外在表达。

在职业竞争的面试中，许多人会对"以貌取人"嗤之以鼻，认为该行为毫无科学依据。几乎 80% 的面试官也会告诉你说相貌不重要，外表不重要，但实际美国的一项调查却完全表明：你面试时的着装和你简历写的东西同等重要。前 UCLA 教授 Albert Mehrabian 的这项调查结果如下：一般而言，7 秒会确定别人对你的第一印象。38% 的第一印象分建立在你回答问题的反应以及表达能力上，7% 取决于你回答问题的内容，而 55% 则决定于其他看起来毫无关联的因素上，这个因素就是你的个人形象。我曾说过，美貌是女人颇有杀伤力又毫不费力的武器，但这里所说的个人形象，绝对不只是你的长相，而是你的总体状态。

并不是说你长得好看，便能轻易得到梦寐以求的好工作，如果你长相还行，但却穿着不合时宜的衣服，首先表明了你并不足够尊重这份工作，也不尊重自己，恐怕你也是第一个要被淘汰的人选。真正见面时，前几秒非常关键。如果面试者穿着得体、精气神好、举手投足显得很干练、头发干净有型、态度谦和有礼貌，那基本上初试就“一见钟情”了。

要知道，形象不是一个简单的穿衣、外表、长相、发型的组合概念，而是一个综合的全面素质，它包括你的穿着、言行、举止、修养、生活方式、知识层次、家庭出身、和什么人交朋友等等。

那么，注重形象便是“虚伪做作”么？

知乎上，有个女生提了这样一个问题：

不会化妆也不想化妆，不会搭配也懒得搭配，素面朝天、放飞自我，这难道不是最真实自然的生活方式吗？

女孩有些忧虑，说现在的化妆技术太厉害，效果堪比整容。如果人人化妆，就好像戴着精致的人皮面具，想想就觉得毛骨悚然……“还是素颜好，自然不做作”。

这里提到的观点颇值得玩味：一，素颜便是真实；二，化妆就是虚伪。显然持此观点的人把化妆理解得过于肤浅。化妆，或者打扮，都是对自身形象的修缮，显而易见，这是让自己的形象往好的方向提升，不仅是对对方的尊重，也是一种对生活的态度。

对生活的积极心态不在表面，在内里。

一个成功的形象，展示给人们的是自信、力量、能力，它不仅仅反映在对别人的视觉效果中，同时它也是一种外在的辅助工具。相反，不合适的着装将掩盖一个人的真正的光芒，甚至使其他人对她产生有失公允的判断，无论对于公众人物还是普通人，相信这都是一种遗憾。

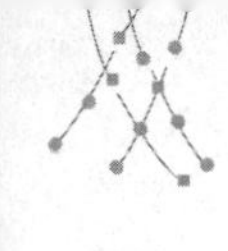

许广平曾在一篇文章中这样回忆鲁迅先生给他的第一印象："首先惹人注意的便是他那大约有两寸长的头发，粗而硬，笔挺地竖立着……褪色的暗绿夹袍，褪色的黑马褂，差不多打成一片。手腕上，衣身上的很多补丁，则炫着异样的新鲜色彩，好似特制的花纹。"

因为不修边幅，鲁迅常常被误认为附近的苦工。有一回，他去一家高级旅馆拜访一位高级作家，外国作家住在九楼，他进到电梯间，打算坐电梯，结果开电梯的伙计看他穿得如此破旧，就把他撵了出去，无可奈何的鲁迅只好顺着步行梯爬到了九楼。

还有奥巴马总是一身灰色西服，而扎克伯格出席各种场合都喜欢穿灰T恤。

比尔·盖茨也有自己的偏好：外套一件宽松毛衣，内穿一件永远理不好的衬衫。原因在于，他们的确不想也没时间拘泥于这些小节。

扎克伯格就明确表示，不想把时间浪费在琐事上。

"我真的很幸运，每天醒来都能为全球逾10亿用户服务。如果我把精力花在一些愚蠢、轻率的事情上，我会觉得我没有做好我的工作。"

奥巴马之前也说过："你会看到我只穿蓝色或者深灰色的西装。我试着去缩减选项。我不想为决定吃什么穿什么浪费时间，因为我有太多其他需要做决定的事情了。"

有人说"走自己的路，让别人说去"，我不修边幅，我乐意，这就是我的生活态度。不修边幅也得分清场合。如果你在家中，大可不必顾及他人感受，但是，当你身处商务场所，别人都商务着装，而你不修边幅，十分另类，是否会觉得格格不入呢？当你参加聚会，别人都精心打扮，而你不修边幅，是否会觉得如坐针毡呢？不但不尊重别人，也不尊重自己。

微博上有个段子，大意是说，一旦没洗头没化妆，出门准遇前男友。为什么不修边幅时不愿遇到熟人？因为形象作为个人的独属文化符号，服装就是一种无声的语言。每个人都希望展示自己美好的一面。如果你不修边幅，那么你的生活，也就同样不修边幅了。

人就是天地之间的一名过客

憨山大师是明末四大高僧之一。

有一次，他出游时候迷了路，摸索着前行，也不知过了多久，黑漆漆的夜里，才亮出一盏灯来。在这荒山野岭之中，这显然是唯一的一户人家，憨山大师不仅不感觉害怕，还很高兴，立刻上前敲门，请求借住一宿。

屋主没有给他面子，冷冰冰地道："对不起，我家不是开旅店的！"

大师笑了笑说："其实你家就是旅店！你回答我三个问题后，你就知道了。"

屋主说："我不信！只要你能说服我，我就让你住一晚。"

憨山大师问道："在你以前，谁住在这里？"

屋主说："我父亲！"

"那么在令尊之前，谁又是这间屋子的主人？"

"我爷爷！"

"如果施主过世，谁又会做这间屋子的主人？"

大师抛出了第三个问题。

"我儿子！"屋主不假思索地道。

憨山大师哈哈大笑着说："这就对了，你也不过暂时住在这里面，跟我一样，都是过客啊。"屋主一听，觉得很有道理，就把他请了进来。

于是，憨山大师在屋里美美地休息了一个晚上。

这天晚上，屋主向大师虚心请教佛法，五体投地，从此皈依在大师的门下。

作家余华那部最具争议的小说《第七天》里有一"荒诞"的开篇：小说的主人公——死者杨飞接到了殡仪馆的电话，催他赶快去火化，再不去就迟到了。杨飞到了殡仪馆，又排队等着火化。当然，杨飞火化之后后面的人又接着。

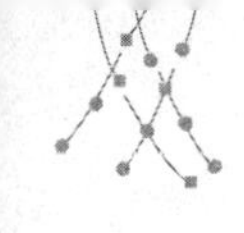

作家余华在这个开篇里，无意间（或许也是有意的）揭示了一个事实：人的一生其实不断有地方等着我们，我们也不会在一个地方永远占据，终究还是要把位子腾给别人。比如我们坐飞机，在起点那个机场停不了多久，就被飞机载去终点，我们在候机室里的位置又留给后来的人，接着飞机上的座位也留给别人，我们则什么也没有带走就离去了。

纵观整个人生，其实不就是由无数的旅途组成吗？老天爷给了我们短短几十年的时间，就好像给了我们一个限制，在这个范围内我们不停地达到又离开，直至离开这个世界，又把所有的东西留给世界，把所有的位置腾给别人。每个人都是时间长河里的一个乘客，这便是生命的规则，亘古不变。

事实上就是如此。那么，我们明白了人生的规律和法则，又改变不了，该如何去面对呢？这就是生活的智慧，也是明白了这个道理应该带给我们的启示。这个启示便是不执着：既然我们都是旅客，对很多东西就没有所有权，应该适时放下，留给别人。过于执着、痴迷、放不下，会带来很多的困扰甚至灾难。

生命中放不下的东西，大体有以下几种：金钱、权力、名声、感情，这些东西我们都没有所有权，都是人生旅途中的临时用品。

先看第一种——金钱。“钱不是万能的，没有钱却是万万不能的”，这句话大抵正确。我们无法否认金钱对于人生的重要性，即使是没有牵挂的流浪汉，他也需要生存，他所乞讨的食物也是金钱的化身，直接乞讨钱币的更不须说。所以必要的金钱是维持我们这个躯体的需要，也是让我们拥有尊严和自由的条件。比方说古人说的“穷书生”，如果书生不穷，自然就不易受到嘲讽。

但是大多数时候人们把金钱看得过于重要，执迷而放不下。我们听说过很多火灾、洪灾、地震等自然灾害，或者说受到抢劫时，当事人之所以受到人身伤害甚至失去生命，有一个主要原因就是太贪恋财物，把自己置于危险之中，受到更大的损失，这是很不值得的。如果他们换个角度想，人世间的财富皆是取之于大地，最终归之于大地，所有的财富只是在我们的时间长河里走一遭，我们根本无法带走，离开了人世更无法享用，唯有活着才有一切，就不会如此执着了。有了这样的观念，对金钱的价值观就更容易转变为奉献，在取得满足或是较为充裕的情况下，洒脱地把金钱贡献于更需要的人，这便是生命的一种升华。

权力比之金钱更不长久，金钱在某种程度上还有必需的性质，但权力基本可以说是人生的附加之物。即使是皇帝，一命归西之后就失去了权力，现今的大多数官员更有退休的规则，既然如此，早一点丢晚一点丢又有多大的区别呢？

权力是极具诱惑力的东西，也是最容易害人的东西。人们常说政治可怕，就可怕在人们对于权力的贪恋，多行不义之举。秦始皇驾崩之时，赵高劝说李斯合伙篡改遗诏，就是以扶苏对李斯有意见诱惑李斯，说如果扶苏当了皇帝李斯的丞相之位就保不住。李斯贪恋相位，答应了赵高。后来赵高想除掉李斯，多次给李斯找麻烦，李斯还是不知退，最后终于死于丞相之位。所以中国古人讲，功成则身退，这“退”不仅让自己拥有了自由，也让自己脱离了险境。

名声和权力相似，只是名声要安全得多，不过这也得看是什么名声。在武侠小说里，那些武林高手要争天下第一之名，一个人得了另一个人不服，又去挑战他，最终是杀来杀去，没有任何一个天下第一不受其累。先不论是名副其实还是徒有虚名，试想我们百年之后，还有多少人记得名声？名声的作用有多大？况且名声本应该是事实的附加之物，明智之人都会先求做实事，而不是为名声。即使孔子圣人之名流芳千古，但我们有理由相信，孔子在为文化奋斗的时候想的绝不是让后人给他一个好名声，而是如何把文化的重任完成好。况且孔子那样的名声不是谁都可以拥有的，我们拥有的名声无非是“好领导”“好人”之类，待我们离开了曾经的圈子，这个名声又将转给别人，所以名声无非也是在某个特定的时期加给我们的一种称号罢了。

感情这一关极其难过，“英雄难过美人关”，此言不假。说到底，人生一世最使人宽慰的便是收获真情，因而一个人重视感情是对的，也是高贵的。可是我们必须接受感情的无常，最血浓于水的亲情最终会一点点消失于生命之中，很多友情会随着我们生活环境的变化、经历的变化而改变，而爱情，更是变幻莫测的东西。

因此，归根结底感情是刻意抓不住的。感情出自内心，内心会随着经历的变化而改变，感情的性质也因之改变。也就是说，感情其实是我们不同的人生阶段所具有的特殊性情感，它不是能够自始至终的。如陈奕迅那

首歌里说的“徘徊过多少橱窗，住过多少旅馆”，我们同样是感情上的旅客，那么很多感情，能陪伴一程已是幸运，努力珍惜而顺其自然便好。

金钱、权力、名声、感情，这几种事物基本上包含了人生的所有需求，虽说“有情的尘缘难断，无我的空理易明”，但是我们既然接受了人生如梦、我们如一旅客这个事实，就应该努力去接受旅客这一身份，做一个绅士的旅客，不属于自己的不应过于贪恋、执着。我们可以这样想：比方说一个人去住旅馆，把旅馆里的杯子带走了，后面的人用什么呢？而人生处处有旅馆，我们又何苦一定要把这家旅馆的杯子带走，劳累了旅途，仅仅是为了这多余的财富？

人可以被打倒，但不可被打败

“我感觉到了，完美。”一段用走火入魔来成就的完美，亦真亦假、亦实亦幻。

电影《黑天鹅》讲述了一位女孩为了当上芭蕾舞剧女主角而努力奋斗，最终虽成功当上梦寐以求的“黑天鹅”，却在诚惶诚恐中精神分裂，最后死在自己的手上的故事。

这是个观众看来的悲剧，女主看来的喜剧。如同吸毒上瘾一般，女主对于“黑天鹅”的精神追求体现在她生活中的方方面面：邪恶、鬼魅、黑暗，为了极致地演绎好“黑天鹅”这一邪恶的角色，女主几乎达到癫狂的状态。她必须接受这只黑天鹅，并让它“魅惑”到极致，最终，完成了从“白天鹅”到“黑天鹅”的蜕变，也真正为了使舞台剧达到完美，重现了剧中“黑天鹅”的结局——她真正地死去了，只留观众在女主的幻想与现实生活中来回穿梭，亦真亦假，真假难辨。

电影中女主最大的缺陷就是：过分追求完美。而她对完美的追求岂是一支舞能够满足的。她比别人努力百倍，常常是队里练到最后走的一个；她总是坐最后一趟地铁回家；她家里的地板因为练习旋转被磨得到处都是坑。她怕有一天离开舞台，像曾经的被扫地出门的同事一样留下的只是一片孤寂和伤痕。

就像《霸王别姬》中的程蝶衣一样，这就是个外国版“不疯魔不成活”的故事。态度暧昧的教练，虚虚实实的竞争者，女主的生活一半在恐惧的幻想中，一半在压力巨大的现实中。就是在这样的环境下，对艺术的登峰造极就更容易使女主陷入“黑天鹅”本质的旋涡。这里需要说明的是：黑天鹅并不是彻底的邪恶象征。它代表的是欲望、挣扎、不懦弱，和不掩饰、不压抑一切渴求。“乖”的本质是压抑，“恶”的本质是释放。事实上，女主是一个很自卑内向的人，一直为了获得领舞兢兢业业地生活着，而这

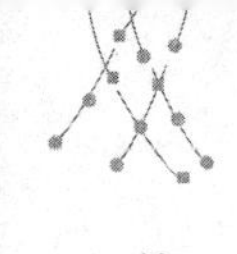

一次，为了追寻心中的完美，她突破自我，然后把自己逼上绝路，但这条绝路却使《天鹅湖》成为一场完美的演出。

电影结束于她的一句话“我感觉到了，完美”。电影中好几处都出现她说“我只是想完美”，最后竟如此疯狂。确实，“死”在某一方面成就了她，也成就了她一心所向的黑天鹅，而似乎这就是完美主义者最好的结局。

严介和曾这样劝诫大众：一个人不要太优秀了，相当优秀就可以了；太优秀的人太痛苦。在当今社会，谈“完美”这个词似乎太过奢侈，大抵是最有自信和最愚钝的人才能趾高气昂地说出这个词。完美是什么？有人说，完美是企业家的家殷人足、腰缠万贯；有人说，完美是情侣间抛开世俗的相濡以沫、比翼双飞；有人说，完美是一家人的安居乐业、合家之欢。其实，大多数人只看到其光鲜亮丽的表面，却忽略了企业家们创业背后的艰辛，情侣间的打骂猜疑，还有家人之间长时间的艰难磨合，最终，才得以呈现表面看起来美好的事物。就像卡莱尔先生曾说的，未曾哭过长夜的人，不足以语人生。完美，大概就包含了这世间所有的不完美。

成功人士有成功人士的挣扎落寞与孤寂，乞丐也有乞丐的自由与快乐，任何事都有其两面，世间上的事情没有绝对的好与坏，也没有绝对的是与非。李密庵的《半半歌》就曾以“百年苦乐半相参”提出世事之两面性，这世界，本无好坏之分，分的只是我们看这世界的态度。

所以，人需要的便是能跳出来看自己，以乐观、豁达、体谅的心态观照与认知自己，对于自身无须苛求，更重要的是超越、突破自我，展望未来更好的生活。跳出来换个角度看自己，就会认识到生活的苦、累或开心、舒坦，这取决于人的一种心境，牵涉到人对生活的态度，对事物的感受。

就我而言，不了解我的人，只看见我已实现人生的三大自由，快乐的生活、自由的思想、淡定的面对，可是，了解我的人，或者说读过我《瞬间的资本智慧》一书的人，都知道从1999年至2009年，整整10年，我被抛到了冰冷黑暗的深渊。

我在《瞬间的资本智慧》一书中写道，那段时间，走在路上，有时神思恍惚，半梦半醒间，我会“撞见”一些奇奇怪怪的人。比如祥林嫂和伍子胥。祥林嫂将她的悲苦嚼成了渣，见人就诉说她的儿子怎么被狼叼走，她头发花白，衣衫褴褛，一双无神的眼睛已经渗不出丁点泪水，干涸而漠然地望着我，嘴巴开开合合，我听不到她在说什么，想必也是人间阴间都无法盛装的委屈吧。而伍子胥呢，他一头白发如钢针竖起，眼神怜悯地望向我，他连嘴皮都懒得动，偶尔，他转过头，我随着他的视线，看见清凌凌的长天，一只风筝正在快速栽落。

面对这炼狱般的10年，我不止一次想到过死，死是最容易的事。跳楼者，两眼一闭，一倒下便不知人事；服毒者，两眼一闭，药丸一吞下便耳根清净；上吊者，两眼一闭，脖子一伸进绳套便不受压迫。我今天诚实地说，那些日子，真是差一步就成鬼了。

可我天生是一个不服输的人，我天生就是一个喜欢跟困难作斗争的人。《老人与海》中说，一个人可以被毁灭，但不能被打败。对于我来说，也是如此。

傅雷在《傅雷家书》中提到，人一辈子都在高潮、低潮中浮沉，唯有庸碌的人，生活才如死水一般；或者要有极高的修养，方能廓然无累，真正地解脱。只要高潮不过分使你紧张，低潮不过分使你颓废就好了。所以，不分清好坏，不拘泥于完美，大概就是最完美、最快活的生活方式。正如傅佩荣所说，人到中年，除了“知其不可为而为之”，还须想一想庄子所说的“知其不可奈何而安之若命”。孔子的勇武精神固然让人佩服，但是庄子的认命态度也未必没有道理。

善与恶，是人类对于这个世界简单化、粗鄙化的认知方式，因为世界不可能只有善没有恶，也不会只有恶没有善——客观存在的东西，实在无褒贬可言。

人性也一样。人最鲜明的特点便是“神性”与“兽性”齐飞、“天使”共“魔鬼”一色，不会只有高尚没有卑微、只有良知没有邪恶。世上没有绝对的好人与坏人，就像抛弃原配与小三结成连理的人渣男，受众人唾弃，也许在第一个女人心中是一条狗都不如的东西，对于后者而言便是爱和救世主般的存在；被关进监狱的盗窃者，是坏人，殊不知其是为了养家糊口而铤而走险，而一想到家中嗷嗷待哺的孩子和卧病在床的老人，戴着镣铐的手便再无力挥去眼旁的泪水……好人与坏人，是对于不同受众而言的。归结于一句话，我们不过是都在追寻自己心中的“好”罢了，而所谓的“坏”，便是我们为此付出的代价，对此我们不能否认，只能接受。

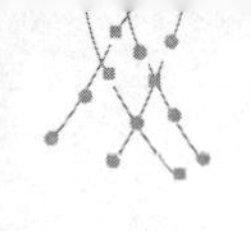

世上并无完美的东西，这源于事物都有两面性。正如钱能福人亦能祸人，药能救人亦能杀人，白天鹅和黑天鹅只能选一样，世事难求全，尽善尽美只能是一个美好的向往。世上没有绝对的好，也无绝对的坏，所以我们更应把握世间的好，发扬心中的善，将那坏的一面深埋心底，在这“天使”和“魔鬼”各自参半的世界，也算是离天使又更近了一步。

人没有缺点，只有特点

这世上本没有缺点，只有特点。而每一个特点，放对了位置，就是优点。

朋友因为一场意外被严重烧伤，手上留下了明显伤痕。在小学当老师的他担心这个带来伤痛的伤痕会影响他和年幼的孩子们相处。

“如果有家长对我的烧伤有意见，我该怎么办呢？”朋友问，“尽管我会尽我所能去沟通，但是我担心家长还是不同意，怎么办？”

我问他：为什么你要认为，你的烧伤是一个缺陷呢？

因为你是老师，而家长最在乎的，是他们的孩子。所以在说烧伤时，你与其心怀愧疚地解释自己的经历，倒不如强调：你的经历，对孩子来说就是最好的教育！

一让小孩子学会，对别人的伤痛要保持尊重，不要白眼相向，不要大惊小怪。

二让小孩学会，无论受到什么样的挫折，人都能通过努力，取得成就。

三能让小孩学会，不要去隐藏自己的缺陷，那不是耻辱，永远要抬起头来。

所以懂吗？你才不是个“您不满意我也没办法”而是“您的小孩能遇到我是三生有幸”的老师！

世间万物，有一利即有一弊，有一优即有一缺。正反共存，优缺同在。我们都知道，任何事物的优势和劣势都是相对于一定的条件而言，变了条件，优可变劣，劣可成优。做人同理。

一个人的缺点仿佛是他优点的延续——列宁的这句话可谓经典。我国也有古话说，塞翁失马焉知非福？有时候，一个人的缺点或遭际，正是促进个人成功的奠基石。

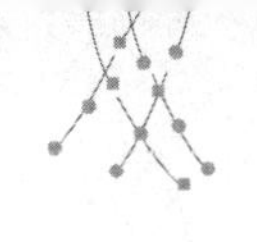

陈景润，他的缺点是内向，不善言谈，家中排行老三，上有兄姐、下有弟妹，照中国的老话，“中间小囡轧扁头”，加上他长得瘦小孱弱，也不怎么受父母欢喜。在学校，沉默寡言、不善辞令的他处境也好不到哪里去。而正是因为他从小不被人注意、不受人欢迎，不知不觉形成的自我封闭的内向性格，使陈景润习惯了在个人独处时思索难题，探究事理，格物致知，在天地万物间重新去寻求一个适合自己的位置，发展自己的潜能潜质，对数字、符号那种天生的热情，使得他忘却了人生的艰难和生活的烦恼，一门心思地钻进了知识的宝塔，他要寻求突破，要到那里面去觅取人生的快乐。因为他的内敛，才能安于寂寞，也才在证明哥德巴赫猜想的路上把别人甩下，成为当代数学家。

通常，先天的听障人士目光会特别犀利，先天的盲人听觉会十分敏锐，可见，缺点也可促使优点的产生。耳朵不好的人，由于少有杂音叨扰，往往更能够潜心于绘画、写作等视觉性工作，而听觉灵敏视觉伤残的人，得益于视觉分心的减少，则更适于音乐等相关工作。优缺点是相对于一定的条件而言。古人云：文人墨客，骚客也。文人多情，自古以来皆然。浪漫的爱情往往能够有效激发人的创作情绪，以才入情，比常人情感更丰富，更细腻敏感，更传奇浪漫。文人为爱而欢为爱而泣的甜蜜和苦痛，都在文字里依稀可寻，也为广大读者创作了丰富作品。

唐寅号桃花庵主，江南四大才子之一，以风流著称于世，绘画作品无数，更有香艳的“唐伯虎点秋香”广为流传。

司马相如堪称一代“情圣”，一曲《凤求凰》，撩拨了才女卓文君的心，演绎了一段传唱千古的私奔佳话。

被尊为“千古词帝”的李煜，史之评价：“性骄侈，好声色，又喜浮图，为高谈，不恤政事。”他自是脱不了“多情”之名，其多数作品就是为大小周后姐妹俩所作。譬如：临风谁更飘香屑，醉拍阑干情味切。又如：画堂南畔见，一向偎人颤。奴为出来难，教郎恣意怜。

胡适的创作也多与女人有关，江冬秀跟他厮守一生，曹珮声与韦莲司为他终生不嫁，陈衡哲对他一往情深，而他在《尝试集》中的诗篇无一不是因情而生。

田汉追求艺术与爱情的交融，他与安娥的终生相依、易漱瑜的生死之恋、黄大琳的幻影之情、林维中的感动之责，都真实地体现了他“情真爱重心良善”的浪漫个性，也对他的艺术生涯和戏剧创作产生了不可忽略的影响。

戴望舒的爱情诗，多是挥之不去的哀怨和淡淡的愁绪。这与他和施绛年的伤心之爱，和穆丽娟的不忍之离，和杨静的无奈分手，也是分不开的。

但是，爱情在促使文人走向创作高峰的同时，也不可避免地为他们的生活制造了伤痛。

徐志摩奉行“爱是实现生命之唯一途径”的爱情理想，他为爱而活，也为爱而死，为追寻爱情，他弃张幼仪于不顾，后苦苦追求林徽因，未果，又邂逅有夫之妇陆小曼，并结为夫妻。但他并没有因此而长久幸福，陆小曼的娇纵、任性，让他疲于奔命，终于，在一次飞机失事中，徐志摩结束了生命。

萧红在情爱中沉浮，在情爱中颠沛，情爱点燃了她的创作生命……但是，爱情却使她受尽磨难。为爱情反叛的萧红选择了低头，与汪恩甲同居，但怀有身孕的她，随后又被汪借故抛弃，饥寒交迫的困窘之时，萧红遇到了萧军，原以为能得到善果，不承想，这又成了她另一段悲剧的开始。她却始终扮演着屈辱、痛苦和不幸的悲剧角色……1942 年，年仅三十一岁的萧红结束了她飘零的生命，留下文字让人咀嚼传阅。

多情自古空余恨。文人的多情，结局往往是伤痛的，但也正因为爱情，文人为后世的读者们留下了情感丰富的作品——“没有文学，我们就不可能了解爱的意义”。

有人懊恼个子太矮，却不知小个子在日本是小巧与可爱，有人抱怨自己身材太胖，却不知在一千多年前的唐朝，美人杨玉环，便是以丰满艳压群芳。在生活当中，当我们因为某个缺点苦恼的时候，我们不妨换位思考，眼前的缺点，换个方向，是否也就成了优点呢？

人生尽在哭笑间

稚嫩的婴孩在亲人的一片欢笑声中降临于世，笑声奏响了生命的第一个音符；年迈的老人在亲人的哭声里闭上双眼，与世长辞，哭是生命的终了。人生，在亲人的欢笑声中开始，又在亲人的悲伤中结束。笑与哭，始终贯穿着生命的全过程。

“月有阴晴圆缺，人有悲欢离合。”人生离不开笑与哭，我们也总是在生活中留下微笑和泪水的痕迹。哭有“残年哭知己，白日下荒台”，笑有“我自横刀向天笑，去留肝胆两昆仑”；哭与笑，包含着性格的千丝万缕，演绎出不同的自我，组成真实的生命，唱出属于自己的味道。生活亦是如此，时而欢乐，时而忧愁，正是因为多样和真实共存，美好与悲苦共生，这才构成了生命的多姿多彩。

富人哭：“你们这些凡人不知道我们承受了多大的压力，经历了多少失误与困难，每天都在赚钱和投资的选择间如履薄冰。”平民哭：“富人安知穷人之志哉！历经千辛万苦，换来的只是满纸账单，看那飞涨的房价，高额的学费医疗费，我们这群看似‘安逸’的人，不过是在苟且偷生！”其实，笑与哭之间，何必划界得这么清晰？

马云和他的阿里巴巴团队一直被视为行业传奇，但就是这个一手缔造了传奇互联网帝国的风云人物，却有不一样的想法。马云曾说：“我最大的错误就是创建阿里巴巴。我本来只是想成立一家小公司，可它却变成了这么大的企业。”他还说，如果有下辈子，不会再做出这样的选择，而会去享受生活。在谈到自己的“中国首富”头衔时，他更是多次在公开场合打趣：认为自己首富这个“富”应该是负责任的“负”而不是富有的“富”。有钱、有资源就需要担当相应的责任，有多大的能力，就有多大的压力。在凡人眼中，富人享有至高无上的繁华和荣耀，而在富人眼中，凡人的简单生活也许才是他们最向往的。

古时就流传出这样一句话:“穷人的生活自在,富贵的生活多忧。”其实,穷人有穷人的悠闲与压抑,富人有富人的乐趣与烦恼。哭与笑,怎能从表面上感知?

又说男人和女人,以笔者之见,男人的笑与哭,大抵和这三样东西有关:事业、家庭和性。工作的原因使男人沉浸在忙碌的快感之中,加班、忙业务,多少滴泪水淹没在无尽的黑夜中,而当听见家人的笑声,转头看见厨房忙碌的妻子,一切艰辛变成值得,身体的疲惫转为淡淡的悠闲和油然而生的满足感,也顿悟了一丝恬静。至于性,则可以用网络上流传的这样一段话来表达:黄昏时分,与儿子并肩行走,擦肩而过一位妙龄少女,那晃动的翘臀总能让男人多少存在一点想法,孩子的一句“我晕”也就说明了那款款而至的成长。其实情色之事也用不着总是冠冕堂皇,扮成正人君子的模样来说教,这就是男人的快乐。

女人则不一样,女人是情感丰富的动物,总会悉知一切。所以女人的笑与哭来源于这世间的所有情感。女人的笑是美的,“北方有佳人,绝世而独立”总是女人心中的向往。女子的美丽似乎天生是一种致命的武器,其美貌能引起多少感叹,所谓“牡丹花下死,做鬼也风流”。像那回眸一笑、语笑嫣然,不正是女人的笑的最好定义吗?当然女人不但笑是美的,哭也是美的。女人多愁善感,宛如任性的小猫,总是为了各种各样、可大可小的事而哭,常令男人摸不着头脑。她们为了逝去的爱情而哭,为了姐妹的争执而哭,为了买不到心爱的包包而哭……“心灵深处入云楼,君可知我为谁愁。不见相思两点泪,一纵从春流到秋”,这是思君之哭,女人一声声压抑的、痛苦的唏嘘,仿佛是从她灵魂的深处艰难地一丝丝地抽出来,散布在屋里,织出一幅暗蓝的悲哀;“夜深忽梦少年事,梦啼妆泪红阑干”,这是身世之哭,岁月已逝,容颜渐毁,商人一去不复还,时常梦年少时作乐狂欢,悔恨的泪在梦中纵横,污损了粉颜。

哭是生命的旋律,会哭的人往往感情真挚。笑是生活的点缀,将生活的无数美好串成春光,植入人们内心深处。

人在孩童时期,常常表现为,笑就发自真心地去笑,哭就痛哭流涕地去哭,不含任何虚伪的成分,简单美好。然而伴随着年龄的增长,我们被生活磨得变了性格,谁都想活出一种自我,活出一种洒脱,却仍在该哭的时候,挤出一丝勉强的笑;在该笑的时候,流出一滴苦涩的泪。我们站在

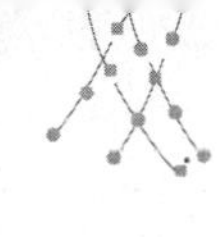

岁月的边缘，时间的流逝证明着寂寞的存在。在坎坷的人生之路上，无论付出了多少沉重的代价，早已被搁浅在时间的河床里，而人们只看到我们坚强的笑。

看过《当幸福来敲门》的人，大抵会理解哭与笑的微妙结合。主人公经历生活贫困、妻子离家出走、与儿子相依为命，好不容易争取到了投资公司实习的机会，却没有报酬，成功率只有百分之五。窘迫的处境，艰难的奋斗，没完没了的倒霉事，其间他看尽白眼，与儿子躲在地铁站的公共厕所里，住在教堂的收容所里……生活时常会让我们感到艰辛，并会让我们无数次目睹生命在各种重压下的扭曲与变形。这时候，不是幸福来敲门，而是死皮赖脸敲幸福家的门，直到幸福来开门。终于，男人被录用了。他从面试的地方出来，欢快的脚步在熙熙攘攘的人群中跳跃。

最终的结局很精彩，生活艰苦的主人公，纵使经历许多困苦，总是积极微笑地面对生活；而当得知自己通过公司的选拔，成为一名聘用理财师时，他却流下辛酸的泪水，正如主人公本人所说，这泪水，叫作幸福。

如果说笑是面对逆境的坚强与执着，那么哭无疑是经历艰难险阻后的坦然和悲壮，像那项羽虎目里莹莹的泪滴，刘备对天下苍生的博爱，哭是英雄的不屈与悲壮，高尚纯洁，坚强不屈，坦坦荡荡，无怨无悔。人生就是这般千奇百怪，既有高兴地哭，也可以伤心地笑；笑与哭，在这世界上，完全不作为欢乐与悲伤而存在，而是相辅相成，演绎人生百态。

哭，是波澜的情感，是灵魂的咏叹；笑，是生命的律动，是心灵的高歌。世上从没有单面的性格。哭与笑，情感交织，复杂而真实，表现出一个极具个性的生命个体，这才是真实的自我。

无论孩童还是成年，伟人或凡人，男人或女人，人生路上的笑与哭，欢乐与悲伤，总是道尽世事沧桑，生命无常。笑与哭，都是生命中的故事，欢笑和泪水，一并收藏；百般滋味，无怨无悔。我们感恩生活的馈赠，无论如何，那些生命的过往，终会随着岁月的凋残，在心灵深深地烙印上永不腐蚀的绚丽之光。

第一声哭，我们来到这个世界，生命从此开始。为什么哭，不知道，也不想知道。

第二声哭，我们饿了。为什么哭，想活下去，不想饿死。第三声哭，我们痛苦。为什么哭，想解脱痛苦。

痛苦的思维和痛苦的行为千奇百怪，因人而异，不可思议，令人费解。人生包括生存生活和生命三个过程也叫三个层次或叫三种境界。

如果都是哭而没有笑，人生一定很短暂，比我们想象的还要短暂。人生如果要活得长久，多笑少哭，尽可能不哭。这个世界能够做到少哭多笑的人很少，这个世界能做到不哭多笑的人更少，面带微笑心存快乐一生的人就是奇迹和传奇！

人生其实就是一首诗，有的人哭着来到这个世界又哭着离开这个世界，有的人哭着来到这个世界又笑着离开这个世界。

我们来到这个世界都是哭，一个哭字包含了生命的一切。我们离开这个世界既有哭的离开也有笑的离开，一个字的区别，也代表了生命的一切。究竟是什么意义，你懂的。

生命就是一首一个字的诗，一个是哭的诗，一个是笑的诗。自己用自己的生命去写这首自己的诗！

人生没有太晚的开始

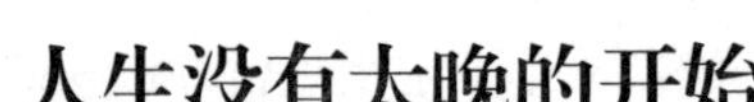

常听一些比我还年轻的人感慨："可惜太晚了！要是再年轻二十岁多好啊！"六十年一甲子，我已经走完，但我仍觉得自己还在青春期，还充满了无限的梦想和斗志，摩西奶奶也以她自身的经历告诉我们：人生永远没有太晚的开始。

摩西奶奶，年轻的时候，在别人的农场工作挣钱，双手被擦地板、挤牛奶、装蔬菜罐头等琐事所占有，直到76岁因关节炎不得不放弃刺绣，开始绘画。她的女儿将她的画带到镇上的杂货铺里，偶然被一个收藏家看到，随后摩西奶奶作品的价值被人们发现，成为美国著名和最多产的原始派画家之一，成了大器晚成的典型人物。她的每一幅作品都散发着轻松乐观的精神，给我们展示出世界的美好和善良；诗一样迷人的语言将摩西奶奶质朴无华的人生智慧和富有传奇色彩的人生经历娓娓道来，给迷茫、不安甚至绝望的现代年轻人最真诚的心灵启示，告诉所有年轻人：你最喜欢做的那件事，才是你真正的天赋所在，不要给自己找借口，做想做的事，永远也不晚，哪怕你已经80岁了。

摩西奶奶76岁时才开始她的创作，我们中国的姜太公则在72岁时才开始创业。"姜太公钓鱼，愿者上钩"这个故事流传了几千年，很多人都把它当成一个诙谐的有智慧的故事，其实它对我们最大的启示应该是：只要有志向有准备一切都不会太晚。因为姜太公钓到周文王的时候，他已经72岁了，到了人们通常以为的生命暮年。

姜子牙出世时，家境衰败。他年轻的时候做过宰牛卖肉的屠夫，也开过酒店卖过酒，聊补无米之炊。但姜子牙人穷志不短，无论宰牛也好，还是做生意也好，始终勤奋刻苦地学习天文地理、军事谋略，研究治国安邦之道，为有一天能为国家施展才华而做准备。一直到72岁时才得到求贤若渴的姬昌的赏识，请他坐车同归，并拜他为师，从此开始了他兴周灭商的人生道路。

项羽的谋臣范增也是如此，陈胜大泽乡起义时，他年近古稀。不久，项梁率会稽子弟兵渡江而西，成为反秦斗争的主力，范增前往投奔，希望在有生之年把自己的智慧贡献给反秦事业。而后一直辅佐项羽，出奇计无数，虽然最终没有像姜太公那样如愿以偿，但他的智慧至今仍令人叹为观止。

其实从姜太公、范增等人的经历还可以得出一个真理：一个人能否得志并不是仅靠自己的才华就能决定的，还与当时的社会大环境有关。

先说姜太公，如果不是遇到纣王无道，姬昌仁义且爱才，他的才华就不会有机会施展。再说范增，如果不是秦朝残暴，他同样没有用武之地。而不论纣王无道与否、秦朝是否残暴，姜太公与范增的才华并没有变。所以，一个人能否实现自己的抱负不是自己能决定的，还需要一种契机。而任何契机的到来都没有太晚的说法，是天命。只要抓住了契机，没有人为的拖延，就不是太晚，因为没有早的可能。

曾经有一部很火的电视剧《大明宫词》，改编自作家孙自筠的小说《太平公主》，而孙自筠先生开始写作时已经过 60 岁。孙自筠先生回忆说，写小说一直是他的梦想，但是 60 岁以前忙着工作，没有时间写。退休之后，才有了条件潜心搞创作。60 多岁的孙自筠先生于是一发不可收拾，写出了《太平公主》《万寿公主》《华阳公主》《安乐公主》等脍炙人口的小说，成为了公主小说的典范和代表。如果孙自筠先生也像大多数人那样惋惜自己老了，打打麻将混日子，再不拾起自己的小说梦，他能成功吗？换个角度想，60 岁才开始写作，他的这个开始晚吗？

日本著名作家村上春树，30 岁以前没有想过自己会写小说，在很多年轻作家已经在文坛小有名气的时候他才开始，结果却成了闻名世界的小说家。

“夕阳无限好，只是近黄昏。”其实也正是因为近黄昏，有了成熟、丰富，以及饱经沧桑的绚丽，夕阳才如此迷人。人生何尝不是这样，在经历的积累下大器晚成，那况味是更恒久的，更浑然天成的。就像老子出关，也只有在他的生命最成熟的时候才写得出透彻人生的“道”，孔子说：“加我数年，五十而学易，可以无大过矣。”两位圣人都告诉了我们生命中很多事情是急不得的。

当然，人生总是有遗憾的，有些东西错过了就再也不能达到曾经的期望，但是总能通过一次次的开始变得更好。

第二次世界大战伊始，英国对德国持一种纵容态度，没有引起警惕，结果德军势力飞速膨胀，战争局势非常不利，欧洲已经到了沦陷的边缘。然而这个时候的英国没有沉浸在过往的过失中，而是积极采取措施应对，

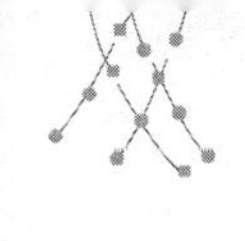

英勇顽抗，打击了德军的势头，最终扭转了局势，在世界反法西斯国家的共同努力下，打败了德国。

二战中的中国战场也是这样，日军侵略的初期，内战和军阀混战致使日军长驱直入，中华民族危在旦夕。西安事变之后，全国人民调整战争思维，团结一致全面抗战，最终战胜了日本侵略者。

古话讲“亡羊补牢，犹未晚矣”。大到一个国家，具体到每个人，都不可能一开始就走向如愿的路途，都会走一些弯路。而正是这些弯路积累了厚积薄发的财富，伏笔了晚来的开始。

中国文化几千年把“人生七十古来稀”装在了我们的记忆里，60 岁以后的时光就是夕阳红。于是忙着健身忙着养老忙着晚年的思维和行为一天一天地走完生命的“最后一公里”。自从今年联合国教科文组织正式宣布 18 岁至 65 年为青年人的年龄段划分公布以后，我忽然发现，原来我还在青春期啊，马上开始品红茶品红酒品红色的青春期；马上开始坚持早晨推开窗户去看八九点钟的太阳，让心中的太阳与外面的太阳保持一致行动同步冉冉升起。希望从过去的 60 岁的老年人夕阳红的观念尽快转变成现在 60 岁的青年人青春期的理念去开始又一个第二春的新生活和新工作，把世界美好的希望再一次寄托在我们青年人身上。过去 60 岁养老就是工作，现在 60 岁工作到 80 岁以后才去养老。也就是说唐老师还有 20 年的青春期需要我去重新适应。

一定要让 60 岁到 80 岁这 20 年的青春期与过去 15 岁到 35 岁的 20 年的青春期的内容和形式都完全不一样。过去叫不成熟的青春期，现在是成熟的青春期。成熟的青春期是在更加淡定和从容的基础上去适当地拥有激情和活力。也就是说，一是自己说自己想说的话，二是自己写自己想写的字，三是自己做自己想做的事，四是自己交自己想交的朋友，五是自己吃自己想吃的东西，六是不能再想着去当官，七是不能再想着去发财，八是不交酒肉朋友和唯利是图的势利眼，九是只与喜欢的人发微信打电话，十是只与舒服的人喝茶吃饭聊天，十一是只与欣赏的人留下念想留下美好的回忆，十二是保持与众不同的夕阳红里的另类的有个性的青春期。

人生几十年，说短不短，说长不长，也总会因为各种原因不能立即从事自己喜欢的事业。只要有志向有毅力，不忘初心，细节的小事可以从现在开始，大事可以像姜太公那样 70 岁了才开始，都不是太晚，这是一种积极向上的人生态度。

人生若只如初恋

“人生若只如初见，何事秋风悲画扇”。初见之美，何以言表。

“你好吗——”

“我很好——”

“你好吗——”

“我很好——”

……

藤井树就这样一遍一遍地对着幽静的山谷奋力地喊着。

日本岩井俊二执导的电影《情书》被评为1995年最出色的爱情电影，而女主角藤井对着山谷呼喊得撕心裂肺的这一幕便成了爱情故事中的经典。其中，电影中的另外一个场景向观众传达着这样一份感情：

图书馆里，男孩在窗边看书，女孩在忙碌着整理书目，假意望着窗外明朗的天空，却瞥见肆意的风将白色的窗帘吹得飘起，露出男孩清秀纯粹的脸庞。多年以后，男孩已不在人世，图书馆里依旧阳光明媚，白色的窗帘依旧在风中飞舞。

这便是初恋。

初恋时的男女懵懂无知。电影中的男孩和女孩重名——都叫藤井树。然而这狗血的巧合并不是两人父亲惹的祸，而是由玩世不恭的导演精心设定。女藤井和男藤井，两个重名的男孩女孩，机缘巧合地在中学时代碰到了一起。内向的女藤井一直默默地喜欢着男藤井，她在学校图书馆当管理员时，偷偷窥视男藤井的一举一动，为生活中的每一个细节而满心欢喜。

但女藤井不知道，在她在学校图书室当管理员时，男藤井不间断地去她那儿借书还书，只为在借书卡上一遍又一遍地写“藤井树”这个两人共同的名字。

原来男藤井一直以自己的方式偷偷地暗恋着女藤井！这种感情影响了他的一生，甚至生前交的女朋友都和当初初恋的女藤井极为相似。可直至他死后，女藤井都始终没觉察到这种人世间最美好的感情，在电影的最后一刻，她才恍然大悟。她登上雪山，对着白皑皑的山谷呐喊出对男藤井的思念，也呐喊出曾经那段难以言表的感情……

安妮宝贝曾这样评价电影《情书》：所以真实的感情最终是和一切盛大无关的事，和幽深艰涩的宗教哲学无关，和坚不可摧的道德伦理无关，和瞬息万变的世间万物无关；也许仅仅就是白雪皑皑的群山之中一次泪流满面的问候："你好吗？我很好。"

"人生若只如初见，何事秋风悲画扇。"中学时代的爱恋，干净的爱情。逝去的藤井树已然逝去，活着的藤井树在得知这段"恋情"后，是感觉"人生若只如初见"呢？还是"不经意的惊喜"？惆怅中夹杂着尘封的喜悦，甘甜中带有苦涩，年少无知的人情窦初开。从最早两人的相互避嫌到爱恋逐渐萌芽，两人欲言还休，懵懵懂懂。初恋特有的感觉是那样咄咄逼人却又令人神往！

初恋不在于有多奢华，有多浪漫，更在于一种"盈盈一水间，脉脉不得语"的空灵境界。初恋对于大多数人来说更像是一场圣洁的许诺，不同于婚姻的物质之美，不同于情场播种的万千浪漫，初恋神圣而不可亵渎！相比较之下，初恋时情意绵绵的相视无语，远胜过一千万句海誓山盟。

在中国，凡是学英语的人大抵都知道北京有个"新东方"。然而新东方创始人俞敏洪在大学期间的生活却不尽如人意，五年的北大校园生活总结下来就一个字"背"！大学时期，俞敏洪的成绩糟糕得让人侧目，他一直保持着农村人特有的形象——穿着寒酸，说话含糊不清，加之偏偏又患上了乙肝，大家对他躲避不及。于是，这个孤独的人更是形影相吊。然而爱情，不但没有抛弃他，反而在这个年轻人最贫穷和卑微的时刻悄然而至。

初秋的一天，俞敏洪又郁闷地一个人在校园林荫小道上散步。走着走着，突然，他那嗜背英文单词的老毛病又犯了，嘴痒痒得恨不得立刻找人当"检察官"来考考自己。在顾盼四周后，在路的拐弯处，俞敏洪终于看见一个老外的身影冒了出来。他一个箭步冲过去，像见到多年未曾谋面的老朋友一般一把抓住老外的手："你好，请考考我的英语单词好吗？”

金发碧眼的老外被这突如其来的状况吓了一跳。身后突然传来了“扑哧”一笑，俞敏洪转过身去，一张清丽的面容出现在他的面前。女孩打趣道：“不用找他了，我来考考你吧！”就这样，24年来，“书呆子”俞敏洪第一次和一个女性“亲密接触”！随后，也逐渐开启了与这个德语系系花的姻缘之路。

于是，系花成了俞敏洪的糟糠之妻！在俞敏洪接下来的创业之路上，艰难、坎坷，本应安心享福的大家闺秀，反而挑起家庭的大梁。她选择在生活上隐忍，在工作中支持丈夫、出谋划策，最终俞敏洪的事业走向正轨，并做得风生水起。可以说，俞敏洪的成功离不开老婆的美丽背景，离不开这位初恋的从一而终，不离不弃。

谈及俞敏洪的爱情，徐小平回忆道：“老俞在北大的五年当中，没有一个女生追求他，而我在北大五年，倒是有许多女生追求我，但却没有任何结局，反而是老俞娶了北大校花，而且他太太还是他的初恋。有时候不争数量，只争质量，不争时间，只争结果。”

纯真是人世间最可贵的东西，而初恋的美好不就在于它的晶莹剔透、纯洁无瑕？当我们初入爱河时，抛却一切私心杂念，倾己所有地爱对方，“今夕何夕，见此良人”。此等良辰美景，繁花似锦、美不胜收。

初恋是美好的。俞敏洪能够和俞夫人走到最后靠的不仅是彼此的坚定信念，还离不开命运的厚爱。他们创下的爱情佳话，实属不易。然而，现实生活中，绝大多数的初恋却并非如此幸运，它们更像是那雨过天晴的彩虹，昙花一现，终只在瞬间灿烂，尔后便随风消逝。据调查统计，初恋成功率竟低达1%，在这种可能性为零的情况下，多数年轻人仍勇蹚爱河，秉着望穿秋水的信念等待着那罂粟般的爱情。

红酥手，黄縢酒，满城春色宫墙柳。东风恶，欢情薄，一怀愁绪，几年离索。错，错，错！

春如旧，人空瘦，泪痕红浥鲛绡透。桃花落，闲池阁，山盟虽在，锦书难托。莫，莫，莫！

当有一天，陆游与初恋唐琬相遇，两行热泪凄然而下，悲痛之情顿时

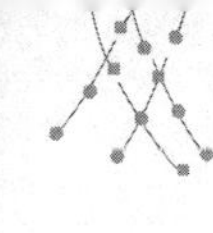

涌上心头，一扬头喝下了唐琬送来的苦酒，随即在粉墙之上奋笔题下《钗头凤》这首千古绝唱。

原来，在宋高宗绍兴十四年，20 岁的陆游和表妹唐琬便已结为伴侣。两人从小青梅竹马，婚后相敬如宾。然而唐琬的才华横溢与陆游的亲密感情，却引起了陆母的不满。俗话说，女子无才便是德，陆母强迫陆游和她离婚。“结交在相知，骨肉何必亲！”陆游和唐琬的感情深厚，不愿分离，他一次又一次地向母亲恳求，都遭到了母亲的责骂。在封建礼教的压制下，虽种种哀告，终归走到了“执手相看泪眼”的地步。

命运如此，悸动的心却怎能就此平静，初恋的感觉怎能轻易忘记，人走了，心仍在！两人只得挥洒笔墨，以诗寄情，上演“终日两相思，为君憔悴尽”的苦情大戏！

又说林徽因和徐志摩，大概是名人恋爱史上最乌龙的一段。

谈及林徽因，人们最喜欢津津乐道她生命里出现过三个最重要的男人：徐志摩、梁思成和金岳霖。徐是她的初恋，她心底的情人；梁是她合适的伴侣，现实的选择；而金是她的闺蜜，一生的蓝颜知己。

徐志摩是林徽因的初恋，两人互相爱慕。但林徽因始终清楚，徐志摩只是她生命中的惊鸿一瞥，只是一次漂亮的过错。“我懂得，但我怎能应和”，这一句是林徽因发自肺腑的对徐志摩的真情告白。因为现实，林没有选择嫁给徐，但情愫却始终在林的心底蔓延，彻底成为她胸口的一粒“朱砂痣”。她繁华的背地，后人读到的却是寂寞与悲凉，此后，与后来两个男人之间的所谓感情，也只是徐志摩曾经的万紫千红，为她的寂寞搭成了最好的映衬布景。

初恋就是这样一个集美好与遗憾于一身的存在，它看似春天里晶莹的雪花，但却禁不住这世间的灼热和时间的流逝，渐渐消散得不见踪影。虽然如此，我们不得不说我们曾经真真切切地经历过、纯真过、热情过，仿佛置身于一场永不愿醒来的美梦。梦醒后，“我心居然再无波澜，好像年少的坚贞只是一场梦。”初恋之所以美好，大抵是因为我们再也回不去那个年轻纯洁的时光。

就像成龙大哥在一次访谈中所说：一辈子，太长的光阴，而从年少的人口中说出，显得太轻飘太随意了。真是的，我当时无法预知自己的一辈子将是怎样的，那时候还没有事业，也没有钱，牵扯我、吸引我的全部就是这个大辫子姑娘——那时，我以为爱情就是一切了。

写到这里，也许有人要问了，老唐，你的初恋又在哪里？本来，我不想回答这个既敏感又隐私的问题，更何况我已经是一个60岁的老头，还在此大谈初恋，容易被人误以为春心再度萌发。

但是，如果我坚持不直面这个问题，显得我好像没有过初恋一样，甚至被认为我没有爱过别人和被人爱过。为了真实地回答这个问题，我用了宝贵的三天三夜时间去回望这六十年，去寻找我的初恋究竟在哪里。头都想痛了，总算有了一个头绪。

仔细想来，我初恋的时间要么在18岁以前，要么在28岁以后。因为有10年的时间要么在部队扛枪杆子，要么在机关提笔杆子，无论是阳光下还是月光下都在保家卫国。18岁以前有没有初恋，算不算初恋，我只有老实交代。在家乡的银行大院突然认识一位大院里女孩的一个闺蜜。那种瞬间的感受和反应，语言和文字实在表达不出来，就用喜欢两字去形容比较符合当时的情景，而且慢慢开始特别想见到她。后来不知怎么失去了联系，当我很久很久以后去确认她究竟在哪里时，她已经在一次汽车的事故中悄悄地离开了这个世界。

她是家乡一位高中校长的女儿。后来的一个机会，我又认识了一位女孩，她也是一位校长的女儿，我对她也是有同样的感觉，喜欢她，但是从来没有勇气和胆量去向这个女孩表白自己小男孩内心深处的那份情怀和痴恋。只能远远地看着她，注视着她，有几次想开口又把最美好的语言深深地藏在心里。这一藏居然就是几十年。18岁以后我就离开家乡参军保家卫国去了。当我若干年后从部队回家乡去寻找自己心中的那个她时，她已经是战友的老婆，为人妻为人母。这就是不懂的时候，机会天天在你身边走来走去。当你真正懂的时候，机会已经悄悄离你远去，而且是越走越远，没有挥一挥手，没有回一次头。

当我蓦然回首时，已经28岁了。我曾经发表过一篇文章《莫等闲白了少年头，空悲切！》，并告诉年轻人不要天天花前月下，谈情说爱，浪费宝贵的青少年，闲白了少年头，结果是老来徒伤悲。现在看来都是没有吃着葡萄就说葡萄是酸的。自己没有初恋或者说是恋爱的经历，还要指点初恋和恋爱的江山如画。

29岁的时候，我急了，开始寻找，开始相亲，结果在朋友的办公桌上，

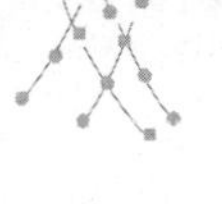

发现一张集体合影，第一排蹲着的女孩，温婉如水，笑靥如花，心灵触电似的感觉。第一次见面，由于比我小很多岁，她竟然叫我叔叔，而且她正在吃上海的小白兔奶糖，还给了我一颗小白兔奶糖，那颗糖真甜，一直甜到今天。

她对我似乎也有感觉，我们以最快的速度结婚，以最快的速度有了女儿，以最快的速度走到此时此刻。初恋在哪里？花前月下的浪漫又在哪里？我一直在问自己，同时又一直羡慕嫉妒现在这个美好时代的善男信女，可以轰轰烈烈地谈一次人生最美好最令人回味无穷的快乐和幸福的初恋！有初恋的感觉，真好！人生若只如初恋，多好！

人生是无常的醒来，看破红尘醉千年

人生是无常的醒来，看破红尘一醉千年。从生到死有多远，呼吸之间。从迷到悟有多远，一念之间。从爱到恨有多远，无常之间。从古到今有多远，笑谈之间。从你到我有多远，善解之间。从心到心有多远，天地之间。当记忆飘落尘埃，当一切是不可得的空白，人生是无常的醒来。

这是一段天籁之音《醒来》的歌词。但是文章的第一句我加了“看破红尘一醉千年”8个字。讲讲我的诠释。我没有看破红尘的智慧，有人能看破红尘，一定会一醉千年不醒，即使千年醒来，又会再醉千年不醒。“红尘”也好，“江湖”也罢，仁者见仁，智者见智。没有一个世界统一的标准和全球共有的定义，什么叫红尘什么又叫江湖。

活着就是在红尘中，死去才能离开江湖。活着能看破红尘是高人之中的高人，死去还有江湖的传说是伟人之中的伟人。一曲《醒来》唱遍大江南北，仍有千千万万的人从生到死都没有醒来。有的人身体还活着，灵魂已经死去。有的人身体已经死去，但是灵魂依然活着。

有的人的呼吸是为金钱而呼吸，有的人的爱恨是为钱财而爱恨，有的人近在咫尺而心在天涯海角，有的人一生都在迷茫连去坟墓的路上还执迷不悟，希望有一个豪华的单间可以厚葬此身的荣华富贵。我并不聪明也不智慧，其实就是一个傻子。我在山水之间读微尘，我在天地之间看虚空，红尘中有瞬间的智慧，江湖上有刹那的美丽。

轻轻地来又轻轻地走，与众不同的是，面带微笑不论春夏秋冬。心存快乐不管痛苦忧愁。活在当下不想过去未来。善待自己、善待他人、善待生命到永远！

王国维在《人间词话》中这样说：“古今之成大事业、大学问者，必

经过三种之境界：‘昨夜西风凋碧树。独上高楼，望尽天涯路。’此第一境也。‘衣带渐宽终不悔，为伊消得人憔悴。’此第二境也。‘众里寻他千百度，蓦然回首，那人却在灯火阑珊处。’此第三境也。”

这段话从诞生至今，就被人们广为引用，似乎人生的很多事情都可以和它扯上关系，而事实上也是如此。那么原因是什么呢？因为这段话讲出了人生的普遍真理。我们这样来理解：“昨夜西风凋碧树。独上高楼，望尽天涯路。”可代表为生命之初的希望与怅惘；“衣带渐宽终不悔，为伊消得人憔悴。”可代表人生奋斗时的艰难与不堪的时光；“众里寻他千百度，蓦然回首，那人却在灯火阑珊处。”可寓意恍然大悟的时刻，在历经沧桑之后蓦然回首，往昔的一切泛出脑海，各种情绪翻滚而来，遥远却愈加清晰，禁不住感叹或是沉默：人生原来就是这个样子啊！

其实，人生的最终评判就在这“蓦然回首”之时，人生每个阶段、每件事情的评判也在这“蓦然回首”之时。

当拂去岁月厚厚的封尘，抚平冉冉逝去的光阴，我们因为某种突然的刺激想起过去经历的一些事，产生一种“那人竟在灯火阑珊处”的深沉感触，这种感触正是我们对经历的看法，也就是评判，因为这个时候我们感受到的几乎就是过往的经历留给我们的最终印象了。就像一个小偷在改掉了坏习惯后想“我当时真不该偷东西啊”，这就是彻悟，有了看破红尘之感。看破红尘是什么感觉呢？会认识到自己一直在瞎折腾，犯了很多过错，很羞愧，真愿意那是大梦一场，然而这毕竟不是梦，那就借酒消愁或是糊涂吧，总之是不想清醒，宁愿这一切从未发生过。

《红楼梦》的开篇就直接指出了看破红尘的感受：此书开卷第一回也，作者自云：“因曾历过一番梦幻之后，故将真事隐去，而撰此《石头记》一书也，故曰‘甄士隐梦幻识通灵’。”这段话什么意思呢？也很简单，曹雪芹是说，经历了太多的沧桑，蓦然回首，突然就醒悟了，看破了红尘。他想把过往的经历记录下来，但是往事又不堪回首，他没有勇气去直接面对，所以“将真事隐去”，这就是“甄士隐”一名的由来和寓意。而过往是什么样子呢？他现在是什么感受呢？“梦幻”二字也给我们点题了：人生如梦如幻。

无论红学家怎么争，但是没有人会怀疑《红楼梦》中浓郁的梦幻气氛。“诗以言志”，我们也就可以揣摩曹雪芹对待人生的心态了：辛酸又无常，真实又梦幻。所以他说“满纸荒唐言，一把辛酸泪”。曹雪芹是既清醒又如梦如醉，清醒在于他看破了红尘，他的如梦如醉则是对过往持有的一种不忍直接面对的梦幻之心。

但是曹雪芹始终还是一个悟者，他的“悟”在于下决心写《红楼梦》，并完成了这项伟大的事业。他的“悟”也不早不晚，刚刚好，因为过早他没有这么深的感悟，写不好《红楼梦》，太晚了他也没有这么多的精力和时间来写《红楼梦》了。

如果说曹雪芹的前半生是悲哀的、不堪回首的，但是《红楼梦》一书却让他的人生无比精彩，所以说曹雪芹的“悟”拯救了自己。换言之，在人生的每个阶段，我们都要有一种“蓦然回首”的意识，不时地反省，才能抓住时机，开创新的生活。这个“悟”，一定不能太晚。

韩信之死大家都知道，是吕后趁刘邦外出，让萧何把韩信骗进宫来，韩信还没反应过来怎么回事就被绑起来，吕后为怕节外生枝，竟然就在长乐宫的宫室把韩信斩首。韩信临死之前有一句大彻大悟之言，是这样说的：“吾悔不用蒯通之计，乃为儿女子所诈，岂非天哉！”韩信的意思是说，他后悔当初没有听蒯通的劝告，最终却死于妇人之手，是天意如此吗？！

要明白韩信的这句悔恨，得先了解蒯通这个人。蒯通是齐国人，韩信被刘邦封为齐王后，蒯通劝告韩信反叛刘邦。因为刘邦封韩信为齐王，本不情愿，他是担心若不答应韩信就不去救急，他就要被项羽灭掉。那个时候的天下大势，是韩信站在项羽那边，项羽就赢；站在刘邦这边，刘邦就赢。蒯通把道理告诉他，说他现在势力这么大，完全可以独立，与项羽、刘邦三分天下，如果他帮助刘邦打败了项羽，功高盖主、手握重兵，刘邦一定不会安心，会除掉他。但是韩信认为刘邦对他有恩，而且自己的功劳这么大，刘邦一定不会害他，所以还是帮助刘邦得到了天下。韩信的命运后来也确如蒯通所言，先是被刘邦夺去了兵符，而后又从王降为侯，最后被吕后灭掉。

这便是韩信临终感叹悔悟的缘由，但是因为悟得太迟，已无回天之力。但是悟得太早一定好吗？也不一定。

佛家最常提开悟，印度文化里就有普遍的悟得太早，以至于似乎看穿了一切不愿再去奋斗，英国殖民者奴役他们的时候才会如此省心。因而看

破红尘的前提是要能保护自己，如果看破红尘便不知进取，这样的潇洒是逃避，如果灾难来临就没有反抗的力量了。

但是人的进步总是在“悟”的基础上，如果活了一辈子尚不开悟，糊糊涂涂地过一生，不但劳心费神，还容易丧失生命中最可贵的东西。所以“悟”是必然的，能看破红尘也是好的，不过我们需要在这种彻悟中改变自己，以积极的心态走上新的路，创造新的生活。

人的一生有太多出其不意的蓦然回首，过错和羞愧太使人不堪。不求我们的人生有多么完美和精彩，只愿不论外表热闹与否都能保持内心的从容与平静，突然“悟”的时候少一些过错和羞愧便好。而过往的不堪，在“悟”的那一刻起就让它睡去吧，千年醉去，不计较、不执着。

人生要善于做减法

著名作家梁晓声讲了一个有趣的故事，某天，几位朋友在他家做客，聊起了人生。朋友们都说，人生要积极，应该不断扩容，越丰富越好，而梁晓声却不以为然地笑了。

朋友不解，掏出一部手机道："这手机要功能越多越好，能听音乐，能看电影，能打游戏，能上网，功能少，什么都干不了，索然无味，必遭淘汰。手机必须不断更新换代，人生亦当如此。"

梁晓声却说，他不用手机，也不上网。如果哪一天真要用手机了，也只会买小灵通，因为只要能通话，可以打出字来，其功能对他来说就足够了。

梁晓声是想告诉我们一个生活的哲理，做减法的人生，未必不是一种积极的人生态度。所谓减，乃是不断地从自己的头脑之中删除掉某些人生"节目"，甚至连残余的信息都不留存，而使自己的人生"节目单"变得简而又简。总而言之一句话，使自己的人生来一次删繁就简。

但他身边的朋友都摇头叹息道：

"简成一杯白开水，还有什么味道呢？只有中老年人才有如此无奈的活法！"

梁晓声说："我年轻时，所持的也是减法的人生态度。何况，你们现在虽然正年轻着，但几乎一眨眼也就会成为中老年人的。某些人之所以抱怨人生之疲惫，正是因为自己头脑里关于人生的'容量'太大太混杂了，结果连最适合自己的那一种人生的方式也迷失了。

而所谓积极的、清醒的人生，无非就是要找到那一种最适合自己的人生方式。一经找到，确定不移，心无旁骛。而心无旁骛，则首先要从眼里删除掉某些吸引眼球的人生风景……"对方皆黯然，未领会他的话。

"老天给了每个人一条命，一颗心，把命照看好，把心安顿好，人生

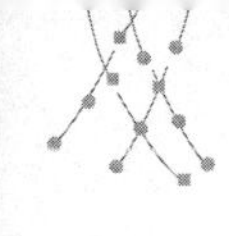

即是圆满。”这句话出自著名学者周国平先生，他还这样总结道：“平凡的生活才是生命的本质。”

周国平先生这几句平实的话，确是人生最永恒的真理。有谁能否定呢？人生无非就是身体和精神的共同组成，身体首要在健康，无论拥有再多，丧失了身体的健康都不会幸福，无论拥有再多，精神不安也不会幸福。这样想来，我们需要做的其实就很简单，也很平凡。照顾好自己的身体，安顿好自己的心灵，这无疑是最平凡的了。

可是平凡的东西也并不简单，就像爱惜大地上的一棵小草，再平凡不过了但是却少有人能做到，因此我们要学习，学习平凡。首要的就是要善于给人生做减法，给自己的欲望做减法，欲望少了，心里放不下的东西便少了，自己用不着的东西也少了，于是归于简单和平静，这便是平凡。

给人生做减法也很难，因为做减法意味着舍弃，而人是习惯了拥有的，因此给人生做减法需要很高的智慧。

有这样一个广为流传的小故事：莱斯勒石油公司的总裁吉姆·特纳继承了价值 30 多亿美元的资产，人们都以为新上任的总裁会大干一番，为他的这笔巨额财富羡慕不已的时候，他却组建起一个评估团，对公司资产作了全面盘点，除去所有的费用后，还剩下 8000 万美元。于是他从这笔钱中拿出 3000 万，为家乡建起一所大学，余下的全部捐给了美国社会福利基金会。

而那个时候吉姆·特纳才 40 岁而已，还有漫长的人生可以去消费自己的财富。人们对他的举动大惑不解，他却说：“这笔钱对我已没有实质意义，减去它就是减去了我生命中的负担。”85 岁时，吉姆·特纳悄然谢世，他在自己的墓碑上留下这样一行字：我最欣慰的是用好了人生的减法！

这个故事给我们的震撼无须赘述，相信人人都能体会，拥有得越多往往负担就越重。中国古代有一个小故事，一个富翁和一家穷人做邻居，富翁的老婆很羡慕穷人家日子过得快乐——因为经常听到他们欢乐的笑声。富翁说，他可以立即让他们不快乐，老婆不解。于是他往穷人家的院子里扔进去一个金元宝，从此那家人再也没有笑过。很多时候，拥有意味着羁绊。红军长征时期，刚开始红军舍不得那些重武器，拖着武器走得很慢，导致伤亡惨重，最后红军选择扔掉那些珍贵的武器，一路轻装前行，避免了更多的伤亡。

这些事例的原理都是相同的，对真实的生活如此，对精神生活亦是如此。人们常常羡慕流浪汉，羡慕的不就是他们的自由和无忧无虑吗？而流浪汉为何无忧无虑呢？无非也是身上背负的东西很少罢了。由此可见我们需要给人生做减法，尤其是在这个纷繁杂乱的快节奏的时代，如果不能减去很多负担，拖着沉重的包袱前行，直至生命的尽头也难以轻松和幸福。

给人生做减法，我们需要知道什么东西是最可贵的，才能知道哪些东西该减去。每个人的价值观不同，我们不能要求每一个人都追求同一种东西舍弃其他的东西，但是有些东西放在我们任何一个人身上都是极其刻骨的，这些东西便是享受家庭生活文化与自然的乐趣。

在中国的传统文化里，总是不厌其烦地暗示着每一个人似乎都可以凭着锲而不舍做成功一切事情，越是努力，收获的成功就会越多；却很少向人表达一种更务实的态度——更多的时候不顾一切的拼是没有用的，倒莫如从自己人生的“菜单”上减去某些不切实际的内容，这才是一种清醒理智的态度，因为有些东西，虽然看上去很美，却不一定适合自己，多求无益。

我们有理由相信，世界上没有任何一个人不需要普通的人间温暖，而这种温暖来自于爱，而最重要的爱来自家庭。只有家庭永远无私地爱我们，也只有家庭最使我们不忍割舍，甚至依赖。所以，从古至今，我们找不出一个不爱自己的家庭的人，所有人的人生规划，也都必然会顾及家庭，都想让家里人过得更好。那么，我们需要知道家庭需要的是什么。

周杰伦的《外婆》这首歌里有句歌词：“她要的是陪伴，而不是六百块。”是的，家庭最需要的是陪伴，每年传统节日，电视里放的公益广告，体现的主题是“陪伴”，父母最期待的是陪伴，孩子最想要的也是陪伴。那么，我们为了赚钱而舍弃了陪伴难道不是舍本逐末吗？生活的压力很大，奔波在所难免，但是很多时候我们可以轻松一点，不那么奔波，也不会有大的损失。既然如此，我们何不为生活的奔波做一些减法，多给一点家庭最需要的陪伴。

对大自然的亲近也是人类的共性，因为我们是从大地上成长起来的人，大自然的一草一木、山山水水在我们心里都种有深深的情愫。没有一个人看到草木欣欣向荣、鸟语花香的大自然不会感到亲切，只是我们

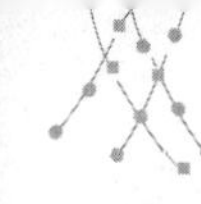

被忙碌的生活麻痹了，很少能意识到，但是当我们一旦置身于大自然，那种轻松和欢乐自然就会到来。既然如此，我们完全可以主动一点，为工作做一些减法，余出一点时间，常常投身于大自然的怀抱，呼吸天地的灵气吸收雨露的精华，这岂不比戴口罩防雾霾更能保护内脏，况且还能享受精神的愉悦。

生命如同一张白纸，我们不断地在上面涂抹，这个涂抹的过程便是生活。我们也可以用女性的化妆来比喻生活，每一种化妆品都是生活的一种装饰，恰当的装饰能增美，但是过多就显得庸俗。人生也类似，有所追求是一种成功，但追求的太多往往失去了生命的本真。况且生活是活给我们自己看的，那么“素颜”的生活就并不丢人，反而更真实——我们何苦伪装只属于自己的生活呢？正如费狄拉所说的：“只有平凡的人生才是真正的人生。实际上只有远离矫饰或特异的地方，才真实。”我们给人生做减

法，追求平凡，享受家庭生活文化与自然的乐趣便是追求一种简单又雅致的人生，这样的人生直指生命的本质和精神的幸福。

人要有一种明知不可为而为之的果敢

在鲁迅的《死火》里，我在冰谷中发现了“死火”。“死火”面临两个选择，一个是继续待在冰谷中，那么，“我将冻灭了”；另外一个选择是被我带出冰谷，永得燃烧，但是“我将烧完”。两个选择都是置之死地。但“火”最后选择了永得燃烧，即便是灭亡，也要燃烧着灭亡。

鲁迅和钱玄同有过一段精彩的对话：

“假如一间铁屋子，是绝无窗户而万难破毁的，里面有许多熟睡的人们，不久都要闷死了，然而是从昏睡中死亡，并不感到就死的悲哀。现在你大嚷起来，惊起了较为清醒的几个人，使这不幸的少数者来受无可挽救的临终的苦楚，你倒以为对得起他们么？”

叫醒人，他们也绝然逃不出去，反倒会死得更加痛苦；不叫醒他们，就让他们不知不觉地死去。两个选择也都是死亡。鲁迅依然选择了叫醒大家，在努力破窗和挣扎中死去。明知要死，却明明白白的，勇敢地死。这是一种什么精神？这是一种活着的态度。大有明知不可为而为之的果敢。

细想整个人生的经历，我们会发现，这一生因为不想为、不敢为、不愿为，错失了的东西，太多太多。

在周星驰的电影《大话西游》中，有一段至今依然很流行的台词：“曾经有一份真诚的爱情放在我面前，我没有珍惜，等我失去的时候我才后悔莫及，人世间最痛苦的事莫过于此。如果上天能够给我一个再来一次的机会，我会对那个女孩子说三个字：我爱你。如果非要在这份爱上加上一个期限，我希望是……一万年！”

可是，世界上没有后悔药，错过了就再难挽回了。

然而，一生中，我们错失的又何止是一份真挚的爱情，在小时候，会错失一次次向父母道歉的机会；上学的时候，会错失一次次表现自己的机会；在工作中，我们会错失一次次体现自己价值的机会；为人父母，我们

会错失一次次对孩子表示关爱的机会；做人朋友，我们会错失一次次坦诚以待的机会……

似乎整个人生就是在我们不以为意地把握住了机会，以及因为各种原因错失了机会的遗憾中逐渐流逝。而这些错失似乎是在告诉我们：人生舞台的大幕随时都可能拉开，关键是你愿意表演，还是选择躲避。

俄国著名戏剧家斯坦尼斯拉夫斯基有一次在排演一出话剧的时候，女主角突然因故不能演出了，斯坦尼夫斯基实在找不到人，只好叫他的大姐担任这个角色。他的大姐以前只是一个服装道具管理员，现在突然出演主角，便产生了自卑胆怯的心理，演得极差，引起了斯坦尼斯拉夫斯基的烦躁和不满。一次，他突然停下排练，说："这场戏是全剧的关键；如果女主角仍然演得这样差劲儿，整个戏就不能再往下排了！"这时全场寂然，他的大姐久久没有说话。突然，她坚定地抬起头来说："排练！"一扫以前的自卑、羞怯和拘谨，演得非常自信，非常真实。斯坦尼斯拉斯夫基高兴地说："我们又拥有了一位新的表演艺术家。"

就像斯坦尼斯拉夫斯基大姐的遭遇一样，生活总会出其不意地给我们搭出一个台子，当舞台的幕布被揭开，让我们不知所措。但是，我们仍然可以选择。

人生有很多自由，也有很多不自由。可是自由与不自由是相对的，对于一个没有责任感和没有追求的人，他完全可以不顾一切。当他把一切都看作无所谓的时候，连死亡都可以选择，"逃避"对他而言更是耳边风。鲁迅先生的小说《孔乙己》中，孔乙己偷书被人嘲笑，他能说读书人偷书不算偷；《阿Q正传》中，阿Q被人打了，说是"儿子打老子"；在现实生活中，有的无赖借了钱不还，还义正词严地反客为主。对于这类人，其实就是逃避问题的本质，不敢或是无能面对事情的真相。但是无论如何，我们必须承认这样的人是生活的弱者。假使斯坦尼斯拉夫斯基的大姐也以这种心态面对排练，她完全可以不演——"一场戏剧有什么重要的！演不演无所谓。"这便是逃避。但是她自信地选择了演，为了自己的尊严，也为了不辜负弟弟的期望，她坚定、认真地投入，取得了成功，完成了她自身生命的升华。

每个人都有自己的弱点，当我们战胜自己的弱点，迈出新的一步时，事情就会是一个新局面。但是很多人都很难迈出第一步，其原因，《乔布斯传》中有这样一段话："迈出第一步的时候，使你停下来最普遍的理由就是恐惧，这是一种非理性的焦虑。因为大多数情况下恐惧源于潜在的失败：由于我们的教育体系，文化以及社会，助长了对于失败的莫名恐惧。"

所有的面对最艰难的都是迈出第一步。因为当我们迈出第一步的时候，实际上已经经过了内心的考验，战胜了恐惧、自卑，不再畏首畏尾，已经做好了上台表演的准备。这第一步看起来非常简单干脆，但内心的焦灼过程应该是所有人都能感受到的。为了鼓励人们勇敢地迈出第一步，《乔布斯传》中还告诉了我们这样的道理："恐惧失败是荒谬的，因为失败本身就是一件美丽的事情。你肯定将会经历失败，这没有什么不好的，因为你从中学到了经验并将会使得自己变得越来越好。"

是的，失败也是美丽的。我们中国的神话传说里有一位夸父，他为了追逐太阳，不停地奔跑，最终倒在了追逐的路上。夸父没有达到他的目的，可以说是失败了，但是他至今毫无异议地受到人们的尊重，因为他坚定的信仰、为信仰拼搏的毅力光芒万丈，使他的失败变得美丽。"出师未捷身先死，长使英雄泪满襟。"这句诗以强烈的对比写出了一种美丽的失败："出师未捷"是失败，"长使英雄泪满襟"却无比的光荣而美丽。那么，我们还有什么理由因为畏惧失败而不敢做自己想做的事呢？殊不知那一颗心怀孤勇的心比一切的成功都具有永恒的光芒。

成功的人一定是敢于尝试的。在美国媒体评选的 20 世纪最伟大的英文小说一百部中，乔伊斯的《尤利西斯》高居榜首。而这本书刚出来时的遭遇却是很尴尬的，很多著名评论家说乔伊斯这部作品淫秽、乱七八糟，其实乔伊斯是大胆地发展了意识流，开创了小说创作的一种流派。当然，最终，《尤利西斯》赢得了全世界的尊重。

乔伊斯这样的人，他能自己去创造一种流派，自己给自己打台子，自己给自己揭开幕布，然后自己表演。我们普通人呢？是否更该反思？在这个百花齐放的时代，我们拥有前所未有的自由，拥有前所未有的创造的机会，当那些机会供我们施展才华的舞台一个个主动揭开幕布呈现在我们面前时，我们是否拥有勇气上台表演？无论我们有没有，我们都应该具有。

人生的确有很多困难，人也难免有所畏惧。这时候，"三十六计，走为上计""识时务者为俊杰""明哲保身""留得青山在，不怕没柴烧"

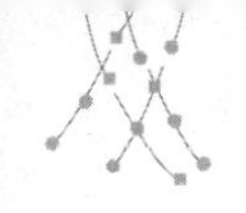

之类的抽身之理就会悄然进入我们的脑海，一些精神不强大、意志不坚定的人就会把它们当作逃避困难、推托责任的借口。可是世界上最伟大的灵魂是那些“明知不可为而为之”的灵魂。当我们选择了面对，选择了大胆迈向生活的舞台，结果就已经不重要，正如周国平先生所说：“成功或是失败都成了次要的，重要的是这条路本身。”

上帝为你关闭一道门，必将打开一扇窗

“人无远虑，必有近忧。”《论语》里的这句话，容易被误解为：“如果没有远处的忧虑，就一定有眼前的担忧”。意思是担忧无处不在，这是不对的。正确的解释应该是：“如果不做好长远的打算，眼前就会有很多忧虑。”

这样解释就不难理解了，我们都会认为它正确。为了深入体会，我们可以做一些思考：人们的忧虑是怎么产生的？原因多在于目标没有达到或者惶惶无措不知道怎么做。鲁迅的小说集《彷徨》，取这个名字的目的，就是表达那个时候的中国人惶惶无措，不知道怎么走的现状。生活中我们会感到忧虑，也是因为不知道未来该怎么走，或者说当下的问题该如何解决。而一个有长远打算的人是很少感受到忧虑的。就像现在很多人喜欢考公务员，喜欢的就是国家给他做好了长远打算，日子总过得下去。

那么，这个长远打算要打算些什么？首先要知道自己的目标，要知道自己的出路。其次，也是最让人安心的是——给自己找好退路。而没有找好退路，就像没有家，始终是不安心的，忧虑也始终存在。因此人好的时候要找一条备胎，人不好的时候也要找一条退路；得意的时候要给自己找好退路，失意的时候要找一条出路。

孔子说：“父母在，不远游，游必有方。”南怀瑾先生的解释为：“父母在的时候不要到处跑，就算要到处跑，也要替父母把未来安排好。”这句话侧面反映出家庭往往是人一生中最担心的，很多时候我们给自己找的退路，至少要保证照顾好父母。三国时期，徐庶的故事就很好地说明了这一点。

当年曹操知道刘备军中有能人相助，想除掉刘的羽翼。当他听说在新野帮助刘备打败他的人是徐庶，曹操的大谋士程昱又谦虚地说徐庶的才能是他自己的十倍，于是求贤若渴的曹操少了怨恨，对徐庶动了惜才之心，

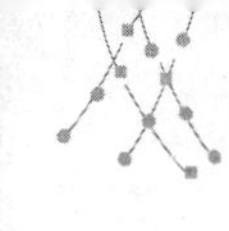

想让他投靠自己。他听说徐庶是个孝子时，就“请”了徐母，逼迫她写信给徐庶，要他归降。曹操这样做的目的是想让徐庶没有后顾之忧，替他找好退路（至少母亲安全），以逼迫的方式招降他。然而徐母认为徐庶辅佐刘备是匡扶汉室的正义，宁死不从。曹操无奈，使人模仿徐母笔迹诈书徐庶。徐庶中计来降，徐母悲愤交加自杀身亡。徐庶深感后悔，于是虽身在曹营但不发一语，不献一策。

而徐庶之所以敢来到曹营，一个重要原因便是他的退路（母亲）被曹操堵死了，他别无他法，只能离开刘备。

同样是在三国，诸葛亮在隆中对刘备说的那段话中就提到了退路：“益州险塞，沃野千里，天府之土，高祖因之以成帝业。若跨有荆、益，保其岩阻……”这一部分即是给刘备指明方向，又替刘备找好了退路，这条退路就是四川。诸葛亮的意思，就算凭我的实力不能光复汉室，但只要我好好待在四川，好好治理那片屏障众多的土地，别人也不敢拿我怎样。历史的发展也正如诸葛亮所言。可惜扶不起的阿斗刘禅让诸葛亮不放心，六出祁山，失败后加速了蜀汉的灭亡。

日军占领南京之前，蒋介石退到重庆，也是走上了退路。然而现代毕竟不比古代，蒋介石的退路没有刘备的退路安全，日军的飞机还是对重庆狂轰滥炸。而可悲的是，蒋介石给自己找的这条退路，反而动摇了军心。

在美国作家张纯如的作品《南京大屠杀》中，据历史记载，因为蒋介石给自己留了退路，撤走了大量的高官及其家属，只留下一些他不重视的部队在南京抵抗，结果让留下来的那些人只想着撤退，对日军的抵抗不上心，加速和加剧了南京的灾难，着实可悲。如果当时蒋介石没有给自己找退路，那么中国军队对日军的阻碍无疑会有力得多。

反例就是项羽的破釜沉舟，他把做饭的锅给砸了，渡河的船沉了，让战士们知道无论如何都是死，于是拼死抵抗，最终取得了胜利。但是这个不给自己留退路也是很担风险的，如果项羽的破釜沉舟没有取得胜利，结局就是全军覆没。

项羽的可悲之处，一定有对“退路”的莽撞。因为后来亭长让他渡江，他却不愿意，自己不要退路，心怀孤勇去赴死，最终自刎乌江。因此，如何看待退路也是一种智慧，人生的很多事的确需要勇气，但是有些事则不能太勇。多的东西可以舍去，但是最基本的生存，能够拥有的前提下还是应该考虑。

但是人生还是不能缺少一种勇气，一种为信仰不顾一切的决心，只有这种决心才能成就伟大的事业。因此一味给自己找退路的人是难以成功的，退路让人安妥，也容易消磨人的斗志。

在我国的共产主义事业中，毛泽东提出要团结工人阶级、农民阶级，而不是资产阶级。为什么？因为资产阶级的人有一种心理，无论时代怎么乱，他们都可以吃穿无忧，因此他们就没有反抗和革命的决心，不会有恒心给自己找一条更好的出路。现在有的女性找对象，不要富二代，要找一个有上进心的人，这个上进心往往就来自于没有退路，只能往前走。

鲁迅先生做了一个很恰当的比方，他说一群人被困在铁屋子里，沉睡着，必须想把他们唤醒，可是唤醒了有什么用呢？但他还是要把他们唤醒，这就是“呐喊”。只有醒了才找得到新的路。

“希望是本无所谓有，无所谓无的。这正如地上的路；其实地上本没有路，走的人多了，也便成了路。”人生难免有失意的时候，这个时候我们需要给自己找出一条路来，前面没有路，我们走过去了就成了路。

奥地利作家茨威格同夫人伊丽莎白·绿蒂在里约热内卢近郊小镇的寓所内服毒自杀时，在遗书中茨威格这样说：“但是一个年逾六旬的人再度重新开始是需要特殊的力量的，而我的力量却因常年无家可归、浪迹天涯而消耗殆尽。所以我认为还不如及时不失尊严地结束我的生命为好。”

从中我们可以看出，茨威格的死亡来自于忧虑，他找不到自己的出路，于是选择了死亡的退路。人生难免会有精神苦难，尤其是精神质量高的人。在精神上的出路无法解决的时候，有的人选择了死亡。但是我们还有其他的方式：贾宝玉的遁入空门，基督徒进修道院，道家的隐居……

但是最好的方式不是逃避，而是走向新的路途，比如托尔斯泰的离家出走，比如奥斯特洛夫斯基以写作为出路，比如尼采的流浪。我们有理由相信，那些最可贵的出路，一定是敢于挑战生活和命运的路。

但是，无论如何，珍惜生命，珍惜时间，有一分热就发一分光。不论是退路还是出路，都不应该是我们逃避的港湾，而应该是一片重新焕发生机的沃土。

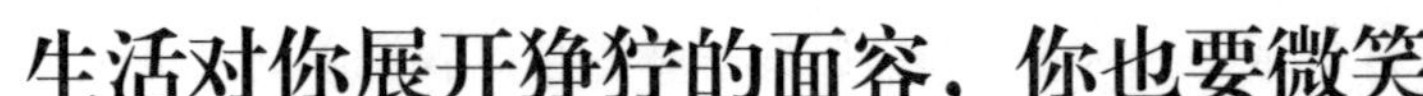

生活对你展开狰狞的面容，你也要微笑

在我们的一生中，虽然有数不清的零碎的日子，但是具体的情绪概括起来也就喜、怒、哀、惧四种，可以看出，人生真正快乐的时光只有四分之一，而那剩下的四分之三都不是快乐的。而人的生命只有一次，短短的几十年，任何虚度与浪费都是对生命的浪费。快乐的时光不会让我们悔恨自责，而那剩下的四分之三的时光却常常使我们陷入烦恼，以致虚掷光阴。那么，为了让我们的一生尽可能少地留下遗憾，就要努力做到那四分之一时光的快乐，这就是乐观。

自有史可考以来，人类最可贵的精神中，博爱是一种，奉献是一种，而乐观也是一种。我们可以从那些传世的经典名著中求证，《简·爱》中的主人公简·爱是一个关于抗争的乐观的女子，马克·吐温的名著《汤姆·索亚历险记》讲的是一个个乐观的故事，罗曼·罗兰的不朽著作《约翰·克里斯朵夫》所歌颂的精神是心灵的强大、战胜困难的勇气，这同样也是乐观。

《名人传》中最广为流传的是《贝多芬传》，《约翰·克里斯朵夫》中的主人公也是以贝多芬为原型。毫无疑问的是，贝多芬以一种称为强大的精神影响全人类，他的乐观已经是我们共同拥有的财富。这样一位天才的音乐家，最珍贵的就是他的耳朵，然而他却受到命运的摧残，双耳失聪。但是贝多芬并不自暴自弃，而是以乐观的精神和强大的毅力反抗命运，以战胜悲剧的高贵灵魂为人们创造欢乐、带来欢乐，鼓励着我们前行。而这个过程中，他也因为自己的乐观做到了对生命的负责。

在国外还有一位乐观坚强的人受到全人类的尊重，她就是海伦·凯勒。

海伦·凯勒，这位后来影响世界的作家和教育家，出生 19 个月时就因为一场大病失去了视觉、听觉，然而就是这样一位又盲又聋的重度残障者，却创造了人生的奇迹。在老师安妮·莎利文的教育和帮助下，她不仅学会了读书、写作和说话，并且以惊人的毅力完成了在哈佛大学拉德克利夫学院四年的学业，成为人类历史上第一位获得文学学士学位的盲聋人。

不但如此，她还为改善盲聋人的工作和生活条件四处奔走，为美国盲人基金会和美国海外盲人基金会广筹善款，创立慈善机构，积极为残疾人造福。除此之外，她一生还勤于写作，共创作了14部文学作品。其中在大学时代写下的自传性作品《我的生活》，出版后就在美国引起了强烈反响，被誉为“世界文学史上无与伦比的杰作”，她也因此而赢得全世界的尊崇，被视为20世纪最富感召力的作家之一；她的著名作品还有《中流》《走出黑暗》《假如给我三天光明》等。《假如给我三天光明》也成了今天最励志的文学作品之一。

在贝多芬和海伦·凯勒的人生经历中，我们可以感受到强烈的生命力量，那就是永远不对困难妥协，不对命运屈服的乐观精神、坚强意志。人生在世，不可能一帆风顺，种种失败、无奈都需要我们勇敢地面对、旷达地处理。失败者往往是被困难打倒的人，而那些成功者、伟大的灵魂往往是站立在摧毁困难的废墟之上，因而，乐观其实不只是快乐的源泉，还是一种通向成功的法宝。

乐观的精神当然不只是在过往。在我们中国，也有很多这样的例子。

妇孺皆知的司马迁就是一位乐观坚强的人，而他所写的《史记》中也记载了关于圣人孔子的一个乐观故事：

孔子适郑，与弟子相失，孔子独立郭东门。郑人或谓子贡曰：“东门有人，其颡似尧，其项类皋陶，其肩类子产，然自要以下不及禹三寸。累累若丧家之狗。”子贡以实告孔子。孔子欣然笑曰：“形状，末也。而谓似丧家之狗，然哉！然哉！”

人们常以为孔子是一位没有趣味、满口道学的老夫子，殊不知孔子其实是一位非常达观的人。一个智慧超群的大圣人被一个普通人骂为丧家犬，完全有大发雷霆的理由，但是乐观幽默的孔子却能欣然一笑：“比喻得好！比喻得好！说我像丧家犬，真是如此啊，我像一只丧家犬啊！”

“明知不可为而为之”已经是人人对孔子崇敬的理由之一，如果孔子不是乐观的，他遭遇那么多的冷落和嘲笑，恐怕早已闭门不出，安心当老夫子了。正是孔子的乐观使他敢于坚持仁道，不怕挫折、不怕嘲笑、不惧非议，乐观大胆地往前走，为文化事业奋斗终生，为中华文化做出了影响

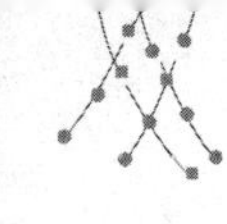

深远的巨大贡献。

在孔子的这个例子中，我们还看到了乐观其实是一种幽默看人生，幽默对待悲剧的超然态度。爱尔兰大文豪萧伯纳也是一个极其达观的人，达观到幽默对待死亡，他在他的墓碑上风趣地写道："我早就知道无论我活多久，这种事情一定会发生的。"瞬间把死亡的悲剧化为一笑之间。而这样一位无视死亡的人，偏偏活了 94 岁，我们不妨这样说：正是他乐观的心态使他长寿。

关于乐观与悲观，萧伯纳的这个小故事极为形象地写出了两者的区别：一个记者问萧伯纳"乐观主义者与悲观主义者"的区别时，萧伯纳回答："假如在桌子上有半瓶酒，看到这瓶酒而高喊：'太好了，还有一半！'这样的人就是乐观主义者；如果叹息酒仅剩下一半，那就是悲观主义者。"

于是，我们可以这样想：乐观就是一种对无可避免的悲剧的看轻，而总是以最好的心态接受现实，存着希望对待好当下和未来的态度。人总是在失去了什么之后，才知道他应该珍惜；总是在碰了壁之后，才能学会改变什么，放弃什么；总是在疼过之后，才能学会做一个全新的自己。因而对生活的苦难和挫折，对这一切的不快，我们若当作迈向美好未来的基石，以一颗乐观的心去对待，那么终归会在苦难的淤泥中长出圣洁的莲花，不辜负、浪费宝贵的生命。

生命不在于长度而在于厚度

人生并不容易，当年华渐长，色衰体弱，我的孩子们，我希望你们回顾一生，会因自己真切地活过而感到坦然，淡定从容地过好余生，直至面对死亡。

——摩西奶奶

艺术界有这样一位神人，她叫作摩西奶奶。作为一名美国纽约州北部偏僻地区的农民主妇，她的前半生跟其他主妇没什么差别：养儿育女、操持家务，直到 77 岁的一天，爱好大自然、爱好艺术的她突然执意拿起画笔，开始画画。未接受过正规艺术训练，但她却有惊人的创作力，创作出了 1600 余幅作品，在世界举办画展数十次，是最早成为媒体超级明星的艺术家之一。

世上最公平和最不公平的，都是时间。我们感叹自己的年华将逝，岁月不再，而对于摩西奶奶而言，浑浑噩噩的一生，在 77 岁的那年，她的传奇人生才刚刚开始。

生亦生，死亦死，生是偶然，死是必然。生与死，除了开头的那几声欢呼和末尾那几阵痛苦外，再无其他。生老病死，人间常态，而生与死之间悄然流逝的“瞬间”——生命，便显得弥足珍贵。

然而，在这纸醉金迷、躁动不安的时代，世俗的旋涡、物质的渴求，迫使生活编织成一张张密密麻麻的网，困在里面，我们找不到方向，更无法追寻生命的意义。我们不禁提出疑问：我们追寻着什么？我们希冀着什么？我们满怀热忱的心又在等待着什么？

有人说，生命是夕阳衬落日，青松立峭壁，万里平沙落秋雁，三月阳春和白雪，是宝刀快马，金貂美酒，是孤舟冷歌的漂泊。人活着不过是为

了让自己看看这多彩的世界是多么美丽，人的一生何其短暂，我们控制不住生与死，却能牢牢地把握住自己的命运！

有人说，刹那芳华，红颜弹指老。人生如梦，醒时万事空。生不过是一场灵魂聚散自如的酒席，死不过是那纷繁酒后的长眠，其间我们经历了什么、留下了什么，化作一张张纸页叠成了生命的厚度，书写人生的长篇小说——生命，不在于长短，在于精彩。

世界著名生物学家达尔文，在进行了几年的航海考察活动以后，身体变得十分虚弱。但他还是用他仅存的时间完成了生物学巨著《进化论》，给后人留下了宝贵的精神财富。世界闻名的女科学家、曾经两次获得诺贝尔奖的居里夫人，在丈夫遭意外不幸逝世，并且自己的肺病也越加严重的同时，仍然坚持化学研究，最终又一次取得了成功。他们耗尽大把年华在自己的事业上，傻吗？不傻！这种孜孜不倦地追求真理、战胜困难的精神，不仅体现出其探究科学的情怀，也让他们在有限的时间里不断充实生命、拓宽生命，从而实现生命的价值。

正如法国文学家托马斯·布朗所说：“你无法延长生命的长度，却可以把握它的宽度；无法预知生命的外延，却可以丰富它的内涵；无法把握生命的量，却可以提升它的质。”生命的意义不在于长短，而在于要不断延伸生命的价值。这段富有哲理的名言，几百年来，引发了多少人对生命价值的思考，给予多少人以人生的启迪。

“有的人活着，他已经死了；有的人死了，他还活着。”

臧克家写这首诗的原意是总结旧中国的感慨，而诗的头两句却作为探讨生命意义的范本而被大众所传唱。诗中所讲，在风雨满天、纵横遍地的旧中国，鲁迅扛起以文救国的重任，“横眉冷对千夫指，俯首甘为孺子牛”！他不畏强暴，执笔对战，显示出一个正直文人的气概，为中华民族的事业做出特有的贡献。

有的人，在短暂的一生里翩翩起舞，找寻真正的快乐；有的人，渴望经历、追求梦想；有的人，一生沉浸于探索真理，乐此不疲；而有的人，投身于人类的事业，甘于奉献，向世界毫不吝惜地展现自己的价值。

“人过留名，雁过留声。”这句中国的古话，意思是说，人生就像匆匆过雁，人的肉体存在是很快就会消失的，人的一生不能虚度，应做些有益于后人之事。因此我们要重视精神追求，加强自身修养，为自己留下美好的名声。司马迁也曾说过：“人固有一死，或重于泰山，或轻于鸿毛。”人终究免不了一死，但死的价值不同，为了正义而死就比泰山还重，而为自私自利、损人利己而死就比鸿毛还轻。所以，人生的厚度不仅在于知识、阅历、奋斗拼搏，也能够从一个人对人类事业的奉献中得到体现。在中国古今，陆续涌现出千千万万流芳百世、为人称颂的名人。

武侯诸葛亮，《三国演义》中的他就是作者的愿望，他牺牲了自己的一生，获得的仅仅是一个小王朝在历史前进波涛中逆流的浪花，但是，那已足够！他留给后人的不仅仅是鞠躬尽瘁、死而后已的忠贞，更是面对命运、面对历史的希望。

钱学森，在那动荡不安的年代，眼看着自己的国土战火纷飞，任人践踏，他毅然决定出国留学学习先进文化和科学技术。身处异乡的钱学森深刻体会到没有受到尊重的滋味，活在屈辱中是痛苦的。他化悲愤为力量，努力学习。当钱学森在美国工作步入正轨的时候，新中国的成立使他盼望回国的心激动不已，他放弃了美国优越的生活和工作条件，历尽千辛万苦回到祖国的怀抱，投身于祖国的建设中，把毕生所学贡献给祖国。

“两弹一星”元勋邓稼先，在爱国无功的状况下，父亲的一番肺腑之言点亮他心中的灯盏，从此，抱着“科技救国”的信念，邓稼先刻苦求学，走出了一条辉煌的成功之路。

“人最宝贵的东西是生命。生命对于我们只有一次。一个人的生命应当这样度过：当他回首往事的时候，他不因虚度年华而悔恨，也不因碌碌无为而羞愧。”保尔的话犹在耳边回响，而实际上，还有更多未被列举出来的千千万万人，仍在实现自我价值的路上艰难而斩钉截铁地走下去。

有人说：“人从一生下来到死去，这中间的过程，就叫幸福。”使人成熟的不是岁月，而是经历；人活着的质量不在于生命的长度，而在于生命的厚度。聪明人懂得如何珍惜生命、利用生命。而尚在人生之路上徘徊的我，甘愿做一个辉煌的舞者，纵使身戴镣铐，也要舞出生命的绚丽与悲壮！

什么是生命的厚度？把瞬间当成永恒，把刹那当成永远。我研究过张学良将军活到 102 岁和宋美龄女士活到 103 岁的长寿老人和长寿智者的一点秘密，就是他们都是把每一天的生命都当成最后一天的生命去过。哪怕明天即将离开人世，今天仍然活在快乐的人间。

然而他们的生命的结果都是活到100岁以上，这才是最大的生活成就和最大的生命辉煌。而那些天天追求长寿甚至不老、不死的人，却总是走不了多远。

假设，如果生命只有一天，你不可能去追求富可敌国，也不可能物欲横流。如果生命只有一天，你更不可能全是说假话空话大话。如果生命只有一天，你完全不可能还想当总统和联合国秘书长去左右世界去指点江山。如果生命只有一天，你不会还有共性只有个性。因为没有时间和空间让你去东想西想、南做北做地这么干，甚至连做梦的机会都没有。

你唯一的机会和选择，就是如何面带微笑心存快乐善待自己善待别人善待这最后一天的宝贵生命。你的心灵深处就没有昨天和明天而只有今天，你的内心世界就不会对历史有更多的怀念和对未来有更多的想念，你的心身和灵魂会更加轻松愉悦和淡定从容。

这个时候你才是你的世界，世界也是你的世界，你很简单，世界也很简单，你会无比地珍惜你自己，你更会无比地珍惜这个世界，包括爱邻里如爱自己，爱异性如爱自己，爱一切如爱自己，一切都值得爱，而且有爱一切都好，这才是你活着的意义和生命的真相。

生命的灵性在于见山不是山

相传清朝有一个非常喜欢附庸风雅的商人，一次他去拜访一位诗人，开口便大谈唐诗。诗人看出了他的愚蠢，决定戏弄他一下，就叫商人留下墨宝。商人本不会书法，但不写下不来台，想了想，就挑了一句非常简单的诗“飞流直下三千尺”，结果他写成了“飞牛直下三千尺”，边写边谈李白的诗有气势，牛都能飞起来，还能飞三千尺!

这是笑话,但它揭示了一个真理: 常常挂在嘴边的东西,要把它弄明白。

“看山是山，看水是水；看山不是山，看水不是水；看山还是山，看水还是水。”就是常被人挂在嘴边的东西。这三种境界被用来形容艺术，也被用来形容人生。可以说，这几句话想出现在哪里，就可以出现在哪里，它无所不包：因为世间诸相，皆有境界。

世间的道理，往往是说出来容易，听进去也不困难，但是要知其所以然就不简单。很多人喜欢这几句话，并非因为深有体会，而是它非常适合打擦边球。第一，人们虽然弄不懂这几句话的意思但总觉得它有道理，不会被挑刺；第二，它很玄乎，披了一层山水的面纱，一会儿是一会儿不是，显得神秘又有哲理。人都不喜欢被挑刺，被人觉得成熟深刻更是好事，自然喜欢这几句话。就像我们不知如何评价一个人时，就以“他很好”评价，而“好”在哪里其实并不知道。

这几句话最初是由宋代禅宗大师青原行思提出来的，它指的是参禅的三重境界：山水是山水；山水不是山水；山水还是山水。所以要明白这几句话，先要对禅宗进行一定的了解。

禅宗的祖师爷是摩诃迦叶，被佛祖拈花逗笑的那一位。人们常说爱笑的人运气不会太差，而这位迦叶尊者的运气堪称洪荒、爆棚。可以说，迦叶尊者这一笑，笑出了禅宗，笑出了中国几千年的禅文化，而自己也被中国禅宗尊为“西天第一代祖师”。

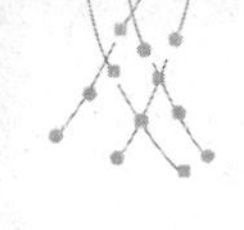

相反的例子，是美人褒姒，这女人不识大局，太任性，不爱笑，逼得周幽王烽火戏诸侯，把江山都丢了。迦叶尊者一笑成佛，褒姒一笑下了地狱。这样的天地之差告诉我们：笑也是要分质量的。

拈花的佛祖毕竟是佛祖，《心经》中的“色即是空，空即是色；色不异空，空不异色；受想行识，亦复如是”，这个道理寺庙里的僧人尚且懂，他自然懂得。佛祖当然不会停留在迦叶尊者表面的微笑上，因为他是不住相的。他之所以赏识迦叶尊者的微笑，是因为他明白那微笑不是痴笑、傻笑、憨笑、献媚之笑，是笑而非笑。他从那微笑里感觉出了迦叶尊者领会了他的佛法，参悟了人生的真理，说不出来也不必说、不能说，所以笑。那笑不是什么都不知道的笑，也不是正想着什么佛法而笑，而是什么都明白了却又不执着于明白的笑。

佛祖发现，就在他拈花的一瞬间，迦叶尊者就走完了从无知到有知、从有知到不执念于知识的过程，不必像其他人那样要经过学习、经历磨难才能明白佛法的精髓。他感到迦叶尊者的慧心是非凡的，能够给众生一种简单修炼的方式，所以他让迦叶尊者另立一派，弘扬佛法。佛祖说得很明白：“我以观察智，以心传心，于教外别传一宗，现在传给摩诃迦叶。”

而关于山水的那句名言就是禅宗用另一种方式表达修炼的过程。

第一重境界“看山就是山，看水就是水”的含义就是看到了却什么都不知道，相当于迦叶尊者没笑的时候；“看山不是山，看水不是水”的含义是看到了正在思考，相当于迦叶尊者正在看佛祖手中的花，正在修炼；“看山还是山，看水还是水”的含义则是什么都明白了，修炼好了，不需要再去执念了，于是会心一笑。

佛学是唯心的，佛家之所以去化缘，而不身体力行地去做事养家糊口，是为了让身体休息，或是忘记了身体，去修炼内心的智慧。佛家讲的出世，也是不被身体琐事缠身，全力修炼内心。所以佛学的智慧是灵魂的智慧。

禅宗是佛学的一种，因而那句以山水比喻的名言讲的也是灵魂的智慧，人生的智慧归根结底是灵魂的智慧，所以三重境界就是人生的三重境界。

第一重境界是一个人活在这个世界上，这个世界是这个样子；第二重境界是这个人到人世间去经历、去思考；第三重境界是经历之后、思考之后，这个人还活在这个世界上，这个世界还是这个样子。有人就问：那这个世界还是这个样子嘛，那个人去经历不经历有什么区别呢？

当然有区别，这区别当然不只是他老了。来看一个广为流传的小故事：

一个富翁看见一个渔夫躺在沙滩上晒太阳，就对他说："你怎么不出海去打鱼？"渔夫反问道："你告诉我，出海打鱼为的是什么？"富翁说："为了挣钱，成为富翁啊！"渔夫再问："成了富翁可以做什么？"富翁说："那时，就不用干活，可以到沙滩上晒太阳啊！"渔夫听后笑着说："我现在不就在沙滩上晒太阳吗？"

这个故事充满了禅宗的机理，是对人生境界的思考。显然，渔夫不出去打鱼也可以在沙滩上晒太阳，沙滩不会变太阳也不会变，但是当他成了富翁之后，晒太阳的感觉就不一样了，因为他的心变了。

"看山不是山，看水不是水"这一重境界就是变心的境界。变心之后有什么区别呢？渔夫没有经历变心这个过程，所以他不知道，但是贺知章知道。"少小离家老大回，乡音无改鬓毛衰；儿童相见不相识，笑问客从何处来。"如果贺知章从不离家，写得出这样的诗吗？毛泽东也知道。"别梦依稀咒逝川，故园三十二年前。"毛泽东要是一直待在韶山，能写出这首诗吗？苏东坡的妻子后来过世了，和他没结婚前一样成了一个人，但是有区别吗？如果没有区别，就不会有"十年生死两茫茫"了！

思考以上三人的三首诗词，它们都体现了人生的一种境界，没有人会否认作者经历之后的人生境界是远比没经历之前高的。这就是经历的意义，这就是"看山不是山，看水不是水"的意义。

又如人都是要死的，那么何不生下来就死呢？人之所以要活下去，就是因为这个活的过程才能创造意义。又如杜甫登泰山，杜甫最终肯定是下山了的，但如果没有登山这个过程，又如何体会得到"会当凌绝顶，一览众山小"的气魄与胸襟？

回到渔夫的故事，如果他不出去打鱼，那他就永远停在了"看山就是山，看水就是水"的境界，一种无知的境界。

第三重境界"看山还是山，看水还是水"则是最后的大升华。相当于在经历之后、思考之后，看透了人生，社会万象的本质显露出来了，什么都明白了，知其然也知其所以然，感叹："天地之间，就是这样的啊，有

什么疑惑的呢，什么都是有运行规则的，都在按照亘古的法则变幻啊！”于是明白了一切，不再有痛苦，不再有放不下的，想通了看开了，与天地融为一体，洒脱一生。

而第三重境界就是佛的境界，就是《金刚经》中的“无我相，无人相，无众生相，无寿者相”，“凡有所相，皆是虚妄，不见诸相，即见如来。”把山水看懂了而不执着于山水的表象，看懂了山水而忘了山水，山就是山水就是水，有什么可奇怪的呢?

“至人无己，神人无功，圣人无名”，已成至人、神人、圣人，自然成就了自己也成就了功名，但为什么无己、无功、无名呢？因为放下了。

人生的烦恼本质其实就是来自放不下，睡着了什么都不知道了就没有烦恼了，人死了什么都不知道了也没有烦恼了。佛家就是要让众生没有烦恼，但是他不是让众生去睡觉，或是结束生命，而是告诉众生：看透了的放下才是真正有智慧的放下。否则，还何谈智慧可言呢?

同时，佛家也是求变的，它的义理不是让众生吃斋念佛，而是要去经历人生中的第二重境界。所以有“我不入地狱，谁入地狱”之言。《西游记》中的唐僧取经，要让他经历九九八十一难，也是透过经历涅槃出真正的智慧。

《红楼梦》开篇：“曾历过一番梦幻之后，故将真事隐去，而借‘灵通’之说，撰此《石头记》一书也。”没有“曾历过”，就没有《红楼梦》。人生亦如此：没有曾历过，就没有大彻大悟。

生命就是一场盛大的遇见

仔细想想，生命何尝不是一场盛大的遇见，迷失的人迷失了，相逢的人会再相逢。

周星驰《大话西游》里的经典桥段是这样开始的：

悟空碎碎念，自己到底为何而生，为何而死。

俗话说，世界是一个巨大的枷锁，你不得不重复自己或是别人的生活。500年前的孙悟空，在500年后投胎为至尊宝。花开花落，天道轮回。至尊宝与晶晶一见如故，坠入爱河。不料一个乌龙，转瞬回到500年前，遇到曾经历史上，在他脚底下烙印下三颗痣的女人——紫霞仙子。

《越人歌》中有唱："山有木兮木有枝，心悦君兮君不知。"心悦君兮君不知，紫霞悦悟空兮悟空不领情。于是出现一个历史性的大难题，紫霞仙子如何在悟空（至尊宝）心有所属（白晶晶）的情况下悄然取胜，夺回所爱?

然而紫霞似乎令观众大失所望，并没有上演"小三上位"的剧情。紫霞爱着悟空，她只在偶然的打斗中钻进悟空的心脏，留下了一样属于自己的东西。

生活就是这样富有情趣，正如感情这个磨人的小妖精，正是这般折磨人心！至尊宝拒绝了紫霞，他以为自己还爱晶晶。见到晶晶，他又发现紫霞才是真爱。他决定戴上紧箍圈，恢复无穷法力，解救紫霞脱离苦海！甘愿接受观世音的完全脱离尘世，一心一意保护唐僧西天取经的条件。

哪怕是无法无天的悟空，也会有辗转反侧、昼夜难眠的一天。为了心中所爱，他信誓旦旦地冲上天发出诚挚的呐喊——此时也诞生了一段大家广为传诵的经典的话：

"曾经有一份真诚的爱情放在我的面前我没有珍惜，等我失去的时候才追悔莫及，人间最痛苦的事莫过于此，你的剑在我的咽喉上刺下去吧，

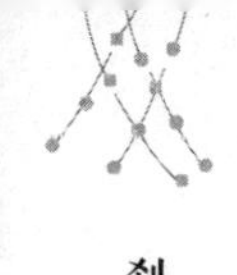

不用再犹豫了！如果上天能给我再来一次的机会，我会对那个女孩说三个字：我爱你，如果非要在这份爱上加一个期限，我希望是一万年！”

在取经的使命感与历史的压迫感中，悟空深知自己已经不能和紫霞长相厮守！他对紫霞百般讥讽，旨在让紫霞忘了自己。无奈在一场与牛魔王的生死角逐中，中了对手的诡计，千钧一发之际，紫霞拼命用身体为悟空挡了一剑。

“我的意中人是个盖世英雄，有一天他会踩着七色的云彩来娶我。我猜中了前头，可是我猜不着这结局……”紫霞走了，带有未能和悟空结缘的遗憾，以及那为爱而生、为爱而死的欢喜。悟空抱着紫霞的尸体久久不愿放开，无奈紧箍却越收越紧，只得松手，看着紫霞飞向太阳。

至尊宝挖开自己的心脏，看到了紫霞留在那里的，是一滴眼泪。五百年又五百年，兜了一个大圈子又回到了原地。悟空恍然意识到，自己为紫霞而生，为紫霞而死。

然而悟空与紫霞的故事，即便在心中已默念千万遍，却一刻都不曾开始！

“天长地久有时尽，此恨绵绵无绝期。”“神生”尚且幽怨，“人生”更似这般！

贾宝玉和林黛玉的爱情，一直被世人传为佳话。但他们看似勇敢美好的爱情，却透着深深的悲观和消极！对于家族的没落，我们尚且可以归根于他们身为封建贵族的软弱性和无能性；然而这对年轻男女对于爱情的造次，却远不能被称为尽善尽美！

贾林二人青梅竹马，相恋已久，是名副其实的恋人，但因种种原因而未结成连理。贾宝玉是个“博爱”的封建社会的叛逆者，性格乖张、招蜂引蝶，而贾宝玉这么个遍地开的大野花却正引来了林妹妹这么一只小性子的“蝴蝶”。她生性多疑，多愁善感，总是变着法吃醋，冷嘲热讽，暗自抹泪。宝玉的不以为然加上林妹妹的长恨绵绵，自然将那爱情之果残忍地扼杀在暧昧的花苞中！

最终贾哥哥在生命最美好的年华遇到林妹妹，却无法守住这若隐若现的爱情。到头来，却闹得孤身一人遁入空门、出家为僧的结局。

人到情多情转薄，而今真个悔多情；又到断肠回首处，泪偷零！

在唐代某一个时段，一首《题都城南庄》让诗人崔护一举成名，却也道出了一个问心有愧、自惭形秽的心酸往事：

去年今日此门中，人面桃花相映红。
人面不知何处去，桃花依旧笑春风。

此诗的由来，正是因为这样一个传奇故事：崔护到长安参加进士考试落第后，在长安南郊偶遇一美丽少女，次年清明节重访此女不遇，于是题写此诗，一个凄美绝伦的爱情画卷映入眼帘——

“去年今日此门中”，博陵崔护，孤洁寡合，举进士下第。清明时节，诗人独游都城南，误入一人庄。一亩之庄，花木丛草，寂若无人；“人面桃花相映红”，突然，出现一位亭亭玉立的姑娘！背后的桃花衬出少女光彩照人的面影，诗人目注神驰、情摇意夺，双方脉脉含情、未通言语却心灵相通，想必在触目的一瞬，少女便已在诗人心中走过了一生。

“人面不知何处去”，然而，还是春光烂漫、百花吐艳的季节，还是花木扶疏、桃树掩映的门户，当初令诗人神往的姑娘已不再；“桃花依旧笑春风”，只剩下门前一树桃花仍旧在春风中凝情含笑、摇曳生姿。莫不是在嘲笑诗人在爱情面前的胆小懦弱、畏首畏尾？

此诗的绝妙之处就在于，设置了“寻春遇艳”与“重寻不遇”两个场景，虽然场景相同，却是物是人非！在一种错失之殇的铺垫下，它诠释了一种普遍性的人生体验：在偶然、不经意的情况下遇到某种美好事物，而当自己有意追求时，却再也不可复得！这也正与那句被世人传唱的“此情可待成追忆，只是当时已惘然”交相辉映、一唱一和，给世人留下载满悔意的前车之鉴。

有一段话说得好：每个人一生中都会有段刻骨铭心的爱，但这段爱往往是没有结果，只能隐藏在内心深处的，所以当这份爱来临时千万要珍惜不要逃避，好好享受和付出这份来之不易的真情，不要等到回忆时再有太多的遗憾。

除了错失爱情的故事之外，人世间也有其他不可言喻的情感不容错过。譬如俞伯牙和钟子期，琴师俞伯牙精通琴技，偶觅知音，怡然自乐。钟子期死了，高山流水的美妙乐曲至今还萦绕在人们的心底耳边，而那知音难觅、知己难寻的故事却世世代代上演着。也许钟子期只是俞伯牙生命中的

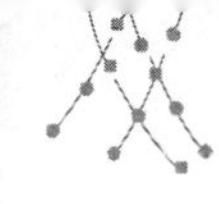

一个过客，然而他却足以成为其一生的知己！

俞伯牙对知音的追逐和寻觅尚且如此，而那聂政、荆轲、豫让“士为知己者死，女为悦己者容”的慷慨豪情又是怎样的难得！他们为了报答他人的知遇之恩，就不惜生命、刚烈永诀，为朋友赴汤蹈火、义无反顾，不仅可以让后世感佩仰慕他们身上体现的古代英雄节义、精神价值，也让我们对生命中的每一位过客都持有一份悸动。

生命就是一场盛大的遇见，路过的人终只是过客，我们不必为此介怀，但彼此的珍惜，便足可让记忆变得繁花似锦。一片雪花不会飘落在错的地方，就让我们在这个美好的世界里心存感恩，因不经意的相识而面带微笑，心存快乐地走向永恒！

生命最动人的精彩在于过程

当我们提到《平凡的世界》时，可能很少有人会不知道。这部堪称伟大的小说的作者路遥影响了千千万万的人。在《人生》的扉页上，马云这样写道："对我影响最大的人是路遥，18 岁那年，我还在蹬三轮车，偶然间捡到一本《人生》，就是这本书改变了我，让我重新燃起了上学的希望。"著名作家陈忠实则这样评价路遥："路遥获得了这个世界里数以亿计的普通人的尊敬和崇拜，他沟通了这个世界上的人们和地球人类的情感"，而《白鹿原》的诞生也离不开路遥的成功对陈忠实的刺激。

那么，路遥这样的一个作家，他是以怎样的力量对这个世界造成了如此巨大的影响？他的什么品质成为了人们前进的激励？一定有一个这样的答案：对成功的清醒认识和对过程的严肃与享受。

在《平凡的世界》的创作随笔《早晨从中午开始》中，路遥对成功的结果以及创造的过程做出了经典的叙述，那是在他的《人生》获得巨大成功，荣誉铺天盖地而来的时候。他这样说："我深切地感到，尽管创造的过程无比艰辛而成功的结果无比荣耀；尽管一切艰辛都是为了成功，但是，人生最大的幸福也许在于创造的过程，而不在于那个结果。我不能这样生活了。我必须从自己编织的罗网中解脱出来。当然，我绝非圣人。我几十年在饥寒、失误、挫折和自我折磨的漫长历程中，苦苦追寻一种目标，任何有限度的成功对我都至关重要。我为自己牛马般的劳动得到某种回报而感动人生的温馨。我不拒绝鲜花和红地毯。但是，真诚地说，我绝不可能在这种过分戏剧化的生活中长期满足。我渴望重新投入一种沉重。只有在无比沉重的劳动中，人才会活得更为充实。"

路遥以他成功后回首过往的感受告诉我们：其实人生最精彩的最有意义最充实的不是成功的那一瞬，而是回头看走过的漫漫长路，那段漆黑得看似没有尽头又看不到结果，却义无反顾地苦苦摸索的过程。

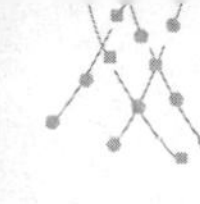

我们可以思考，如果我们走到山间，是觉得一潭水更有滋味，还是流动欢舞的小溪更有韵致？答案无疑是后者。从这个比方说开去，溪水有更多的内涵，它的流动会给人一种生命流动、生机勃勃的景致，它的欢舞体现着生命的精彩，它不断地向前流动会让人产生希望的美好。而最终溪水注入了小潭，一切归于平静之后，我们却只能看到一种结果，虽然这种结果也有别致的美好，但是它已经失去了溪水流动之时那种生命的生机与活力，少去了很多意义，不会那么触动我们的内心。

人生也是如此，在为着目标不断努力奋进的过程中，我们会面对很多的艰难困苦，甚至陷入失望、烦恼、矛盾、绝望的境地。然而正是在这种境地中，我们内心的坚强、生活的技能、灵魂的高贵等等这些好的东西被激发了出来，我们会一次次地感受到成功的喜悦，一次次地为战胜了一个挫折而欣慰，人生的幸福与快乐就在这种喜悦和欣慰中滋生出来，让我们感受到充实，感受到生命的价值和意义。然后成功之后，我们拥抱胜利的果实之时,已经进入了一种静静享受的境地,其精彩的程度已经大打折扣了。

在童话故事里，有很多王子与公主的故事，开端都是两个差距很大，但是又共同克服了很多困难，最终走在了一起。但是作家在写这些故事的时候，都是只对前期的困难大加笔墨，而一旦在一起后就词穷了。比方说安徒生的童话《美人鱼》，美人鱼爱丽儿在一次偶然的机会中游到了海面，正好遇到王子埃里克乘坐的轮船遇到风暴，埃里克生命垂危，爱丽儿救下了他也爱上了他。后来为了和埃里克在一起，爱丽儿被女巫欺骗，以她的声音换来双腿去见王子，但是女巫乌苏拉却用爱丽儿的声音去引诱王子，最后爱丽儿发现了真相，为了不让王子埃里克受骗，她想尽办法告诉王子真相，等王子明白时，爱丽儿的双腿消失了，乌苏拉也露出真面目报复爱丽儿，王子埃里克拼命救下了她。爱丽儿的父亲为他们的爱情感动，赐予了爱丽儿双腿，让他们在一起。整个过程都非常动人，但是故事的结局就只有一句话：“爱丽儿与王子举行了盛大的婚礼，从此他们幸福地生活在一起。”

相比于前面大篇幅叙述的过程，以及埃里克和爱丽儿的经历，这样一句简单的结束语显得很单薄无力，但是童话大师安徒生也无可奈何，因为最精彩的是过程，最动人的是过程，最发人深省的也是过程，而这个大团圆的结局已经到了精彩的结束，再继续写下去就是狗尾续貂了。

中国古代四大名剧之《西厢记》也是这样，张生和崔莺莺的爱情，前面有“待月西厢下”的浪漫，翻墙而入的尴尬，以及各种阻碍和分离，王实甫的笔触所到之处，无不美丽而动人。但是等到张生取得功名，两人缔结良缘之时，王实甫就再没写下去了。而中国的喜剧大多是如此，大团圆即是全剧终。

写故事的人都考虑到精彩，故事的精彩则从某个角度折射出真实经历的精彩，也告诉了我们人生最精彩在于过程。因为过程所经历的时间就是生命正在创造的时间，就是生命拼搏的时间，就是人生奋斗的时间，可以说，过程的价值即体现了人生的全部价值，而最后的成功结局则是过程成功的附带品，成为了一种标志，诉说着漫长努力的最终结局。而对于努力了的人生来说，努力本身就是完成了自己的使命，本身就是成功，又和结局有多大关系呢？因而，人生最精彩之处，并不在于成功的结局，而在于终于走完这一程后回首往昔的苦难与奋斗历程时那种内心的触动，正是这种触动在语重心长地为我们总结一生的成就与意义。

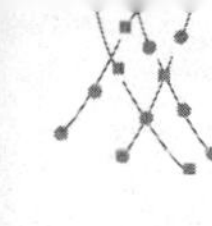

时常抖掉沙子才能成为最好的自己

在非洲大草原上，有一种动物叫吸血蝙蝠。它们的身体虽小，却是野马的天敌。这种蝙蝠时常趴在马腿上，用锋利的牙齿迅速咬破野马的腿，再用尖尖的嘴吸野马血。无论野马怎么蹦跳和奔跑，都无法驱逐这种蝙蝠，因为它们实在太小了，不像狮子、虎、狼之类的猛兽，野马可以用蹄子踢、用身子撞。蝙蝠却可以站在野马的身上，落在野马的头上，让野马在暴怒和流血中无可奈何地死去。

在我们中国，牛虻肯定所有人都知道，也是这种小东西，可以使忍耐能力超强的牛躁动不安。关于我们人，虱子何尝不是如此？我们可以忍受酷热和寒冷甚至解决了人生的烦恼安然入睡，一只小小的虱子却可以把我们咬醒，折腾我们整个夜晚。

野马摆脱不了蝙蝠，牛虻能折腾强大的牛，一只小小的虱子可以折腾我们的身体。那么，整个人生是怎样的呢？18 世纪法国资产阶级启蒙运动的泰斗伏尔泰说：“使人疲惫的不是远方的高山，而是鞋子里的一粒沙子。”现实生活中，将你击垮的有时并不是那些巨大的挑战，而是一些非常琐碎的小事。正是这些看似微不足道的小事，却能无休止地消耗人的精力，正像那种吸血蝙蝠一样，能把强大的生命置于死地。因此，“在人生的道路上，我们很有必要学会随时倒出鞋子里的那粒沙子”。

人生的“沙子”，一种是具体的，一种是抽象的。

具体的沙子，我们可以理解为每一件大事中的小问题。通常，我们做一件大事，一件漫长的事，都会经过长期的准备，如“千里之行，始于足下”。在这个漫长的阶段，我们会遇到很多大问题，这些大问题往往都可以解决，因为他们能引起我们的重视，因而全力以赴解决。但是那些小问题，我们常常会以为无关大局，最终因小失大。

1485 年，英王理查三世与亨利伯爵在波斯沃斯展开决战。此役将决定英国新的统治者。战前，马夫为国王备马掌钉。铁匠因近日来一直忙于为国王军队的军马掌钉，铁片已用尽，请求去找，马夫不耐烦地催促道：“国王要打头阵，等不及了！”铁匠只好将一根铁条截为四份加工成马掌。当钉完第三个马掌时，铁匠又发现钉子不够了，请求去找钉子，马夫道：“上帝，我已经听见军号了，我等不及了。”铁匠说：“缺少一根钉，也会不牢固的。”“那就将就吧，不然，国王会降罪于我的。”结果，国王战马的第四个马掌就少了颗钉子。战斗开始，国王率军冲锋陷阵。战斗中，意外的不幸发生了，他的坐骑因突然掉了一只马掌而“马失前蹄”，国王栽倒在地，惊恐的战马脱缰而去。国王的不幸使士兵士气大衰，纷纷调头逃窜，溃不成军。伯爵的军队围住了国王。绝望中，国王挥剑长叹：“上帝，我的国家就毁在了这匹马上！”战后，民间传出一首歌谣：少了一枚铁钉，掉了一只马掌。掉了一只马掌，失去一匹战马。失去一匹战马，失去一场战役。败了一场战役，毁了一个王朝。

在这场战役中，国王对战伯爵，是以君对臣，站在理的一方；国王率军冲锋陷阵，士气占优；战场上的厮杀，兵强者胜，勇者胜；然而国王的军队却败在了一枚微不足道的钉子上，这枚钉子便是罪恶的沙子。

古话讲“成大事者不拘小节”，然而很多时候正是“沙子”这样的小节决定了成败。打个比方，如果我们参加数十公里的马拉松比赛，鞋带松了舍不得花时间来系紧，但是漫长的路途中这个小问题却会拖累我们，导致最终的失败。有些时候看起来是沙子那样小的东西，却能影响整个大局。甲午战争时，北洋舰队的炮弹造假，打到了日军的船上炸不开。或许造假的人还没有预料到一颗不纯粹的炮弹能有这么大的影响，否则他也不会冒天下之大不韪做这样亡国的事了。

在生活中，这种具体的沙子虽然不会立即就显示出它的危害，但是它却能逐步加深对我们的危害。

清代白话小说《玉堂春落难逢夫》中，王景隆奉父命到北京收债，不到三个月就把三万两银子收齐了。准备回家之时在饭店里看到一个美女，就不想走了。发现那个女子是妓院里的招牌，便留下来饮酒作乐。刚开始他觉得这点小钱和他的三万两银子相比简直是九牛一毛，于是不在意。直到最后没钱了被鸨母赶出来，才知道自己的三万两已经没了。

我们把这个故事看作是一种隐喻，把我们的生命看作那三万两银子，

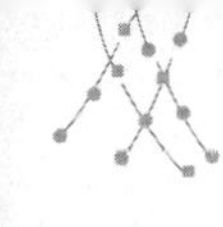

而那些不好的挥霍生命的习惯就是“沙子”。三万两银子何其多，但是在“沙子”日积月累的磨损下，却是永远也填不满的沟壑。正如韩非子所说：“千丈之堤，以蝼蚁之穴溃；百尺之室，以突隙之烟焚。”

另一种抽象的沙子，是精神上的。

佛家讲学会放下，放下的就有这种精神上的沙子，放下人生的喜、怒、哀、乐、爱、恶、惧。《儒林外史》中的范进，最后喜极而疯，其原因就是他一直以来没有放下“没有中举”的负担，这种负担先前被封建的功利思想鼓励，没有被发现，但是一旦中举负担被卸下，强烈的反差就使他疯了。

精神上的沙子的恐怖就在这些地方，它可能直接把我们压垮，如诗人海子的自杀、三毛的自杀、王国维的自杀。即使没有走向自杀的极端，也可能被压迫得提不起精神，没有意志和精力做其他事，辜负了一生。上天没有降下天灾人祸让我们丢掉生命，而我们却因为精神的负担放弃了生命，或是梦想。相对于天灾人祸，我们的精神负担也可以看作一直存在于鞋里的沙子。而只有及时清理这些沙子，才可能以一个健康愉悦的心态生活。

人的生命是有限的，短暂的一生中，我们受了皮外伤，甚至骨折，或者生了一场大病，我们都可以治好，但是我们无法阻止的却是细胞的衰老。正是这种细微得看不见的东西决定了我们生命的长度。为了同生命奔跑，我们唯一能做的就是照顾好生命本身，并将有限的精力投入到无限的创造中去。因此，时时倒出鞋里的一粒粒沙子，时时清理精神上多余的负担，努力保持更健康的身体，更自由放松地投身于自己的梦想中，才可能少辜负生命，少留下遗憾，才能最终无愧于上天的恩赐，成为最好的自己。

书才是女人最好的化妆品

据统计，中国人均每年阅读0.6本书籍，其中女人更低，排在全世界的165名。未来的女人一定是美丽加智慧，未来的女人一定是健康加长寿。美丽加智慧，必须拥有知识和文化，健康加长寿必须拥有情商、智商、财商和灵商。

英国作家毛姆说：“世界上没有丑女人，只有一些不懂得如何使自己看起来美丽的女人。”现代而又时尚的女性们，为了美丽，可谓是不遗余力。

整容、减肥、节食、化妆、打扮……这些的确可以让女人外表看起来更加光鲜，但气质高雅、谈吐不俗、举止得体……这些东西却不是靠整整补补、穿穿扮扮、化化抹抹可以得来的，只能从书本中得来，只有读书，才可以将女人丰盈、变美，并且越发光彩照人，永不暗淡。

正如三毛所说，读书多了，容颜自然改变。许多时候，自己可能以为许多看过的书籍都成为过眼烟云，不复记忆，其实它们仍是潜在的，在气质里、在谈吐上、在胸襟的无涯，当然也可能显露在生活和文字中。

我们身边不乏这样的女人，她们不是在逛街购衣，就是在描眉涂唇，抑或是到处寻找减肥的良药，却从来没有花心思去看一本书，甚至在她的家里，你可以找到堆积如山的衣服和化妆品，却找不到一本书。当然，你也看不到她与人说话有多么温文尔雅，事业有多成功，生活有多幸福。

但也有不少的女人，用书本架构起了强大的内心。“岁不寒，无以知松柏；事不难，无以知女人。”电影《一天》便讲述了一个刚毅的女作家在经历事业和爱情受挫、徘徊后，强大的内心支撑她取得成功的故事。男主德克是一个滥情的花花公子，把女主艾玛对他的爱当作理所应当，而女主艾玛自始至终都爱着德克，不断地和他交集，然后又错过。但其中艾玛的伟大之处在于：在没能得到德克的爱的时候，仍然继续着她意气风发的生活。有几个女人可以做到不为世间纷纷扰扰的感情所困？大概我们从电影中可以找到答案。

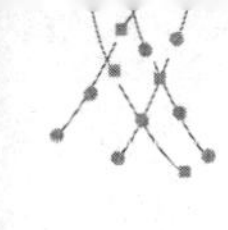

艾玛表面婉约，内心狂放；一会儿认命，一会儿不甘，坎坎坷坷的前行却是脚踏实地。她在那20年间的爱好除了德克就是读书，当与德克发生冲突、情感受挫时，只有与书为友，才能找到片刻的宁静。在多年的读书和写作经验中，她懂得珍惜身边的朋友，不失原则，激情地充实地生活，尝试新的事物，勇敢地去爱和被爱。就是这么一个平凡朴实的姑娘，她并不性感、不妖媚，却用智慧幽默和朴实的爱温暖了德克，在萎靡中崛起，获得人格的独立，最后事业爱情双丰收。这就是生活，不是太好，但也总给我们一些盼头，反正不会教人绝望。在我看来，是书拯救了艾玛的内心，于是艾玛的内心拯救了艾玛的生活，让那个处处受挫的女人渐渐变得迷人起来。

毕淑敏曾说过："我喜欢爱读书的女人。书不是胭脂，却会使女人心颜常驻；书不是棍棒，却会使女人铿锵有力；书不是羽毛，却会使女人飞翔；书不是万能的，却会使女人千变万化。"书，本就是女人最好的化妆品。

书籍会教会女人怎样去做一个自立、自强、自爱的女人，教会女人如何去面对感情、面对生活。不学无术、胸无点墨的女人，即便涂脂抹粉，徒有虚华的外表，她们的美丽也终会随着年龄的增长而消失；爱好读书的女人，她们本就是一本耐人寻味的书，透出"腹有诗书气自华"的气质，犹如陈年的老酒，历久弥香。

台湾著名作家林清玄在《生命的化妆》一书中说，女人化妆有三层。其中第二层的化妆是改变本质，让一个女人改变生活方式，多读书、多思考，可以让女人对生活保持乐观的心态。因为独特的气质与修养才是女人永远美丽的根本所在：美貌随岁月流逝而消散，但智慧却是永存的。智慧是女人美丽的源泉，爱读书的女人，内心是一幅内涵丰富的画卷。

李清照是宋代女词人中婉约词派的代表，她出身于书香门第，早期生活优裕，是个典型的富二代，但她没有沉沦于殷实的家境，而是喜欢读书来充实自己。她的老爹李格非藏书非常多，所以李清照小时候就在良好的家庭环境中打下文学基础。出嫁后她与老公赵明诚共同致力于书画金石的搜集整理，之后金兵入据中原，她流寓南方，境遇孤苦。所作词中，前期多写其悠闲生活，后期多悲叹身世，情调感伤。她在写作上自辟途径，语言清丽，论词强调协律，崇尚典雅，素有"千古第一才女"之称。

卓文君是汉代著名才女，是四川临邛巨商卓王孙的女儿，姿色娇美，精通音律，善弹琴，有文名。卓文君与汉代著名文人司马相如的一段爱情佳话至今被人津津乐道。她也有不少佳作，如《白头吟》，诗中“愿得一心人，白头不相离”堪称经典佳句，她因此被称为“中国古代四大才女之一”“蜀中四大才女之一”。

古代倡导“女子无才便是德”，但就是在那个封建时代，依旧涌现出众多才女，她们的作品和灵魂千古流传。在当代社会，女性地位崛起，破除封建旧俗的社会更应该培养出更多才女，这既是女人自身的需要，也是整个时代的使命。

此时此刻，我们不难想到近代史上最有影响，而且才华横溢的几位女性作家：名动上海滩，不染红尘焦火气的传奇作家张爱玲；走遍万水千山，情遗撒哈拉的流浪者三毛；一身诗意千寻瀑，万古人间四月天的近代第一才女林徽因；一双眼睛也在说话，眼光里漾起心泉秘密的陆小曼；与波澜壮阔的20世纪同行，与爱心同行的冰心……话说文字可以书写性情，陶冶情操。喜欢读书的女人、有才华的女人该是有修养、有素质的女人。她们的优雅经得起时间的冲刷，更经得起人们一次次地细读。

书籍是完美女人不可或缺的因子。爱读书的女人，一经岁月的磨炼，时光的流转，自身仿佛积聚起一种天然的魔力，这种魔力是模仿不来的，也是任何化妆品都无法装扮出来的，从这个意义上说，用书籍装扮自己，比起名牌服饰和高档化妆品不知内涵深刻多少。

不过，化妆要讲究技巧，读书也要讲求方法。首先，要读好书，一本好书会像优质的化妆品，为你的颜值增光添彩；而一本坏书则像那些地摊货，会大大削减你的容光。其次，日子要一天一天地过，书也要一页一页地读。书给你带来的益处，不会立竿见影，它就像雨露，润物无声，悄悄美丽你的灵魂。

书籍是女人最好的化妆品，而且是永恒的化妆品。不需要保质期，更不需要驻颜术。我们爱读书，更爱读书的女人。爱读书的女人，不仅仅拥有外表优雅的姿态，更有内心深处的宁静和豁达。她们通晓事理，明辨是非；处事冷静，善解人意；她们的人格引人注目，独具一格，经久不衰。所以说，爱读书的女人最美丽。女人读书，不为荣华富贵、不为炫耀才华，只为了内心的那份浩然和温婉，就算最终跌入烦琐，洗尽铅华，同样的生活，却有不一样的心境，同样的处事，却有不一样的情调与浪漫。她们不紧不慢，砥砺前行，在沉寂的世界中放出别样的光彩。

谁说舍不是得呢?

爱尔兰大文豪萧伯纳说:“人生有两大悲剧,一是没有得到你心爱的东西,另一是得到了你心爱的东西。”萧伯纳幽默地道出了人生的矛盾。

才女张爱玲这样俏皮地说:“也许每一个男子全都有过这样的两个女人,至少两个。娶了红玫瑰,久而久之,红的变了墙上的一抹蚊子血,白的还是‘床前明月光’;娶了白玫瑰,白的便是衣服上沾的一粒饭黏子,红的却是心口上的一颗朱砂痣。”出自她的小说《红玫瑰与白玫瑰》。

或许从爱情的得失中最易感受到“得”与“失”的矛盾。罗密欧渴望得到朱丽叶的时候,这样说:“与其因为得不到你的爱情而在这世上挨命,还不如在仇人的刀剑下丧生。”失恋的痛苦,亲自感受过的人大概都不会觉得罗密欧在说疯话。那么得到心爱的人以后呢?

《罗密欧与朱丽叶》中,一对恋人双双死去,得到后的幸福无从考究。但才子元稹的《莺莺传》却表现了出来。张生没有得到莺莺的时候,茶饭不思,还生了大病,结果多次的西厢约会后,崔莺莺在他心中的地位就不那么重要了,以至于聪明的崔莺莺说出了“始乱之终弃之”这样悲情的话。

如此看来,得到还不如不得到?看起来是对的。“所谓伊人,在水一方”,倘若有只船儿能把痴情人送到水那方与伊人相会,估计又是“新欢不抵旧愁多,倒添了几分新愁归去”,即是如此,不如在水一方,隔水相望,倒别有几分诗情画意。

以上的情形毕竟还是太唯心了,若是能与心爱的人在一起,谁会去考虑在一起了反而痛苦呢,谁还会考虑以离别之痛、以失去之痛来保全美?所以以上所谈的舍更多是一种无可奈何的选择,悲伤之美。

《道德经》卷一就说:“功成身退,天之道。”这里的退即是舍,成就功名然后舍弃功名。而历史上就有两位道家人物把这种舍做到了极致。

说起陶朱公,大多数人大概只知道他是一个富可敌国的人。说到他的另一个名字范蠡，少数人会知道他是一位政治、军事天才。然而说到勾践灭吴，大概读者朋友就都知道他了。

而陶朱公就是勾践灭吴的第一功臣。勾践的父亲在吴越之战中死去后，勾践曾带兵伐吴，因为不听伍子胥劝告，在会稽山被打败。勾践欲以死相拼，陶朱公力劝他保全了性命。

勾践战败后，吴王夫差想劝陶朱公离开勾践，到吴国帮助夫差，而陶朱公毫不动摇，并与勾践上演悲情剧动摇了夫差的恻隐之心，让勾践更加安全。

而后，陶朱公协助勾践巩固军事力量，消磨敌方意志，以财物和美女腐蚀夫差的心智，以西施为主角的美人计就是他的杰作。

可以说，没有陶朱公的这些功劳，就没有后来的勾践灭吴。为勾践建立了这么大的功劳，依常理，是陶朱公安心享福的时候了。然而聪明的陶朱公了解勾践的品性：有难可以同当，有福却不可同享，发出了“飞鸟尽，良弓藏；狡兔死，走狗烹”这样的千古喟叹。遂离开勾践，经商致富，保全了自己的性命和功名。

汉朝的张良也是如此，刘邦军队最终能率先进入关中屯兵霸上，离不开他一路献上的良策；鸿门宴也是他使计拉拢项伯，并最终保全了刘邦；著名的“暗度陈仓”是他的大手笔；而后他又向刘邦推荐重用韩信；刘邦平定天下时，献计先重赏雍齿的也是他；后来他又帮助吕后保全太子。

如此足智多谋的张良，最终也还是想要退隐，虽被强留，但他的退隐之心也保全了他的性命。张良的退隐之心，又何尝不是明白“飞鸟尽，良弓藏；狡兔死，走狗烹”的道理？后来刘劭这样说：“思通道化，策谋奇妙，是谓术家，范蠡、张良是也。”把张良与范蠡归为一类，颇为中肯。

陶朱公与张良的舍，看似是舍弃了功名利禄，而事实上功名是舍不去的。若真有功、真有名，越不在乎的人越能名垂青史。佛家讲“不住相”才能成佛，人生的很多东西也是不执念才能拥有。所以陶朱公、张良的舍，反而让他们更深远地被后人记住；是无意的“以退为进”，舍而得之。

然而，还有一种舍也极其可贵，这种舍既不是为了保全性命，也不是为了保全功名，而纯粹是为了精神信仰。

陶渊明不为五斗米折腰已是老生常谈，钱钟书的舍就鲜为人知了。

提及钱钟书，很多人首先想到的应是誉满中外的《围城》，《围城》

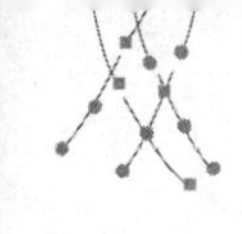

里幽默风趣的语言、细致深刻的揭露、入木三分的刻画一定给很多读者留下了极深刻的印象。而钱钟书先生平生只写过一部长篇小说，即《围城》。至于他为什么不借着《围城》的影响力再写一部以带来荣誉，他对夫人杨绛这样说：“兴致也许还有……有条件写作而写出来的不成东西，那就只有后悔了，面对真理的时刻是容不得一点儿自我哄骗、开脱或宽容的，味道不好受，我宁恨毋悔。”钱钟书先生抛弃了容易得来了名利，选择做学问，这样的舍同样是困难的。正应了他对夫人说的：“我这人志气不大，只想贡献一生，做做学问。”所以说，钱钟书先生的舍是精神之舍。

《菜根谭》有言：“天道忌盈，业不求满。”意思便是凡事留下余地，才能常有发展之机。就好比樵夫砍柴，如果贪图一时的利益，把林子里的小树都砍光了，明年岂不是只能饿肚子？钱钟书先生的舍，就有这种明智，他把有限的精力用于做最能创造价值的事情，便是给生命留下余地，留下创造的空间。

人们谈到舍，常常会联想到淡泊名利。其实舍不仅仅是对名利的淡泊。名利只是舍的一部分，更重要的，是适当的舍弃给生命留下了更多的可能，在一种轻松自在的境界中，有了更多的精力追求自己的信仰，就为真正的自己。这样的舍难道不就是得吗？

谁说中庸就是和稀泥？

三五几个朋友出去聚会，常常要喝酒，甲说："少喝点，喝高兴就好，喝多了伤身。大家都是朋友，没必要这么多的客套。"然而乙丙等人不听，最终是大家都烂醉如泥。这种事情在生活中不少见，这其中体现了什么道理呢？当然是中庸。

一提到"中庸"，很多人就要叫苦，甚至反感：又是中庸，又是老生常谈，又是平庸没有志气的老道学。这种观念一生，立即沦为无知。若往后能改，能悟到中庸之道，算是立地成佛；若固执己见，还硬把平庸当中庸，那就悲哀到底了。

就说喝酒这个例子，甲说喝高兴就行，不多喝，就是中庸之道。乙丙等人不听，喝醉了，损了神经伤了身体，就是不遵守中庸之道的后果。凭良心说，没有任何人会否定甲的正确，既然如此，又怎能武断地否定中庸呢？

喝酒这个例子，揭示的真理便是中庸的一个内涵——凡事要恰到好处。很多人都明白凡事要恰到好处，也就是说很多人都明白中庸之道是对的。而很多人却反感中庸，无非是没有理解到中庸的含义罢了。

中庸该怎么去理解呢？应该是这样：在力所能及的范围内，把事情做到最正确。这才是真正的中庸。喝酒一事，既然免不了要喝，适量就是最正确。

来看"中庸"的定义："喜怒哀乐之未发，谓之中；发而皆中节，谓之和；中也者，天下之大本也；和也者，天下之达道也。致中和，天地位焉，万物育焉。"而"中和"便是"中庸"的别称。在曹操煮酒论英雄这个广为流传的故事中，刘备就完美地诠释了中庸之道。

曹操先是问刘备天下谁是英雄，刘备却不慌不忙、老老实实地假装不

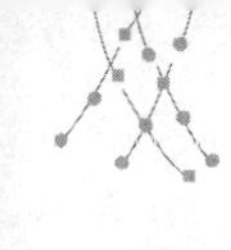

知道，然后一个一个地猜，把袁术、袁绍、刘表、孙权等人一个个都猜遍了，还是不露出自己真实的意图，这就是《中庸》里的“喜怒哀乐之未发”，这就是“中”，不上不下、不偏不倚、不慌不忙，总之平平静静。等曹操说到刘备是英雄了，他假装把筷子勺子掉到地上，然后说是累惊吓所致，就是“发而皆中节”，情绪表露到节骨眼上了。所以是“和”，和人际关系一样，“和”就是没有产生矛盾。正是刘备掩饰得恰到好处，没有破绽，所以他躲过了一劫。这个故事就是中庸之道生动的演示。

然而《中庸》原文说：“致中和，天地位焉，万物育焉。”看起来和刘备躲过一劫没有关联，因为论英雄一事是人事，无关天地。这样认为是不对的。

“中和”是恰到好处，正确，没有矛盾。用来比喻天地法则，就说下雨，如果雨水太多，就要造成洪涝灾害，如果太少，就会遭遇旱灾，所以只有下得不多不少，才能孕育万物。又说行星的运行，地球离太阳太远，不会有生命，离得太近也不会有生命，只有离得不远不近，才会使万物生长。这样去看，“中和”的意思，就是天地间的万事万物符合道，才会平安顺利。刘备一事也是天地间的一件事，同样符合道，刘备做好了这个道，当然也就平安顺利了。所以中庸之道是无所不包、事无巨细，只要有道的地方，中庸就是至高准则。

具体到人事上，来看几个故事。就说三国的周瑜。

为了夺回荆州，周瑜设下“假途灭虢”之计，假装说要打下西川给刘备，让刘备允许他路过荆州，其实是想给刘备一个措手不及。技高一筹的诸葛亮识破了他的计谋，假装答应。周瑜上岸不久就遭到了刘备军队的围堵，气得箭创再次崩裂，不久就死了。这件事情里，周瑜就是没有做到“发而皆中节”，悲伤过度丢了性命。若他能平和一点，未必就被气死。周瑜的气量小，其本质原因就是控制不住喜怒哀乐，心态不中庸。

相比之下，司马懿就要中庸得多，诸葛亮把女人衣服给他送去，他还要平平静静地穿上，很好地控制了自己的情绪，这就是成功的中庸之道。

从上面的例子就可以看出，做到了中庸，就没有弱点，敌人也就无法攻击自己。凡事做到适可而止，也是中庸的一种。太过头，往往招来灾祸。春秋时期郑庄公和他的胞弟共叔段争夺国君之位，聪明的郑庄公设计并故意纵容共叔段，让他不断犯错失去人心，然后顺应天道把共叔段赶了出去。

这便是中庸之道的反用。

而中庸的“和”，也不是一团和气的意思，更不是和稀泥。

《论语》中有这样的句子：“礼之用，和为贵。先王之道，斯为美；小大由之。有所不行，知和而和，不以礼节之，亦不可行也。”需要注意的是，这里的“礼”不是礼貌，也不是礼节。如果理解成礼貌礼节，“礼之用，和为贵”的解释就是繁文缛节就是为了和气，当然不合理。《论语》中的“礼”是“法则”的意思，《礼记》也是讲的法则。所以“礼之用，和为贵”的意思是：“世界一切法则的运用，都应该以和谐为准则。”和谐即是不违背道，是人心、万物的一种极佳状态，当然不是和稀泥。

中庸是最适当的法则，恰到好处的意思，那它的极端是什么呢？中庸既然是一种法则，那它的一端就是法则不足或太弱，另一端就是法则太多或太强。这两种情况都不能保证稳定、发展、和谐，最终还是要靠中庸。所以下文接着说：“有所不行，知和而和，不以礼节之，亦不可行也。”即：“知道了和为贵而去和，有时候也不行。不用一定的法则来约束（节），也不行。”

比方说秦朝的时候，用法家的理论，二十多年就亡了。后来汉朝建立，就用了法家的另一端——道家的思想，就是汉初的黄老之治，无为而治，让百姓休养生息，汉朝才安定了下来。一直用黄老之术也不行，百姓太自由了就要乱来。于是汉武帝“罢黜百家，独尊儒术”。必须要管管，国家才不会乱。

由此可见，大到天地运行、国家运行，小到人事之道，中庸都是最不容易犯错的准则，如此的中庸，怎么不是天地间最高的准则呢？

思念是最辗转反侧的缠绵

每个人都年轻过，都经历过，生命中总有一些人，一些事，让你在夜阑人静时回忆起来，那么刻骨，那么清晰，那么美，又那么痛。

比如，心底那份最初涌动的情愫，虽然青涩，虽然单纯，虽然冲动，虽然失去，但有过就好美，人生若只如初见，至死都不会忘记，深深地长在心里，像一棵孤独却常青的老树。

不久前，我看过一部电影，《山河故人》。其实，这个片名，早在很久以前就已产生。当时贾樟柯走在山里，太阳映照残雪，远山寥寥无人，于是他脑子里蹦出来这四个字，并决定以后要拍一部电影以此命名。

1999 年，中国北方小城汾阳，涛儿徘徊在煤矿主张晋生和矿工梁子的三角关系中，当 20 世纪最后一个春天来临，涛儿选择嫁给有钱的张晋生，梁子远走他乡。

2014 年，患尘肺病的梁子，背井离乡 15 年后带着妻子和儿子回到故乡，等待生命最后一刻。病床前涛儿与梁子相望唏嘘，涛儿已经离婚，前夫张晋生带儿子移民澳大利亚。

2025 年，涛的儿子张道乐长大成人，住在澳大利亚海边的城市。他不喜欢讲中文，只记得母亲的名字叫：Tao，波浪的意思。

三段式的故事，悲伤的基调，爱与别离，与时代剧变紧紧相依的情感历程。那么真切那么撩人。

张晋生看到涛做饺子给情敌梁子的时候，生气地冲出门，涛追问他怎么了，张晋生回答“你欺负我”，涛表示不解，之后张晋生说：“我在乎你，所以你欺负我！”

简单的 10 个字真是道尽了爱一个人的委屈。在乎就是把一个人放在心里，这是人世间最珍贵的情感，也是我们思念和孤独的源头。

当你在穿山越岭的另一边，我在孤独的路上没有尽头。

凄凉的夜晚，纷杂的回忆在心头不经意地划过，却留下了刻骨铭心的痕迹。我们口口声声说忘了散了淡了，但每当夜深人静，封存在心中的记忆又自己慢慢打开，飘满了整个世界的忧郁和孤独。

佛说：前世五百年的回眸才换来今生的擦肩而过。那么世间的男女，得经历多少次的回眸才换来今生的相遇相知？有时幸运遇上了，上天反而赐予我们十八般考验，爱人总是别离，别离的背后是无尽的思念。

> 花自飘零水自流，一种相思，两处闲愁；此情无计可消除，才下眉头，却上心头。
>
> ——李清照《一剪梅》下阙

李清照与赵明诚是中国古代历史上极为难得的一对恩爱夫妻。她与丈夫赵明诚恩爱缠绵、至死不渝的爱情故事一直被后人传为佳话。虽然如此，他们的爱情却总是游走在聚散离合之间。

随着赵明诚离家日子的无限延伸，李清照相思之情日甚一日，由于情绪不好，睡眠不足，她的身体渐渐消瘦下来，任何花开花落、秋风春雨、四季更迭的情境都会激发多愁善感的她的创作灵感，用词来寄托和表达自己对爱人的绵绵相思之情成了李清照唯一排解苦闷的方式。在那个动荡的年代，长期的离别之苦使得李清照的后半生一直生活在对丈夫的思念之中。

即使世界沧海桑田，也有至死不渝的爱情。只要人类还继续存在，体验这种爱情的痴情男女就会飞蛾扑火、生生不息……

一个人爱上另一个人，或大胆地说出来，或怯弱地隐蔽，有时，似火的热情和真挚的诚意并不能打动所爱之人，但追求者往往不依不饶，爱得疯狂。一个人的冷漠造就另一个人的热忱，过分热忱又加剧对方的冷漠，这是痛苦的源头——单相思。

清华大学西洋文学系教授吴宓被称为风流才子，在学术界颇有名望。当他遇到才貌双全、善于交际的毛彦文后，立即坠入情网，不惜舍弃老婆孩子，誓与毛结为连理。可毛却不爱吴宓。面对吴锲而不舍、愈演愈烈的追求，她果断地嫁给了北洋政府前总理熊希龄。吴失恋后，痛苦不堪，大写情诗，句句凄苦悲凉，自怨自艾，博得很多人的嘲笑。吴不醒悟，反而

拿着这些诗章在课堂上讲，更成为学生们的笑料。

熊希龄去世后，吴内心又燃起了希望，不断给毛写长信以表情思，可这些信得不到半点回音。毛去了美国，吴千方百计向海外归来人士打听毛的消息。吴的后半生，是在对毛的无尽思念中度过的，“文革”来临，饱受折磨的吴宓在这种思念中永远闭上了双眼。

20世纪末，研究吴宓的专家在台北拜访了毛彦文，告诉她吴宓日记里有很多倾慕她的内容。人老珠黄的毛彦文对此面无表情，冷冰冰地回答：“好无聊，他是单方面的，是书呆子。”吴宓苦恋一生，最终只得到这样的回音。

问世间情为何物，直教人生死相许。爱是伟大的，爱也是脆弱的，有时可能会用一生的记忆来偿还，这种记忆缠绕心头，是一种驱之不散的痛。随后，思念如潮，奔涌而来的日子里，漫过心堤。一路坎坷，一路哭歌，沿着记忆的长河奔向远方，直抵心海的彼岸。

面对爱情，著名电影《魂断蓝桥》中的玛拉决定等。

第一次世界大战期间，回国度假的陆军中尉罗伊在滑铁卢桥上邂逅了美丽的舞蹈演员玛拉，两人彼此倾心，爱情迅速升温。就在两人决定结婚之时，罗伊应招回营地，两人被迫分离。由于与罗伊约会，玛拉被开除失去生活来源，又失去了罗伊，最终沦落为妓女。但是她没有放弃等待，始终在滑铁卢桥上等待着未婚夫的归来，即便在知道罗伊战死沙场的消息后也是如此。

“她的眼睛，闪耀着疯狂与绝望，好像是听到了神秘的呼唤，她毅然地走进永生。”许多人说玛拉傻，为了爱情不顾生活，这话虽说有理，却说服不了沉浸在情海中的玛拉。与罗伊之间，相遇便成了记忆，这种记忆深深地扎根在玛拉的脑海中，融合成难以忘怀的伤痛，这种伤痛复杂而矛盾，脆弱而浪漫，美好又放纵，以致她不胜重负，在疯狂中毁灭。

其实生活中的单相思还有很多，正如王菲所唱的那句“只是因为在人群中多看了你一眼，再也没能忘掉你容颜”，世间的情愫可以在任何地方开始蔓延。在咖啡厅与身着大衣优雅地喝着咖啡的男子邂逅，或者图书馆内安静地看书的连衣裙女孩，甚至在你落魄时拉你一把的大叔。这时候，我们想要认识对方，我们有强烈的愿望去了解对方，却苦于羞涩难当，扭扭捏捏，当终于鼓起勇气迎接这段曼妙的罗曼史，转眼间的一霎，对方却消失在人海茫茫。

遇见你之前，我的记性那么差；遇见你之后，我的记性那么好。我清楚地记得，你的点点滴滴，你的一字一句。如果我们的回忆终将成为一人的负担，你不需要记住我，让我来记住你，就好。当我们觉得孤单时，请相信，在擦肩而过的人群中，也许有人深深爱过你。

这时候，我又想起陈慧娴歌曲《红茶馆》里面的那段经典独白：

你在想着什么呢？想着你女朋友吧？
你没女朋友？我不信。
没理由啊！你挺不错呀！怎么会没人喜欢你呢？
……（或者有，你不知道而已啊。）

虽不能至，但心向往之

林语堂说过一段特别耐人寻味的话:“人生在世,幼时认为什么都不懂,大学时以为什么都懂，毕业后才知道什么都不懂，中年又以为什么都懂，到晚年才觉悟一切都不懂。”

孩子时，脑子里充满了十万个为什么：鸡为什么会下蛋？先有鸡还是先有蛋？太阳为什么会东升西落？地球真的会转吗?

因为无知，所以不懂。上学后，知道地球是圆的，地球是自转的，相对运动太阳就向西运动了，晚上太阳照在地球的另一边，所以醒了后，还是那个唯一的太阳又回到了东方，日复一日，年复一年，亘古不变。这个时候懂得了大自然的常态规律，似乎懂了全世界。

毕业了，投入社会，拼搏奋斗，交朋结友，在做人道理面前，又变得茫然无知了。慢慢地，在人情世故中左冲右突，似乎已经能够洞察人性了。

直至老去，还有太多的未知自己不知。

这可能是每个有自知之明的人都会遇到的尴尬,先是初生牛犊不怕虎,斗志昂扬地往前冲，等遭遇了一些挫折，渐渐地发现了自己的很多问题。然后一边改正一边继续往前走，不断地被一些小成就和小惊喜逗乐，以为自己算是很成功的了，待到晚年没精力折腾了，才恍然大悟似的：原来我什么都不懂，还有很多事情没做，过去的很多事情也没有做好啊。

这样的情形纯属正常，不必担忧，人人如此。国学大师南怀瑾先生晚年对自己的评价是八个字：一无所事，一事无成。这几个字令人惊异，南怀瑾先生是什么人呀？是学贯中西，经纶三大教、出入百家言的国学大师，是闻名世界的禅宗大师，是金温铁路修建的首要推进者，是两岸关系友好的促进者……一生著述千万言，对社会、文化的影响无可估量。然而南怀瑾先生却说自己一无所事、一事无成，他的儿子南一鹏都觉得父亲太过谦了，让他不这么说，然而南怀瑾先生依旧坚持自己对自己的评价。

南怀瑾先生有错吗？是故意卖弄吗？当然不是。是南怀瑾先生看透了人生，他对自己的看法确是如此。我们无法证明，但是可以通过人类文明史上的又一个大智者佐证，这个人是苏格拉底。

苏格拉底被人们称为最智慧的人，他怎么也搞不明白，因为他觉得自己并不智慧，为了证明自己不智慧——因为作为一个真诚虔敬的人骗不了自己，他挨着去问那些他以为智慧的人，结果发现那些人并不智慧——因为他们自大，自以为自己智慧，反而显得愚蠢。于是苏格拉底明白了：他之所以智慧是因为他一无所知。

苏格拉底的感受和南怀瑾先生的感受是一回事，林语堂先生的感受与两位前人的感受也是异曲同工：人啊，总是无知的。为什么这样说呢？中国古人庄周已经告诉了我们：吾生也有涯，而知也无涯。庄子的意思就是，人这一辈子生命是有限的、精力也是有限的，而知识是无限的。这话当然正确，就好比我们是地球而知识是宇宙，地球怎么能说它能窥测宇宙的奥秘呢？仅仅是冰山一角罢了。而我们的知识，无非是天下知识的九牛一毛，或许九牛一毛还算不上，因为知识可以无限地滋生扩张，而人的知识一到临终之时就定格了，所以对比下来，其实一个人所知道的，完全可以看作无知。

所以苏格拉底说得对，南怀瑾说得对，林语堂也说得对：我们的确是一无所知。那么，面对这样的一种悲剧性状态，我们该如何面对呢？是抱着既然无论怎么学都是一无所知的心态而选择不求知，还是有其他的选择？

不求知的这类人有，从古至今，多少放浪形骸，看破了人世便对生命不负责、得过且过混日子的人多的是，他们想：既然没有什么意义，我还瞎折腾干什么。这个借口用书面语言表达出来就是：“不行无为之事，何以遣有涯之生。”本来是一句洒脱不拘的真理，被某些人用过了头就成了偏激的坏话。无为不是什么都不为，而只是忙碌时的消遣罢了。

换言之，如果普天之下人人都彻底无为，自然灾害来了怎么抵挡？一旦遇到了战祸或是有人胡作非为谁去治理？当人类有了危机之时谁能站出来？所以说彻底无为是不对的，这是着了虚无主义的魔。

南怀瑾先生年轻时写有一首诗：“不二门中有发僧，聪明绝顶是无能；此生不上如来座，收拾山河亦要人。”这首诗的含义很明了：看破红尘了出家当然聪明，但是这个聪明有时候是无能，如果人人都去当如来，国家

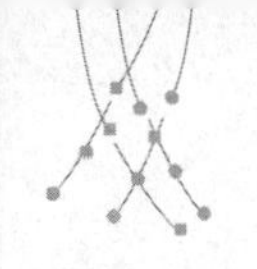

民族有难谁来解救呢？这话就问得“无为”之人无言以对了。南怀瑾先生这首诗，是在日军大举侵华、民族内忧外患、文化面临危机的时候写的，自然有其深意。

所以即使人生再有涯，即使我们明知最终一无所知一事无成，还是要去做要去挣扎抗争，否则就真的是一事无成了。

这就是“明知不可为而为之”的必要和伟大，这句话是说孔子的。《论语·宪问》里这样记载：子路夜里住在石门，看门的人问：“从哪里来？”子路说：“从孔子那里来。”看门的人说：“是那个明知做不到却还要去做的人吗？”

孔子的这种思想，被当时的很多人嘲笑，《论语·微子》里讲了这样一个小故事：长沮、桀溺两个人一块耕田，孔子从旁边经过，让子路去询问渡口。长沮问子路说：“驾车子的那个人是谁？”子路说：“是孔丘。”长沮说：“是鲁国的孔丘吗？”子路说：“是的。”桀溺说：“社会纷乱，天下都是这样，谁能改变得了呢？你与其跟着孔丘那样避人的人，还不如跟着我们这些避世隐居的人呢！”子路回来告诉孔子。孔子失望地叹息说：“我们既然无法跟鸟兽待在一起，若不跟天下人待在一起又跟谁在一起呢？天下如果太平，我就不会和你们一起来从事改变现实的工作了。”

孔子的态度就表明了他的意思，鸟兽自由，就像这些隐者一样，但是孔子有责任感，他不能像他们那样不管，虽然知道完不成他的事业还是要去做。如果天下太平，他就不这样了。

结合孔子的故事，联系我们的人生，我们既然要对人生负责，就应该抱着即使最后什么都不知道什么都留不下也要去学、去做的心态。而孔子最后其实是成功了的，影响了中华民族几千年便是证据，倘若孔子当初也像那些反对他的人那样，何来儒学？何来中华文化？！

倘若我们知道了最终的结局而放弃了人生的奋斗，放下了对人生意义的追寻，最终将是彻底的无为、无知，白白糟蹋了生命，这才是悲哀。

后来司马迁写《孔子世家》，用了一句话来概括孔子也勉励自己，这句话便是：“虽不能至，心向往之。”对待人生，我们应牢记这几个字，即使最后一无所知，也要以极大的勇气和责任感去求知，才不枉为人。

他有一海岸的别墅却没有一本书

我有一个朋友富得流油，一条狗的价格都是800万元人民币，两条纯白色的藏狗的主要任务就是守护两栋豪华到极致的空置别墅。

我还有一个朋友完全可以富甲一方，整个海边的海岸线一片一片的别墅都是他的，每套别墅都有恒温的游泳池和地下酒窖以及私人电影院，但是都是用高价请保姆一一看守。

奇怪的是我始终没有看见一本书，哪怕是不读书做个摆设显示有知识有文化也没有一本这样的书籍放在别墅里。他们赚的钱是从哪里来的，又是用什么样的思维方式和行为方式拥有那么多的惊人财富？

我百思不得其解，万般无奈之下问了他们一句，你能用最简单的几个中文字悄悄地告诉我，这些财富是如何拥有的，我绝对保密，打死也不说出去。他们哈哈大笑，你唐晓康都是资本运作的高人，还问这么幼稚的问题。我说，正因为我幼稚和童真才想知道你们的秘诀。这样我今后成熟和成长得更快更稳更好。他们说只有两个字，勇敢。

他们接着说，我们过去几十年是买田买地不买书，积金积玉不积德，不买书也不读书，就是胆子大，敢干敢闯敢拼，用钱砸出一条赚钱的路，钱开道，钱生钱。我们现在也很迷茫和困惑，胆子大不管用了，赚钱越来越难，越胆大越亏钱，越送钱越双规。

他们除了金钱没有书籍，除了勇敢没有智慧。

他们为世界做了什么，他们又为世界留下了什么？把两条800万元人民币的藏狗留给谁，把一排排豪华别墅留给谁，下一代人需要藏狗还是下一代人需要别墅才能活下去，值得我们这一代人去思考自己的人生。

这是一个经济飞速发展的时代，这也是一个精神荒芜的时代。我们在这踽踽独行，感受世间的烦琐、无趣和冰冷。

切萨雷·帕韦泽曾说过：“完美的行为产生于完全的无功利之心。”

诸葛亮在《诫子书》中也曾告诫我们：“非淡泊无以明志，非宁静无以致远。”不求每个人都能达到庄子般逍遥自在、与世无争的境界，但求不要让金钱掩埋了人性的光辉，不要让名利变成罪恶的源头，但“贪财，权欲和虚荣心，弄得人痛苦不堪，这是大众意识的三根台柱，无论何时何地，它们都支撑着毫不动摇的庸人世界”，每一个人都似乎在追名逐利的道路上越行越远。

2001年7月27日，新华社播发的一则消息称：“由于在部分橄榄渣滓油中发现致癌物质苯并芘，有关部门今天宣布，暂停从西班牙进口这种产品，并收回市场上用橄榄渣滓油加工的食品。”同年11月7日，广东河源市的林女士在市场买回一些猪肉，回家就做了个莴笋炒肉。一家人吃完后，头晕心悸、四肢颤抖、恶心呕吐。和林女士一家人一样被送进医院的还有河源市的400多位市民。“河源毒猪肉事件”震惊国内。

处在这个经济腾达、百花盛开的时代，我们正逐渐面临着另外一个窘境：物质飞涨，精神却未能同步奔腾。确实，在这物欲横流、金钱至上的时代，我们的物质生活看似丰富了，精神却显得愈发贫瘠，甚至一钱不值。细看那黑心的商人、诚惶诚恐的官员、带着虚伪笑容的下属……无一不在这个物质的时代演绎精神的荒芜。正如菲尔丁所说：“如果你把金钱当成上帝，它便会像魔鬼一样折磨你。”在生活面前，精神沦为物质的奴隶，幸福的缺失、道德的缺失、人性的缺失……在追求金钱和名利的无穷之路上，人的生命被卡在了赚钱与消费的锁链之中，并渐渐成为了一种追名逐利的机器。

后工业时代，精神文化的缺失，繁忙繁重的工作生活，是当今社会人们精神世界贫瘠的原因。人们没有时间停下脚步来听听自己的心声，只有不停地往前赶，拼命地赶，盲目地向前赶。然而，当一些浮华层面的东西成为成功的唯一标准时，映衬了当今浮躁的社会背景，更折射了现代人们的惶恐不安。人们盲目追求的东西已在无形中变了味，常常是由于存在感的缺失而拼命证实自己的存在，于是产生盲目的攀比，通过别人的认同来获得空虚的满足。

尼采曾说，生命是悲剧的，但不应是悲观的，无聊是由于生命热情和冲动的不足，是理性思维束缚的结果。当代人的精神贫瘠，还表现在人的无趣和堕落，而在这一方面，其中所谓“富人”尤甚。多少富二代满怀身世和空虚的烦恼，在家庭的保护下故步自封，还被世人频频误解，冠以“毫无本事，只靠爹妈”的头衔，所以只得沉溺于美色和毒品的天堂无法自拔，把自己养成一个活脱脱的“败家子”。我相信他们烦恼的不是钱，而是钱带来的无法承受的空虚。

叔本华认为，欲望是人的本能，欲望不能满足是痛苦，欲望满足了是无聊，人生是痛苦和无聊的单摆——正是由于那丰富的物质生活，有人安于享乐，缺失动力，甚至被包裹在巨大的物质向往中患得患失，与日俱增的危机感带来持久的失落，这种种因素造成的集中表现是不幸福。

相比物质贫瘠，人的精神贫瘠来得更为可怕。一直以来，大众理解的似乎应是贫瘠的物质生活导致了贫瘠的灵魂。诚然，物质贫瘠和精神贫瘠两者相辅相成，它们很难脱离另一个方面而作为独立个体存在：物质贫瘠的人，整日为了生活疲于奔命，谁还有时间和精力去思考学习？故其很难做到精神丰盈；而物质条件充沛的人，往往有更好的平台，更广的眼界，能够免于狭隘，但这并不是说，物质的提升能够带来精神的升华，物质只能带来种种丰富文化与精神的机会。

正如一句话所说，一个民族的伟大，不在于它积累了多少GDP，而在于它的民族精神是不是丰沛；一个国家真正的贫穷，不在于几成民众的年收入低于标准贫困线，而在于这个民族对财富的思考。事实上，人是在精神上不断充足的过程中逐渐进步的，而不仅仅是物质。这个世界上，精神贫困的人口数量，远超物质贫困者。精神匮乏的人，无论其物质多么充裕，都注定活在一座挣脱不开的牢笼里。

孤单是一个人的狂欢，狂欢是一群人的孤单。现代人喜欢扎堆、喜欢灯红酒绿、喜欢狐朋狗友之聚，其实是内心孤单的表现。不同于虚荣的物质，人的精神能在本体的浮浮沉沉之间抚慰那颗浮华、喧嚣和驿动的心，它是谎言、争吵和虚伪的终结者，也是直指人心与独立思考的唯一道路。所以，有了精神生活才有更好的物质生活，心情舒畅是一切幸福和快乐的源头。歌德说过：“一个人无论往哪里走，无论从事什么事业，他终将回到本性指给的路上。”浮浮沉沉之间，终会有回归平静的一天，到那时候我们的内心是空无一物，还是满载辉煌，其间的种种，只有自己知道。

我们生活在这个世界上，最重要的是要活得开心，而是否开心，与贫富无关，与贵贱无关，也与年龄无关。“谁知将相王侯外，别有优游快活人。”

这大概是白居易说过的最“快活”的话了。

未来的世界未来的他们究竟需要什么，只有未来的世界未来的他们才知道。我们拼死拼活地挣钱，拼死拼活地拥有物质财富，如果有一天物质财富归零的游戏开始，如果有一天精神财富增值的航船开始扬帆起航的时候，我们又该怎么办？我们为这个世界究竟做了什么，我们又为这个世界留下了什么？

有没有一句美好的语言，有没有一段美好的文字，有没有一首浪漫的诗词，有没有一首多情的情歌，有没有一幅自己的山水画，有没有一个让人传说的故事？

我们都会轻轻地来到这个世界，我们都又会轻轻地离开这个世界，这是我们的生命共性和普遍的生命规律。但是我们可以把瞬间的智慧和刹那的灵性留给这个永恒的世界，这是我们生命的个性和特殊的生命规律所在。

只要我们想这样做，我们就能做到这样地活着和这样地离开这个世界。

笑对荣辱，乐观天命

古人叫我们要知天命，什么是天命呢？诸葛亮火烧司马懿却突降大雨、功亏一篑是天命，地震是天命，天生残疾是天命……天命如此之多，我们姑且把突然而至的、非人为的某种遭遇看作天命。人的一生总会遇到很多天命，天命难违也成了老生常谈，但是很多天命仍然有反抗的余地。比方说，地震可能逃生，天生残疾可以通过自己的努力尽力克服，一件事情失败了我们可以从头再来。但是世界上有一种天命我们无法违抗，那就是死亡。

无论我们怎么反抗，怎么折腾，战胜了一个又一个困难，化解了一次又一次天命的安排，但是死亡这一关我们都逃不过。总有一天我们将撒手人寰，无非是时间的长短不一样罢了。既然死亡是无法避开、无力反抗的悲剧，那么我们该如何对待，如何处理与死亡的关系呢？那就是接受。被迫的接受是悲观的，悲观的人生实际上也还没有真正地接受死亡，那么我们还需要坦然，坦然地接受，正如陶渊明所说“乐夫天命复奚疑”，重点在这一乐字。

“乐夫天命复奚疑”出自陶渊明的《归去来兮辞》，在这篇文章的最后一段，陶渊明写出了他对人生、死亡的看法。他这样说：“已矣乎！寓形宇内复几时？曷不委心任去留？胡为乎遑遑兮欲何之？富贵非吾愿，帝乡不可期。怀良辰以孤往，或植杖而耘耔。登东皋以舒啸，临清流而赋诗。聊乘化以归尽，乐夫天命复奚疑！”

首先，他说：“算了吧，这个形体寄居在宇宙间还会有多久！”这句话说出了他对人终归要离开人世的根本认识。既然如此，他该怎么安排自己的余生呢？他说：“何不放下心来任生命的生死，懒得去想它，自由自在地活。”这句话表明了他对生的态度：随心而活，快快乐乐，自由洒脱。接着他说：“富贵不是我想要的。”因为人一旦死去，生时的富贵也失去

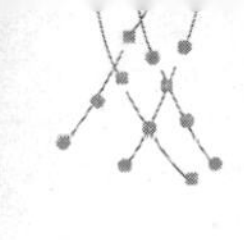

意义了。“帝乡不可期”的意思是成仙是不可能的，这句话表明了陶渊明的不幻想，注重当下。而当下他想做的，就是隐居了，种种地、登高唱歌、在小溪边吟诗，何其潇洒，最终的心态便是：“顺其自然过完这一生，抱着乐安天命的态度，还有什么可犹豫怀疑的呢！”最后这句话是点睛之笔，不仅总结了陶渊明“归去来兮”的原因，也表达了他人生的心态。

其实，陶渊明的这段话不仅表明了他的人生观、生死观，也是我们中国文化里一切智者对待人生和死亡的普遍心态。既然人人都会面临的最大天命是我们必将离开尘世，离开之后一无所知，那么尘世就是唯一的天堂。我们都相信人总是要死的，不再怀疑，这种感觉是很好的，它使我们清醒。

孔子就是这样的清醒之人。

“子不语怪、力、乱、神”，怪、力、乱、神表示的是不可解释的奇怪现象或者无法求证的幻想，这就有我们中国文化里的鬼神，鬼神是在躯体消亡离开人间之后的，孔子不说这些，侧面体现了他对死亡的态度：死亡了就什么也没有了，所以不要去幻想、臆测那些不存在的东西。这便是孔子的清醒。于是子路问鬼神时，他又说：“未能事人，焉能事鬼？”子路问死，他则说：“未知生，焉知死？”

这便是孔子对死亡的态度，在他看来，活着的事情尚且弄不明白，怎么能弄得明白死后的事情呢，因为死了连思考都不能了，怎么可能弄明白？他又觉得活生生的人都做不好，又怎能考虑鬼的事？孔子明白了这个道理，便一心一意地对待仅有的“生”，怀揣着“仁”的信仰，明知不可为而为之，创造自己的人生价值。最终，他成功了。

人要做成某种事业，正如路遥所说，需要宗教般的意志，这个意志必须是坚定的、专一的，因此必须要有内心的平静，不犹豫、不彷徨。死亡或许会使我们悲哀，但坦然接受它会让我们坚定意志，去想办法过一种合理的真实的生活，它使我们心中感到平静。因为一个人心中有了那种接受最坏遭遇的准备，才能获得真正的平静，这种平静将使我们有视死如归的勇气。

在楚汉斗争之时，公元前204年夏天，项羽派兵攻打汉军，将荥阳城团团围住，城内严重缺粮，将士也精疲力竭，刘邦的性命危在旦夕。将军纪信见情况十分危急，便站出来，对刘邦说他愿意假扮刘邦出降，让刘邦扮成老百姓逃走，刘邦不同意，纪信说他死不足惜，也总有一死，与其大家一起玉石俱焚，不如牺牲他一个人的性命保护刘邦，保护汉军。在得到刘邦同意后，由陈平写了降书，派人送交项羽，说刘邦今夜便出东门投降。到了半夜，城内的妇女都相拥而出，刘邦便乘机在他的部将们的保护下从西门逃出。那些妇女走完，天已经亮了。这时装成汉王模样的纪信，卧在一乘龙车上，但一直用衣袖遮住自己的模样，楚兵以为是汉王出降，欣喜若狂，高呼万岁。项羽出营审视，发现车上坐着的人并不是刘邦，大怒，下令将军齐集火炬，烧毁龙车。纪信被活生生烧死。

相反，之前的秦始皇已经成就天下大业，却始终看不开死亡，他一边相信自己一定会死，大修陵墓，一边又派徐福到东海求仙，请术士炼丹，伤害了大量无辜的生命，老百姓更加怨声载道，这样无疑也动摇了秦朝的基业，最终是秦始皇惶惑地死去，他造成的遗祸也使大秦帝国二世而亡。

司马迁说：“人固有一死，或重于泰山，或轻于鸿毛。”这同样是一种对死亡的明智态度。死亡也能体现一个人的尊严，纪信之死就是极其有尊严的，虽然他没有建立大的功业。秦始皇建立了大的功业，他的死却是一大败笔。

可是，要在死亡面前保持尊严又多么难得，中国文化里的第一洒脱之人庄子也没有做到。

庄子的妻子死后，惠子去吊唁，庄子却正在分开双腿像簸箕一样坐着，一边敲打着瓦缶一边唱歌。惠子说：“你跟死去的妻子生活了一辈子，生儿育女直至衰老而死，你不伤心哭泣也就算了，还敲着瓦缶唱起歌来，太过分了吧！”庄子说：“不对啊。她刚死的时候，我怎么能不感慨伤心呢！然而仔细考察她开始原本就不曾出生，不只是不曾出生而且本来就不曾具有形体，不只是不曾具有形体而且原本就不曾形成元气。夹杂在恍恍惚惚的境域之中，变化而有了元气，元气变化而有了形体，形体变化而有了生命，如今变化又回到死亡，这就跟春夏秋冬四季运行一样。死去的那个人将安安稳稳地寝卧在天地之间，而我却呜呜地围着她啼哭，自认为这是不能通晓于天命，所以也就不哭了。”

庄子的回答，不仅说出了死亡不可避免的天命，也说出了人生的无奈：“无论怎么豁达，我们还是会为死亡动容。”人是有情的动物，为死亡而哀并不奇怪也不丢人，我们唯一能做的，便是从悲哀中尽量走出来，认清当下的现实，平静坚定地生活，不辜负生的时间罢了。

太阳和月亮就是父亲和母亲

“让我们试试看，在太阳将我们翅膀上的蜡融化之前，我们到底可以飞得多高。”

在灾难电影《太阳浩劫》中，讲述了这样一个现象：在未来恒冬的地球，太阳这颗恒星的寿命已经接近他的终点。人类已经有许多世代未再能享受阳光普照的日子，没有了阳光，生命也跟着逐渐枯萎。而太阳的火炬一旦熄灭，万物俱将随之死寂。为了让太阳恢复工作，于是地球上的科学家集结了所有地球上的资源做出一枚最大的核弹去太阳那儿引爆，以刺激太阳重新运转。电影不仅表达了失去太阳对人类造成的危害，也表现出人们倾尽所有追寻光明、追寻美好的愿望。

电影中有这样一个细节，由于长期缺乏足够阳光的照明，当航天员可以直接接触如此充沛的阳光时，他们如同上瘾般地渴求阳光，甚至希望被日光所包围吞噬。事实上，太阳对于地球就如同上帝一般，长期日照不足的地球和人类就像被遗弃的子民一般，挣扎在黑暗和寒冷的深渊。光芒、太阳，代表的是“生”的存在。

太阳，是银河系中极其普通、极不显眼的一颗恒星。但就是因为它，在它的第 3 个行星——地球上诞生了生命，太阳对人类具有巨大的贡献意义，它发出的光能发电、和植物产生光合作用，它能牢牢地吸引住地球，使我们能够安存于世界，它用温暖把地球晒热，气压差形成风，化作雨，在大千世界里游走穿梭。太阳，无处不在，却又尤为珍贵。

“胜日寻芳泗水滨，无边光景一时新。”太阳代表热情，代表着勃勃生机，没有太阳的日子常常黯然失色，日暮时节常常引来人们的无限哀愁。“日色已尽花含烟，月明欲素愁不眠。”李白的《长相思》一诗中，夕阳西下，暮色朦胧，花蕊笼罩轻烟，月华如练，女子思念着情郎终夜不眠。明如镜、皎如绢，一种淡淡的愁绪，无助的闷倦，难以安眠，一幅温婉细腻的场景在日暮的烘托下演绎得淋漓尽致。

“夸父逐日”的故事相信大家都听过，据说“夸父”本是一个巨人族的名称，从世系上看，夸父族人原本是大神后土传下的子孙，住在遥远北方一座名叫“成都载天”的大山上。他们个个都是身材高大、力大无比的巨人，耳朵上挂着两条黄蛇，手中握着两条黄蛇。看样子很可怕，其实他们性情温顺善良，都为创造美好的生活而勤奋努力。

日出而作，日落而息，也许是牛气的夸父族太渴望劳作，有一天他们突发奇想，要是能把太阳追回来，让它永久高悬在成都载天的上空，不断地给大地光和热，那该多好啊！于是他们从本族中推选出一名英雄，去追赶太阳，他的名字就叫“夸父”。

夸父被推选出来，心中十分高兴，他决心不辜负全族父老的希望，跟太阳赛跑，把它追回来，让寒冷的北方和江南一样温暖。于是他跨出大步，风驰电掣般朝西方追去，转眼就是几千几万里。其间喝光了黄河、渭河里的水。他那不断奔跑、迎接光明的精神和信念一直被人们传为佳话，并且激励着许多有志之士不断进取。

不止中华大地，在西方世界也流传着关于太阳的神话。正如太阳神阿波罗，每天黎明，阿波罗都会登上太阳金车，拉着缰绳，高举神鞭，巡视大地，给人类送来光明和温暖。所以，西方人民把太阳看作是光明和生命的象征。

如果说太阳的刚烈和热情可以给世界带来勃勃生机，那么月亮的静谧与柔和无疑给这片大地增添了洁白的温存。

“月色醉远客，山花开欲然。”月亮是温柔的、美妙的。试想，当你深夜伏案工作，一缕清柔的月光透过窗子，洒在窗台上，带来明亮与慰藉；清秋佳节，远在异乡的你看见，一轮杏黄色的满月悄悄从山嘴处爬出，把月影投入你的眼帘，也投入沉醉的心底；圆月渐渐升高，身旁的她，那银盘似的脸上流露着柔和的笑容；夜幕降临，翻山越岭，只为找寻那暗夜中充满希冀的一点光。当月亮终于出现，顷刻间，万点繁星如同撒在天幕上的颗颗夜明珠，闪烁着灿灿银辉。

不同于太阳的阳刚豪迈，月亮是一颗阴性的星星，这在某种程度上代表我们的肉体，月亮的本质是柔软的、平滑的、思虑的，就像人类的内脏和皮肤一样。月亮在人物方面常常代表女性，如母亲、妻子与女人，这并不代表月亮娇弱，而代表月亮纯净丰富的内心情感和潺潺如流水般的思绪。

杨花落尽子规啼，闻道龙标过五溪。
我寄愁心与明月，随风直到夜郎西。

这首李白的《闻王昌龄左迁龙标遥有此寄》写于李白听闻挚友王昌龄被贬之时，李白借助与月亮的对话，向月亮倾诉自己的心声，含蓄地表达了对朋友的忧虑和思念之情。

月亮是柔和的、亲切的，常代表和寄托着人们的思念和相思。而在我国古代，借月表达思乡之情早已屡见不鲜，许多性情之人中脍炙人口的诗句由此而来。杜汉魏时期曹丕的《杂诗》中有“俯视清水波，仰看明月光……郁郁多悲思，绵绵思故乡……”。杜甫的《月夜忆舍弟》：“戍鼓断人行，边秋一雁声。露从今夜白，月是故乡明。”明明是普天之下共一轮明月，本无差别，偏要说故乡的月亮最明亮，正就是相思惹的祸。而在李白的《金陵城西楼月下吟》中，“白云映水摇空城，白露垂珠滴秋月。月下沉吟久不归，古来相接眼中稀。”一幅空灵洁净的月夜之景映入眼帘：白云、城垣倒映在江中，清清的露水像垂珠似的从月光中滴洒下来，走进其中让人身心涤荡。诗人借月下之景透露出自己喜爱洁白、仰慕谢朓、追慕高远的情怀。因此，了解月亮的特殊意义，每逢佳节，举头望月，也许它会显得更加明亮。

太阳和月亮，一个阳刚一个阴柔，正象征着这世间的男男女女。我们手携手，走在希望大道，足迹蹒跚，手指摩挲，时光在阳光和月影下延伸。无论是太阳还是月亮，都是美好追寻的象征，它们给人类带来的温暖、生机、光明和诗意，不言而喻，我们一直沐浴在这一阴一阳的世界中畅快地欢唱，愉悦地追寻。《太阳浩劫》里面所说的，“假如哪天你醒来发现阳光明媚，那就证明我们成功了。”而我要说，假如哪天我们能安闲自得地赏那太阳和月亮，那这个世界就成功了。

唐晓康这一生走过了 60 个春夏秋冬，见过了太多的潮起潮落和花开花谢，只有太阳是免费地为我服务，无论日出日落，无论晨曦微露还是

夕阳西下都是不收费的无私付出和倾情奉献。只有月亮是不收费的，

免费地为我服务，而且是特别优质的服务，无论初夜还是深夜的月色，无论月圆还是月缺的月光一律不收费，月亮下谈恋爱不收费，月光下不谈恋爱也不收费。

只有空气是不收费的，无论是晴天的空气还是雨天的空气，无论是家里的空气还是家外的空气从来不收费，空气都是无怨无悔、情有独钟地一直免费为我服务了整整60年的光阴和岁月。

太阳也好月亮也罢，没有古今中外之分，也没有计划内外之别，一如既往一往情深一心一意地为人类免费地提供服务，从未思考过什么时候什么时间什么心情去因人设事因事设岗，专门收费，一劳永逸。

这是什么精神，这才是伟大的精神，这才是光荣的精神，这才是正确的精神。

这是什么行为，这才是有道德仁义的行为，这才是有良知良心的行为，这才是有信仰信念的行为，这才是有大爱大智大慧的行为。我们人类成千上万的收费项目与收费标准与太阳的免费项目相比与月亮的免费项目相比与空气的免费项目相比，都是一种悲哀和无知，都是一种浅薄和弱智。

没有战争，我们要发明战争。没有贫穷，我们要发明贫穷。没有收费，我们要发明收费。收费的人被收费，不收费的人也被收费，收费成了生存生活生命的一场游戏，最后谁也带不走一片彩云，都是空空地来又空空地去，都是轻轻地来又轻轻地去，都是哭着来到这个世界又哭着离开这个世界。

收费都是悲剧的开始，收费也是悲剧的结束。只有不收费的太阳月亮和空气才是人间的喜剧正剧和希望之剧。

我们心存感恩直到永远，因此，我们每天都要向太阳问好，向月亮请安。太阳日出日落这是生活，月亮月圆月缺这也是生活。

我们在阳光下成长，我们在月亮下恋爱。

我们的一生在太阳和月亮的轮回中慢慢地走完最后一公里，轻轻地停止物质生命的最后一次呼吸，也轻轻地开始灵魂生命的起航。我们向物质生命的太阳问好，我们向物质生命的月亮请安，这是我们物质生命的崇高所在。

我们更应该向灵魂生命的太阳问好，更应该向灵魂生命的月亮请安，

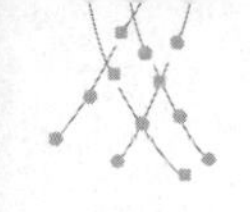

这是我们灵魂生命的伟大所在。

我们的物质世界和灵魂世界对太阳和月亮好，那么物质世界和灵魂世界的太阳和月亮也会对我们好，而且是更好，而且是好上加好。

大自然赋予我们阳光，大自然赐予我们美丽，大自然恩惠我们活着。活着就有痛苦，我们学会承受，活着就有幸福，我们学会享受。

我们来到这个世界，就是与太阳和月亮盛大的相遇，我们离开这个世界，也要与太阳和月亮再次深情地相逢。

因为我们永远都在向太阳问好，我们永远都会向月亮请安。

茶即是道，道即是茶

客人来了倒杯茶，口渴了喝杯茶，闲暇时品茶，谈事情也可喝茶……茶在我们的生活中体现出越来越多的功能，也扮演着越来越多的角色。茶与人生的联系越来越紧密了，而茶里尽显人生，可谓悟道尽在茶里。

影响中国人最久远的道，几千年来一直被中国人所向往的道，是“天人合一”。“天人合一”的思想概念最早是由庄子阐述，后被汉代儒家思想家董仲舒发展为哲学思想体系，并由此构建了中华传统文化的主体。天人合一的内涵即是天、地、人三者互相融合，物我相忘，合为一体。所以中国人有着非常久远深厚的山水情怀，对大自然的一草一木都有情愫，从中国古代的建筑、哲学、诗词、医学等各方面都可以体现“天人合一”的思想，流传了几千年的茶道也不例外。

茶道与天人合一的关联，同样盛行茶道的日本有一位禅师讲得非常好。他说：“当你端起茶杯来喝的时候，要有跟爱人会面时那种缠绵的心。当你把茶喝完了，把茶杯轻轻地放下，要有跟爱人离别时那种不舍的心。那你就会全身心地进入了一杯茶里。所以你品味了一杯茶，其实就是品味了禅，品味了人生。”

这位禅师所讲的喝茶要全身心投入，没有杂念，其实就是天人合一思想的体现。那么，茶道和天人合一的思想为什么有如此深的渊源呢?

首先，茶是大自然的产物，长在大地上，受日月雨露的滋养，最终形成了它独特的气质。这是茶的特殊之处，它不是人类制造出来的饮品，而是天地之间自然生长出来的植物。人们喝茶，就是喝天地，喝茶就是天地人三者的交融，在喝茶中能体会到亲切、自然、朴素，有天人合一的感受和体会，所以几千年来受人青睐。

茶的药用功效也体现出茶与生命的紧密关系。神农尝百草这个神话故事妇孺皆知，当时神农为了找出更多的药来治好人们的病，尝了很多中草

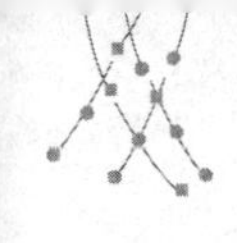

药，也多次中毒，虽然最后他是中了断肠草之毒死去的，但在这之前他中毒却能脱险，原因则是茶替他解了毒。即《神农百草经》中记载的：“神农尝百草，日遇七十二毒，得茶而解之。”

从这个神话故事可以看出茶在很早的时候就被人们知道了有药用功效，后来李时珍在《本草纲目》中记载：“茶苦而寒，阴中之阴，沉也，降也，最能降火。火为百病，火降则上清矣……若少壮胃健之人，心肺脾胃之火多盛，故与茶相宜。温饮则火因寒气而下降，热饮则茶借火气而升散，又兼解酒食之毒，使人神思闿爽，不昏不睡，此茶之功也……”宋代林洪《山家清供》一书中更有“茶，即药也”的论断。

这体现的是茶与中医的内在关联。喝茶是天人合一的体验，而中医的最高指引思想也是天人合一，把人的生命和天地之道结合起来，引导、疏通、协调，让身体健康地运行，所以茶道和中医的哲学原理是一致的。加之茶本身也具有药用功效，中药的煎法也有多种，茶的泡法也有多种。而且茶的每一种泡法都是通过精密的安排，以最适合的水温，发挥出茶叶的最大魅力，正如中药在四气五味中寻求最佳疗效，在寒凉温热、升降沉浮中寻求最佳配伍。中国茶道历史悠久，中国医药底蕴深厚。它们相伴相生，共同扶持。茶道似一尾可人的鱼，中医似宽容柔和的水，鱼水相依，至美和谐。所以喝茶不仅仅是喝“天人合一”的灵魂道，也是喝中医之道，喝身体的健康。

对我们自身的精神而言，喝茶也是一种修行方式。除开形而上的精神修行和中医性质的身体修行，喝茶也能修具体的心。茶道古典、蕴藉、内敛、涤烦，以“俭，乐，敬，美”为茶道精神。这也是精神修养的原则和境界。

卢仝在《七碗茶》诗中写的“一碗喉吻润，两碗破孤闷。三碗搜枯肠，唯有文字五千卷。四碗发轻汗，平生不平事，尽向毛孔散。五碗肌骨清，六碗通仙灵。七碗吃不得也，唯觉两腋习习清风生”，便是对茶的修心功效和养生意义做出的积极肯定。现今茶艺的发展，把传统礼仪、中国功夫、古典艺术等精神内涵融于茶中，在喝茶、品茶、赏茶的同时，还能领悟传统文化，这也预示着茶道会有越来越重要的文化意义。

在中国传统人文思想和中医的影响之下，喝茶也渐渐发展成了人们生活中的一种生活常态，可以说家家户户都准备有茶，用来解渴，用来待客，用来消磨闲暇的时间。可以说，茶已经渗透到生活的方方面面，渗入了人们的精神世界。

在鲁迅先生那篇著名的小说《药》中，鲁迅先生写一群旁观者，就是把他们集中在茶馆里；老舍先生也以一部《茶馆》写尽世间百态。两者异曲同工，体现出了相聚喝茶是人们寒暄的一种重要方式。现代社会，人们也会在茶中加深彼此的感情，感受彼此的心灵，成为人与人之间精神交流的一种媒介。

从以上的论述，我们可以断言，茶一身都是宝。哪怕是茶水由浓到淡的过程也有丰富的人生味道。台湾作家林清玄说得很妙："人生有很多起落，经过滚烫的开水烫过几次以后，就知道人生的滋味了。这时候你就慢慢接近那个天人合一的境界，有一天你站在天地之间，发现你跟这个世界的草木是没有分别的，然后禅味茶味，味味壹味；诗心佛心，心心相印。所以为什么茶在中国文化里面，是这么重要的东西。因为他是最高境界的象征和向往。"

读书使人明智增慧，喝茶使人淡定从容。一边读书一边喝茶，快乐和幸福油然而生，生存生活生命的作用和意义都在一本有温度的书里都在一杯有温度的茶里。宇宙就在书里，悟道就在茶里。眼界境界，气度气象，广度高度都在书里和茶里。造化也好，众生也好，江湖也好，游戏也好，人籁地籁天籁也好，全在书里和茶杯里。

悟道尽在茶里，一杯茶，从最初的茶叶，变为浓茶，然后变成淡茶。其间让我们收获的茶的滋味，即是人生的滋味。当茶归于淡，我们也明白了大道至简，生命最高的境界是归于平淡、平静。虽是一杯茶，蕴含的却是整个人生。

天才就是知道自己界限的人

人生的道路就像城里的公路，路上有很多红绿灯，或许前几个红灯你会等很久，但是后面几个全是绿灯，畅通无阻。反过来的情况也有。这大概可以用“福兮祸之所伏，祸兮福之所倚”来解释，所以不以物喜，不以己悲。《沉思录》中，作者无数次提到人生如时间之一瞬，人如宇宙之一尘埃，所以他告诫我们不要畏惧死亡，这样的观点是和佛家的思想暗合的。

然而佛家的思想终究还是太大了，如庄周大鹏之大，大瓠之大，说剑之大。大到它只能是一种境界，一种洒脱而气势磅礴的精神气度，从宏观上调控人的心态。这当然有用，有大用，然而在生活的细节上，在脚踏实地的人生经历中，却有大而无当的无力之感。我认识一个人，他的一个亲戚是北京的一个高官，按理说他办事就容易，但是他却说，他亲戚的关系太大了，而他做的是小事情，用不上。

庄子还好，佛家的思想，一深究就是相对主义、虚无主义，最终得出你什么都不是，这显然是有害于人生的。这个时候，我们或许需要脚踏实地一点，少一些唯心多一些唯物，结合佛家的空无与儒家的入世，这个时候就找到了道家。

道家的核心思想在一个“道”字。这个道，可以是“天行健”那样的道，也可以是生命生死变换的亘古之道，然而这样的道还是太大了，是一种境界，并无多少实际用处。但是如果把道放小一点，就有用了。

比方说红绿灯，碰到红灯或者绿灯看似偶然，但是前后的红绿灯其实是有关联的，前面堵车必然影响后面，前面畅通后面也就畅通，它有一个内在的运行规律——道。了解了这个规律自然就不必为当下的遭遇心绪不平了。

又比方说领导要提拔一个职员，说得简单点是提拔，但是也是有迹可循的。原因无非是职员能为他创造价值，或是不提拔的话职员会给他压力，或者是来自上司的压力，或者是自己的良心压力。这个提拔的本质就是道，它是不变的。职员了解这个道，就能知道自己升职与否的本质，也能找到方法去运作。至于成不成功，就不是他能决定的了。

我们再来谈男女关系。男女相爱，可以说是靠感觉，其实最可靠的说法是需要。相爱也是依赖，而依赖的本质是因为需要，彼此需要。你要一个人爱你，归根结底是要他需要你。需要有很多种，需要物质上的帮助是一种，但最大的需要还是精神需要。这种需要多半是看不见的，很多时候对方好像什么都没给你，你却已经收获了。比方说女生所需要的安全感；或者说就像我们想到一个人或是看到一个人，就会觉得很安心，很踏实，就会觉得心里满满的，不慌也不奢求，什么都有了，都够了，而那个人却什么东西都没有给你。所以需要这个东西很难说，越是深度的需要越是看不见，越是意识不到。

社会越来越进步，财富对爱情的影响在减小，但是人却越来越孤独，所以世间依然难以找到好的爱情，甚至更难。以前，人们对爱情的精神需要被物质需要遮掩，好像找个门当户对的异性安稳地过一辈子，结婚生子养家，就是人对于婚姻的责任。所以，那时候的新郎新娘还是父母之意，媒妁之言，而之前他们可能还没有见过。但是现在很多人讲相比现在，以前的婚姻稳定，但是那种稳定是在精神糊涂的基础上建立的。那种婚姻，最初的形成主要是靠物质和形式的契约，精神需求很少，或是某些精神没有被唤醒。而人躁动不安的本质是精神，因为那种婚姻中精神的反抗意识和力量很小，所以稳定。

但是那样的婚姻模式放在现在还行得通吗？当然行不通。现在倡导精神自由，人对精神的需要倍增，而且清醒，精神这个精灵已经放出来了，这个时候你再用过去的那种契约去约束爱情，当然不行，即使妥协了也是不安心的。就像婴儿小时候穿开裆裤觉得没啥，但是一旦长大了，就再也不会穿了。或者又如亚当夏娃，没有吃智慧树的果子时，两人赤身裸体不觉得尴尬，一旦有了羞耻心就马上用树叶裹住下身。我们能要求一个大人穿开裆裤吗？能要求有了羞耻心的亚当夏娃赤身裸体吗？所以过去的爱情模式终究不能搬到现在来了。

精神需要极其微妙，所以现在的婚姻难以稳定，好的爱情也难寻。我先说明，精神需要是因人而异的，所以每个人寻找到满意的精神伴侣的难

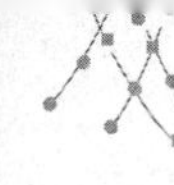

度不一样。一个傻子，根本意识不到精神为何物，所以给他找个异性就行。但是对于精神极其丰富精致的人，他所寻求的爱情就异常稀少，因为他能看到的东西太多了，他意识到的东西太多了，他不用尝试就知道对方能不能给他需要的。假如他又是深刻的、清醒的、有野心的、不愿意妥协的，把爱情同人生结合起来，那么他所需要的爱情就更难找。看似简单，其实难办；要求其实很少，但是很少有人具备。这样的爱情需求已经进入了生命和人生的境界之中。

我讲这些，其实就是在分析爱情的逻辑。爱情看似没有逻辑，但是它一定有一个人心定出来的法则，有一个道。弄清楚了这个道，就可以明白该怎样去对待，怎样去做，怎样去完善。爱情的本质是需要，只有不断满足对方的需要才能使爱情长久、保鲜，而前提是，你要懂对方，还要有能力给予他所需要的。这种懂与给予，按理说精神上非常难，因为我们需要懂的是一颗心。但是也可以非常简单，因为若真是旗鼓相当的两颗心，自然容易互相体会互相理解，心有灵犀之下，很多话，不必说，对方就懂，或者略微一说就懂，这就是默契。

周国平说过一句话："最好的爱情一定是两颗成熟又丰富的心灵的全部人生经历发出的呼唤。"丰富的人能给的多，能拥有的也多；成熟的人少犯错，爱的方式也经得起考验。所以这样的爱情是广阔深邃而正义的，经得起真理检验的，不随时间流逝而改变性质的，自然是最好的爱情。

扯远了，言归正传。我谈了升职之道，爱情之道。如果有人明白了这个道，并做到了极致，还是没有成功，没有拥有，那就关乎命运了，或是天命，毕竟有些东西是我们能力之外的。

这就来到了宿命论。人们讲，叔本华有宿命论，托尔斯泰有宿命论，哈代有宿命论，余华有宿命论，张爱玲有宿命论，并持批判态度。但是那种宿命论是彻底的宿命论吗？答案是否定的。就说哈代的小说《苔丝》，苔丝的男朋友因为苔丝不是处女而抛弃了她，后来又后悔，最终酿成了悲剧。这个命运可以改变吗？可以的。如果她的男友再深刻一点，这个悲剧就避免了。又说张爱玲的《十八春》，如果沈世钧当初想方设法找到了顾曼桢，还会有后来的悲剧吗？也是否定的。把这两个例子拓展到现实的人生，思考后我们就会发现，其实很多看起来是宿命的其实并不是不可改变的，我们可以通过自身的完善，通过自己的反抗去改变。因此这并不是宿命，而是我们自己做得不够罢了。因而，贝多芬这样反抗命运的人成了英雄，万里长征成了震惊世界的壮举。

或许，所谓英雄主义就是竭力去改变那能改变的。我曾在《托尔斯泰论创作》这本小说中看到一句话："天才就是知道自己界限的人。"这句话很好。知道自己的界限，就是知道自己能干什么不能干什么，明白了这一点，就不会浪费生命，把自己能做的做了，剩下的交给命运。这样的人当然是天才。

古话讲："尽人事，听天命。"把自己能做的都做了，才知道老天爷是如何安排的，实在是至理名言。倒过来，"知天命，尽人事"更是至理。了解天命，了解道，然后尽自己所能把该做的都做了，这样的人生还有什么可以抱憾的呢？

同情要以尊重别人为前提

前段时间，网络上爆出某歌手听力只剩六成的消息。作为歌手，听力的意义自然不言而明，歌迷朋友纷纷表示惋惜。我并不熟悉这位遭遇不幸的歌手，只是这条新闻，令我想起了学生时代同样不幸的女同学。

女同学长相平平，成绩一般，平时我与她很少有交集，至今更无联系了，让我印象深刻的原因，是一次收作业本的时候，我误翻开了女孩的日记本，里边一个触目惊心的故事，令我至今刻骨铭心：

“同桌悄悄提醒我，坐我左后方的男生叫我好多遍了。我急忙回头，用目光询问什么事。男生却缄了口，眉头微皱，脸上流露出颇有同情意味的，讳莫如深的表情。

那是一种悲天悯人的姿态。

“我的脸迅速涨红，仿佛受到了羞辱——我知道，我的左耳听不见，他可怜我。

“可怜！可恨！难道是我的错吗？我只想做个正常人！”

这位女同学和歌手有相同的遭遇，左耳听力失灵。开学第一天，女同学的妈妈就领着她，当着全班的面说明情况，央求班主任“多关照”……自此，第一排的正中位置成了女孩的专属。

母亲的本心是好的，渴望老师和同学们多多关照自己不幸的孩子，只是，尚不知如何维护女孩幼小自尊的同学们，表达关爱与同情的方式简单粗暴，也不一定有耐心。记忆中的女孩子，总是活得小心翼翼，习惯低头，眼神躲闪，生怕遗漏了来自左边的声音。

很多时候，对弱者施与同情被看作理所当然，但简单粗暴的同情，往往也最是伤人。女孩的日记仿佛充满血泪的控诉：求你了，不要同情我，我只想做正常人！

同情的前提，是尊重。因为自以为是的同情，不少只想安安静静的被看作普通人的“女同学”，正一次次被“同情”打回原形，扮演着被怜悯的角色。

孟子说，每个人都有怜悯体恤别人的心情。古代的皇帝由于怜悯体恤老百姓，所以才有仁政。没有同情心，简直不是人；没有羞耻心，简直不是人；没有谦让心，简直不是人；没有是非心，简直不是人。同情心是仁的发端；羞耻心是义的发端；谦让心是礼的发端；是非心是智的发端。人有这四种发端，就像有四肢一样。有了这四种发端却自认为不行的，是自暴自弃的人；认为他的君主不行的，是暴弃君主的人。凡是有这四种发端的人，都要扩大充实它们，就像火刚刚开始燃烧，泉水刚刚开始流淌。如果能够扩充它们，便足以安定天下，如果不能够扩充它们，就连赡养父母都成问题。

同情好不好？斯密和叔本华说，同情是最重要的道德。尼采却认为，同情会损坏被同情者的尊严和痛苦价值。周国平则认为，以上两种观点各有道理，不妨结合起来。一方面，作为个人，在遭遇痛苦的时候，要尽量自己忍受和解决，不向别人诉说，不博取同情，这是自尊，也是对他人的尊重；另一方面，作为社会和他人，在帮助弱者的时候，不要伤害受助者的自尊心，也不要压抑受助者的自强意识。

前阵子，陈赫的孩子满月了，他在微博发文“感恩”，并配上了温馨的父女合照。不出意料，蕾拉小姐（许婧）随后被跟着带上了热搜，这位曾被婚内出轨的女人，至今没有甩开“陈赫前妻”的标签，陈赫一有什么风吹草动，精力旺盛的网民们就涌到许婧微博，宣泄着自以为是的同情。

事实上，自去年和陈赫离婚之后，作为旅游记者的蕾拉小姐，就一个人踏上了 45 万公里的旅途。她跨过海越过山，去丹麦看到了不可思议的日落，在古巴和爱音乐的人们一起摇摆，在海底世界与生物对话，在神秘又美丽的伊斯兰世界里翩翩起舞，她甚至抵达过一年连续两个月时间没有夜晚的特罗姆索。

“在爱情之外还有更多值得我们去追逐的事情。”旅行中的许婧犹如重获新生，活得潇洒，活得阳光。对真实情况并不熟知的网民朋友，却一厢情愿地，一次次用同情的枷锁，将她推上风口浪尖。

大张伟最近在一个访谈中，曾引用了这样一句话：“同情，是最大的歧视。”长达 14 年的感情，短短一年便被拆散了婚姻，蕾拉小姐或许历

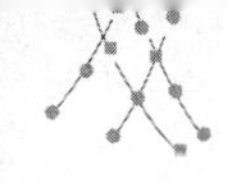

经过伤心欲绝，但不至于走投无路，更不至于被同情判了无期，以至于三姑六婆、围观看客们都跑来咒骂渣男，表达同情，并掺杂意味难明的可怜和惋惜，实在令人潇洒不起来。

事实上，大部分旁观者的同情和评判对当事人没有任何实质性帮助，他们却一次次站在道德制高点，打着善意的旗号，将人的伤口血淋淋撕开，供观众反复咀嚼、观赏、把玩，以此得到心理满足。

所谓同情心和道德感究竟成全了谁？

很多时候，我们对现实的确无能为力，我们会胆怯，会撒谎，会逃避。带有善意的同情，或将我们和他人连接在一起，诚实地面对自己的生活，温柔地对待自己。如果我比你稍有宽余，我能带着那么一点可怜的优越感说，“我还算幸运”；如果我和你相似，我庆幸有人和我一样，彼此做个伴。

只是，对别人的痛苦，我们的同情一开始可能相当活跃，但痛苦持续下去，同情就会消退，反而将同情演化为一场集体暴政：踩着受难者的脊骨，酣畅淋漓地宣泄委屈和愤怒，光明正大地诉说委屈和不堪，渐渐地，我们忘了自己的本心，忘了什么是二次伤害，什么是尊重，什么是感同身受，我们看不见自己亲手搭上的压死骆驼的最后一根稻草。

如果你真正地关心某个人，对他存有美好的期待，请不要同情他。不合时宜的同情和安慰只会刺激遇挫者的泪腺，招摇而来的目光，都将化作刺向人伤口的尖刀。

对身处痛苦的当事人来说，他此刻或许已将遭遇艰难消化，而你，充满善意但却没有任何实质性帮助的同情，只会带来二次伤害。只言片语，都是凌迟。

不要同情，不要评判，不要居高临下的可怜。当别人舔舐伤口时，请不要打搅别人。毕竟最切己的痛痒，只有自己能最真切感知。你有狭隘的天空，我自有广阔深涯，不用端端地跋山涉水而来，专为泼一碗同情的热汤。

万花没有兰花香，谁比兰花更美丽?

有一种花，淡雅、清丽、珍贵、神奇、芬芳，是花之骄子、天之国色，文人雅士之大爱。她没有牡丹之堂皇、山茶之浓艳、秋菊之灿烂，也没有冬梅之孤绝、桂花之浓郁、玫瑰之纯烈，它就是兰花！它是花，是草，是植物，更是一种文化，蕴含丰富的诗意、禅意、美学和人格象征意义。其绰约的风华，淡泊的品性，引多少人为之如痴如醉，爱不释手！

兰、竹、梅、菊，并称“花中四君子”，然而竹有节无花，梅有花没叶，菊有花叶而少香，唯兰兼而有之，实乃“君子”之翘楚也！

兰花从形质上就被赋予了一种美学境界，代表着一种美好和纯粹：先看兰花之颜值，其仙姿逸彩，参差错落，俯仰自如；或英姿挺秀、刚中有柔；或轻灵舒展、俊逸飘洒；香气清冽而不浊，可远闻而不可近嗅。有菊花之静而无其孤，有水仙之清而无其寒。清淡素雅色如碧玉，一盆在室满屋皆香。真正是婀娜多姿、其妙无比、其趣无比。墨人骚客舍案几之最佳清供，舍它其谁?

再看兰之内涵，更是浸透了浓浓的文化气息。儒家创始人孔子可谓是赏兰之鼻祖，他说：“与善人交，如入芝兰之室，久而不闻其香；与恶人交，如入鲍鱼之市，久而不嗅其臭，与之俱化矣。”提出交友应择善而交，将“善”十分精准地融入了兰花。并感叹道：“兰当王者之香。”既喻示了兰花的品位，又提出了作为王者应具有王者之风和兰花的品德，由此确立了兰花的文化地位。

孔子还说：“兰生幽谷，不以无人而不芳，君子修德，不为困贫而改节。”孔子之言，即赋予了兰花特有的人文思想。孔老夫子周游列国之时，传播“王者社稷以礼，于民以仁”的治国理政之道，虽郁郁不得志，却从未动摇过自己的理想信念。他在路途当中，对兰抚琴而作《猗兰操》：“气若兰兮长不改，心若兰兮终不移……”这正是数千年来，中华民族的志气和风骨。

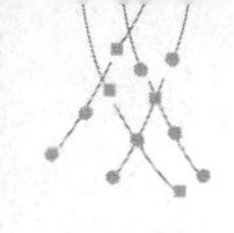

从孔子咏兰为君子，到勾践种兰以明志，屈原佩兰以示节，可以看出兰花文化的发展源头。

话说楚国士大夫屈原被奸臣所害，罢官归田，他在仙女山下办了所民办学校，亲自教授学生。

一天，山上兰花娘娘路过，正好看到屈原在讲课，于是立在窗外旁听。只见屈原挥舞双臂，慷慨激昂地陈述着复兴楚国的理想，这一幕让兰花娘娘动容，她知道屈大夫热爱兰花，于是施展法术，点化了他栽种的三株兰花。

有一次屈原抱病授课，当讲到国家奸臣当道、百姓受苦的情形时，由于过分激动，义愤填膺，嘴里突然喷出了一口鲜血，恰巧溅落在窗外的兰花根部。

一夜之间，被屈原鲜血喷洒的兰花，竟繁茂了许多，一数竟有几十株。闻着阵阵清香，屈原病情大好。

后来，学生们把兰花移栽于室外，更加奇怪的事情发生了，入土即生根，次日便发芽，第三天则伸枝展节，第四天就绽蕾开花。到了第五天，每一株又生出新的植株。

兰花铺展蔓延，老农见了高兴地说："我们这里十二亩称一畹，屈大夫栽种的兰花，怕有三畹了！我们这山乡呀，真该改名叫芝兰乡了。"随后，兰花从三畹发展到六畹，又由六畹逐步扩展到九畹。

从此，仙女山下的一条清溪就叫作九畹溪。九畹溪边的兰花，一年盛似一年，其醉人的芳香弥漫在整条西陵峡中！

后来，屈原再次离开了家乡。就在那一年五月，山里的兰谷、溪边的兰花，突然之间全部凋零而死，唯有阵阵暗香萦绕……乡亲们预感到将有什么不祥的事情发生，果然，很快就传来屈原已在汨罗江投江自尽的噩耗。

为了不忘却的纪念，屈原的学堂遂被改建为芝兰庙。

"兰之猗猗，扬扬其香；若无清风，尔为谁芳。"屈原无疑为"君子"之千古楷模。

因此，养君子之兰，修君子之德，求君子之风成为一种人格高峰，古诗云："虽无艳色如娇女，自有幽香似德人。"兰花还有"德花"的美誉。修德养兰，养兰更益修德。

兰花与佛家也有相通之处，佛家认为，心净方得遁入清净空门，而植兰则是修性净心之法也。故佛家云：禅者，静也，定也，悟也。静了定了，就得妙悟，就能悟出人生的大智慧来；而兰花“不以无人而不芳”的物性就是静，就是定。

兰花与道家也不无渊源，道家清静无为，隐逸于世，淡欲如水，逍遥天地之间，因此道家认为，人当如兰，不争不喧，唯求内心的安宁。兰花就像这道家的隐士一般，生长悄悄，开放静静，凋零默默，无欲无求。

诗曰：“浅淡梳妆原国色，清芳谁及胜兰花。”得天道而自然者为贵，争纷无道而自欲者为劣矣！天地万物，清浊自明。兰花把一切交付给自然，一切“随天”“随地”“随风”“随雨”“随缘”。她任性随意地生长于丛山深林之间，吐露芬芳，伸展姿容，禀自然之造化，汲天地之精华，没有任何雕饰的痕迹，随性是一种美，是祥和、淡定与释然。于从容中见物性，于淡定中显风骨。

于我而言，兰花的情怀将伴随我一生。已经记不清是哪一年哪一月哪一天，朋友送给我一盆素黄色的兰花。我不经意间放在住家凉台上，然后没有特别刻意地去浇水施肥剪枝修叶，几乎忘记家里有盆兰花的存在。

突然有一天夜晚我去凉台收衣服，一丝微风拂面一阵清香扑鼻而来，特别舒服。兰花那种清新自然淡雅舒适的香味久久都让人回味无穷，初次进入记忆就难以忘怀，至今常想常新，令人陶醉。

从此以后，几十年来兰花的情怀相随相伴。我的办公室素黄兰花是必需的标配，每年两季的兰花盛开飘香满屋是一种幸福的轮回。

我的住家更是一排排金黄色的素色兰花整齐划一地年年岁岁花开花谢，王者之香的花朵伴随着王者风范的花叶让我赏心悦目流连忘返，美不胜收似醉非醉，瞬间置身于梦幻般的童话世界，刹那沉浸在千年不醒的美丽景色陶醉之中。

自从喜欢上兰花，自从闻到了兰花的王者之香，则不知烦恼为何物，不知忧愁在哪里。就是这么神奇，就是这么见效。

人生有眼识、鼻识、耳识、舌识、身识五识。由识转智升华为意识和潜意识以及境界，几十年来兰花对我的潜移默化修身养性，增长智慧增强灵性美丽灵魂功不可没。

一花一世界，一草一天堂，活在兰花的世界，香在兰花的天堂，如诗

如画的生命直到永远直到永恒！

品鉴兰花，就是品鉴人性之美，人性美是人类亘古不变的追求，或以兰花拟人，将人格融于兰；或以形喻意，将兰花理想为至美人性。

于是我们在育兰赏兰中，得到性情的升华和品格的映照。

往宽处看，人生处处是坦途

人的一生，难免会有心生怨恨的时候，因为有太多不如意或是违背我们期待的东西，比如欺骗的言辞；比如带着一颗诚心去却遭受到令人失望的敷衍；又比如别人对我们做出了信誓旦旦的承诺却不兑现……

这些情形都将使我们失望，因为过错的本身是在他人。但是，我们却很难改变一个人，尤其当事情已经发生的时候，说得再多也成了口舌之争，而且可能在矛盾的基础上再增矛盾。因此，除非必争的情况，以包容的心态息事宁人可能是最好的方式。正如孔子所说："成事不说，遂事不谏，既往不咎。"这种宽容的境界需要的是我们的理解，设身处地地为别人考虑。这似乎是不合理的，但是也可以是合理的。

先看谎言，毋庸置疑，生活中没有谁喜欢听谎言，即使不小心上了谎言的当也是把谎言看作真言的缘故，而人们之所以对我们说谎往往有其言不由衷。

在安徒生的童话《皇帝的新衣》中，皇帝没有穿衣裳暴露在臣民之前，所有人都发现了他没有穿衣裳，但是除了那个单纯的小孩，没有谁愿意说出自己内心的真话，因为他们担心说出了真相会惹恼皇帝给自己带来灾祸。这便是他们的言不由衷，也在情理之中。帝王往往最难听到真心话，因为违背一个人的意志往往会遭到敌视，而帝王的权力至高无上，一旦被敌视后果不堪设想，身为普通的老百姓毫无反抗的余地，当然会因为谨慎而说好听的谎话。在生活中，很多人都愿意选择一种圆滑的处事态度，不愿意得罪人，因此说谎就成了常态。这是世态人情，我们没有什么可以抱怨的。

小仲马的小说《茶花女》最后的悲剧就是由一系列的谎言造成，先是男主人公阿尔芒的父亲找到了茶花女玛格丽特，告诉她："如果你真的爱阿尔芒，那么请你为他的前程着想，离开他。"阿尔芒父亲的父爱打动了

善良的玛格丽特，于是她悄悄离开了阿尔芒，被阿尔芒发现后，又说谎不爱他了。阿尔芒的父亲也说了很多谎话欺骗阿尔芒，让他离开茶花女。阿尔芒信以为真，以为玛格丽特真的不爱他了，于是又找了一个情妇，以嫉妒的手段伤害阿尔芒。等最终真相大白之时，玛格丽特已经生命垂危，阿尔芒甚至没有见到她最后一面。

在这个悲剧里，阿尔芒听到的所有谎言都是因为爱，他的父亲因为爱他而欺骗他，玛格丽特也因为爱他而欺骗他。虽然结局是三人都受到了伤害，但是这种爱却是无比真挚的，说谎是言不由衷。

我们思考以上的事例，就能明白，《皇帝的新衣》中，是皇帝的身份和爱虚荣的性格导致他遭受欺骗，《茶花女》中，是阿尔芒自身的状态出了问题，而遭受爱的欺骗。如果童话里的那位皇帝是唐太宗那样能听真话的皇帝，又怎会听不到真话呢？如果阿尔芒的前途无忧，他的父亲和玛格丽特又怎会欺骗他呢？别人之所以对我们说谎，最大的原因不是因为别人喜欢欺骗，而是我们自身的情况让别人不得不说谎。因此，面对谎言，我们不应仅仅只是抱怨，还需要学会反思，要受得住谎言。

敷衍是谎言的亲兄弟，两者的本质皆是不可坦诚以待，两者同样有其言不由衷。

人与人之间的交往，要么是物质上的交往，要么是精神上的交往，或是因为经常接触、遇见而无法避免的交往。没有敷衍的交往，必须以真诚的感情作为基础，然而很难做到。利益上的交往，比如酒桌上，为了让彼此高兴，都免不了敷衍，说些好话；在生活中，我们每天都会遇到很多人，和这些人既没有利益关系又没有精神交流，但毕竟认识，所以遇见了免不了要打招呼，寒暄几句。这样的交往本身就没有交往动机，肯定也少不了礼貌的敷衍。精神上的交往，由于双方的境界不搭调，或是没有给予与索取的关系，也常有敷衍。

萧伯纳成名后，门庭若市。一天，英王乔治六世前来访问他。寒暄之后，由于兴趣爱好和文化修养极为悬殊，两人很快就相对无言。萧伯纳看英王迟迟没有离去的意思，便从口袋里掏出怀表，一个劲地盯着看，直到英王不得不告辞。事后，有人问他，究竟喜不喜欢乔治六世，萧伯纳微微一笑，饶有风趣地答道：“当然。在他告辞的时候，确实让我高兴了一下。”从这个小故事里，我们都能想象到萧伯纳对乔治六世的敷衍，这样的敷衍也是必然的，正如孔子所说：“中人不可以语上也。”

其实，哪怕是我们的亲人，朋友，在他们精力不济或是在思考其他的事情时也可能会敷衍我们的认真，那样的敷衍并非故意伤害，而是出于对感情的考虑而采取的应付方式——总比不说话好。

因此，对敷衍，我们也应像对待谎言一样，要经得起，放得下，有一颗反思之心、包容之心，如若一味计较，则可能偏离本质，造成更多的烦恼。

不实现诺言与说谎、敷衍一样，同样有言不由衷的时候。我们先看看千里送鸿毛这个故事。

唐朝贞观年间，西域回纥国为了表示对大唐的友好，便派使者缅伯高带了一批奇珍异宝去拜见唐王。在这批贡物中，最珍贵的要数一只罕见的珍禽——白天鹅。缅伯高最担心的也是这只白天鹅，万一有个三长两短，无法向国王交代。一天，缅伯高来到沔阳湖边，只见白天鹅饥渴难耐，心中不忍，便打开笼子把白天鹅带到水边让它喝了个痛快。谁知白天鹅喝足了水，“扑喇喇”一声飞上了天！缅伯高向前一扑，只捡到几根羽毛。一时间，不知所措，思前想后，缅伯高决定继续东行，他拿出一块洁白的绸子，小心翼翼地把鹅毛包好，又在绸子上题了一首诗：“天鹅贡唐朝，山重路更遥。沔阳湖失宝，回纥情难抛。上奉唐天子，请罪缅伯高，物轻人义重，千里送鹅毛！”缅伯高带着珠宝和鹅毛，披星戴月，不辞劳苦，不久就到了长安。唐太宗接见了缅伯高，缅伯高献上鹅毛。唐太宗看了那首诗，又听了缅伯高的诉说，非但没有怪罪他，反而觉得缅伯高忠诚老实，不辱使命，就重重地赏赐了他。

这个故事讲述了信守诺言的重要性，“一诺千金”一直是我国或是全人类都认可的原则。但是“千里送鹅毛”这个故事还给了我们这样的启示：人生处处有意外，未必所有的诺言都能实现。电影《魂断蓝桥》中，男主角与女主角互相承诺了等待战争结束再重逢，可是一则来自战场的错误消息让女主角以为男主角已经战死了，在巨大的悲痛中她渐渐堕落。后来男主角回来找到她，要和她举行盛大的婚礼，女主角难以把真相说出口，答应了，却还是在婚礼那晚逃离而后自杀——她违背了自己的承诺，也对不起他。

我们相信，没有人会不理解这个女主人公的“不守承诺”。因而，在我们的生活中，别人对我们的“失信”，我们也可以宽容对待，能不计较

则不计较，毕竟失信已经发生，于事无补了。

其实，不管是谎言、敷衍还是失信，这些东西都与别人有关，换言之，我们的感受是建立在别人如何做的基础上，被他人左右，我们无法独自决定。既然需要别人的参与，这些东西就不曾真正地只属于我们，也不一定必须属于我们，那么，我们不必惋惜，完全可以试着放下，卸去负担：往宽处看，人生处处是自在坦然。

我只愿以最大的善意面对这世界

有些往事，我本不想提，有些伤疤，我也不想揭。在我的第一本书里，我没有写；在我留给这个世界的第二本书里，我如果再不写，就感觉有些对不住关心我的朋友们了。

这个真实的故事藏在我心里快20年了，一度如千斤巨石，压得我喘不过气来，我今天权且说出，把这块石头拿掉。20年前，我帮助一个同事朋友炒股，什么手续都没有什么字据也没有，就是把钱给我，由我买卖STAQ法人股。有一天，STAQ法人股突然宣布择日关闭，不再交易。我选择了关门前一天收市前全部平仓，亏损出局。事情过后，我告诉朋友因为市场要关闭，我没有能力抗拒这种不可抗拒的事件发生，你说该怎么办？不卖股票不交易资产为零，卖掉股票巨大亏损资产还有一部分，可以东山再起。

他变脸比川剧的变脸艺术还快，叫我赔本连同利息一起赔。

把我告了，证据和证言证词就是和法官一起同流合污找到一条证据，就是因为我当时是金融机构的员工，金融机构的员工在中国境内法律不准买卖股票。

我的股票买卖行为是违法行为，判决我赔偿对方的全部本金。

我无言以对，我不可思议。但是我最后选择签字赔偿对方所有损失，按本金全部偿还。

我用了十年的时间把这笔天上掉下的巨额债务彻底还完。单是扣我的工资就有十年的时间。

当我赔完所有的钱，对方讲，唐晓康这个人不错。

一个天大的笑话就是这样发生又是这样结束，但是这个笑话也许有一天会在江湖传说。

更可笑的是，当初宣布为非法市场的STAQ法人股市场两年后又恢复

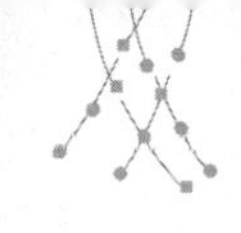

成合法的股票交易市场，至今成为全国新三板几千家股票的买卖市场。

而且现在的新同事们都在阳光下买卖中国股市的股票，他们的买卖行为都受法律的保护。

有些好心人希望唐晓康去告那些坏人，但是谁关闭的STAQ法人股至今都是一个谜。

谜底没有，一切安好！我只愿以最大的善意对待这个世界，用德行去回抱曾经的怨怒。

“以德报怨”虽然鲜有人能做到，但是从古至今，却一直被人们视作一种非常高尚的行为或是境界，一提到这个词，大家的反应估计都是：太好了，但是太难了。

但今人也有做到这样以德报怨的，那就是南怀瑾先生，他在台湾的时候，乐于帮助人的性格传得路人皆知。很多时候，有些骗子找上门来向他借钱，他并不认识那些人也知道他们是骗子，但是南怀瑾先生还是毫不犹豫地借钱给他们，有的人骗了一次又来骗，他还是不计较，装作不知道，又给他们。身边的人问他为什么要这样，他这样说：“别人来找我借钱，不管是骗还是真的，他都一定有困难，既然我能帮他解决困难为什么不帮呢？”

听南怀瑾先生这么一说，我们就会发现他的“以德报怨”并不是甘受欺负和完全道德意义上的忍受，而是一种人生的境界。他看穿了事情的本质并以非凡的智慧去理解、处理，成就了自己，也帮助了他人。所以以德报怨，用对地方了，或者说用的人境界高了，不是输，而是赢。

南怀瑾先生的以德报怨是精神境界上的，常人难以做到或者不会理解，下面要谈的宋就的以德报怨就很具有现实意义了。

宋就是春秋时期梁国的一位大夫，他曾经做过一个边境县的县令，这个县和楚国相邻界。梁楚两国的边境兵营都种瓜，各有各的方法。梁国戍边的人勤劳努力，经常浇灌他们的瓜田，所以瓜长得很好；然而楚国士兵因为懒惰很少去浇灌他们的瓜，所以瓜长得不好。楚国县令因为梁国的瓜长得好，而对自己楚国的瓜长得不好感到很生气。楚国士兵心里便嫉恨梁国士兵，于是夜晚偷偷去破坏他们的瓜，导致梁国的瓜常常枯死。梁国士兵发现了这件事，于是请求县尉，也想偷偷前去报复破坏楚国的瓜田。县尉拿这件事向县令宋就请示，宋就说：“唉！这怎么行呢？结下了仇怨，是惹祸的根苗呀。人家使坏你也跟着使坏，怎么心胸狭小得这样厉害！要让我教给你办法，一定在每晚都派人过去，偷偷地为楚国兵营在夜里好好地浇灌他们的瓜园，不要让他们知道。”于是梁国士兵就在每天夜间偷偷地去浇灌楚兵的瓜园。楚国士兵早晨去瓜园巡视，就发现都已经浇过水了，瓜也一天比一天长得好了。楚国士兵感到奇怪，就仔细查看，才知道是梁国士兵干的。

梁国以德报怨的事情被楚国县令知道了，很感动，就把事情详细地报告给楚王。楚王听了之后，又忧愁又惭愧，告诉主管官吏说："这是梁国人在暗中责备我们呀。”于是拿出丰厚的礼物，向宋就表示歉意，并请求与梁王结交，两国的友好关系自此开始。

这样的例子，就很明了了。在现实生活中，我们都会遇到这样的情形。对别人给我们制造的一些小麻烦，如果能以德报怨，以自己的宽厚之心去唤醒对方的羞耻心，很可能取到化干戈为玉帛的结果。相反，如果硬碰硬，以眼还眼以牙还牙，不仅无济于事反而让事情恶化。所以我们常说“退一步海阔天空”。

但是有些人是没有羞耻心的，纵容他一次他反而觉得对方是怕他，变本加厉地干坏事。被判处重刑的很多罪犯，都是因为屡教不改，一犯再犯。对这种情况，宽容就是纵容，以德报怨是赔了夫人又折兵。打个比方，现在碰瓷的人很多，如果被碰瓷的司机明知被骗，却还给碰瓷的人一笔钱，不计较——因为他日子也不好过，这样的以德报怨效果就不好，因为对碰瓷这种恶心的行为，应该严惩，才是正义。如果这样好心的司机多了，碰瓷的人岂不是要多起来，最终给社会带来更大的麻烦。这里就暴露了以德报怨的致命之处：容易纵恶。所以以德报怨也是要看情况的。

其实孔子也不赞成以德报怨，《论语·宪问》里有这样一句：“或曰：‘以德报怨’，何如？子曰：何以报德？‘以直报怨，以德报德。’”这里，孔子的意思是说：“用德去包容（报答）别人的过错，那么对你有恩的人，你该如何报答？”

孔子之问抛出了几个问题：以德报怨如何感恩？以德报怨如何能保证公平？俗话讲：“滴水之恩，涌泉相报。”如果以德报怨，对怨涌泉相报，那么如何报恩呢？这就是问题。在生活中，付出、感恩、报答共同构成了良性循环，人们的感情也通过这种方式增进。如果以德报怨，就会打破付

出与感恩之间的平衡。“怨”与“德”两者天地悬殊，最终收获的却都是“德”，那么“德”的人是否会失望而做“怨”事呢？中国还有一个认同感非常非常大的成语“赏罚分明”，这个成语用来考量以德报怨，就发现以德报怨的又一致命缺陷：破坏正义与公平。

所以孔子说：“以直报怨”，“直”，正直。孔子的这句话就可以理解为公平正直、赏罚分明。我们不得不承认孔子棋高一着，从社会生活的大趋势来讲，孔子的观点的确更稳定、可靠。

然而恻隐之心，人人有之，同情与宽容的人性，也为很多人所具有。所以以德报怨并非过错，其实还是善良高贵之举。只是在我们以德报怨之时，要把目光放长远，不能变成纵恶，打破大局的公平正义。

勿以恶小而为之，勿以善小而不为

“勿以恶小而为之，勿以善小而不为。”这句话是刘备临终之前对着自己的儿子刘禅说的。刘备这个打草鞋出身的英雄，大多数人称他仁德宽厚，而有些人则以为他就是一个脸皮厚心黑的聪明人。四川的李宗吾先生就把他奉为厚黑学的祖师爷，这是笑话。刘备究竟是怎样的一个人我们已经无从确信了，但是他那句关于善恶的名言却一定是对的，是“马克思主义式”的客观真理。以小至大，透析善恶之心。刘备这样的智慧可能与他从打草鞋的小事做起做到了皇帝的经历有关。

天地间一切事物，只要有思考的能力都会有善恶的观念。刘备这句名言也被人们写成了形象生动的寓言故事。

故事是这样的：

一只老虎在森林里觅食，突然一个黑影掠过，老虎心想好菜来了，于是奋起急追。正在老虎准备吃掉这只老鼠时，老鼠说话了：“老虎大王，请你放了我吧，你吃了我，连塞牙缝都不够，如果你放了我，说不定日后我能帮助你呢！何况，你要捕食一只大些的猎物，实在是太容易了。”

老虎心想：你这么个小老鼠，吃了的确是杯水车薪，倒不是贪图你以后能对我有什么帮助，只是看到你求情，大王心情好把你放了。于是没当回事就把老鼠放走了。

一天，老虎掉进了陷阱，被猎人们五花大绑准备送回村里。走了不远，猎人们到小饭馆吃饭，老虎被搁在外面。

这时，老鼠气喘吁吁地出现在了老虎的面前，开始咬绑在老虎身上的麻绳。费了九牛二虎之力，麻绳终于被咬断了，老虎长长地舒了一口气，和老鼠跑回了林子。

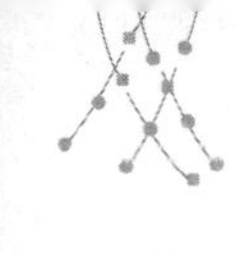

捡回性命后，老虎感慨地对老鼠说：“没想到我一念之仁，却救了自己的命。”

这毕竟是童话故事，老虎当然没有这么心善，恐怕还没等老鼠反应过来就把它吞进肚里了。但是我们又不能否认这个故事的合理性，其原因，是我们从人性的角度去理解，老虎和老鼠的遭遇和做法都是合乎情理的。

而这样的故事在人间其实不少。关于希尔顿酒店的故事可能很多人都听过，是这样的：一天，希尔顿酒店的董事长微服私访式地到了旗下的一家酒店，由于自己年迈，一位普通的酒店服务员就把自己的休息室无偿让给了他。而事情的结局大家肯定都猜到了，这位普通职员的事业节节高升。

在我们中国，这样的例子更多。上文提到的刘备，能得到诸葛亮的忠心辅佐，原因诸葛亮在《出师表》中说得很明白，是感激刘备三顾茅庐的知遇之恩。现在想来，刘备的知遇之恩和诸葛亮为他所做的一切相比，岂不是“小善”？追溯到刘备一心想要匡扶的汉室，“一饭之恩”这个典故就出自《史记·淮阴侯列传》。

韩信在未得志时，境况很是困苦。那时候，他时常在城下钓鱼，希望碰着好运气，便可以解决生活。但是，这究竟不是可靠的办法，因此时常饿着肚子。幸而在他时常钓鱼的地方，有很多漂母在河边做工，其中有一个漂母，很同情韩信的遭遇，便不断地救济他，给他饭吃。韩信在艰难困苦中，得到那位勤劳刻苦仅能以双手勉强糊口的漂母的恩惠，很是感激她，便对她说，将来必定要重重地报答她。那漂母听了韩信的话，很不高兴，表示并不希望韩信将来报答她。后来韩信被封为齐王，想起从前曾受过漂母的恩惠，便命从人送酒菜给她吃，更送给她黄金一千两来答谢她。

中国的文化传统里一直很注重积阴德，阴德是什么意思，形象一点解释，就是悄悄地做好事，不要悄悄地做坏事。不管是好事还是坏事，若要“悄悄”，则多是“小事”。故而“勿以恶小而为之，勿以善小而不为”就是积阴德。

关于积阴德的重要性，中国的文学作品里多有说明。尤其到了明清的一些笔记小说和长短篇小说中，彰显得尤其明显。

济公的故事尽人皆知。近年来关于济公题材的影视作品还很火，容易给人们强烈的共鸣。这个共鸣怎么来的呢？因为生活中小善小恶太多，很多人都能做到又有很多人不能做到，总之，这些小善小恶就在我们身边。

《济公全传》里，有很多小故事都在讲小善的重要性小恶的可怕性。比如说那位脖子上长了一个大瘤子的员外，花了很多钱看医生都看不好。济公检查出他的病根在于剥削了别人太多，坏事干得太多，告诉他治疗的方法就是多做好事多帮助穷人。性命堪忧的情况下，这位员外终于舍得把自己的财产捐一点出去帮助人，免去一些贫苦家庭的地租，后来他发现好事做得越多越舍得付出瘤子就越小得快，他便养成了一颗向善的心，看到路中间有一块石头都要把它捡掉。于是，他的瘤子极速缩小最终痊愈，他也成了一个大善人。

冯梦龙的《三言》中有一篇《灌园叟晚逢仙女》，故事中的主人公秋先，酷爱种花。因为无儿女，妻子死后，便全心对待园中的花草，浇水修剪，精心呵护，而绝不允许采摘亵玩。他的善心和诚心感动了上天，在遇到当地的豪强酷吏欺压，破坏了他视如性命的花草并要强占他的园子时，花仙现身为他报了仇，并用仙法修复了他的园子。

佛家的思想里，踩死一只蚂蚁都是犯罪，那么不踩死一只蚂蚁就是为善了。这两者对比，我们就能发现小恶与大善的区别何在。在日常生活中，那些因为一而再再而三地行小恶最终招来大祸害的例子数不胜数，因为常为小恶不积小善而失去了人们尊重，丧失了人生机遇的例子也不少。“前事不忘，后事之师”，我们应引以为戒。

人之将死，其言也善。即使刘备是厚黑学的始祖，但他的“勿以恶小而为之，勿以善小而不为”该被我们铭记。

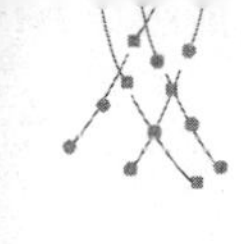

勿因小恶弃人大美

“勿以小恶弃人大美，勿以小怨忘人大恩”这句名言，出自清代中兴第一名臣曾国藩之口，他对清朝的政治、军事、经济、文化都做出了巨大的贡献，对后世产生了巨大的影响，后人对他称赞不已。有人曾评价他是千古第一完人。毛泽东就说过：“予于近人，独服曾文正。”

曾国藩的完美，他对社会历史造成的巨大影响，包罗万象，可以说囊括了一个时代，这与他的人生境界不无关系，这境界就是“海纳百川，有容乃大”。

曾国藩的对手石达开这样评价他：“虽不以善战名，而能识拔贤将，规划精严，无间可寻，大帅如此，实起事以来所未见也。”从石达开的这个评价，可以看出曾国藩之所以能平定太平天国，并非他具有出色的军事才能，而在于他善于用人。他虽然没有事必躬亲，但是他丰富的学识、宽广的胸襟、智慧的眼光却能让人才为其所用，有其位并能发挥作用。

这体现的便是气度。金无足赤人无完人，人才也是如此。曾国藩让人才发挥最大作用，必然是他能包容、善理解，多看人好处，少怪人坏处，多感恩、少抱怨，这样才使得人才自信忠心地为他做事。“勿以小恶弃人大美，勿以小怨忘人大恩”体现的便是曾国藩待人用人的高超智慧。

以小恶弃人大美的例子，历史上并不少见。

《资治通鉴》中有这样一个故事：子思向卫侯推荐苟变，卫侯知道苟变是一个难得的将才，却因他吃了百姓的两个小鸡蛋，便不打算任用他。只因一点小过错就要放弃一个人才，这不是很愚蠢吗？

曹操杀杨修也是如此。杨修的过错无非是太聪明了，爱把曹操的心思说出来，让曹操在众人面前聪明减半，抢了曹操的风头。这时候，气量狭小的曹操被杨修气昏了头脑，没有换个角度想：杨修如此聪明，留下必有大用，而是任性地把杨修杀了，还和杨修赌气，本来打算撤兵的却换成了进攻，结果大败。“原来被魏延射中人中，折却门牙两个，急令医士调治。方忆杨修之言，随将修尸收回厚葬，就令班师。”《水浒传》原文这样说。曹操的遭遇，就在于因为杨修“恃才放旷”的小恶而放弃了杨修智慧的大美。所以曹操即使写下了“周公吐哺，天下归心”这样的诗句，但还是有不少人才不愿意跟随他，大概也是怕稍不注意就惹上杀身之祸。

同样是在三国时期，唯才是举、礼贤下士的刘皇叔也差点因为小恶而失去了庞统这位大才。庞统的相貌其丑无比，丑到让人一见便厌恶反感的程度。他最先毛遂自荐去东吴想要辅佐孙权，但是孙权觉得他长得太丑（权甚恶其貌），就没有用他。刘备当初看到庞统也很厌恶他的长相，打发他去当个小县令，聪明的诸葛亮明白了刘备的心思，忙写信给刘备让他以礼相待并重用。诸葛亮的书信还不够得到刘备的信任，又亏得张飞发现了庞统之才，刘备这才确信。否则庞统恐怕还要再沉寂一段时间，或者直接就走了。如果他离开，说不准会被求贤若渴的曹操重用，历史或许就会因此而扭转。

刘皇叔以宽和仁厚闻名于后世，尚且能因为小恶而忽略了大美的庞统，普通人要做到“勿以小恶弃人大美”又何其艰难。但是大境界往往从小事情中培养起来。今天很多人走在公路上，看到环卫工人都会有一种不尊重的心态，但是当我们迷路了去问路时，最热情的往往是他们。他们的那一颗善良热忱之心，岂不比一份看起来不体面的工作重要？当我们表露出不尊重的时候便是因小恶而忽略了大美，体现的是我们的浅薄与虚荣。

“勿以小怨忘人大恩”这句话对我们更有启发意义。“滴水之恩，将涌泉相报”自古以来便是深入人心的感恩情怀。当今社会的很多悲剧现象，就是因为当事人以小怨而忘了大恩。北大学生吴谢宇弑母，主要是因为陷入了欠债的苦恼而与母亲发生争吵，冲动之下便杀害了孤身养育自己多年的母亲。“谁言寸草心，报得三春晖。”母爱是多么伟大，伟大到吴谢宇终其一生都无法报答。然而他却因为金钱的小小怨恨弃多年的养育之恩而不顾，残忍杀害了自己的亲生母亲，岂不悲乎！

汉武帝性情冷血，偏残暴，虽有雄才大略却有一颗冷酷之心，但是他释放自己乳母的故事却打动了无数人的心。事情是这样的：汉武帝的奶妈在外面犯了罪，治国从严的武帝将要按法令治罪，奶妈去向东方朔求救。东方朔说：“皇上残忍且固执任性，别人求情，反而死得更快。你临刑时，

千万不要说话，只可连连回头望着皇帝，我会想办法激将他。”奶妈进来辞行时，东方朔也陪侍在皇帝身边，奶妈照东方朔所说频频回顾武帝。东方朔在武帝旁边说：“你还不赶快离开！皇上现在已经长大了，难道还会想起你喂奶时的恩情吗！为什么还要回头看！”武帝虽然固执任性，心肠刚硬，但是也不免引起深切的依恋之情，就悲伤地怜悯起奶妈了，立刻下令免了奶妈的罪过。

汉武帝乳母犯下的错误，并非小怨，况且他作为一国之君，要做这样私情性质的事更为难，但他仍然念及母爱而释放了乳母。这样的襟怀不是偶然，而是汉武帝心胸宽广的体现。也正是他强硬中的宽厚，才能成就伟大的事业。

老话说不能“以貌取人”，因为人的才华是外貌不能显示的，古人又讲“金无足赤，人无完人”，因而一颗不被表象左右，而能包容人的心灵才可能发现世间最美的事物，才能拥有最大的收获。我们不能因为一棵枯树就忽略了整片森林的美，那是“丢了西瓜捡芝麻”般的愚蠢。

恩情是人世间最高尚的感情之一，恩情来自于奉献，在“各人自扫门前雪”的世态中，能得到别人的帮助何其难得。一个小小的恩惠很可能会改变我们一生的命运。生活中太多事情不能尽如人意，如果因为小怨而忘却大恩，不但不仁，也将使我们丧失掉被帮助的可能，对人生的影响是很可怕的。

《西游记》中的猪八戒，长得丑、好色、贪吃、爱贪小便宜、立场不坚定，这些都是他的缺点，致使其他人对他有小怨。但是猪八戒在大事面前的坚定，保护师父的勇气与忠心，却是他的大优点。正是师徒四人彼此不计较小问题，而从大处看人、爱人，才使得他们团结一心，克服了千难万险到达了西天。人生何尝不是如此，与人相处，不论是亲人、朋友、同事，还是普通人，都只有在一种包容、接纳、求同存异、不拘小节的氛围中，“勿以小恶弃人大美，勿以小怨忘人大恩”，才能和谐、快乐，也才更能成就事业、成就他人、成就自己。

勿在背后话人长短

瓜棚豆架野老闲谈这句老话，已经成为一种闲适生活的人文经典，人们一想到这句话，浮现脑海的就是一种吃饱喝足之后坐在凉亭里、大树下，或者说野地里看瓜的棚子里、撑豆子的竹架旁，一群人优哉游哉地吹牛的样子，用四川人的话说是摆龙门阵，用北方人的话说是唠嗑子——坐在炕上。

这种情景是中国人的独有文化，传承了几千年，至今依然流行着。如今在街边小巷，茶馆公园，我们依然能感受到中国人的这种闲谈氛围。似乎中国人的社交就在这种闲谈之中。但是往往这种闲谈也给人们带来了很多烦恼，甚至是灾难。其原因则是闲谈变成了谈闲话。

闲话究竟有什么可怕之处，它在什么情况下最容易产生？有怎样的性质，又会怎样发展，造成怎样的后果？一则寓言故事把答案全部告诉了我们。

一只驴耕田回来，疲惫不堪，躺在栏里喘着粗气，它的好朋友狗跑过来看它。驴感到安慰，就对狗诉苦：“唉，老朋友，我实在太累了。明儿个我真想歇一天。”狗告别后，在墙角遇到了猫，对猫说：“伙计，我刚才去看了驴，这位大哥实在太累了，它说它想歇一天。也难怪，主人给它的活儿太多太重了。”猫碰到了羊又说：“驴抱怨主人给它的活儿太多太重，它想歇一天，明天不干活儿了。”羊碰到鸡又说：“驴不想给主人干活儿了，它抱怨它的活儿太多太重。唉，也不知道别的主人对他的驴是不是好一点儿。”鸡碰到猪这样说：“驴不准备给主人干活儿了，它想去别的主人家看看。也真是，主人对驴一点儿也不心疼，让它干那么多又重又脏的活儿，还用鞭子粗暴地抽打它。”晚饭前，主妇给猪喂食，猪吃饱喝足了感激主妇，向前一步说：“主妇，我向你反映一件事。驴的思想最近很有问题，你得好好教育它。它不愿再给主人干活儿了，它嫌主人给它的活儿太重太多太脏太累了。它还说它要离开主人，到别的主人那里去。”于是，主妇在饭

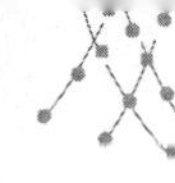

桌前对主人说："驴想背叛你，它想换一个主人。背叛是不可饶恕的，你准备怎么处置它？"主人咬牙切齿地说道："对待背叛者，杀无赦！"可怜，一头勤劳而实在的驴，就这样被传言"杀"死了。

无疑，我们不得不承认这个故事揭露了生活中的很多真理。故事的结局是莫须有的罪名杀死了一头勤劳无辜的驴，祸端是流言，媒介是"论人是非"。从中我们发现，论人是非最可怕的地方在于它会偏离事情的真相，不断造成误会，以至于当事人产生误判，做出错误的事情，破坏当事者关系，甚至对当事者造成可怕后果。这个故事还给我们揭示了很多可怕的真理：

其一：是非往往从最信任的人口中流出去。像故事中的驴，把自己的心里话告诉了老朋友狗，狗却到处谈论。人也是如此，我们往往会把最真实的自己告诉自己的朋友，因为只有朋友能懂，能理解，也能保密。可是，生活中很多朋友却没有尽到一个倾听者的责任。因而，我们需要反思的是，对朋友或是对别人的秘密，我们应该保密。而很多事情我们不知道对方是否愿意说，所以最明智的做法是不论人是非。

其二：作为媒介不要胡乱传播，谣言止于智者。在故事中，猫、羊、鸡、猪等都不是直接了解驴情况的人，然而他们却毫不思考地以自己的想法传播，最终害死了驴。生活中也是这样，我们很少能接触到是非的本质，很多时候都是一个被动的接受者。当是非传到我们耳边时，应该有一个理智的判断，既然不是亲眼所见亲耳所听就应让谣言止住，如果事关重要就要调查清楚。

其三：对于是非的最终受益者，更应该有冷静的判断和处理。故事中的主人就不是一个明智的谣言终结者，他听到驴的坏话后，没有任何的思考，没有做任何的调查，便轻信是非杀掉了驴。生活中，很多是非都与我们直接关联，这给我们的启示是，作为是非的最终决断者，我们必须明确真相才能少犯错误。

《格言联璧》里有句话："静坐常思己过，闲谈莫论人非。""众口铄金，积毁销骨"这个成语也是我们中国的经典。中国人似乎最喜欢论人是非，因为中国人喜欢看热闹，又喜欢制造热闹，于是喜欢搜集那些热闹的是非，又不自觉地弄人是非。鲁迅先生对中国人的这种劣根性深恶痛绝，他离开家乡到南京求学包括后来苦恼了他一生的婚姻都是因为别人搬弄是非所致。

鲁迅回忆说：父亲逝世后，有一次同衍太太闲谈，她怂恿我在家里“到大橱的抽屉里”寻出首饰珠子一类东西“去变卖”。我听了十分反感。不料，很快就听到一种流言，说我已经偷了家里的东西去变卖了，这实在使我觉得有如掉在冷水里。莫须有的流言刺痛了鲁迅年轻的心，使他决意离开。“走异路，逃异地，去寻求别样的人们”。

1906 年夏天，鲁迅的母亲风闻谣传：鲁迅已与日本女子结婚，而且还抱着孩子在东京街头散步！这完全是子虚乌有，事实是：有一天，鲁迅和许寿裳去逛公园，路上碰见一位日本妇女，肩背小孩，手抱婴儿，身后还跟着孩子。鲁迅善良，富有同情心，连忙帮那个妇女抱孩子，一路同行。这仁爱助人的高尚品行，恰巧被一位同乡看到，结果传成“鲁迅在日本已结婚，并有孩子”。这一流言，传到国内，使鲁母心急神慌，接连写信并谎称重病，催鲁迅回国完婚。一句毫无根据、以讹传讹的流言，催逼成一桩无爱的婚姻，让鲁迅抱憾终生。

《运命论》说：“木秀于林，风必摧之；堆出于岸，流必湍之；行高于人，众必非之。”在生活中，我们不小心做错事会被议论，我们不够优秀会被议论，我们的缺点会招来是非。相反，由于嫉妒心的存在，我们做对的会被人恶意谣传，我们出彩的会被旁人恶意曲解。在这个利益纠缠不清的时代，是非是我们每个人都要面对的难题。

“各人自扫门前雪，休管他人瓦上霜”这句话用来对待是非大抵正确，我们不应妄论人是非。“谣言止于智者”，我们也可以让是非在自己这里消失。但是当我们有余力澄清他人的是非，为别人辩解的时候，也应大胆与是非为敌，而不是冷眼旁观。而关于我们的是非，当不影响大局的时候，不妨“走自己的路，让他人去说吧”。总而言之，对待是非不仅需要勇气，还需要智慧。

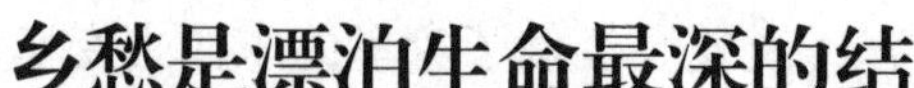

乡愁是漂泊生命最深的结

当兵离开家乡宜宾42年了，有一种浓浓的乡愁一直萦绕于怀，挥之不去，在外，只要寻到宜宾燃面和凉糕的吃处，我总会一头撞进去。无论是什么时候回到宜宾，吃一碗燃面，或吃一碗凉糕，就感觉回家了。其实，只要你生活中有一份宜宾的情结，只要你生命中有一份故乡的情怀，经常去吃一碗宜宾燃面或吃一碗宜宾凉糕，触景生情，自然乡愁常驻我心。

从乡愁去吃燃面，从乡愁去吃凉糕，突然想到如果贫穷的时候有乡愁又吃什么？

“不回俄罗斯，我会死，那些白桦林，那些童年呼吸过的空气，我爱我的祖国。”诗人踽踽独行在广袤的俄罗斯大地上，呓语低吟，如苦行僧般。他抑郁终生，愁绪满怀。

这是导演塔可夫斯基的《乡愁》中，主人公的一生情怀的诗意表达。电影的主人公——一位苏联诗人前往意大利，收集一位叫萨斯诺夫斯基的俄国音乐家资料。这位俄国音乐家当年也有生活在意大利的经历，后来因无法忍受“异国土地的寒气”而回到俄罗斯，但最终却发现自己无法在祖国立足，郁郁而自杀。而主人公渐渐也发现，远在他乡的自己最终游走在支离破碎的现实与超现实的梦境中不能自拔。他对祖国的思念、与家人的分离……种种情愫混杂在一起，彼此纠缠，化为终生的乡愁。

“乡愁”一直以来是诗人心中永恒的话题。早有诗人马致远满怀绝望地写下：“夕阳西下，断肠人在天涯。”我们踏上铁皮火车，一条白色的铁轨拉长白天黑夜的痕迹，窗外辽阔坦荡的田野平川，挺立茂盛的大树小草，远方若隐若现的绵延群山，清晰又杂乱，缭绕着候鸟的优美踪迹。当我们迈出第一步离开故乡的脚步，就永远有种故园情结，乡愁成为根深蒂固不可救药的忧郁。

“逢人渐觉乡音异，却恨莺声似故山。”对于游子而言，人世间最觉亲切的事物永远是故乡的那一缕乡音。乡愁，是一种对家乡眷恋、习惯、默认的情感状态，对故土的眷恋是人类共同而永恒的情感。远离故乡的游子、漂泊者、流浪汉、移民，谁不会思念自己的故土家乡呢！离家越远，越感到语言、风俗、喜好等方面的迥异，游者在梦想与故土间徘徊，独唱“无穷无尽是离愁，天涯地角寻思遍”的哀歌。

秋风萧瑟，捡起几片黄叶，使游子对“叶落归根”有了更深的理解。正如晋朝陶渊明的《归园田居》中写的“羁鸟恋旧林，池鱼思故渊”，“羁鸟”和“池鱼”尚且思乡，更别说远在外漂泊的游子了！厌倦了官场的狡诈和物质社会的浮华，不禁想要顷刻逃离这个世界，回到最初的精神家园。

故乡飘着单纯的味道。儿时的小山村，邻里的殷切攀谈，还有小城中糖葫芦串的叫卖声，清雅，潇洒，安详，似一轮明月，一缕清风，停驻在每一抹漂泊生命的心头！真正体会乡愁的人，永生沉浸在故乡的慢节奏里，他们的内心浩瀚深沉，即使久经风霜，眼眸依旧清亮如初。回首故乡，那份明净与淳朴，不仅痴迷了沉醉的眼，更让人澄澈了内心，使漂泊者在慌乱中得到片刻的安定，在物质的渗透下找到初心，这就是家乡带给我们的幸福。

小时候，乡愁是一枚小小的邮票，我在这头，母亲在那头。
长大后，乡愁是一张窄窄的船票，我在这头，新娘在那头。
后来啊，乡愁是一方矮矮的坟墓，我在外头，母亲在里头。
而现在，乡愁是一湾浅浅的海峡，我在这头，大陆在那头。

一首余光中的《乡愁》道出思乡情怀的时刻缠绕、无处不在，它是渗透到每个灵魂骨髓里面的精神信仰。人生境遇的变迁，情感的变迁，也是思想变化的小小编年史，都浓缩在这短短的乡愁之中，任何一个不起眼的物件，都寄寓了诗人与万千海外游子的绵长乡关之思。

“怀乡”散射出去的，是游子关于信仰、拯救、自由、生命的思考。在那繁华而物质的城市，膨胀着虚浮的快乐。到处灯火辉煌，车水马龙，灯红酒绿。高楼拔地而起，整齐如一，熙熙攘攘的人群，神色匆匆。惟其

繁华，所以喧嚣，人在其中，最易迷失自己。乡愁在快节奏的物化的异化的世界里，成为一盏明亮的灯火，警醒着每一位旅人和归客不忘初心，不忘情怀。在匆匆行驶的列车上，它注视着你，希望你回头看一眼，那尽头淡紫色的炊烟，是家的呼唤；一串深深浅浅的脚印沉浮于无边的土地，模糊的记忆渐渐变得清晰起来。

“我爱这悲哀的国土，它的广大而瘦瘠的土地，带给我们以淳朴的言语，与宽阔的姿态，我相信这言语与姿态，坚强地生活在土地上，永远不会灭亡”。“七七事变”后，艾青成了难民，从杭州逃到老家金华，后带着妻子，从金华逃往武汉。当时汪精卫等汉奸正热心于准备给日本鬼子当儿皇帝，中华民族到了最危险的时刻！形势严峻，艾青陷入了迷茫、悲哀与绝望。

艾青目睹了这块土地上所发生的一切，他想以深广的忧愤、饱满的激情，描绘被侵略战争破坏的祖国的土地、被苦难命运折磨的底层的百姓，以及对这块神圣土地的深沉而执着的爱，艾青以切肤之痛奏出了一个苦难民族在苦难岁月里的哀号！他的《北方》一诗表达出与故乡同生共死的信念。纵使远在他乡，故土的安宁与幸福永远是游子的精神追求。故乡不只是用来怀念，更是用来守护的。正如文学研究者刘运好教授所说，乡愁之“乡”，不只是单纯的“故乡”，而应包括家国和故园。乡愁之“愁”，也不只是指纯粹的忧伤，也包括浓郁的家国情怀。

屈原因受到谗言而遭放逐，“虽九死其犹未悔”的执着和坚韧，正是植根于他“陟升皇之赫戏兮，忽临睨夫旧乡”的家国情怀。纳兰性德的《长相思》：“山一程，水一程，身向榆关那畔行，夜深千帐灯。风一更，雪一更，聒碎乡心梦不成，故园无此声。”将缠绵柔情的乡关之思与壮志报国的情怀交织在一起，自然真切，真挚动人。甚至在四大名著之一《西游记》里面，都有“宁恶本乡一捻土，莫爱他乡万两金”的铮铮誓言，当年唐三藏饮下唐太宗洒入家乡尘土的忠告之酒，转身而去，驾着马头也不回，坚定不移地驶向远方。

人生本是一场独自的修行，中途离不开道别与思念。于是乡愁化作那漂泊生命中最深沉的牵挂，在路上的人们，偶尔在这日月变更、来去匆匆的时代，听到远处传来的故乡的歌声，渐渐脱离物质尘世的喧嚣，陷入初有的乡愁。俗话说，生活犹如旅行，越去越远越牵挂，寻寻觅觅之间，确有几分难平之意。然而在思念过后，乡愁难改，生活依旧。车上的旅客充满倦意和期待，目的地遥远而确定，列车依然在飞驰中奔向远方。

乡愁不是一个梦，乡愁也不是一首歌，乡愁更不是一首诗。乡愁是你生存能力的寄托，乡愁是你生活状态的再现，乡愁是你生命情怀的延续。你从哪里来又到哪里去，只有乡愁知道。乡愁是水，饮水思源，水润万物又是万物之灵。乡愁是恩，恩泽心扉，点滴之恩定当涌泉相报。

忘掉乡愁则忘掉自己，记住乡愁则记住自己。自己又是什么，适者才能生存，智者才能生活，灵者才能有更长久的生命。生命在乡愁依旧，乡愁在生命更美。

项羽和刘邦亡在天道

很多人讲项羽是个英雄，好像真是天要亡他。其实是项羽自己亡了自己，他不懂天道。

《史记·项羽本纪》记载，项羽注定要失败的时候，两次发出了“天要亡我”的感叹。第一次是对着他仅剩的二十八个骑兵说的：“今诸君知天亡我，非战之罪也。”为了向他们证明自己没错，成功安排了三次冲击，胜利后问他的士兵：“我说得对吗？”第二次感叹是乌江亭长劝他渡河时说的：“是老天要亡我！我还渡河干什么呢！”最终是自刎了，给刘邦省了事。

刘邦在鸿门，违背道义也要跑；项羽在乌江，该跑却不跑。可见临终之前项羽还是没有弄明白自己错在哪儿，还去怪老天爷。

项羽悲剧的本质就是不懂天地之道，人事之道。“书足以记名姓而已”，这是项羽年轻时候说的话。项羽瞧不起书籍，自然就不会阅读书籍，也不会尊重学识渊博的人，而天道人道往往就掌握在书籍和人才手中。

项羽不明白一山不能容二虎，所以对刘邦处处忍让，不警惕。项羽不明白“礼之用，和为贵”，所以坑杀秦军二十万，以致遭遇顽强抵抗。项羽不明白“吾有三宝：一曰慈，二曰俭，三曰不敢为天下先”，所以烧阿房宫，当西楚霸王。而刘邦懂得这些道理，以仁慈为招牌，破城不费吹灰之力，安抚民众赢民心，让项羽先进咸阳。刘邦还明白“大行不顾细谨，大礼不辞小让”，所以跑出鸿门。

刘邦依天道行事，最终得了天下。

“道”是天地万物运行的法则。这个道，可以是“天行健”那样的道，也可以是生命生死变换的亘古之道，然而这样的道太大了，是一种境界，并无多少实际用处。但是如果把它放小一点，就有用了。刘邦的成功已经做出了最好的注脚。再来看几个当下的例子。

比方说领导要提拔一个职员，说得简单点是提拔，但是也是有迹可循的。原因无非是职员能为他创造价值，或是不提拔的话职员会给他压力，或者是来自上司的压力，或者是自己的良心压力。这个提拔的本质就是道，它是不变的。职员了解这个道，就能知道自己升职与否的本质，也能找到方法去做。至于成不成功就不是他能决定的了。

或许，所谓英雄主义就是竭力去改变那能改变的。《托尔斯泰论创作》这本小书中有这样一句话："天才就是知道自己界限的人。"这句话说得很好。知道自己的界限，就是知道自己能干什么不能干什么，明白了这一点，就不会浪费生命，把自己能做的做了，剩下的交给命运，这样的人当然是天才。

韩信是个军事天才，却不是人事天才。他刚降服了齐国，就上书刘邦封他为齐王，刘邦非常生气，但是他听从了张良陈平的计策，答应了韩信，可是心中却早已认定韩信是个贪图功名的人，这就为韩信日后的遭遇埋下了伏笔。这是韩信不懂得"地低成海，人低成王"之道。在韩信实力最强大，足以对抗刘邦项羽的时候，齐国人蒯通劝他不站边，独立起来三分天下，他却不听，认为刘邦对他有恩情，他不能背叛；他为刘邦做了很多，刘邦不会害他，所以拒绝了。这是韩信不懂得"功高不可盖主"之道。可以说，同项羽一样，韩信也是自己害了自己。

"道"即是天命。古话讲："尽人事，知天命。"把自己能做的都做了，才知道老天爷是如何安排的，实在是至理名言。项羽没有尽到人事，很多该做的事没有做，失败了却归咎于天命，着实可悲。倒过来，"知天命，尽人事"也是至理。了解天命，了解道，然后尽自己所能把该做的都做了，这样的人生还有什么过错呢？韩信则是不知天命，所以不得善终。职场上、爱情中，抱怨的人比比皆是，又有多少人知了天命又尽了人事呢？

像我一样优雅地老去

不久前，一位85岁的爷爷成了时髦的网红，那装扮，那气质，那举手投足，活脱脱一个影视作品中走出的潮爷。而摄影师小野，正是他的孙子，有一天突发奇想，要不为自个儿爷爷也拍一组写真？没想到，拍出的效果相当惊艳。照片中的老人眼神沉稳深邃，衣着剪裁得体，浑身散发着精致优雅的气质。之所以拍摄记录爷爷的优雅瞬间，就是要让老去的老人和将要老去的年轻人，不要悲叹光阴的无情，我们谁都可以优雅地老去。

就像我，唐晓康，虽然已经60岁了，但我依然每天穿上西服打上领带，将皮鞋擦得锃亮，在一个鲜花盛开的所在，要一杯茶，捧一本书，慢慢地读，或是记下自己的感悟。我不知道我这样的模样够不够优雅，但至少不会像一些个老人那么沉重。

有句老话怎么说的来着？古往今来，最残忍莫过于英雄末路，美人迟暮。不管美与丑，谁都有衰老那天，即使是曾经活跃荧屏的女神。

说起王祖贤，很多人都知道她饰演的白素贞温柔豪放，妩媚妖娆，凭借飘逸的长发和脱俗气质一度成为本土身价最高女星。

时隔多年，王祖贤早已移居加拿大，退隐娱乐圈，但无奈名气太大，网上常有她的近照爆出。最近，一波号称王祖贤近照在网上流传，照片中的女人穿着打扮一派休闲，长发依旧飘飘，但定睛一看，不由感叹，曾经的女神去了哪？这真的是当年芳华绝代的王祖贤吗？！

时间果真是把杀猪刀？刀刀催人老？！

但60多岁的赵雅芝，却成了优雅的代名词。

众所周知，“白娘子”赵雅芝已息影多年，直到最近参加国内某综艺节目，才重新回到了公众视野。节目现场的她，皮肤白皙，曲线完美，仙气十足的气质每时每刻都演绎着女人的优雅与美丽。小四不禁惊呼：我是看到了仙女吗？

不知大家注意到没有，年老而依旧气质灵动风韵犹存的女人，大都来自外国，比如奥黛丽·赫本、凯瑟琳·德纳芙、苏菲·玛索、戴尔·海顿……而在中国，女人似乎缺乏保持高贵优雅一直到老的恒心，婚前围着老公转，婚后围着孩子转，年纪一上去，从心理上就认为自己不再年轻。

女明星尚且怕老，何况咱普通人。

年前同学会，多年未见的老同学又聚了一堆。老友相会，分外“眼红”，尤其女人免不了暗暗要进行攀比一番，谁身材走了样，谁没做保养，女人们表面笑盈盈，暗地里倒是比较得仔细。

但女同学 A 一现身，大伙还是惊掉了下巴。要说 A 年轻时也绝对不是传统意义的美女，单眼皮，颧骨高，印象中挂一副黑框眼镜儿，扔人群里再捞不出来那种。但现今一看，整个人外貌没怎么变，却又妥妥的脱胎换骨！

怎么说？几十岁的女人，自然算不得年轻，妆粉已经掩不住眼角的碎纹，皮肤也不复少女的紧致，但是奇了怪了，A 没穿大牌，拎着看不到 logo 的小包包，往那一站，浑身就散发着很知性很女人的优雅味道，又一点儿不腻。

女同学们纷纷凑上前去，向 A 咨询这些年都经历了什么？怎么越活越美？

A 笑了，说：保持美丽的秘诀，优雅就够了。

原来，A 虽然早早嫁人，但并未安于做一名全职太太，而是继续自己的理想，把事业做得风生水起，自然是吃过苦，受过累，但人活得充实，借助现下流行的辞藻，叫“乐活”，“喜乐地活着”，活得酣畅淋漓放浪形骸。

是了，当女人渐渐老去，脸上挡不住皱纹，身姿不再挺拔，姣好容颜不复，只有优雅，历经时间沉淀，更显气味芳香。优雅是不会褪色的美丽，并且，这美是由内而外的，到了优雅女人这里，老，不再是难题，而是美丽的加分。优雅老去的女人，不需要涂脂抹粉，已美得惊心动魄。

怎样才能活得优雅？

奥黛丽·赫本说：女人的魅力不在于外表，真正的美丽折射于一个女人灵魂深处，在于亲切的给予和热情。一个女人的美丽随着岁月而增长。

北方有佳人，绝世而独立。
一顾倾人城，再顾倾人国。

这首李延年的《北方有佳人》，用来形容赵雅芝再合适不过了。

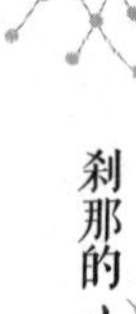

优雅不是个娇滴滴的词，它是一种柔软的坚硬，是给坚持自我，穿上了一件温柔的外衣。

美国出生的女人塔莎·杜朵，在她90岁高龄的时候，被日本媒体评选为最受憧憬的女性人物第1名。

这位叫塔莎的女人到底有怎样的魔力?

15岁，她离开学校，开始独自生活。在百慕大，她经营托儿所；在康涅狄克，她开始了饲养乳牛。结婚后，她自创一个名为“麻雀”的邮局；并和孩子们一起，创办了一个木偶剧团。

23岁，她结婚并出版了自己的绘画书，并利用版税的收入，搬到了佛蒙特州，开始了她梦寐以求的农庄生活。她种花，饲养小动物，自己纺线织布，自己缝制衣服，制作日常生活用品，这一切使她的生活充满情调。

56岁，她在佛蒙特州的深山内建造了一栋18世纪风格的乡间别墅，开始了一个人真正的田园生活，柯基犬、山羊、作画、园艺……成为了她生活的一切。

80岁，她已然是生活大师偶像——在一个追求无尽物质欲望的商品社会里，一切寻求快速的生活节奏里，她朴素而节俭，缓慢而耐心地生活。即使年岁已高，塔莎奶奶却依然腰背挺直，肌肤光润，眼神清澈，她的优雅气质使她如同少女。

美丽不应该流于表面。也许时间才能真正证明，女人不仅能优雅一生，还真正能够越老越美。

很多女人在25岁之后便开始惧怕生日，我确实也见过些一本正经在25岁之后每个生日都忧心忡忡地说要思考未来、害怕老去的女孩。事实上，优雅老去的女人，不会惊慌时光的流逝，体质老去，但自我，对生活的感受，对某些个体的深沉的爱会使女人的心态一直保持年轻。

“我们真正想要的，并非物质，而是心灵的富足。想获得幸福，就是希望心灵得以充实吧。”——塔莎·杜朵

优雅老去并不是一件坏事，相反，优雅是件很难的事情。雪小禅在她的作品《优雅地老去》当中说：优雅，比矜持难，比无赖也难。矜持能装，无赖更容易。可是优雅不行，优雅要气质，要资历，要岁月沉淀，要那份从容和云淡风轻。优雅老去是一种对生命充满热忱与激情的生活态度，拒绝被俗世浸透，拒绝随波逐流。爱上自己，对自己足够好，才能优雅到老。

笑给别人看，哭给自己听

理想多么美好，现实多么残酷。这两者之间总是横亘着令人窒息的痛楚。生命中，有太多令我们微笑的事，也有太多令我们落泪的人。我们已习惯了笑给别人看，哭给自己听。

总喜欢在暗夜里翻寻记忆，那些得到的或者失去的，经历的或者擦肩的，像电影一样从眼前掠过，深陷其中，寂寞来袭，眼泪不自觉溢出。

生活不相信眼泪，你廉价的眼泪也不值钱。如果不坚强，懦弱给谁看？只会被人看不起，甚至遭到讥讽。

没有谁不经历低谷，没有谁没有脆弱的时刻，时时表现出来，你就是一个驾驭不了情绪的人，你也很难驾驭其他，并走向成功。

就爱情而言，心里只有那么一片天地，有人进来就必定有人要离开，离开不是因为不在乎，而是因为太在乎，只是，他（她）不属于你，就让一切随风而去，不要成为你心灵的伤坎。

谁的心里没有爱着一个不爱自己的人呢？

真正的强者，不是不哭的人，不是没有眼泪的人，而是边哭，边含着眼泪依然在风雨中，在雷电里，在黑夜中奔跑的人。

拼搏到无能为力，努力到感动自己，不是说，不歇息，不停留，而是指尽人事听天命，这时，你会发现，你比自己想象的要优秀得多。

不要因为没有鲜花，就不走进春天；不要因为没有梦想，就放弃自己的追求；不要因为没有掌声，就扔掉自己的努力，哪一条通往希冀的路，不是风霜与日月交织，暖阳与寒日相伴呢？

杨绛说，上苍不会让所有幸福集中到某个人身上，得到了爱情未必拥有金钱；拥有金钱未必得到快乐；得到快乐未必拥有健康；拥有健康未必一切都会如愿以偿。保持知足常乐的心态才是淬炼心智、净化心灵的最佳途径。这便是人生哲学。

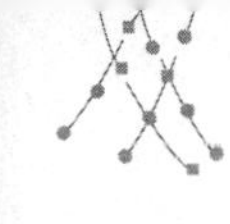

人生，由我不由天。幸福，由心不由境。生命于我们，只是沧海一粟，然而却承载了太多的情非得已。因此，生活的苦与乐总在更迭，然而，没有谁的命运是完美的，残缺才是一种大美。哭，就对着自己好好地哭，笑，就面对大千世界豪迈地笑，把不忙不闲的工作做好，把不咸不淡的生活过得精彩，这是一种人生的智慧。

霍金是一个懂得感恩生活和乐观不屈的人。

大家都知道霍金，英国著名物理学家和宇宙学家，他证明了广义相对论的奇性定理和黑洞面积定理，提出黑洞蒸发现象和无边界的霍金宇宙模型，在统一 20 世纪物理学的两大基础理论——爱因斯坦创立的相对论和普朗克创立的量子力学方面走出了重要一步，是继牛顿和爱因斯坦之后最杰出的物理学家之一。

然而，就是这样一个享誉世界的“宇宙之王”，却有着常人无法承受的痛苦和艰辛。仅 21 岁时，他就不幸被诊断患有肌肉萎缩性侧索硬化症即运动神经细胞病。不久以后，他被禁锢在轮椅上，只有三根手指和两只眼睛可以活动，疾病已经使他的身体严重变形，头只能朝右边倾斜，肩膀左低右高，双手紧紧并在当中，握着手掌大小的拟声器键盘，两脚则朝内扭曲着，嘴已经几乎歪成 S 形，只要略带微笑，马上就会现出“龇牙咧嘴”的样子。这已经成为他的标志性形象。他不能写字，看书必须依赖一种翻书的机器。读活页文献时，必须让人将每一页平摊在一张大办公桌上，然后驱动轮椅如蚕吃桑叶般地逐页阅读。1985 年，他因患肺炎做了穿气管手术，被彻底剥夺了说话的能力，演讲和问答只能通过语音合成器来完成。

就是这样一个身患残疾的苦命青年，却隐藏一身的痛苦，用笑面对生活、面对世人。尽管他那么无助地坐在轮椅上，他的思想却使人们遨游到广袤的时空，渐渐解开宇宙之谜。一直以来，他秉承乐观向上的生活态度，把万物理论当作信仰，把探究科学当成使命。患病后，霍金为了家庭，为了自己的理想，果断地“站了起来”，继续自己的研究。

人们只看到他光鲜亮丽的表面，却不会深入探求他的内心世界。痛苦、辛酸、疾病、劳累只能自己扛；功成名就，是他哭与笑背后的结合。他自己在个人传记中谈到，他并不认为疾病对他有多大影响，他每天都陶醉在自己的世界之中，努力不去思考自己的疾病。同时，他又努力证明自己能够像常人那样生活。在他患病后，曾有 6 次非常近距离地和死神交手，他都顽强地活了下来。

一次霍金演讲结束后，一位女记者冲到演讲台前问道：“病魔已将您永远固定在轮椅上，你不认为命运让你失去太多了吗？”大师的脸上充满了笑意，用他还能活动的3根手指，艰难地叩击键盘后，显示屏上出现了四段文字：“我的手指还能活动；我的大脑还能思维；我有终生追求的理想；我有爱我和我爱的亲人和朋友。”在回答完那个记者的提问后，他又艰难地打出了第五句话：“对了，我还有一颗感恩的心！”现场顿时爆发出了雷鸣般的掌声。

的确，用霍金自己的话来说，活着就有希望，人永远不能绝望。

但是，从另一角度来说，人也应该背负所承担的绝望，奋力打拼出属于自己的希望。因而，即使病魔把霍金关在果壳中，他也是无限空间之王。每个人都应该成为自己命运的主宰，都应该对自己的生活有自己的主见，拥有自己的梦想，并全力以赴为之奋斗，哭给自己听，笑给别人看，这就是所谓的人生。

古人云：人生如戏。从出生开始，自己就是天生的演员兼导演，一路从婴儿、小孩、成人演到自己成为大人、父母、老人。当生命落幕，自己的戏，也就演完了。只不过你可以选择，演悲剧还是喜剧。中国九百六十万平方公里，众人有上千万种步伐，这就看你自己如何选择了。

乔治·费多是法国著名的戏剧家，特别擅长写滑稽剧，《马克西姆家的姑娘》是他的代表作之一。

可是在当时，《马克西姆家的姑娘》这部剧首场演出时，却不被观众看好，剧院里喝倒彩的声音此起彼伏，人们认为这是一部再糟糕不过的戏剧了。费多那天晚上在那家剧院看戏。听到人们对自己作品发出的种种不满和嘲弄时，费多却一反常态，也跟着人们一样大喊大叫喝倒彩。

“费多，你难道疯了吗？”坐在他旁边的朋友迷惑不解地问。

“没疯！”费多解释说，“只有这样我才听不见观众谩骂的声音，使自己不会因此而伤心难过。”

哭给自己听，笑给别人看，人生就是哭与笑的结合。笑对人生，笑对观众，把悲剧的人生活生生演绎成喜剧，也是需要巨大的勇气和决心。像马戏团的小丑一样，不管如何哗众取宠，如何逗趣开怀，也会有一个阴暗角落承受这自我的孤独和悲伤。但是，黑夜退去，白昼继续，人生的电影

也继续上演。

大千世界，芸芸众生，春秋更迭、寒来暑往、聚散离合，我们历经雨雪风霜，笑纳世态沧桑，每个人就像一粒小小的尘埃，用喜怒哀乐表达着悲悲喜喜，透露着无奈和执着，在岁月的长河中流转、起起落落，沉淀着内心，也升华着自我。

心态可以决定一个人的事业成败，积极向上的心态可以催人奋进，不畏艰险，直达光辉的顶点；消极悲观的心态使人意志消沉，丧失勇气，最终与机缘擦肩而过。所以心态乐观者，常常处变不惊，虽成功，但不狂妄，即使失败，也不气馁。好好地总结过去，汲取经验教训，励精图治积极进取，在努力拼搏之后，就能够创造出新的胜利与辉煌。

人生本无事，庸人自扰之，舍弃抱怨，放松心情，过眼云烟事，尽在笑谈中。

幸福在心间，冷暖自知

在我的朋友圈里，有一个十分厉害的男人，每天不是在跟范冰冰喝茶就是在跟李冰冰打麻将；在我的朋友圈里，也有一个十分厉害的女人，每天不是在出国游，就是在出国游的路上。

后来，有好长一段时间，这两个厉害的男人和女人都不再发动态了，我心里反而有点不适应，因为我都没有梦想中的现实参照物了。

再后来，他们都更新了朋友圈，几乎不约而同地发了一句话："人活着，好没意思。"我没有坏坏地像有些人那样习惯性点赞，而是郑重其事地评论道："你都没意思，那我早就应该去死了。"

后来的后来我才知道，那男的因为投资影视失败，欠下了上亿的债，他已经不如街边的一个乞丐了，而那女人，长时间在国外旅游的空当里，其土豪老公早就出轨了。

大家谈到朋友圈的"晒"。张三说："晒幸福真的很讨厌吗？可是，生活的点点滴滴，就是特别想记录下来，迫不及待地想和大家分享啊。"李四说："反正，我是不会轻易发圈晒幸福的，怕人说装啊。"

所以，当我们晒幸福的时候，我们到底在晒什么？

席慕蓉有一首小诗，叫作《画展》：

> 我知道，
> 凡是美丽的，
> 总不肯，
> 也不会为谁停留，
> 所以，
> 我把我的爱情和忧伤挂在墙上展览，
> 并且出售。

喜欢晒幸福的人，骨子里都渴望被关注和嫉妒，是不甘寂寞的浪漫主义者。事实上，但凡遇见美好的事物，动听的歌，好看的电影，有趣的玩物，能够引起共鸣的文字，那些美好并且能够带给人幸福感的东西，我们都会情不自禁地想要分享给身边人，而这个途径，就是朋友圈。

但是，作为个人情感的独属体验，我们晒的“幸福”，不是实物，个中滋味，冷暖自知。晒幸福很难引起共鸣，反而容易引起反感。

举个例，有一次我和朋友开车堵在了高速公路上，朋友内急，我说：“哎，你再忍忍，到了休息站就成。”到了休息站后，朋友立马下车往外走，我说哎，你干啥去？朋友头也不回说：“我上厕所！”你看，没多大工夫，我就把眼前人的焦灼抛了脑后，是我道德缺失？不是吧。感同身受这件事，只有共同经历过的人才有资格说。

晒幸福也是如此，比如很多年轻人，热衷在大家面前秀恩爱，但爱情毕竟是两个人之间的事，究竟有多相爱呢，也只有情侣双方知道。朋友圈里，有些人之所以秀恩爱招人嫌，主要是他们不见得有多么相爱，却又费力地扮演相爱，手段幼稚又低级。

比如乐此不疲地在朋友圈发今天老公/男朋友又给我买了什么包包和口红，明天又来一段两人你侬我侬聊天记录九宫格，甚至低俗调情短信，赤裸裸地表达着，“老娘热恋中，羡慕吧你就”。

这样秀下去，情侣要考虑的不是秀分快，而是没朋友吧？这种十分刻意幼稚低级的晒幸福，只会显得这份爱情很廉价。

可就如朋友 A 说，幸福的点滴和瞬间，就是特别想记录下来，迫不及待地想和大家分享啊。

是的，有人嘲讽朋友圈秀恩爱的人：缺什么，秀什么。其实不然。秀什么，只能说明他看重什么。你看，热恋中的人，他们的幸福，便是此刻汁液饱满的爱情，不管是在朋友圈还是现实生活，不论聊什么话题，拐个十八弯也能绕到自个儿对象身上。

估计这个大家倒“感同身受”。

来，让王小波的《爱你就像爱生命》告诉你，什么叫作秀恩爱的正确打开方式：

> 我是爱你的，看见就爱上了。我爱你爱到不自私的地步。我会不

爱你吗？不爱你？不会。爱你就像爱生命。

……

你要是喜欢别人我会哭，但是还是喜欢你。

我把我整个的灵魂都给你，连同它的怪癖，耍小脾气，忽明忽暗，一千八百种坏毛病。它真讨厌，只有一点好，爱你。

再比如沈从文那封尽人皆知的《情书》：

我行过许多地方的桥，看过许多次的云，喝过许多种类的酒，却只爱过一个正当最好年龄的人。

“萑苇”是易折的，“磐石”是难动的，我的生命等于“萑苇”，爱你的心希望它能如“磐石”。

望到北平高空明蓝的天，使人只想下跪，你给我的影响恰如这天空，距离得那么远，我日里望着，晚上做梦，总梦到生着翅膀，向上飞举。向上飞去，便看到许多星子，都成为你的眼睛了。

这样的恩爱，会遭人嫌弃吗？完全没有。

每个人都向往幸福生活，和爱人旅游，看想看的电影，买喜欢的衣服，做想要的工作，但生活就是如此，不如诗。我们会有很多的不如意，始终会回归现实生活的柴米油盐锅碗瓢盆。这个时候，如果打肿脸充胖子，在朋友圈刻意晒名不副实的“幸福”，只会造成彼此的心理落差。

要知道，幸福生活，向来只因真心而动人，而在朋友圈大秀特秀的人，往往本末倒置：我不需要真的幸福，看起来幸福就够了啊。这听起来令人啼笑皆非，但不少人确实如此，巴不得让人觉得他过得纸醉金迷，即使真实情况并非如此。他们秀的是此时彼此心照不宣打造的假象，而不是幸福。

爱尔兰诗人威廉·巴特勒·叶芝曾为女友写了一首热烈而真挚的爱情诗，叫《当你老了》。

当你老了，头发白了，睡意昏沉。

当你老了，走不动了，

驴火旁打盹，回忆青春，
多少人曾爱你青春欢畅的时辰，
爱慕你的美丽，假意或真心。
只有一个人还爱你虔诚的灵魂，
爱你苍老的脸上的皱纹。

就如诗歌描述那般，这便是我向往的幸福吧。真正的幸福生活，晒不晒不重要，因为别人的眼光始终是别人的，而实实在在的日子，需要生活中的我们用心去品味，如人饮水，冷暖自知。幸福当然也不靠晒，自己知道便足够了，内心对现状满足，对生活充满热爱，认真地完成手中的工作，有一起携手经历风雨的伴侣，两个人一起携手并进，走过初恋的懵懂，热恋的激情，再变成相伴一生的从容，永远充满激情，充满甜蜜……

学会留与不留、执与不执

> 昨日之非不可留，留之则根烬复萌，而情尘终累乎理趣；今日之是不可执，执之则渣滓未化，而理趣反转为欲根。

《菜根谭》里的这几句话，看起来像是绕口令，其实道理很简单，就是一种洒脱的人生心态。“昨日”的意思就是已经过去了的，“非”就是不好的、不对的，“情尘”是尘世间的繁杂人事，“理趣”是指生活的真理与趣味儿。“今日”是指当下的，“是”则是当下正确的东西，“执”是执念、执着，“欲根”则指欲望的本源。所以这段话连起来翻译就是这样的意思：“那些过去的不好的、不对的，一定要斩断或者忘掉，否则死灰复燃，人就容易被生活中的俗事所累，忘了生活的真理，失去生活的趣味儿；那些现在被肯定的东西，不要执着，如果过于执着放不下，真理和趣味反而成了刻意追求的东西，成为欲望的本源。”

意思虽然解释了，但要深入理解这几句话还要先了解《菜根谭》《菜根谭》是以处世思想为主的格言式小品文集，糅合了儒家的中庸思想、道家的无为思想和释家的出世思想的人生处世哲学的表白。而上述的那几句话同样深深印上了儒释道三家的思想精髓，这几句话的思想指引是佛家的“不住相”，实质载体是儒家的入世俗事，最高标准是要达到道家的洒脱自在。

先看他的“不住相”。佛家的思想里，《心经》里讲了不住相，《金刚经》也讲了不住相，但都是理论性的，而《楞严经》里则举了非常形象的例子。

在《楞严经》里，佛开悟阿难的时候，他让阿难看着他的手，然后把自己的手左右晃动，阿难的头也跟着左右晃动。佛就问：“阿难，是你的心在动呢，还是你的头在动？”阿难说：“是我的头在动，心没有动。”

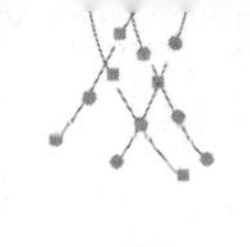

佛说："既然如此，那你动的时候感觉到自己的头在动吗？"阿难说："没有。"

于是佛说："虽然你的头在动，但是你没有感觉到，你的心也没有动，是平静的。所以阿难，你要明白人世间的表象其实都是虚幻的，看似存在其实不存在，看似在动在变化其实没动也没有变化，那么你还有什么放不下的呢？"佛讲的道理就是不住相，不被表现迷惑，不执着。《菜根谭》里的"昨日之非不可留，今日之是不可执"上升到佛学的高度就是"不住相"。

但是那几句话讲的是处世哲学，最终要回到儒家的人生事物上。所以我们需要把"不住相"的境界唯物化、具体化，才能理解那几句话的实际效用。先来看几类现象。

"昨日之非不可留，留之则根烬复萌。"打个形象的比方，人们讲治病要治本，斩草要除根，就是因为这些东西都是不好的，如果不彻底清除，又会在往后给我们带来烦恼。

古代的朝代更替，新上任的帝王无一例外都会对之前的王室斩尽杀绝，稍有人情味的，则会换一种方式让对方没有反抗的余地，但是只要能斩尽杀绝都会斩尽杀绝。像李后主之死，宋太祖赵匡胤先放了他一马，宋太宗赵匡义到后来还是把他毒死了。《水浒传》也是讲宋朝时期的故事，宋江已经率领梁山一干人等投降，但最后还是要把李逵等人毒死。

古代的人犯了大错要诛灭九族，这些都是怕"非"不尽又复燃。"非"究竟有多可怕？《赵氏孤儿》做了很好的说明，屠岸贾费尽心思想把赵氏孤儿杀掉，却不想被程婴换了，而最后，赵武杀掉屠岸贾报了仇。越国对吴国复仇也是如此，原因就是夫差没有对勾践斩草除根。

楚汉之争的时候，项羽因为疏忽大意错过了消灭刘邦的最佳时机，最后落得乌江自刎的下场，所以几年的解放战争，毛主席在最后一击的时候写下了"宜将剩勇追穷寇，不可沽名学霸王"这样的诗句。

当然，朝代更替这样的"非"未必就是"非"，也有逼不得已的地方，有显得残忍的地方。所以毛主席又说"人间正道是沧桑"，就是是非难断，只能以沧桑来形容了。但以上这些例子可以让我们明白不斩断"非"的严重后果。

不过《菜根谭》里的非，讲的是人性的非，或者为人处世的非，这样的非就必定是“非”，是不好的，不对的，一定要斩断、忘掉。

人们说“冰释前嫌”“过去了的就不计较了”，包括孔子讲的“成事不说，遂事不谏，既往不咎”，所表达的都是不要计较往昔的错误与过失，因为那些东西已经无法改变了。如果我们再去计较，过去的“非”就还会造成影响。

错误的事往往是由人导致的，每个人都不喜欢被人提及往昔犯的错误。在人世间，人们也讨厌嚼舌根或者八卦的人。对别人而言，“昨日之非不可留”就是要求我们以一种宽容豁达的襟怀来对待生活。对我们自己，首先是不被往昔的过错影响，以一种全新的姿态对对待当下和未来。

在人性上，每个人都有缺点，都犯过一些不该犯的错误，比如偷过东西，或者有骂人、欺负人的习惯，或者一些不良的生活习性，这些也要斩断，只有这样才会让新的生活过得更正确，更接近真理，更有趣味，才会使理趣不为情尘所累。

“今日之是不可执”主要是讲人生不能过于执着，也是佛家“不住相”的意思。“非”是错的，应该斩断。但“是”则是对的，对的也要不执着，第一，因为世界是在不断变化的，今日之“是”或许就是明日之“非”。

像清朝的闭关锁国，在当时就没有大错，但是随着历史的前进，西方科学技术发展起来了，再闭关锁国就是故步自封，整个中国近代史的灾难，包括现在中国在某些方面的落后，都是那个时候埋下的苦果。又比如汉初的文景之治，用道家的无为思想，让老百姓休养生息，但是长期无为也不行，所以到了汉武帝时期又开始用儒家的方法。

为人处世也没有一成不变的法则，像陶朱公范蠡，勾践落难的时候他不离不弃地陪在身边，帮助勾践复国。但等勾践灭掉了吴国，他却要离开，因为他明白勾践这个人，是只能共患难而不能同享福的。当初韩信要走的时候，刘邦要去把他追回来，但是等灭了项羽，刘邦就要打压韩信。范蠡和韩信以往对他们的君主的态度都是对的，做的事也是对的，但是到了后来性质就变了。

对于人的思想观念也是一样，我们现在的心态未必就是往后的心态，我们现在所拥有的在未来或许会失去，如果过于执着当下，很可能会是强弩之末。

因此，“今日之是不可执”的意思很明了，就是让我们明白这个世界是不断变化的，人心是不断变化的。我们应该顺势而行，不固守当下的“是”，而应该以一种开阔的心胸去看待当下所拥有的一切，明白得失变换都是常态，这样才不会为表象所占有，不去刻意维持追求当下拥有的。于是，在无拘无束无羁绊不被当下所困的心境下，才能保持长久的理趣，清心寡欲，自在生活。

然而“前事不忘，后事之师”，不住相、不执着虽然更易洒脱，但是如果不能吸取往昔的教训，不时刻以“昨日之非”提醒自己，就容易再次犯错。如果不能坚守那些永恒的“是”，则容易随波逐流，没有原则、信仰，这样的人生也是可悲的。所以“留”和“执”不对，“不留”“不执”也不对，正确的人生心态应该处于“留”与“不留”、“执”与“不执”之间。

要名干什么？要利干什么？要权干什么？

大作家贾平凹的代表作、第七届茅盾文学奖头名作品《秦腔》中有一副很经典的对联：“名场利场无非戏场做得出泼天富贵，冷药热药总是妙药医不得遍地炎凉”，这副对联以医生赵宏生之口说出了名利的虚幻：“名利场无非是上演大戏的舞台，戏演完就什么也没有了。”他又说“冷药热药总是妙药医不得遍地炎凉”，这里面的意思，也有对人世间追逐名利无可奈何的尴尬。

赵宏生说出了人世间亘古不变的现状，追逐名利就像演戏，到头来什么也没有留下，名利就是人生的大戏子，或是大骗子。毫无疑问，不论是谁，只要真诚地说，他都会承认绝大多数人生的奔波都是为了名利，不过，还有一个“戏子”或是“骗子”是名、利的好兄弟，它就是“权”。由于权力是生活中很多人无法触摸的东西，所以它的知名度就没有名、利高，但它确实存在，而且存在于绝大多数人的潜意识里。

由普通到特殊，我们先揭露名、利的真面目。

先拆穿“名”的谎言。关于名，我们都不陌生。人们想留下的名，当然不是遗臭万年的名，而是流芳百世的名。流芳百世的名又有两种，第一种是在当时的历史环境中做出了巨大的贡献，比如大禹治水、贞观之治等帝王建立的功业，或是姜太公、管仲为社会做出的贡献；第二种是道德精神的名，比如伯夷叔齐宁死不食周粟，“粉身碎骨浑不怕，要留清白在人间”的名，孔子作为圣人泽被后世的名，莎士比亚作为大作家留下的名。总而言之，一种是现实领域内的，一种是精神领域内的。

不过，“名”虽然是骗子，但我们心态摆正了，自然而然得来的名却是有实在的价值，虽然名只是一个名头，但是它却折射出一种价值。比方说唐太宗的贞观之治，他后来得到的名是他实实在在为中华民族做出了不朽贡献的必然，这样的名是无可非议的。又如李白被后人奉为诗仙，“诗

仙”是名，但是透过“诗仙”的外表，我们发现的是“举头望明月，低头思故乡”“飞流直下三千尺，疑是银河落九天”“孤帆远影碧空尽，唯见长江天际流”“君不见，黄河之水天上来，奔流到海不复回”这样大气磅礴飘逸潇洒的诗句，在这些诗句中，我们获得了精神的愉悦和美学的享受，因此李白之名是名副其实，这个名有优秀的本质。又如孔子，被奉以圣人之名，但是这个名蕴含的却是这位大智者留给后人的无限精神财富，这样的名同样是有价值的。

但是，人世间的很多名又是没有价值的，甚至代表着一种扭曲的价值观。比方说古代的贞节牌坊，有很多贞节其实是没有道理的，古代所谓的“贞节”，是对女子的基本行为规范，即女子当“从一而终”，即丈夫在世不可失身，丈夫去世则不可改嫁。“饿死事小，失节极大”，“存天理，灭人欲”，无不在极力宣扬妇女守节胜过生命。那些妇女为了这种虚无缥缈的东西，为了她们头上这个致命的紧箍，甚至付出了生命的代价。如果翻看《列女传》，你会惊异地发现，里面记载的烈女的命运无不悲惨，为了贞节，为了换取一块皇家赏赐的牌匾，一座贞节牌坊，竟然一个个争先赴死。

这两种名的反差，告诉我们人世间并不是所有听起来好的名都是好的“名”，比如贞节牌坊，这个名既没有创造实际的价值，反而牺牲了一生的幸福。

然而，即使是正当的、好的“名”，我们应该报以怎样的态度呢，应该是以“实”为“名”的基础。庄子说“名者，实之宾也”，就是这个意思。无论是孔子、李白，还是姜太公、唐太宗，他们之所以成名，全都是因为先建立了功业或是取得了艺术上、精神上的成就，而不是为了一个“名”而去刻意为之。

因此，我们对待名利的态度应该是先不去想它，做好自己该做的事，做好自己想做的事，如果把事情做好了，名自然就来了。正如那句很流行的话：你若盛开清风自来。

而如果为了“名”而追求“名”，对“实”不管不顾，那么“名”就是一个大骗子，诱惑我们做一些没有实际意义的事，并辜负了生命。

关于“利”，这个大骗子就比“名”还会骗人。“利”是很实际的，而绝大多数人都是很实际的人，因为我们要生活，生活就是很实际的，我们需要柴米油盐离不开衣食住行，因此必要的物质追求是常理，不该驳斥。但是追求“利”过头就是一种贪欲，这种贪欲会让我们丧失人生的很多乐趣，丧失很多高贵的灵魂品性。

莎士比亚的戏剧《威尼斯商人》中，犹太人夏洛克为了他的生意，想要打倒他的对头安东尼奥，居然用卑劣的手段陷害安东尼奥，要割他身上的肉，这样的行径已无人性可言。现在我们的生活中，地沟油、假烟假酒、各种人造肉层出不穷，这些良心缺失、道德败坏的行为都是求“利”过度，把自己的利益建立在损害别人利益的基础上，也是极其无耻的。若被法律惩处，得不偿失，即使没有被法律惩处，也是一辈子生活在罪恶之中，丧失了最美好的精神品质。

“权”这个骗子也有多面性。上文提到的唐太宗拥有至高无上的权力，他利用自己的权力治国安邦，造福万民，是积极的、有益的、正义的。中国古人讲“学而优则仕”，这是一种有能力则掌权为老百姓造福的思想，是正确的。如果包青天没有权力，即没有机会断案，如果毛泽东没有红军的领导权，中国革命的前途又会是另一个样子。所以，正当的权并没有错。

问题还是在于我们怎样看待权。有个成语“尸位素餐”，还有句俗语“占着茅坑不拉屎”，这两点用在权力上，不少见。不论是古代还是现代，依然有这样的掌权者，在其位而不作为，既然如此，“权”就没有实现它正当的价值，从正义的角度讲不是骗子是什么？当然，有些人掌权是为了借机谋取利益，这样的人道德沦丧，已经曲解了权的意义，过的是罪恶而虚假的一生，自然也是上了“权”的当。

《初刻拍案惊奇》中有个故事《钱多处白丁横带》，里面的主人公郭七郎因为自己家境殷实，就用钱买了一个刺史，以为当刺史可以赚取更多的钱，还能光宗耀祖。谁知他突发意外，朝廷的任命文件丢了，无法做官，以前尊敬他的人也不再买他的账。他想到自己还有钱，可是回去之后才发现自己的家产已经被战乱损毁殆尽，一无所有，赔了夫人又折兵。这个故事赤裸裸地揭露了“权”的势力和“利”的虚幻，是不折不扣的势利眼和大骗子，发人深省。

其实不管是名、利，还是权，都有好的、积极的一面，但是前提在于我们摆正心态，以“实”为基础，把自己做好、把事情办好，那么名、利、权才会来得稳妥和正义，如果只是一味地贪图虚名、追求利益和权利，则

是舍本逐末，不但丧失了灵魂的高贵，辜负了生命，也在欺骗中浪费了自己的一生。

被名利负累，不如把今天过好，今天过好，一切安好！就像学会享受2016年的这最后一天。无论这一天你有多么富有，无论这一天你有多么贫穷，一定要学会对自己的这一天特别特别的好。因为过去了就过去了，再也不会停留再也不会回来。

其实每一天都是最后的一天，有这种意念和境界的人太少太少，这样的人要么在各大医院的精神科病房里，不去医院而生活在茫茫人海之中的人已经成为稀缺已经成为经典。要么他认为我们有病，要么我们认为他有病。其实大家都没有病，只是每个人的生存理念、生活情趣、生命灵性不一样。有的人喜欢活在过去，有的人喜欢活在当下，有的人喜欢活在未来。都没有错，因为都还活着就没有错。

但是，活在昨天与活在今天有本质的区别，活在明天与活在今天也有本质的区别。本质是什么，人的本质与本性一样与生俱来，就是人的真善美。今天的人活在昨天的故事里，你的真实在哪里，你的善为在哪里，你的美又在哪里。昨天是什么，昨天已经成为昨天，昨天下雨但是今天不下雨，今天是晴天。

今天的人活在明天的梦想里，你的真实又在哪里，你的善为又在哪里，你的美丽又在哪里？因为你不知道明天会发生什么，别人也不知道明天是什么样的明天。最能确定的最真实的最善为的最美好的是今天，今天就是此时此刻，当下就是此情此景。

生活就是今天，生命就是今天。我们被多少昨天所思，我们被多少明天所想，我们应该留下足够的时间和广阔的空间以及美好的心间给真善美的今天。

有个性地活着才是真实地活着

有个性地活着才是成熟的生命，共性地活着只是一种圆滑的人生。成熟是个性到共性再走向个性，不成熟是个性到共性再走向共性。自己在哪里不知道，自己的思想自己的行为在哪里也不知道，与自己相似的人太多，太多的人与自己十分相似：一样的习惯一样的爱好一样的性格一样的命运。

开一朵花唱一首歌，领导说北风吹我们就说北风呼呼地吹，经济学家叫我们炒房我们就拼命炒房，股评家叫我们炒股我们就拼命炒股，医生专家叫我们吃药我们就拼命吃药，其实我们的心灵除了寂寞就是孤独。

与其活在别人的世界不如活在自己的世界，我们害怕什么，我们恐惧什么，个性地活着智慧地活着真的比上刀山下火海还痛苦和无助吗?

我已经走过了60个春夏秋冬，见证了无数的花开花谢。

虽然自己给金融家当过秘书，自己没有成为金融家。虽然自己给巨富理过财，自己没有成为巨富。

但是我仍然是我，我没有发现和感觉自己现在的生活有不快乐不幸福的地方。

我自由自在自然自足地过好每一天，我非常感谢感激感恩我独特的个性和独特的性格，这才是我向往和追求的生活和生命。

须知，真正的个性不是特点，而是生命的境界。所谓生命的个性，释义应该是深刻的真性情。

对于普通人而言，在复杂的生活中最能保护自己的是成熟或者世故。这两者的区别在于，世故是出卖灵魂迎合人事，成熟是坚守灵魂应对人事。

古时候，太监和谋臣往往受到帝王的恩宠。然而他们应对帝王的方式却很不一样，太监是把自己当作奴隶，把自己当作一种低人一等的事物，

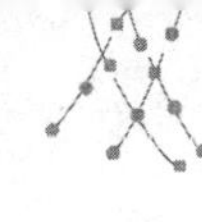

卑躬屈膝地讨好皇帝，没有人格尊严，没有独立的精神。而出类拔萃的谋臣则不一样，他们打动皇帝的心，靠的是动之以情、晓之以理，是以自己的智慧去赢得皇帝的信任与恩宠。在这个过程中，他们既有人格尊严，又使自己的精神得到体现，他们实现了一个人的独立、自由，以及智慧，比如范蠡、诸葛亮、魏征、狄仁杰等。

如果把皇帝的生活看作艰难的生活，那么像太监那样对待生活就是世故，像智慧的谋臣那样对待生活就是成熟。显而易见，这两者的区别，即成熟和世故的本质区别就在于：成熟保护了生命的个性，保护了高贵的灵魂。

还不难发现，太监的生活是虚假的，他们没有做自己，只是迎合，而谋臣做到了。故而个性的人生才是真正的人生。

很多人向往神仙的生活，其实并不怎么明了神仙的特点。其实神仙最大的特点就是有个性，他们自由、潇洒，只要不是做坏事，想去哪里就去哪里、想做什么就做什么，不受拘束，这正是个性的体现。人生没有绝对的自由，只要在正义和道德的前提下，能够做最想做的自己就是自由，就是个性，就是真实的人生。

李白被称为诗仙，其实也与他的个性有关。他能令高力士脱靴，能够放弃高官不做，仗剑走天涯，饮酒吟诗追月，游遍大好河山，这就是个性的人生。李白的个性换来了什么呢？是他的自由、潇洒，以及流传千古的诗文。而可以肯定的是，倘若李白没有个性，也绝写不出这么有个性的诗歌，不会享诗仙之名。

其实古今中外，有伟大成就的人都有他独特的个性，因为他们对个性坚守的能力就是对信仰坚守的能力，不坚守信仰怎么能成事呢？

在我们中国古代，姜子牙就是一个很有个性的人，愿者上钩的钓鱼方式看起来滑稽不已，其实正是其个性的体现。孔子也是很有个性的，他不仅要在雨中歌唱，《论语》中还记载了这样一个故事：孺悲想见孔子，孔子推说有病不见他，然而传话的人刚走出门，孔子就取出瑟弹唱起来，让孺悲听见。这就是孔子的个性与真性情，不想见就不见，还要让人知道。道家的庄子也是很有个性，他的老婆死了，惠子去吊唁，却发现庄子正分开双腿像簸箕一样坐着，一边敲打着瓦缶一边唱歌。惠子责怪他，他却说：“悲伤过后才发现自己居然还不明白生死是天道，所以笑自己。”

庄子的个性其实正是他洒脱的体现，如果没有这样的个性，他就写不出《庄子》。

近代人中，毛主席也是一个很有个性的人，他的一生，只要条件允许，总是一边的床放书，一边用来睡觉。追溯到拿破仑，他在马上也要看书。正是这些与众不同的个性，让他们比常人多了一些成功的资本。

不过，并非所有与众不同的性格都是好的个性，生活中处处充满伪个性，我们要学会辨识、避免。比如艺术家，人们常说艺术家总是与众不同，的确有些艺术家与众不同，但那是由内而外的。可是有些人却从外表着手，让外表的不一样体现自己是艺术家，本质上没有艺术家的内涵，却通过留长发、穿怪异的服装等行为来体现自己不一样。这便是伪个性，因为他们的个性是刻意装的，不是精神个性的体现，他们并没有做真实的自己。

“不着一字，尽得风流”本来体现的是一种艺术的个性，是非常深刻的大境界，“大音希声”那般的。然而清朝时期却有这样一个幽默故事，有人请新上任的县官题诗，却不知道这位县官是花钱当上的，他在书房里急得冒汗，最后还是师爷给他献了一计，让他什么也不题，就说：“不着一字，尽得风流”。这样的个性当然是伪个性。

生活中有些个性虽不是伪个性，但也只能称其为性格与习惯，比如北宋的王安石，生活邋遢不已；比如在公共场所吸烟；比如睡前不洗脚。这些就不是精神境界上的个性，而是不好的生活习惯。

而有些习惯却体现着个性，比如学贯中西的林语堂先生，他一辈子不穿西装，其原因是西装穿上不方便，活动不舒服。林语堂先生这种个性，便是不畏世俗做自己的不羁灵魂。比如南怀瑾先生，他一辈子不进医院，因为他觉得中医就能把自己的病治好，事实确是如此。南怀瑾先生活了 95 岁，他人生第一次也是最后一次进医院，是在他临终之前，这就是个性。个性应该是建立在理智基础上的。

其实，每个人之所以不一样，其本质就在于精神个性的不一样，如果不能保护好生命中那些高贵的个性，而选择随波逐流，就没有独立的人格与精神，就辜负了上帝赋予的独特生命，这样的人生是失败的人生，因为他连自己都丢了。

周国平先生说：“许多人的所谓成熟，不过是被习俗磨去了棱角，变

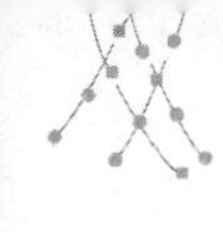

得世故而实际了。那不是成熟，而是精神的早衰和夭折。真正的成熟，应当是独特个性的形成，真实自我的发现，精神上的结果和丰收。”个性其实就是让我们保护好精神保护好灵魂，只有这样才能做自己、成为自己，也才可能有真正的成果。

个性而真实，自由自在、自然自足地过好每一天，感激上帝赋予自己的独特个性，并照顾好它，保护好自己的灵魂，才是我们应该向往和追求的生活之道和生命境界。

与人方便，就是与己方便

“径路窄处，留一步与人行；滋味浓时，减三分让人尝”也是《菜根谭》里的一句名言。《菜根谭》这本小书，字数虽小，却道尽了无数的人生法则。

老子讲的“上善若水”，水是怎样的呢？有很多种解释。在这里我们取其中的一种：遇到弯道，拐个弯就过去了；遇到阻碍，就行慢一点。不必和那些无法改变的东西相争，顺其自然，从容和善，既舒服了别人也舒服了自己。其中蕴含的是一种谦让奉献的态度。与“径路窄处，留一步与人行；滋味浓时，减三分让人尝”是一个道理。

宋代的吕蒙正便是“厚德载物”的典范。他刚被任命为副宰相，第一天入朝走马上任，有些同僚看不起他，认为他这个贫寒的出身不配当宰相，便在背后讥笑他、讽刺他。面对这盆当头冷水，吕蒙正装作没有听见，走了。

但是，与吕蒙正要好的同事很不满，对此愤愤不平，建议吕蒙正要查出这些讥讽他的人是谁。吕蒙正急忙制止，不让追查。下朝以后，吕蒙正的有些同事仍然不能释怀，后悔当时没有逮住那些人。吕蒙正则心平气和地说：“千万不能去查，要知道我辈的气量不够大，万一知道了是谁不满意我，心中就会有怨气。以后大家同朝共事，就很不方便，心里不舒坦。”

另一件事也是发生在宋朝，主人公是“以半部《论语》治天下”的名臣赵普。赵普是辅佐赵匡胤建立宋朝的大功臣，他当了宰相，此时就想给以前看不起、对不起他的人一些教训，趁机报复。赵匡胤知道了，便劝告赵普：“要理解别人，如果别人早就知道我以后会做皇帝，你以后会做宰相，又怎么会看不起我们？天下事殊难预料，别人的做法是情有可原的。过去的已经过去了，你应该放开胸襟度量啊。”

赵匡胤是历史上难得的好皇帝，他的肚量也是广为传颂的。他能不处

死李后主而只是软禁，在历代帝王的做法中也是极为宽厚的。历史的进程无法改变，赵匡胤又何苦和一个手无缚鸡之力的皇帝计较呢？天下万物，皆有生命，一颗尊重宽容之心既是渡人也是自渡。

吕蒙正后来几度拜相，成为一代名臣，赵匡胤被后人广为歌颂，这些都与他们厚德载物、不与人计较、以大局为重的仁厚品质有关。

相反，凡事锱铢必较不相让，却可能造成极其可怕的后果。晏子就利用这个人性的弱点，以两个桃子杀掉了三位大将。

春秋时代，齐景公帐下有三员大将：公孙接、田开疆、古冶子，他们战功彪炳，但也因此恃功而骄，晏子为避免三位武人对未来造成祸害，建议齐景公早日消除祸患。然而三人战功赫赫，又没有犯错，直接杀掉或者惩罚都会引来天下的不满，造成动荡。聪明的晏子便利用他们丝毫不肯相让的弱点设了一个局：让齐景公把三位勇士请来，要赏赐他们三位两颗珍贵的桃子；可是三个人无法平分两颗桃子，晏子便趁机提出协调的办法——三人比功劳，功劳大的就可以取一颗桃。

公孙接与田开疆反应很快，都先报出自己的功绩，分别各拿了一个桃子。这时，古冶子认为自己功劳更大，只是没有抢占先机，于是气得拔剑指责公孙接与田开疆；而公孙接与田开疆听到古冶子报出自己的功劳之后，也自觉不如，羞愧之余便将桃子让出并自尽。尽管如此，古冶子却对先前羞辱别人吹捧自己以及让别人为自己牺牲的丑态感到羞耻，因此也拔剑自刎——就这样，仅仅靠着两颗桃子，晏子兵不血刃地去掉了三个威胁。

如果三人都有“孔融让梨”的智慧，悲剧就不会发生了。其实想来，一颗桃子有什么值得相争的呢？争的无非是那一口气，而这一口气又有什么用，值得把自己的命都豁出去或是辱人尊严害人性命？然而漫漫人生很多人犯错就是因为不愿意输掉这口气。人世间最珍贵的乃是生命及精神，而不是一切外在的物质。对于那些外在的东西，既然有余或是不重要，在别人需要之时何不大方给予别人？“滋味浓时，减三分让人尝。”

犹太民族向来以精明的印象留存于人们心中，有名的吝啬鬼夏洛克，就是犹太商人的形象。然而大多数犹太人却是懂得索取也懂得报恩的人。他们收割庄稼的时候，总会在靠近路旁的土地的四角留下一部分成熟的庄稼。据说，这种习俗，既是为了报答上天的恩赐，同时，也给那些贫寒的路人留下点粮食，以便他们充饥。只要出于需要，任何人都可以去收割地角的庄稼，没有人会去责问他。

犹太人认为，要想成为富人首先要懂得布施。两千多年前，犹太人就把捐献十分之一的财产，列为上天规定的人间铁律。为此，犹太民族虽然饱经磨难，惨遭杀戮，但却能很快恢复元气，东山再起，并掌握着令世人艳羡的财富，靠的正是这种处世哲学和思维方式；他们之所以能有今天的富足生活，或许就是因为他们懂得感恩，懂得“滋味浓时，减三分让人尝”的为人之道。

孔子说：“己欲立而立人，己欲达而达人。”一人之力终归有限，众人拾柴火焰高。皇帝之位至高无上，也要抓民心，“取之于民，用之于民”，得道才能多助。我们普通人更该如此，世间没有多少付出是必然，如果每个人都有一颗感恩的心，一种多考虑别人的气度，则可以沉淀许多的浮躁与不安，消融许多不满与仇怨。

拓展之，发展的理念是“让一部分人先富起来，带动其他人致富”，在贫富差距巨大的今天，《菜根谭》中的“径路窄处，留一步与人行；滋味浓时，减三分让人尝”对我们整个社会都有启发意义。

所以，在生活中，我们不妨凡事都多想着别人一点，自己有余的能舍弃的不妨多留给别人一点。这样，我们会收获更多，人生将拥有更多的况味。就如同那句我们熟悉的诗句：我捧出一片绿叶，却收获了整个春天。

欲望是深渊，要懂得望而却步

人往深渊里看，他看不到倒影，如果这时候人不能认清自己，就会使自己坠入深渊。

在电影《华尔街》中，我们能够看到资本的邪恶推力。金融大亨盖葛在股票市场上翻云覆雨，叱咤风云，毫不掩饰自己的贪婪，言谈举止充满着咄咄逼人、自信飞扬的个性，似乎一切都尽在掌握中。商人们合力演绎着这样一个游戏：你要么抛弃良知，要么出局；但如果你是圈子里的人，钱、妞、地位、名望，什么都有。直到今天这个游戏仍然在现实中继续。

钱是我们最大的贪欲，也是我们面临的最大的深渊。在我们身边，很多人都是为钱而活，一生拼命挣钱然后又拼命存钱，抱着银行卡睡觉。还有一些人拼命挣钱买房子，买了一套又一套，以多为荣，想成为中产阶段进入上流社会。过不了多久，人还没有离开这个世界，房产税来了，住房空置税来了，房地产的泡沫破裂，财富归零游戏开始了。其实在负利率时代，我们手上的钱越来越不是钱，它就是一个数字，它就是一种交换的工具。

空气污染为了钱，气候变暖为了钱，水质污染为了钱，砍树挖矿为了钱，转基因食品为了钱，没有爱心为了钱。住房变成商品，商品增加金融属性，投资投机贪婪成性。教育变成买卖，教育质量与金钱挂钩，读书为了钱读完书还是为了钱，钱文化泛滥成灾。看病不是救死扶伤，认钱不认病认钱不认人，小病变大病，大病变病危，过度医疗过度收费越病越收钱，还是为了钱。

成功本身即带有浓重的个性色彩，人生并不只是粘贴复制那么简单。小人物追寻自己的大梦想，到头来却被梦想所淹没，迷失了自己。正如尤素福所说：欲望是人遭受磨难的根源。诚然，欲望可以使人得到欢乐和幸福；但这欢乐、幸福的背后却是苦难，乐极是要生悲的；一切欲望实现之后，却也免不了灾难。

战争狂人希特勒，梦想征服世界，发动第二次世界大战，给人类造成深重灾难，最终在苏联与盟军的联合夹击下战败，饮弹自尽；秦始皇帝嬴政，可以用“诸侯之地有限，暴秦之欲无厌，奉之弥繁，侵之愈急”这句话来解释，膨胀欲望，扩展边界，妄图长生不老，苛政虐民，严重动摇了秦朝统治的根基，最终使得帝国覆灭。

“士能寡欲，安于清澹，不为富贵所淫，则其视外物也轻，自然进退不失其正。”然而，在现实社会中，人类贪婪的欲望从来都没有停止过。贪婪犹如魔鬼，犹如洪水猛兽，会吞噬我们的灵魂，撕碎我们的心灵和肉体。

即使是聪明的人在面对利益诱惑时也往往缺乏理性：因为贪婪而毁了大好前程；有时明知是圈套，却因为抵御不住诱惑而落入陷阱。很多时候他们不是败给自己的聪明，而是败给自己的贪欲。

人们常常听到这样一句话：“是欲望毁了他。”然而，这往往是错误的。并不是欲望毁了人，而是无能、懒惰，或糊涂。其实不光金银利禄是欲望，美酒美色、自由逍遥，甚至名垂青史也是欲望。

所以有时候，欲望是人生中必经的路径。比如物质欲，性欲，情欲，有了这些基本的欲望，我们才能为之奋斗，追寻人生。确实欲望是必要的选择，但如果我们不小心，掌握不好度，它也可以是致命的。正如高吉迪所说：“人一旦成为欲念的奴隶，就永远也解脱不了关系。”当欲望被透支，进而演变成贪婪，我们便很难自无止境的渴望中苏醒过来。

美国船王哈利曾对儿子小哈利做过这样一个试验，他把刚满 23 岁的儿子带到赌场，给他 2000 美元，让他熟悉牌桌上的伎俩，并告诉他，无论如何不能把钱输光。小哈利连连点头，但当他陷入赌局时，却很快赌红了眼，把父亲的话忘了个一干二净，最终输得一分不剩。他沮丧地说，自己本以为最后那两把能翻本，没想到却输得更惨。

老哈利继续让小哈利一次一次地进入赌场，并叮嘱他把钱输到一半之前就要出来。然而当小哈利每次输掉一半的钱时，脚下就像被钉了钉子般无法动弹。他没能坚守住自己的原则，再次把钱全都押了上去，还是输个精光。小哈利几近放弃，他再也不想进赌场了。老哈利则在一旁看着，一言不发。

“赌场是世界上博弈最激烈、最无情、最残酷的地方，人生亦如赌场，我们怎么能不继续呢？”

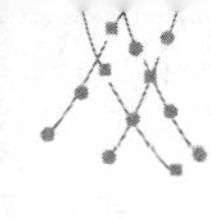

于是赌局继续。这一次，小哈利的运气还是不佳，又是一场输局。但他吸取了以往的教训，冷静了许多，沉稳了许多。当钱输到一半时，他毅然决然地走出了赌场。虽然他还是输掉了一半，但在心里，他却有了一种赢的感觉，因为这一次，他战胜了自己。

经过多次的经验教训，小哈利渐渐掌握了赌局的脉络。当有一天，老哈利再去赌场时，小哈利俨然已经成了一个像模像样的老手，输赢都控制在 10% 以内。不管输到 10%，或者赢到 10%，他都会坚决离场，即使在最顺的时候，他也不会纠缠。

这时候老哈利毅然决定，将自己上百亿的公司财政大权交给小哈利。他说：“业务不过是小事。世上多少人失败，不是因为不懂业务，而是控制不了自己的情绪和欲望。”

在人生的道路上，许多人由于太看重眼前的利益，该放弃时不能放弃，结果铸成大错，甚至悔恨终生。因此，人需要用理智驾驭自己的贪欲。认清那些潜在的危险，放弃眼前的私利，你会发现世界远比你想象的美好和容易。

人生亦如赌局，能够控制情绪和欲望，往往意味着掌控了成功的主动权。正如尤素福所说，假如人能够遏制住自己的种种欲望，过着无求的生活，那么他才算主宰了自己的生活，掌握了自己的命运。

像那庄子逍遥自由的人生态度，柳下惠的“坐怀不乱”，唐代诗人卢象的《寒食》诗中的“子推言避世，山火遂焚身，四海同寒食，千秋为一人”，还有陶渊明“不为五斗米折腰”的精神，不仅是坚守内心信仰和善良的具体体现，也表达一种悠然自得、活出自我的生活方式。

《增广贤文》有言：“储水万担，用水一瓢；广厦千间，夜卧六尺；家财万贯，日食三餐。”人之欲望，只有适可而止，适度而为，方可避免因满而溢，因过而错。欲望这玩意，说好亦好，说坏也坏，全取决于我们对待它的态度。生活不只眼前的苟且，还有诗和远方的田野；放下对于欲望的过分追逐，我们才会发现，诗和田野或许就在不远处。

愿与草木为友，和土壤相亲

在中国现代史上，有一个极其个性的文学大家，他不如鲁迅那样严肃和疾恶如仇，也不如周作人那样宅于书斋，也不像郁达夫那样放浪形骸，也不如钱钟书先生那样具有学者气息，然而他却名满中外，在小说尤其散文上都颇有建树，曾两度获得诺贝尔文学奖提名，至今他的作品依然畅销中西，闪烁着智慧而动人的光彩，他就是林语堂，世界公认的幽默大师。

林语堂先生真正名噪西方，是因为他在美国写的那本小书《生活的艺术》，这本书以极其幽默的口吻，道出了一个中国人与世界相处的智慧。这本小书里没有玄妙的哲思，因为作者本人就坦言他平生最讨厌康德哲学。书中处处是接地气的生活道理，读来使人幽默一笑又倍感亲切，质朴而温暖，体现了一个凡人与世界相处的大智慧：遵守生命的规律，亲近自然。

“让我和草木为友，和土壤相亲，我便已觉得心满意足。我的灵魂很舒服地在泥土里蠕动，觉得很快乐。当一个人悠闲陶醉于土地上时，他的心灵似乎那么轻松，好像是在天堂一般。事实上，他那六尺之躯，何尝离开土壤一寸一分呢？”这段话便出自《生活的艺术》，表达了人与大地的关系、对大地的依赖，以及最好的人生所必需的：亲近自然，热爱自然，亲近我们脚下的土地。

人的灵魂与土地似乎具有与生俱来的亲切关系，这种关系，《圣经》中作了很明了的说明。

《圣经》说：“耶和华神用地上的尘土造人，将生气吹在他鼻孔里，他就成了有灵的活人，名叫亚当。”“你必汗流满面才得糊口，直到你归了土，因为你是从土而出的。你本是尘土，仍要归于尘土。”

在我们中国的文化传说里，女娲造人也是用尘土；印度的佛祖也说人本是尘土。为什么他们都这样说呢？其实原因非常简单：他们看到人死后都是腐烂在土里，就以死亡推测出生了。其实，任何人文真理的来由都是

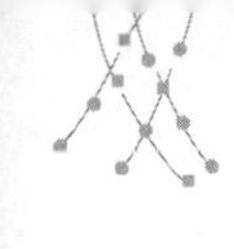

平凡的。但是，这个平凡的真理却折射出我们对大地的感情：泥土最贴近生命的本质。也因为这种感情，我们对泥土充满了热爱。

著名作家余光中一次和他的女儿回大陆，他捧了一把泥土在嘴里嚼，女儿问他土可以吃吗？余光中笑了笑。他吃的不是土，而是感情。

这种感情最体现在乡情，故土之说来源于此。故乡的土地，是我们长大的地方，或者说浸染着我们祖宗血液的地方，会自发地给我们一种归属感。古话讲衣锦还乡、荣归故土，其内在的精神实质也是在归属感中感到平静与满足。

把泥土的意义拓开，天下的泥土都是泥土，天下的大地都是大地，从广泛的人的精神上来讲，即泥土成了寄托我们生命的最佳去处。如果说故乡的土地是个人狭窄的寄托，那么世界上所有的大自然就是人类的精神的寄托。

法国自然主义哲学家卢梭在他的散文《生活在大自然的怀抱里》，这样强烈地抒情："我迈着平静的步伐，到树林中去寻觅一个荒野的角落，一个人迹不至因而没有任何奴役和统治印记的荒野的角落，一个我相信在我之前从未有人到过的幽静的角落，那儿不会有令人厌恶的第三者跑来横隔在大自然和我之间，大自然在我眼前展开一幅永远清新的华丽的图景，金色的燃料木紫红的欧石楠非常繁茂，给我深刻的印象，使我欣悦；我头上树木的宏伟、我四周灌木的纤丽、我脚下花草的惊人的纷繁使我目不暇接，不知道应该观赏还是赞叹；这么多美好的东西争相吸引我的注意力，使我眼花缭乱，使我在每件东西面前流连忘返，使我常常想：不，全身辉煌的所罗门也无法同它们当中任何一个相比。"

读卢梭的这段话，我们无不为之动容。在他的小说《新爱洛伊丝》里，卢梭花了大量的笔墨描写大自然的美丽，而他这样的描写开了文学先河，后来的很多作家都受他的影响，因为在此之前那些作家没有想到表现人与自然的关系。卢梭的观念产生这么大的影响力，体现的是普通人对于大自然对于泥土深藏于骨子里的深情，一旦触碰，就会深情流露。

后来的法国作家乔治桑沉浸于田园小说，创作了《魔沼》等精品，也为世人表达了人们对于大自然的向往之情。

这种亲近泥土的精神现象也不是仅仅存在于某个地域，在美国，有梭罗在瓦尔登湖湖畔建造小木屋，在那里远离交通工具，用最原始的方式与大自然和谐相处，感受生命最本质的快乐。在俄国，列夫·托尔斯泰的小说《安娜·卡列尼娜》中，托尔斯泰花了大量的篇幅来写列文在乡下的生活，照顾小牛，和农民一起种地、割麦等，《战争与和平》中，安德烈公爵那段关于死亡的经典思考也是躺在大地上仰望着天空时产生的。而在我们中国，这种情形就更为普遍了。在中国的哲学和诗文里，天人合一一直是不变的思维，道家对自然的亲近无孔不入，神仙都是深处大山之中，隐士也多藏之名山，更有无数歌颂大好河山的诗文。文学是文化的体现，全世界对泥土、大自然都具有相同的亲近情感，正是诉说着人类对泥土的热爱和依赖。

在当今社会，城市化进程日益加快，物质生活水平不断提高的同时，我们却常常感到精神的漂浮，其原因无非是我们长期处于高楼大厦之间，不断穿梭于地铁汽车之上而已。我们需要亲近土地。因此，当人们一下子投身于大自然的怀抱，奔跑于泥土之间，大口地呼吸着新鲜空气之时，会感觉到解脱、释放，会感觉到自己真真切切地生活在世界上。这是一种极其奇妙的体验。

我们不能阻止世界的进程，我们也必将愈加远离自然，这里面有无奈，也有辛酸，但我们难以避免。但是“诗与远方”应该是我们始终不变的精神信仰，无论身处何地，身在何时，若能遥想或是感知一下泥土的芬芳、大自然的瑰丽，生活也会变得更加真实而美丽。

阅尽沧桑笑看人生

宠辱不惊，看庭前花开花落；去留无意，望天空云卷云舒。人生最曼妙的风景，是内心的淡定与从容。

从容是胸怀经天纬地之才却见弃于外而寄情山水的淡然，亦是满腹经纶绝学但不被重用而愉情诗章辞赋的洒脱。从容源自内心的宁静。

凭借一份从容，孔明先生隐居待时十余年。17 岁，他移居南阳，从师于水镜先生司马徽。天下动乱又如何？身怀妙计又如何？孔明先生深知刘表昏庸无能，绝非命世之主，甘心结庐襄阳城西二十里的隆中山中，隐居待时，这一待，便耗了十年。

从容亦是一种必胜的信念，一种自信的威仪。

凭借一份从容，诸葛亮舌战江东群儒。当时曹操雄兵压境，吴国的文臣主张吴王向曹操投降，吴王虽不欲战但也不想降，诸葛亮作为说客，只身来到东吴，孙权便特地安排了孙氏集团的一班谈判人员和诸葛亮展开了一番交锋，诸葛亮舌战群儒由此拉开帷幕。

一开始，“张昭、顾雍等一班文武二十余人，峨冠博带，整衣端坐”。在谈判的“势”上尽占上风。张昭有意难为诸葛亮，尽挖诸葛亮的痛脚，把诸葛亮数落得一文不值。但见孔明听罢，哑然而笑曰：“鹏飞万里，其志岂群鸟能识哉？”刘皇叔的万里志向焉是你张昭能明白了的？“盖国家大计，社稷安危，是有主谋。非比夸辩之徒，虚誉欺人：坐议立谈，无人可及；临机应变，百无一能。诚为天下笑耳！”这一篇言语，说得张昭哑口无言，顿时把整个谈判的“势”反客为主。然后诸葛亮逐一从刘备的军备，把虞翻说得“不能对”；从有求于孙权而来的用意，把步骘说得“默然无语”；从君臣大义上把薛综说得“满面羞惭，不能对答”；从刘备个人的出身方面把陆绩说得“语塞”；从个人的学术宗派方面把严畯说得“低头丧气而不能对”；从学问上把程德枢说得“不能对”。诸葛亮一步一步地把“势”

发挥得淋漓尽致，最终舌战群儒，大获全胜。后激得孙权誓不降曹，与刘备合作，在赤壁大败曹操。

无事心不空，有事心不乱。保持内心的从容，才能遇险而镇定，遭难而淡然。从容是一种成竹在胸的镇静与洒脱，从容同样需要一种无所畏惧的胆识。

凭借一份从容，诸葛亮留下绝唱空城计。

诸葛亮因错用马谡而失掉战略要地——街亭，司马懿乘势引大军 15 万向诸葛亮所在的西城蜂拥而来。当时，诸葛亮身边没有大将，只有一班文官，所带领的五千军队，也有一半去运了粮草。众人听到司马懿带兵前来的消息无一不大惊失色。诸葛亮只淡然一笑，登城楼观望后，对众人说："大家不要惊慌，我略用计策，便可教司马懿退兵。"

于是，诸葛亮传令，把所有的旌旗都藏起来，士兵原地不动，如果有私自外出以及大声喧哗的，立即斩首。又叫士兵把四个城门打开，每个城门之上派 20 名士兵扮成百姓模样，洒水扫街。诸葛亮自己披上鹤氅，戴上高高的纶巾，领着两个小书童，带上一张琴，到城上望敌楼前凭栏坐下，燃起香，然后慢慢弹起琴来。

司马懿的部队到达城下，见了这般气势，自不敢轻易入城，便急忙返回报告司马懿。司马懿听后，笑着说："这如何可能？"于是便令三军停下，自己飞马前去观看。离城不远，他果然看见诸葛亮端坐在城楼上，笑容可掬，正在焚香弹琴。左面一个书童，手捧宝剑；右面也有一个书童，手里拿着拂尘。城门里外，20 多个百姓模样的人在低头洒扫，旁若无人。司马懿看后，疑惑不已，便来到中军，令后军充作前军，前军作后军撤退。他的二子司马昭说："莫非是诸葛亮家中无兵，所以故意弄出这个样子来？父亲您为什么要退兵呢？"司马懿说："诸葛亮一生谨慎，不曾冒险。现在城门大开，里面必有埋伏，我军如果进去，正好中了他们的计。还是快快撤退！"于是撤兵而走。

面对司马懿的虎狼之师，空城抚琴的孔明先生泰山崩于前而色不改，不费一兵一卒使得司马懿引兵而走，为后人留下美谈。

从容是"山中习静观朝槿，松下清斋折露葵"的雅趣，是"桃花流水窅然去，别有天地非人间"的悠闲。不忘初心，方能"从容"。

凭借一份从容，庄子拒官而宁"曳尾于涂中"。相传，庄子在濮河钓

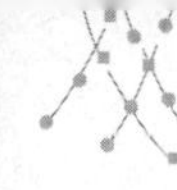

鱼，楚国国王派两位大夫前去请他做官，他们对庄子如此说道：“想将国内的事务劳累您啊！”庄子只顾拿着鱼竿，并未回头看他们一眼，说：“我听说楚国有一只神龟，死了已有三千年，国王用锦缎包好放在竹匣中珍藏在宗庙的堂上。你们说，这只神龟是宁愿死去留下骨头让人们珍藏呢，还是情愿活着在烂泥里摇尾巴呢？”

两个大夫说：“情愿活着在烂泥里摇尾巴。”

庄子说：“请回吧！我要在烂泥里摇尾巴。”便以此拒绝了做官的邀请。

庄子看破世间万物，不为功名利禄所动，所以面对一国之君“以国事累”，而宁愿“曳尾于涂中”。心静如水的庄子千年前的这一选择从容到了极致。

但凡从容之人，必是内心强大之人，不以物喜，不以己悲，不因为外界的悲与喜而改变自己的价值判断，也不会过喜或过忧，始终心态平和，品性温和，不骄不躁，临危不乱。从容之人，也应是心中有道之人，所谓“道”，即心中所向，目标成躯上铠甲，理想成手中锐旗，但朝着心向往处执着前进。因为对追求始终笃定和心怀热忱，不为世俗所羁，不为名利所缚，方能傲视万物，乐观而豁达。从容亦是一种对生命的深刻理解与开悟，在历经沧桑，阅尽浮华，洗尽躁动后，升华到返璞归真的境界。从容是对生命的救赎。当世人皆不遗余力争名逐利的时候，能够置身名利外、保持从容心的尚有几人？

再忙也别忘了每日三省你身

提到曾子，人们肯定能想起那个杀猪的故事。其实那个故事本身已经体现了曾子高贵的品质，这个品质用话概括出来，就是《论语·学而》里的“曾子曰：‘吾日三省吾身——为人谋而不忠乎？与朋友交而不信乎？传不习乎？’”

事情还得从曾子杀猪的故事说起。故事的前奏妇孺皆知，重要的却是曾子的那番话：“在小孩面前是不能撒谎的。他们生下来并没有知识，只能从父母那里学习知识，听取教诲。现在你欺骗他，就是教他以后去欺骗别人。现在作为母亲的你欺骗他，他以后就不会再相信你的话。这样一来，你就很难再教育好自己的孩子了。”

曾子这番话，首先体现了他品德高尚，其次体现了他有智慧有原则，而我们应该知道的，还有他很有远见。现在的农村，一头猪依然是很珍贵的财富，不到杀的时候绝不会杀，在物资匮乏的古代其重要性可想而知。但曾子却为了一个看起来无关紧要的谎话而杀猪，这看起来荒唐，细思之却有着“挥泪斩马谡”那样的无奈与果断。试想，父母劳苦一生，难道不就是为了自己的孩子？曾子为了教育好自己的孩子，为了孩子养成高尚的品德，牺牲一头猪有什么可惜的呢？这就是曾子的远见，他看到的不是眼前的得失，而是孩子的一生。

“吾日三省吾身——为人谋而不忠乎？与朋友交而不信乎？传不习乎？”这几句话更明确地体现了曾子的远见，他这“省”是整个人生之省，把他反省的三点做好了，人生也就功德圆满了。来看分析——

三，多次，不是三次。曾子对他老师孔子说，他每天要多次反省自己，反省的问题有三个，第一个是：为别人做事情尽忠没有？

每个人都有社会性，一个高尚的人必定不是自私的，上帝、佛祖、圣明的帝王、敢于牺牲的仁人志士之所以伟大，就在于他们能体恤天下苍生。

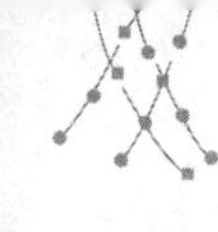

曾子的第一省是为了别人，体现了他的高尚。社会群体中，人与人之间的交集，大部分都是因为事情联系起来的。你、我、他三者因为互相帮人办事，所以建立了关系。所以处理好了因“事情”建立起来的关系，就处理好了人世间的大关系，对待好了生命中的大部分人。曾子这第一“省”可以说是每个人都应该首先反省的。

为人做事情要做到怎样呢？曾子说，是“忠”，这个“忠”，可以是忠心、忠诚、忠实，用一句话来说，就是“尽心尽责，把事情办好，不使坏”。

可以说，不管是帝王要臣子办事，还是普通人要普通人办事，这个“忠”都是最基本的要求，也是最大的要求，最终的要求。这个要求，也是我们为别人办事必须要做到的，是义务，也是责任。做事不“忠”的危害有多大？秦桧把宋朝亡了，项伯坏了项羽的大事，司马氏窃取了曹操的江山，这些是危害很大并对历史造成了巨大影响的。而一些小事上的不忠则随处可见，就说现在的企业，有些员工为了自己的利益，吃着自家人的饭，暗地里却做着跳槽的打算，把自己人的资源收集起来，把自己人的利益送给别人，给企业造成了很大的损失。受人之托却反而去害别人，吃里爬外。这样做的危害或是不道德之处，就在于没有对被人寄托的事负责，利用别人的信任去害别人，首先就愧对当事人。其次，这样做对自己的危害是丧失了尊严与信任，使自己难以立足于社会，虽然满足了一时的私欲却毁掉了终身的前程。

而一个“背叛者”往往是不会得到信任的，一个人如果背叛旧主去辅佐新主，不论对新主做出多大的贡献，都不会被信任。三国时期的吕布就是如此，他先效忠丁原，后又杀了丁原效忠董卓，后又杀了董卓，投靠袁术、袁绍、张邈、刘备，最后他想投靠曹操，但刘备在一旁说：“明公，您看见吕布是如何侍奉丁建阳和董太师的吗！”最终吕布被缢杀，然后枭首。可以说，吕布就是因为他的不忠失去了人对他的信任，否则求贤若渴的曹操不会轻易杀掉他。

历史上忠心耿耿的人，诸葛亮一定排得上号。刘备临终之前告诉他可以取而代之，不论是否出自真心，但是诸葛亮有取而代之的能力却没有这么做，而是不辞辛劳六出祁山，最终“出师未捷身先死，长使英雄泪满襟”。

不过，忠也不是愚忠，像韩信就因为太忠心而相信刘邦，结果反而被杀害。忠心应该是以理性为基础，如果周文王、武王不分是非愚忠纣王，那天下苍生就会承受更多的苦难。清朝末年，如果天下都愚忠朝廷，那么全体中华儿女都要跟着遭殃。所以忠心应该是以大局为重，不是曲意逢迎，或是不顾正义与真理一味迎合上司。

曾子第二件要反省的是——与朋友交而不信乎？这个反省与第一个有紧密联系，朋友之间互相托付的时候更多，因为朋友之间多了一层信任，更使人感到放心。如果朋友背叛了自己，其危害比普通人的背叛大千倍万倍。

《水浒传》中，林冲做80万禁军教头时，曾救过陆谦，但陆谦为了自己的前程，讨好高太尉，想方设法去害林冲，林冲得知真相，杀了陆谦，最终被逼上梁山。林冲杀陆谦的时候，极端愤怒，因为他们曾是朋友。"'奸贼！我与你自幼相交，今日倒来害我，怎不干你事？且吃我一刀！'把陆谦上身衣服扯开，把尖刀向心窝里只一剜，七窍迸出血来。"林冲的愤怒，不仅是愤怒陆谦害他，更是愤怒自己的朋友背叛了自己。

朋友背叛最可恨之处，就在于背叛了真情，背叛了那份信任。茫茫人生，有一段真情本不容易，每个人都是很珍视的，而朋友的背叛则抹杀了人间的温暖与真情。所以曾子反省与朋友交往是否做到了"信任"，是否背叛了友谊。

曾子第三个要反省的是"传不习乎？"，意思是老师教的知识复习了吗？把这句话延伸，意思就是那些真理是否经常思考、学习、温习？

孔子说，三人行必有我师。每个人的知识和眼界都有限，必定都能从别人那里学到宝贵的知识。人的进步，就在于这种不断接纳、学习的过程。所以曾子这个反省是在反省自己是否做到了理解真理、践行真理、牢记真理，是否做到了每天在进步，因为这样的进步是丰富自己、修养自己、完善自己的基础。只有养成了这样的习惯和品性，漫长的人生中才会少犯错误，少走歧路。鲁迅先生在课桌上刻上一个"早"，便是一种特别的温习方式，让那个字时时提醒自己，帮助自己温习正确的道理，养成良好的习性，而这些道理如果践行将会有益于整个人生。

曾子以三种反省省尽了人生，谈了做事之道、对真情之道、修身之道，这些道理在人生的每个阶段都是真理，闪烁着永恒的光辉。曾子杀猪一事，以极小的事践行了人生中长远的事，这也告诉我们：做事、做人、修身，往往从小事做起从现在做起，在微小的细节中塑造人生的大品格。

在喧哗的世界里安静地活着

你身边，有没有这种人？他们喜欢跟着感觉走，跟在别人屁股后头走，别人转一条可能是谣言的微信他也跟着转，领导说北风吹他就说北风呼呼地吹，不辨东西，不明所以，身处险境而不知，陷入迷途而不觉。尤其是在这个纷繁复杂、众声喧哗的社会，要保持独立的判断，保持一颗安静的心，太难，也太重要了。

老子说："五色令人眼盲，五音令人耳聋，五味令人口爽。"如果我们不能平静下来，辨别生命中的众声，就可能成为心灵的瞎子、聋子，或是麻木。

《道德经》第四十二章说："道生一，一生二，二生三，三生万物。"一是无极，什么都没有；二是阴阳两极，也可说是正反两极；阴阳互相影响作用就有了三，三是什么呢？阴阳两极相生相克的比例不同，那三就不同。所以三有无数多种，因而三就能够生出数不清的万事万物。

倒过来说："万物化为各种三，三又简化为代表正反的二，二归于混沌，就成了一个整体一，接近一就能悟道了。"其实老子这几句话并不太难以理解，讲的是平常的生命之道。

如果把万物看为人世间喧哗的表象，三就是这些表象简化后的细节，二就是细节产生的正反因素，明白了看宽了正反两面，就不再执着不再矛盾，成为完整的一，明白了这个一，就知道了万事万物的存在都有一个完整的法则，这个法则就是道。

所以老子的意思，其实就是让我们不为表象所干扰所羁绊，追求事物的本质，即"众生喧哗，万物归一"。

那么，具体到生命中什么是一呢？一就是人的这颗心。道家的思想生命哲学是唯心的，而事实上，虽然这个世界上客观来说是唯物的，但是每个人心中的世间万物，又都是唯心的。因为我们对世间一切的感受都是通过这颗心来传达，如果我们的心是麻木的，就什么也感觉不到。所以境由心生，心就是万物在我们心中存在繁衍的一。比方说一个才出生的小孩，他有眼睛，能看到桌子上的钞票，但是他的心还不能知道那个钞票有什么用，所以钞票在他的世界里就没有真正存在，因为他不知道钞票的作用。

所以说，生活中有很多的诱惑，很多浮华不实的表象，它们之所以存在都是因为我们这颗心在起作用。“众生喧哗，万物归一”的理念就是要我们在复杂的社会生活中寻找到自己的那一颗心，把这颗心解决好了，那么一切问题都不成其问题了。所以要学会真实而有意义地生活，首先要从找到自己的心开始。

要找到自己的内心，第一个前提就是让内心平静。就像湖水静了才能观察，人的心也只有平静了才会接近自己的本质。因为只有在心静的时候我们才能思考，不会被浮躁遮挡了心灵之光，才体会到自己的内心世界。

没有人会否认他内心平静的时候比内心不平静的时候收获多。这样的典型例子，可以追溯到德国唯心主义哲学家康德。先来看看这位柏拉图之后最伟大的哲学家的生活状态。

康德生活中的每一项活动，比如起床、喝咖啡、写作、讲学、进餐、散步，时间几乎从未有过变化，就像机器那么准确。每天下午 3 点半，工作了一天的康德便会踱出家门，开始他那著名的散步，邻居们纷纷以此来校对时间，而教堂的钟声也同时响起。唯一的一次例外是，当他读到法国浪漫主义作家卢梭的名著《爱弥儿》时，深为所动，为了能一口气看完它，不得不放弃每天例行的散步。这使得他的邻居们竟一时搞不清是否该以教堂的钟声来对自己的表。

这个故事给我们的启示不是康德很怪，而是康德的内心很平静。他这样井然有序数十年如一日的生活，体现出的是外在的生活表象不足以影响他的内心，他始终平静如初不为所动。因此，康德找到了自己的内心，他明白了他真正能做的想做的——撕开表象去看本质。于是他写出了《纯粹理性批判》《实践理性批判》和《判断力批判》这样影响全人类的巨著，而这三本书也是在探究精神、生命、万事万物的本质。康德这个“万物归一”的人诠释了“万物归一”。

法国作家普鲁斯特则是因为迫不得已的安静找到了自己的内心，实现

了生命的意义。普鲁斯特是因为身体原因不能见光，他一呼吸到外面的空气就会给生命带来灾难，于是他几乎与世隔绝地生活在一个小房间里十多年，安静地回忆、思考、写作，而他最终的回报则是意识流小说的开山巨著《追忆似水年华》。这部书同样诠释了万事万物的一，因为人心的本质在他的笔下展露无遗，有评论家赞美称："从来没有一个人把人的现代意识抓得这么准。"所以普鲁斯特和康德几乎一样，都是通过安静寻找到了生命中最珍贵的东西。

康德和普鲁斯特的例子都告诉了我们，人只有在保持内心平静的前提下，知道自己想要什么适合做什么，并跟随内心去做，才可能活出自己生命的价值。

生活中，很多人在说跟着感觉走，想怎么活就怎么活，很多人也这样做了，但是真正觉得自己的人生有价值的人很少。这是为什么呢？因为他们的感觉只是私欲的感觉，不符合客观真理也不满足人生的意义需求。人的感觉要对，一定要有理性为基础，而拥有理性的前提是平静，是看明白了生活的表象。而很多人的所谓感觉，其实是错觉，因为他们这种感觉其实是被表象迷惑、被生活中的欲望诱惑时为满足一时的快乐而起的冲动，和理性无关，更多的是动物性。于是随着理性的不断成熟，对生命的不断领悟，他们就会发现自己的错误，会发现自己所做的一切的理论基础其实是假的，不正确的，进而就会体会到人生的虚度，于是感到痛苦。

比如说贪官污吏，他们跟着感觉走，觉得赚钱是对的、受贿很正常，可是当有一天被法律打败，才后悔自己当初所为。这时就会明白，做官最重要的最正确的永远是为人民服务，为社会创造价值。他们当初之所以不明白，就是被表象迷失了本心，不知道事物的本质，也不知道自己究竟想要的是什么。

吸毒的罪犯以及赌徒也是如此，他们跟着感觉走，为了快乐做出冒风险的事，不考虑吸毒和赌博最终带给自己的痛苦，等到后悔的时候才明白踏踏实实的生活是多么重要，人生的幸福就是如此。人世间很多误入歧途的人，其实都是因为内心太浮躁，不明白所作所为的本质性意义或是后果，于是离生命的价值越来越远。

"众声喧哗，万物归一。"现代社会，人们的生活越来越丰富多样，可以说是众声喧哗，什么声音都有，对人的诱惑很多。如果我们不能安静以待，势必离生命的本真、内心的信仰越来越远。所以在喧哗的人世中，能够以一种透彻人生的心态去简化生活中的色、音、味，才能理出生活的本质，找到内心的本质，也才能真正地活出自己期盼的人生。

古人云："大隐于市朝"。在喧哗的众声中，能使万物归一，找回本真，便是一种大智慧、大境界，自我生命的意义也才会得到实现。

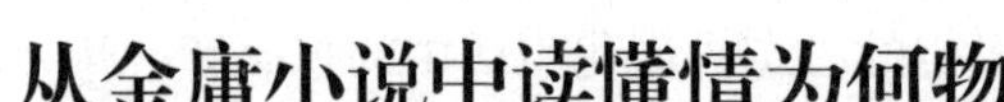

从金庸小说中读懂情为何物

先得说一下，我谈的金庸小说《神雕侠侣》是指金庸的原著，不是指电视剧，以免读者朋友误会了看下去——时间太宝贵，浪费即是犯罪。

我对网络小说的态度，和塞万提斯对骑士小说的态度深有共鸣。读《神雕侠侣》之前，我对武侠小说是抵制的，这种抵制的感情很复杂。一次在旧书市场，一白发苍苍深有学问的老人见我买《神雕侠侣》《倚天屠龙记》，极为热心地劝告我："小伙子，你咋个买武打小说？不要买武打小说，要不得要不得，年轻人不要看武打小说。"

我非常尴尬，他的那种心情我是能体会到的，但因有了读《神雕侠侣》的经历，觉得武侠小说亦有可取之处，所以只是笑着说："我只是偶尔看看，看起好耍的。"然忠言逆耳，大概是我在之前和他聊过韩愈柳宗元苏东坡庄子人物志的缘故，他觉得我不该读武侠，才"多事"地好言相劝。

同样是兵器，可以用来侵略，也可用来保家卫国。书毕竟是静物，读出什么全看读者的能力。孔子云"知我者《春秋》，罪我者《春秋》"，就是这个意思。然而有的书没有"知"，只有"罪"，因为它们几近是在娱乐中毒害人的思想的，如鸦片，制造麻木的欢愉、有毒的满足。《神雕侠侣》不是这样的书。

读《神雕侠侣》是一个偶然。是我的一个朋友推荐我读《神雕侠侣》，说里面的爱情观很震撼。还说要买一套，先给我看。他如此美意，我自不好拒绝，加之他读完了金庸，《神雕侠侣》也读了几遍，所以书买了后，先放在我这里，大概放了两个周，我才读了五十多页，兴趣不大，但也还觉得不差。

有一晚精神状态不好，费解的书不想读，就拿出《神雕侠侣》来消遣，不料读着读着就着了迷，当晚就读到 3 点。而后两三天都在读，又有两晚读到 3 点，大概读了三十余个小时，读完了这一百一十万字。读完了《神雕侠侣》，我发现里面的爱情观的确有很大的启发意义。出于对我那位朋友的报答，我谈几句我读出来的神雕里的爱情观。

其一：小龙女的失贞、杨过的断臂，皆使得对方因为有了愧疚而更宽恕对方，而更深刻地领悟到对方的真情。如此才是真正深刻成熟的爱情，是为天下无双。与《日瓦戈医生》里日瓦戈医生同拉拉的爱情相似。

其二：人无爱情便要心理畸形，过分压制情欲违背天道。李莫愁如是，尹志平如是。即使是老顽童，过往也有风流韵事；即使是一灯大师，也是从红尘里滚过来的；追溯到王重阳，也是深情之人。

其三：列举杨过至少动过一念之爱情的女子性格。小龙女白璧无瑕，陆无双活泼大胆，程英温文尔雅，完颜萍重情豪爽，公孙绿萼舍己为他，郭芙任性野蛮（郭襄和她们放在一起不恰当）。于是我们可否这样认为：有魅力的女人并无特定标准，大原则上没问题就行。如果一定说有，那《神雕侠侣》里她们最靠谱的特性，就是漂亮。她们都是美人，这是不可否认的。

其四：简述杨过和那些女子产生感情的主要原因：对陆无双完颜萍乃是英雄救美，程英乃是美女救英雄夹带的母性，与郭芙姑且算是两小无猜，和小龙女就要复杂些了：有收留他的救命之恩，有教授他武艺的师父之恩，有照顾他的母性之恩，总之是患难与共同甘共苦，日久生情。

小龙女与他的感情是最深的，所以杨过始终深爱她，虽然小龙女也是最漂亮的。我们现在还单身的朋友，可以思索一番是否有异性同自己有过上述的几种情况之一，倘若没有，单身就不足为怪了。而她们的共同点呢，最毋庸置疑最相似的：美人。

其五：杨过动过一念之爱情的女子，皆是美人。我不知该赞扬金庸呢还是批判金庸。我可以赞扬他，因为男人都喜欢美人，从事艺术工作的人尤甚，金庸把她们写成美人乃是自己的真性情。

我可以批判他，因为为了展示高尚，他可以安排一两个女子不是美人，不必有雨果的浪漫主义那般大的反差。然而这样往往不合常理，何况读者也喜欢美人。男读者不消说，女读者也是。就说我一朋友的女友就当着他夸一陌生女生漂亮，女生们也喜欢用漂亮女子做头像。

其六：杨过受这么多美人青睐，是何原因？略说一二：英俊；潇洒；会说谎话；重情重义；小问题玩世不恭，大问题有道德仁义原则；武功高（也

可说有能力）；有安全感；聪明；智慧；乐于助人；愿意为女人死；等等等等，可以说集好男人优点于一身。

我们现在还单身的男性可以思考一番，自己是否具有以上优点中的一两个，倘若没有，怨不得别人，怨自己。不过要注意，这些优点也有轻重之分，诸如“英俊”“有能力”，我不敢担保，倘若杨过没有这两种优点中的一种，那些美人是否还会爱他。

其七：“问世间情是何物？直教生死相许。天南地北双飞客，老翅几回寒暑。欢乐趣，离别苦，就中更有痴儿女。君应有语，渺万里层云，千山暮雪，只影向谁去？横汾路，寂寞当年箫鼓，荒烟依旧平楚。招魂楚些何嗟及，山鬼暗啼风雨。天也妒，未信与，莺儿燕子俱黄土。千秋万古，为留待骚人，狂歌痛饮，来访雁丘处。”此段不加以解释。

我读出的《神雕侠侣》里的爱情观就谈到这里，余下的，皆藏于心中无法言喻，或是一时半会儿难以说清。爱情也只是该书中的一个大主题，我为《神雕侠侣》作一个大概的评价：融人间真情于儒释道，大气广阔，豪情潇洒，荡气回肠，深刻博爱，逍遥空无。

金庸在《神雕侠侣》后记里说：“我个人始终觉得，在小说中，人的性格和感情，比社会意义具有更大的重要性。郭靖说：‘为国为民，侠之大者’，这句话在今日仍有重大的积极意义。但我深信将来国家的界限一定会消灭，那时候‘爱国’‘抗敌’等等观念就没有多大意义了。

然而父母子女兄弟间的亲情、纯真的友谊、爱情、正义感、仁善、勇于助人、为社会献身等等感情与品德，相信今后还是长期地为人们所赞美，这似乎不是任何政治理论、经济制度、社会改革、宗教信仰等所能代替的。”

我想，伟大的小说乃是在人物性格成功的基础上仍有深刻的社会意义。《神雕侠侣》虽称不上伟大，但论为“优秀”无愧，这是一部超越了很多正统文学的武侠小说。追其原因，乃是金庸本人境界之高深。

赞美是对他人最珍贵的赠予

赞美就像香水。它可以散发芬芳，但绝不能使人讨厌。我们赞美青山绿水，“我见青山多妩媚，料青山见我应如是。”人与自然达到了和谐；我们笑对生活，赞美生活，生活也笑对我们，善待我们；我们赞美朋友，以宽容与欣赏的态度和身边朋友相处，内心也获得快乐。

赞美别人是一种善举，既可以给别人带来快乐，也可以快乐自己。赞美是“赠人玫瑰，手有余香”。

在婚恋关系中，肯定和赞美伴侣，对维持爱情和婚姻相当重要。有人这样形容爱情和婚姻生活：“爱情是一笔存款，相互欣赏是收入，相互摩擦是支出，相互忍让是节约开支。”如果得不到来自伴侣的赞美，那么别人的赞美对他或她就具有一定的诱惑，对于结婚三五年后的女性诱惑力更大，从而对婚姻带来不稳定因素。

因而可以说，被赞美是夫妻双方的需要，赞美会使夫妻双方关系更加和谐。

遗憾的是，在现实生活中，不少夫妻没有真正意识到相互欣赏的重要性，他们很少想到赞美伴侣，甚至认为对于相爱的人而言，欣赏和赞美是多余的，并且，很多夫妻虽然知道欣赏伴侣的重要性，内心对伴侣也极为欣赏，但却不知道如何向伴侣表达。久而久之，便说出“婚姻是爱情的坟墓”的感叹——恋爱时候的风花雪月，步入婚姻就成了锅碗瓢盆。虽然存在一定不可避免的客观因素，但事实上，适当地赞美伴侣，自然会收到意想不到的美好回报。

曾有这样一个故事：在我国北方的不少地区，男人们以羊作为上门提亲的聘礼，羊的数量意味着对女方的欣赏程度。有一个外貌并不出众的姑娘，在被提亲时，竟收到了九只羊的“超级聘礼”。多年后，女人随夫君回到故乡，家里人竟惊奇发现，资质平平的女人变得容光焕发，气质高雅！

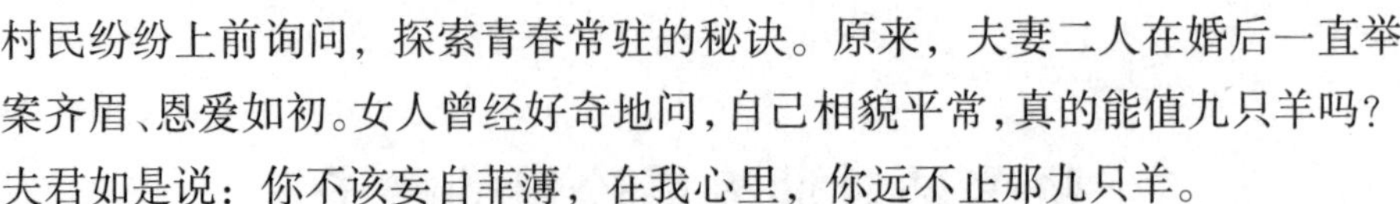

村民纷纷上前询问，探索青春常驻的秘诀。原来，夫妻二人在婚后一直举案齐眉、恩爱如初。女人曾经好奇地问，自己相貌平常，真的能值九只羊吗？夫君如是说：你不该妄自菲薄，在我心里，你远不止那九只羊。

俗话说，爱情是女人的化妆品，那么赞美，便是已婚女人的护肤品。

赞美同事，亦是赢得人心最省力的投资。我们在生活中常常会遇上一些叫人不大舒服的人，甚至令人深恶痛绝的人；也会遇到许多不尽如人意的事，可能还是痛心疾首的事，这样的人和事会使我们的心理变得昏暗。我们为什么会有如此感觉呢？其实还是因为我们不够大度，不够宽容。

每个人都知道，赞美是人际关系中非常重要的润滑剂，虽然无法改变过去，却能够改变未来。乐观包容，赞口常开，这不但使人感到窝心与振奋，而且使人觉得被肯定与重视。那么，在沟通无力的时候，为什么不选择适当地赞美对方呢？

适当地赞美对方，自然会赢得对方友好的回报，有时甚至有出奇制胜的效果。初入职场的朋友免不了会有一段混乱时期，抱怨前辈不热情，抱怨上司不人道，抱怨公司太刻薄，大学时期的傲气很快被杀得一干二净。这个时候，就要学习如何赞美他人了。要知道，友好的赞许，总能换取对方同样的态度，从而为相互沟通开亮绿灯，在人际关系中，要善于赞许，那么你将成为一个有同情心、有理解力、有吸引力的人。

作为老板，赞美规律同样适用于员工。赞美比批评更容易被接受和需要。没有人不喜欢听溢美之词。每个人都有被重视、被赞美的愿望。如果员工的某种行为受到肯定和赞赏的信息刺激，便会激起他积极工作的欲望。当某个员工在某项工作上或是事情上取得了某些成就，也同样需要上司的赞美，得到社会的认可。

可见，作为管理人员，如果能够以诚挚的敬意和真心实意的赞美满足一个人的心理要求，那么任何一个人都可能会变得更令人愉快、更通情达理、更乐于协作。

但是，赞美也需要技巧。法国艺术家罗丹说，这个世界并不缺少美，而是缺少发现美的眼睛。而对于很多人来说，他的眼中不缺少美，但是缺少有效表达赞美的方法。有的人想通过赞美对他人发出友善的信号，却显得空洞乏味，甚至像在拍马屁，引起对方反感。“赞美”和“谄媚”最大的区别是什么呢？就在于所陈述的内容是否属实，有没有过度的夸张或扭曲，是否真诚。

赞美需要真诚。发自真心地赞美别人是一种为人的智慧，也是一种美好的品德与修养。任何人精心的打扮、努力的工作都是希望能得到别人的认同。当你用心观察到对方的优点，并且发自真心地表达赞美，友善的关系，便在一言一语中逐渐建立和累积。

赞美是一种美德，也是一种修养，更是能为我们的生活添加好心情的调料包。世界上还有比好心情更宝贵的东西么？员工取得了成绩，如果收到老板和同事的赞美，便会有效地提高努力工作的积极性，在下次工作中更加用心；妻子做的饭菜，如果丈夫赞叹说好香，迫不及待地吃起来，妻子就会更加努力地钻研厨艺；丈夫把电器修好了，妻子如果能够说出赞美，便会让丈夫颇有成就感。有时候，我们用金钱、物资赠予别人，别人未必很欢喜，但一个笑容，几句赞美，却使人如沐春风。

我们才是我们双眼里真正的美的天使。我们的心是真的，境由心生，心生万物，人间一切物质都是意念，意念有就什么都有，意念在就什么都在。我们不缺拥有，我们只缺放下，我们不缺记住，我们只缺忘掉。有只是小聪明，无才是大智慧。凡是靠算计和计算的都是数学的世界，都是推理的世界，都是有形的世界，都是历史的世界，这是小聪明小知识小生意，当下的世界和未来的世界不是算计和计算出来的世界，当下的世界和未来的世界都是瞬间的世界和刹那的世界，特别是未来的世界是无形的世界，是预期的世界，是想象的世界，是语文的世界。

我喜欢赞美别人，而且特别喜欢赞美女人。这没有为什么，就是自己的生活习惯和生命性格。如果喜欢批评人而且养成了一种长期的生活习惯和生命的性格，那你这一生麻烦事就会特别多，特别是会养成更悲观地看世界和悲观地看人的习惯。快乐和幸福对你来说就会与众不同，你快乐的起点太高，你幸福的标准太严。我希望天天快乐天天开心，所以别人有缺点和不足由别人去自我批评，我只负责表扬别人的优点和赞美别人的美丽。为什么又特别喜欢赞美女人，更没有为什么。这是一个男人与生俱来的素质，男人就应该这样做。这个世界就只有两种人，男人和女人。如果作为男人，你不赞美女人你又能赞美谁？自己赞美男人的自己，这只是自娱自乐。如果一个男人身上具有女人的思维即形象思维，如果一个男人的头脑具有女人的感性即情感的世界，那这个男人一定是一个值得赞美的男人。

其实赞美别人，赞美女人，我们并不吃亏，我们并不丢人。如果这一生，连赞美都不想，连赞美都不会，只想批评，只想责怪，只想着仇恨，虽然你还活着，其实你的心早已死去！

善思善想善行善为才是大聪明大智慧大买卖。厚德载物，积德行善的才是真正的首富。我们这个世界，我们这个社会，我们人类，从来不缺美的意识和美的存在，美在一切，一切都美。我们缺的是美的自信，我们缺的是美的发现，我们缺的是美的欣赏，我们缺的是美的赞美。鼎炼金炉炼银赞美也炼人。学会赞美，是一种崇高的境界和极致的情怀，学会赞美，是对他人最珍贵的赠予！

真正的朋友在于灵魂休戚与共

孔子说：有益的朋友有三种，友直，友谅，友多闻。孔子道出了真理，却没有说出真理的实践有多艰难。三十六计之瞒天过海计中有这样一句话：“阴在阳之内，不在阳之外。”也可以这样理解：正义真理之中隐藏着邪恶与愚蠢。比方说成都的地铁站摆放了书架，是进步是文明，但是换个角度思考，人类已经到了连完善精神都要人伺候送上嘴边的地步，这无疑是一出红脸的幽默。又比方说人们把自己的旧衣服送往贫困地区，是善举，但是其中的本质则是这个世界上很多人连衣服都买不起，足以令人颤抖。

同样，“益者三友”也隐藏着令人胆寒的人性现状。孔子说的三种有益的朋友，第一种是正直的，第二种是讲信用的，第三种是博学多闻的。

先看第一种，正直。正直的含义很丰富，在友谊的基础上解释，大概就是敢于坚持正确的东西，有勇气把对朋友有益的话说出来或者事情做出来，而不怕得罪朋友。每个人都会承认，这样的朋友是有益的。

魏征就曾多次真正谏言唐太宗，给唐太宗带去了很多益处。有一次，太宗想册封一个已经结了婚的美人，魏征劝告说：“陛下住着亭台楼阁，就应该希望百姓有安身的房子；陛下吃着山珍海味，就应该希望百姓有充足的食物；陛下看着众多嫔妃，就应该希望百姓有称心的婚姻。现在陛下把已经与人订婚了的女子夺过来，这怎么符合人家父母的心意呢？”唐太宗听了这番话，马上取消了册封。

魏征的劝谏可谓“胆大包天”。英雄难过美人关，野心勃勃的恺撒大帝能为埃及艳后不顾江山，唐太宗作为帝王完全可以任性要一个女人，而魏征偏偏敢于去阻止一个至高无上的男人唾手可得的需求，这比司马迁为李陵说几句公道话更加艰险。而魏征成功了，活得好好的，司马迁却被判处宫刑。

那么，究竟正直是好是坏呢？来看几个反面例子。

比干劝谏纣王效仿微子，不要同妲己任性，而应救国救民，结果纣王

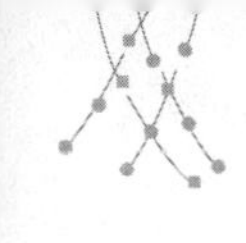

把他的心挖了；屈原劝谏楚王，被放逐；海瑞被捕入狱。历史上因为直言劝谏而带来灾祸的人不可胜数，因为大多数人都是自负的，尤其是君王。而唐太宗为什么就容下了正直的魏征呢？

观《贞观政要》中的《论求谏》和《论纳谏》，就能知道魏征为什么敢于正直，不仅与他的勇敢有关，还与太宗的智慧和胸怀有关。唐太宗知道要一个人正直地说话非常艰难，因为常常招来灾祸，所以太宗说出了极为中肯的："因此忠贞的臣子，并非不想竭尽忠诚，竭尽忠诚实在太难了。所以夏禹听了好的意见要拜谢，岂不就是因为这个缘故。我如今敞开胸怀，接受谏诤，你们无须因为害怕而不敢把想说的话说出口。"

太宗有这样的气度，魏征怎么还会不正直呢？有太宗这样的帝王，正直之士不仅仅大有作为，而且还最能保全自己的品性。

朋友的关系没有君臣关系紧密。因为后者关系到的是天下苍生，而且臣子拿了俸禄，在官位上，责任更重大。所以，要朋友正直比要臣子正直还艰难。这样去看，如果朋友之间要正直，对对方的智慧和要求就更高。如果对方的智慧不能理解，或是理解了也不愿意做、做不到，那么这样的正直还有什么作用呢？身为臣子可能被皇帝诛杀，身为朋友没有这么严重的后果，但也会被对方疏远，认为正直者不懂他，说："每个人都有每个人的生活方式，你不能要求每个人都像你一样。"这样的话让正直者无言以对。气度小的，还会说正直者"自以为是"。不但没有帮助到朋友反而在友谊之间筑起了一道墙。

所以，现在很多人在讲有真心朋友太难，其实难在自己，而不在朋友。若自己不能听、不能理解也做不到改善，再多正直的话又有什么用呢？若自己是能听的、能理解的、能改善的，朋友如何会不正直？所以问题往往在自己身上。

孔子所说第二种有益的朋友是讲信用的。讲信用有多重要？先来看不讲信用有多重要。不讲信用的人往往喜欢承诺，因为他不兑现所以没有压力，承诺便可脱口而出。把一个人当作朋友，必然会信任他，有些事情找他帮忙，有些心里的秘密告诉他。若他不守信，对方在千钧一发的关头等着他，在重要的节点上依靠他，结果他姗姗来迟，或是违背承诺，坏了大事。把一些秘密告诉他，他却到处宣扬，带来烦恼或是坏了大事。

《红高粱》中，余占鳌和冷支队长歃血为盟打日本，结果余占鳌的部队人死得差不多了，冷支队长依然不放一枪。等战斗结束了，冷支队长再把他的正规军放出来收拾战场。这样的不守信用，把余占鳌害了。如若不是，战斗的结局会有这样悲惨？所以说不讲信用的人一定不可相交。

孔子说，人无信则不立，意思就是说不讲信用的人，没有人帮忙、认可，自然立不起来。反思自身，若我们自己不讲信用，又哪里来朋友呢？故而自己首先也要守信。

孔子所说第三种有益的朋友是博学多闻的。这样的朋友有什么好处呢？人都是有局限性的，不论是书本上的知识还是生活中的智慧。一个博学多闻的朋友能够带来更多的知识和智慧，改正自己、完善自己、提升自己。

人的能力都是有限的。古代的王公大臣养门客，现在的智囊团，其目的无非以博学多闻之士来探讨出最佳真理，用于人事。

友谊小圈子的形成，往往是以自我的意志为导向，可以是志同道合地聚集在一起，也可以是一丘之貉抱团自我满足。所以尼采说远离你的朋友，他的意思并非否定友谊，而是他让人们警惕自我满足的小圈子，而不断向更高的知识和智慧迈进，在更加博学多闻的环境中提升自己——成为超人。

有一句谈爱情的经典之言，你是怎样的一个人就能遇上怎样的一个人。莎乐美自然看不起一个庸才，钱钟书也不会仅仅需要一个善良的农妇。想要拥有一个博学多闻的朋友，自身必然也不能是无知的。

物以类聚人以群分，“鸟兽不可与同群，吾非斯人之徒与而谁与？”有益的友谊，难道只能寄托于他人，寄托于缘分，而与自己的境界无关吗？

敌人来了有猎枪，朋友来了有好酒。什么是朋友，我的理解就是没有金钱的利益关系，没有物质财富的往来情况，没有互相利用互相伤害的动机和结果；是一种精神上的共同追求，是一种灵魂上的共同向往，相互尊重，相互信任，相互理解，相互欣赏，在精神上抱团取暖，在灵魂上抱团求生；在不经意之间相遇相识相知，分享智慧分享美丽分享快乐分享幸福。

寻求自然的富足，寻求自在的生活，寻求自我的生命。朋友之间轻松愉快，君子之交淡如水，一杯清茶就是高档的享受，一声问候就是极致的温暖，一句祝福就是美好的情怀，一个点赞就让人陶醉梦中。什么是朋友，不索取不占便宜不挖坑，只付出只奉献只给人肩膀让朋友站在肩膀上站得高看得远，生命的历程走得踏实，生命的梦里睡得踏实，生命的远方有诗和玫瑰花。朋友，你好！

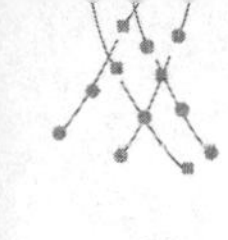

只有今天的自己才是真实的自己

晋朝曾有一位诗人，家中世代为官，曾祖父做过大司马，祖父、父亲也做过太守县令一类的官职，可说家世显赫。但时运不济，到了诗人这一代便开始衰败下来。要知道，由俭入奢易，由奢入俭难，最难平复的是心理落差。诗人也自述说：

“自余为人，逢运之贪。箪瓢屡罄，绤冬陈。”

诗人因家道衰落而自怨自艾了么？没有。相反，他选择了安贫乐道，活在当下。“不戚戚于贫贱，不汲汲于富贵。”诗人遵从内心的声音，索性退隐田园，日日吟诗作赋，以琴酒自娱，倒给世人留下了不少不朽诗篇。例如这首流传千古的《饮酒》：

结庐在人境，而无车马喧。
问君何能尔？心远地自偏。
采菊东篱下，悠然见南山。
山气日夕佳，飞鸟相与还。
此中有真意，欲辨已忘言。

在东篱之下采摘菊花，悠然间，那远处的南山映入眼帘。山中的气息与傍晚的景色十分好，有飞鸟，结着伴儿归来。

这位诗人便是陶渊明。尽管生活困苦，前程可忧，但那又如何？俗话说，生活不是缺少美，而是缺少发现美的眼睛。迎着晨曦而出，踏着晚霞而归，在东篱下采菊，悠悠然望南山。生活又何尝不美呢？

诚然，生活不只诗与远方，更多的是无奈与苟且，甚至险象环生。

这里有一个关于绝境的故事。一个人孤身跌落悬崖，命悬一线，所幸慌乱中及时抓住了崖边的树枝，因而得以暂时解救，但那人很快发现，一只老鼠正狠命啃噬树根，而悬崖边尚有虎视眈眈的猛兽，稍不留神自己便坠身悬崖。

你经历过绝望吗？

阳光如火。那人在绝境中忽见旁边的树枝经阳光照射，枝上蜂蜜的颜色晶莹剔透极了。那人瞬间忘了所处险境，忘情伸手，将晶莹的蜂蜜送进嘴边——真甜啊。

这当然只是一个故事，但道理却值得深思：活在当下，不仅是一种处世的智慧，更是对世事无常的超脱。生而为人，就应该学会真正的体验、感受和理解生活。

古人云：父母在，不远游，游必有方。为何？姹紫嫣红的春光固然赏心悦目，却也抵不过四季流转光阴流逝。人生苦短，而世事无常，美好的事物往往经不起等待，即便是人子对父母的孝心！

相传，孔子在前往齐国的路上，曾听到有人在哭，声音悲哀不已。

孔子对驾车的人说："这哭声，虽然听起来很悲哀，却不是家中有人去世的悲痛之声啊！"

于是，赶着马车循声到前面，前进一小段路后，便看到一个不寻常的人，身上挂着镰刀，系着白带，在那里失声痛哭，然而却不是哀丧之哭。

孔子于是下车，上前问道："先生，请问您是什么人呢？"

那人回答："我叫丘吾子。"

孔子问："您现在并不是服丧的时候，为何会哭得这样悲伤呢？"

丘吾子哽咽地说："我此生有三个过失，可惜到了晚年才觉悟到，但已经是追悔莫及了。"

孔子便问："您的三个过失，可以让我听闻吗？希望您能告诉我，不要有什么隐讳啊。"

丘吾子悲痛地说："我年轻时喜欢学习，可等我到处寻师访友，周游各国回来后，我的父母却已经死了，这是我第一大过失；在壮年时，我侍奉齐国君王，然君王却骄傲奢侈，丧失民心，我未能尽到为人臣的职责，这是我第二大过失；我生平很重视友谊，可如今朋友间却离散断绝了，这是我第三大过失。"

丘吾子又仰天悲叹道："树木想要静下来，可是风却刮个不停；儿子想要奉养父母，父母却不在了。过去了永远不会再回来的，是年龄啊；再

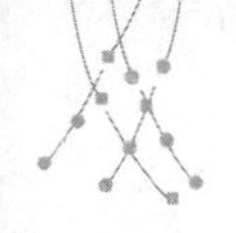

也不能见到的，是父母啊！就让我从此辞谢这个人世吧！”因此，丘吾子便投水自尽了。

孔子很感叹地对弟子们说：“你们应记着此事，这足以作为我们的借鉴啊！”

一个赤诚忠厚的孩子，相信来日方长，相信水到渠成，相信自己必有功成名就衣锦还乡的那一天，可以从容尽孝。只是，你连父母的现在都不能照顾好，何谈未来呢？余晖西落，明日的清晨，又将升起；落英化泥，来年的盛春，也会绽开。但那过往的岁月与人事，却渐渐消离，永远不再！

孝是稍纵即逝的眷恋，孝是无法重现的幸福，孝是一失足成千古恨的往事。生命真的非常残酷。不少人放眼未来，却忽视了当下。殊不知，多少遗憾便因此铸成。亲情如此，爱情、友情亦是如此。

生命之河由无数的细流组成，日子是一根接着一根的桥墩，有人踏上了第一根，便急不可耐地遥望着那第一百根。却不知，欲速则不达，只有活在当下，努力现在，才能在可预见的未来水到渠成。

我在《中国书法》杂志上曾看到张荣庆先生的一段文字，是回忆他与启功先生的交往的内容。在谈到书法练习和成功的关系时，启功老先生曾讲过这样一个故事：有一个人，父亲被人杀死，他想要报仇，但是仇人强壮他根本达不到目的。于是他去找他的师父请教，他师父指着路边一棵柳树说，你每天路过这里就用力抱一抱它、拔一拔它。然后这人就每天照老师的指示办，一直拔了三年，终于将树拔倒。去见师父，师父说：你可以去报仇了。于是此人找到仇人，拦腰一抱，仇人便骨碎而死。

这则故事的含义是说，功夫的增长是潜移默化的，是长期的坚持、慢功的结果。这使我想起小时候看到的一本《强中更有强中手》的小人书，绘者是岭南著名画家卢延光。书的前半段讲的故事与这则何其相似：一农民被一屠户暴打，欲复仇。然后每日砍柴路过一棵大柳树，就拿脚使劲踢几下，一直坚持了数年，直到一脚可以将树叶纷纷踢落。然后找到屠户，只一脚便将 50 余斤的肉墩踢到半空，屠户吓得跪地求饶。

生活又何尝不是如此呢？万事不可一蹴而就，需要我们塌下心来，坚持下去，尽可能真诚地做好眼下的工作，才能创造量变到质变的奇迹。

往日漫漫，长日无涯。谁能猜到下一秒会发生什么呢？意外和明天谁先到来？海德格尔曾倡导“诗意的栖居”，事实上，活在当下，真正地去体验、感受和理解生活，便能够做一个诗人。今朝有酒今朝醉，明日有愁明天当！现在，才是我们需要去关注的。

在此，老唐想告诉朋友们的是，活在昨天的人永远是历史的人，活在明天的人永远是未来的人，只有活在今天的人才是你真实的自己。

明代著名才子文征明的儿子文嘉，写了三首传世之歌：《昨日歌》《明日歌》《今日歌》，也是想劝告世人，一定要活出今天的真实，别迷失在昨天，也别幻想于明天。

《昨日歌》说："昨日兮昨日，昨日何其好！昨日过去了，今日徒懊恼。"是啊，总是躺在昨天的床上睡大觉，光做美梦，醒来不还是在床上么？

《明日歌》说："明日复明日，明日何其多！我生待明日，万事成蹉跎。"

如果什么事情都等到明天再干，那么所有的今天都浪费掉了。切不要被明日牵绊，谁也不知道明天会发生什么。春花秋月一夜凋落，朝阳夕阳转瞬即逝。

而《今日歌》说："今日复今日，今日何其少！今日又不为，此事何时了。"

实际上，人的生命只有今天。我们很多人而且是特别聪明的人总是在等待明天，明天究竟在哪里？我们又有一些人也是特别聪明的人总是活在昨天，昨天又在哪里？经历了60个春夏秋冬，送走了许许多多的亲朋好友，我突然顿悟，其实人的生命只有今天。把今天过好把今天活好才是你生命的真相。很多人喜欢制定许许多多的人生规划和各种各样的奋斗目标。

能把自己今天的规划规划好，能把自我的当下奋斗好，坚持100年就是传奇就是故事，你定会成为伟人和圣者。活在昨天的人永远是历史的人，活在明天的人永远是未来的人，只有活在今天的人才是你真实的自己。今天是什么，今天就是现在此时此刻，今天就是当下此情此景。

瞬间都不能过好，哪来永远的生活？刹那都不能活好，哪来永恒的生命？我一直在思考自己的人生，其实就是一天的人生，太阳从东方升起的时候你在干什么，太阳从西边落山的时候你又在干什么；是白天做梦还是晚上做梦，是只说不做只做不说还是又做又说。

这一天是不是真善美，这一天有没有爱与被爱，我们都应该心知肚明。明白地活在今天比糊涂地活在昨天和糊涂地活在明天的人聪明和智慧100倍。我们都可以试试去思维活在今天和去行为活在今天，一定会有不可思议的令人惊喜的人生！

只有智慧才是无往不胜的利器

培根说，人们能接受的智慧，不是最差的，也不是最好的，而是中等的。所以很多智慧必然会遭受误解，得不到承认。足以证明人类妄自尊大的例子，是关于日心说和地心说的斗争。

日心说最先是由哥白尼提出来的。1515 年，哥白尼开始写作《天体运行论》一书。可是书稿完成后，哥白尼却对是否出版犹豫不决，因为他担心这部书出版后会遭受到地心说信徒们的攻击，并受到教廷的压制。一直到 1543 年 5 月 24 日，弥留之际的哥白尼终于见到刚刚出版的《天体运行论》，可惜当时的他已经因为脑溢血而双目失明，他只摸了摸书的封面，便与世长辞了。

另一位天文学家，发明了天文望远镜的伽利略，在他的经典著作《关于托勒密和哥白尼两大世界体系的对话》中偏袒哥白尼的日心说，同样遭受到了教廷的打压，一生凄苦艰难。

哥白尼和伽利略却是相对幸运的，因为他们在某种程度上对教廷妥协。而文艺复兴时期意大利伟大的哲学家、科学家就没有这么幸运了。

乔尔丹诺·布鲁诺同样发展了波兰科学家哥白尼日心说，并提出了“宇宙无限说”，还提出了唯物主义思想。这些学说及思想极大地撼动了教会的统治地位。最终他被教会处以火刑，英勇就义。

虽说日心说并非绝对的智慧，但它毕竟是比地心说正确得多的，在那个时代就是正确的。然而，手持智慧的科学家们却遭到迫害，智慧得不到认可。原因之一是他们手中的智慧撼动了当权者的统治，原因之二是大多数人认为智慧是谬误。

但是回过头去看，智慧当时在哥白尼等科学家手中，现在也在哥白尼等科学家手中，并没有改变。如果当时的人类能清醒一点，能认识到智慧，哥白尼等人的下场就不会这样凄惨，天文学也会进步得更快。而人类的进步，其实就是对智慧的不断认识和践行。

人的完善，也是对智慧的不断认识和践行。不按智慧办事，等待自己的往往是失败，历史多有验证。

汉高祖七年，韩王信背叛汉朝，汉高帝刘邦亲自出兵讨伐他。军队到达晋阳的时候，刘邦得知韩王信与匈奴勾结准备共同进攻汉朝的消息，大为震怒，派使臣出使匈奴摸清底细。聪明的匈奴军队把他们能征善战的士兵和肥壮的牛马都藏起来，只留下老弱病残的士兵和瘦弱的牲畜忽悠刘邦。汉军派去的使臣居然都上了当，十余批回来，都说匈奴可以攻击。

事无巨细的刘邦智囊团还是不放心，派娄敬再次去匈奴打探消息，娄敬非常聪明，他明白了匈奴人的计谋，于是报告说："两国交兵，这时该炫耀显示自己的长处威震敌人才是。现在我去那里，只看到瘦弱的牲畜和老弱的士兵，这一定是匈奴人故意显露自己的短处，引我们上当，设下埋伏打我们一个措手不及。我以为匈奴是不能攻打的。"

可惜这时汉朝军队已经越过了句注山，二十万大军已经出征。刘邦听了娄敬的话非常恼怒，骂道："齐国孬种！凭着两片嘴捞得官做，现在竟敢胡言乱语阻碍我的大军。"以动乱军心为由囚禁了娄敬。结果高帝率军到了平城，匈奴果然出奇兵将刘邦围困在白登山上，七天后才得以解围。

回到广武县的刘邦这才知道娄敬的话才是对的，便亲自向娄敬道歉，并封娄敬为侯。而前面那十来批出使匈奴的使者，则全被斩首。

八十年前的长征又何尝不是如此，博古、李德等人不明白战争形势，和国民党硬碰硬打歼灭战，不理解不认同毛泽东同志等人的游击战方针，结果几场战役打下来红军损失过半。若不是遵义会议纠正了错误，后果不堪设想。

在某种前提下，智慧只有一种。匈奴人隐藏实力、忽悠汉军是客观真理；红军长征，敌我双方实力悬殊不能打歼灭战是客观真理。这两个真理永远都不会改变，汉军因为不信真理遭受重创，博古、李德等人也是不明真理而使红军损失惨重。

智慧的重要性可想而知。《孙子兵法》讲："知己知彼，百战不殆。"即是要人们明白事情的本质，明白客观真理。孔子说："加我数年，五十而学易，可以无大过矣。"孔子的意思，就是掌握了客观真理，就不会犯大错了。

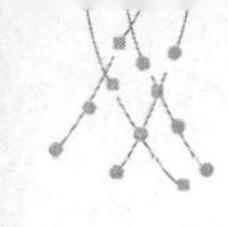

然而还有一种人世的微妙智慧，也需要掌握。

杨修恃才放旷的故事众所周知，他之所以被曹操斩杀，便是因为他不明白过度炫耀易遭人记恨的智慧。“周公吐哺，天下归心。”按理说，曹操的气度并不小，也是很看重人才的。但杨修实在过于狂傲，已经影响到曹操的聪明地位，可谓“智高盖主”。每个人都不希望自己的秘密被人知道，何况是曹操这样的奸雄，他自己都不愿意说出来，岂能让杨修说出来？“丞相非在梦中，君乃在梦中尔！”这样的话大损曹操形象，在没有得到退兵命令时煽动退兵，这样的行为更为可恨。如此杨修，岂能不死？

但总的来讲，世界上最高贵的智慧，并非是建立在人性弱点上的，而是建立在知识、信仰、爱等神圣事物之上的；好比哥白尼等人坚持的日心说，苏格拉底以生命捍卫的哲学。

智慧之所以成为智慧，就是因为它经得起时间的检验，不会随着岁月的变迁而改变。不论信与不信，智慧都是永恒的，也正是因为它的永恒，所以值得人们矢志不渝地去探寻、坚守。

罗素在《一个自由人的崇拜》中有这样的精彩论述：“在灾祸要降临之前，使他那短暂生命显得高贵的崇高思想，最值得珍爱。鄙视命运奴隶之懦怯的恐惧，崇拜自己亲手所建立的圣地；不因为机遇的主宰而泄气，从统治他的外在生活的蛮横放肆的暴虐中，保持一种心灵的自由；骄傲地向那只片刻容忍他的认识和谴责的不可抗拒的力量挑战，像疲倦而又顽强不屈的阿特拉斯那样，不顾无意识力量的蹂躏行进，独自撑持，以自己的理想造就全新的世界。”

我们大多数人都喜欢总结经验和教训，而且特别喜欢去解释刚刚发生了的正确和不正确的思想和行为的为什么和所以然，认为只要解释清楚只要解释明白就心安理得可以旧梦重来。

这真是大错特错，一错再错而将错进行到底。

这个世界有一件事情是正本清源的时候了，是还历史一个清白，是还现在一个清白，是还未来一个清白的时候了。

智慧不是解释，智慧也不用解释，智慧不是知识，智慧也不是聪明。智慧不是经验，智慧也不是教训。智慧不立文字，智慧直指内心。

智慧是瞬间对真相的顿悟，智慧可遇不可求，智慧根本没有重复的路径可寻。

昨天的经验和教训不是今天的智慧，明天不确定性的判断和认定也不是今天的智慧。

智慧的本质是瞬间的，是当下的，是顿悟的。

智慧是此时此刻认识问题的方法，智慧是此情此景解决问题的能力。

智慧与官大官小没有直接的联系，智慧与钱多钱少没有必然的联系。聪明是与生俱来，智慧是后天修为。

中国已经进入一个伟大的资本时代，中国已经进入一个伟大的智慧经济时代。

把什么是智慧真正弄懂，把什么是大智慧真正悟透，学会一个字就是悟，学会两个字就是顿悟，这是拥有生存智慧生活智慧生命智慧的必由之路。

让各种各样的各种理由的主观臆断的解释见鬼去吧！

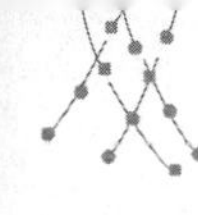

最好的爱情是若即若离

最近看了一部电影，叫《二十八未成年》。

电影讲述的是，28 岁的女主凉夏，一直苦守和霍建华饰演的茅亮先生的爱情。女主小男友 6 岁，两人相恋 10 年，同居 5 年。原本当去法国留学的她，为了茅亮先生自动选择不工作，每天早晨为他准备早餐，做饭前会化好妆涂好口红，一心巴望着他赶紧求婚。

凉夏一心一意指望着茅亮先生的爱情，并把爱情视为全部，但在追赶茅亮先生的路上，身陷糟糕情感生活不能自拔的凉夏，因逼婚未遂，阴差阳错引发了短暂人格分裂。

这让我想起了最近的几则新闻。

11 月 17 日上午，网络爆出一条劲爆消息：刚刚晋升为奶爸的林丹在妻子谢杏芳孕期出轨模特赵雅淇。当天林丹在微博发表道歉声明，随后谢杏芳回应称："我们一家人会支持这个敢于担当、知错会改的男人，感谢朋友和球迷的关心，我们会风雨同舟。"谢杏芳同时晒出一家三口握手照，表示家庭回归和睦。

11 月 27 日，北京 29 岁的女记者段丹峰在朋友圈和微博发布男朋友潘奥婚前劈腿小三杨柳依的消息，表露出轻生念头，当天凌晨，该女记者在合肥一处住宅楼从 11 层坠下身亡。事后律师回应称男友不负任何法律责任。

想起一句老话："问世间情为何物？直教人生死相许！"爱情为什么美好？因为这是基于两个独立人格自由灵魂的组合，因吸引而相遇。什么叫人格独立？就是拥有不被爱情亲情绑架的能力。如果女人所有的幸福都是另一个人给的，就得当心了。

这可能是世界上最幸运的事，也可能是世界上最糟糕的事。

一直到剧终，我也不认为茅亮先生依然爱女主。他几次三番、直接或背地里企图分手。第一次没成功，因为相处十年的女主抵死哭泣，他心软了；

第二次没成功，因为突然间茅亮先生的准前女友成了他的公司能否拿到投资的最关键人物。

故事快结束时，茅亮先生对女主重新另眼相看，因为他发现，曾经软弱的凉夏，变成了一个“独立，有钱，有名气”的亮闪闪的女人，这时候茅亮先生才开始深情款款地表示后悔自己没有好好珍惜。

你看，抛开外貌、物质等外在因素不谈，只有当女人真正独立、自信，具有个人魅力的时候，才能引发优秀男人真材实料的由衷欣赏。这个女人已经不是之前恨嫁的凉夏。过去的她曾心心念念地盼着能够被爱情拯救，后来她才发现，只有自己好起来，爱情才会跟着好起来，只有自己才能拯救爱情。

然而生活总比电影现实。最终很多女生还是会选择委曲求全，同茅亮先生们结伴开启婚姻的旅程，投入另一段看起来稳定的关系，因为前期投入太多，因为缺乏全身而退的底气，因为缺乏从头再来的魄力。

为情自杀的女记者，的确有一些深情令人感动，因为这深情，让我大抵明白，地球虽然是太阳系乃至银河系唯一一个适宜人生存的星球，但这颗星球上，的的确确有一些肉眼看不见的残暴，凶猛又闪耀。彻彻底底的真心可能换来完完全全的背叛，死心塌地地交出自己可能换来无情的婚前劈腿。女记者不敢再相信爱情，无力再面对人生。当生命遭遇不能承受之重时，她选择了走向毁灭。

但是姑娘，我必须冷静地告诉你，你的殉情行为为全国女孩做了愚蠢而错误的示范，不仅没有丝毫价值，甚至都不能有效引起渣男愧疚。

在男人看来，缺乏独立、过于依赖的女人是可怜的。独立是自我的觉醒，一个没有自我的女人，绝不值得被爱。

而爱情，正因为它的危险而美丽。十八岁喜欢的玩具和衣服，二十岁认同的价值和三观，到了三十岁还能一样？显然不能。人处于不断变化之中，没有人可以一劳永逸地爱一个人，被一个人爱。真正的爱情使人向上，向上的前提是具有独立精神。

很多女人把爱情当成生活甚至生命的全部，这是很傻很天真的。往往视爱情为唯一的女性，其爱情并不幸福，甚至说还很糟糕。

因为她们容易把憧憬当成现实，也容易把男人想得过于完美，一旦产生落差，稍微有了距离，就会迷失自我，及至做出伤害自己的事情来。

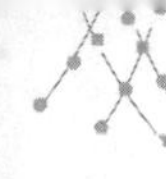

不可否认，爱情是生命中不可或缺的重要情愫，女人没有了爱情的滋养就等于是一朵没有绽放的花朵，男人的爱就是花中的养分，但除了爱情，我们还有亲情、友情，还有个人的生活追求等，何不适当将心思也放到别的地方呢?

在爱情中，既要给自己留给空间，也要为对方留给空间，不要逼仄到只有两个人的形影不离，让对方因为压抑而喘息，这份爱情就很难维持长久了。

在爱情中，也要有自己独立的思维，不要对男人言听计从，要有自己的主张、判断和见解，切不要跟着男人的感觉走。这样，才能吸引男人更加注意的目光。

在爱情中，要留一份相互信任，很多爱情的悲剧就是从不信任开始的，成天把自己搞得很敏感，也让别人感到很烦。时间一长，心灵的隔阂就会增大，直到断裂。

在爱情中，女人还要学会自爱。要让男人爱你，首先必须爱自己。不要表现出摇尾乞爱的架势，要让男人觉得，要时刻警醒男人：你摊上我，是你的幸福。

所以，最好的相爱方式是成为独立个体，并尊重彼此的独立，一旦有一方打破界限，主动侵占对方，抑或者完全交出自己，爱情则脱离了共同成长的轨道，走向分崩离析。

周国平曾说：“倘若你的爱情美满，你仍要记住你是一个独立的灵魂，你的灵魂的优秀会使这美满的爱情具备很高的品质。倘若你的爱情不美满，你更要记住你是一个独立的灵魂，你的灵魂的优秀会使你的整体生活仍然具备很高的品质。”于生活，于爱情，独立不可或缺。

做人不能太锋芒毕露

“倚高才而玩世，背后须防射影之虫；饰厚貌以欺人，面前恐有照胆之镜。”这句话出自《菜根谭》，这句话的哲理是提醒为人处世要谨慎。而作者重点告诫的是两种人：一种是很有才华的，一种是很聪明或是狡诈的。

“倚高才而玩世，背后须防射影之虫”是告诫有才华的人，如果仗着自己的才华别人难以匹敌，就采取一种玩世不恭的轻视态度去做人做事，要防止气量狭小的人暗中陷害。

古话讲“天妒英才”，很多时候是讲有才华的人往往天嫉妒，总要给他们找一些麻烦，或者英年早逝，或者经受大量的人生挫折。但是人世间最常见的是“人妒英才”，有才华的人特别容易遭受嫉妒，理由是：“为什么都是人，你要比我强？凭什么我就比不上你？”嫉妒心由此产生，嫉妒心一过了头，就可能对被嫉妒的人进行迫害。而嫉妒本身是一种并不高尚的情感，使坏的人不会明目张胆地害人，而只会选择悄悄地进行。“明枪易躲暗箭难防”，有才华的人还在为自己的成功和了不起沾沾自喜，没想到灾祸的暗箭已经悄悄射过来了。

大仲马的不朽著作《基督山伯爵》的悲剧，就是从一支暗箭开始。书中的主人公爱德蒙·唐泰斯回到马赛港。唐泰斯这次回国可以说是春风得意：船队的老板对他的表现非常满意，决定给他升职。他也赚够了钱，已经准备好要和相爱多年的女友梅尔塞苔丝结婚，然后一同前往巴黎。但他万万没有想到，一场厄运正等待着他。在货船上当押运员的唐格拉尔一心要取代唐泰斯的船长地位，唐泰斯的情敌费尔南也对他又嫉又恨。结果两个人勾结到一起，准备陷害唐泰斯。

因为老船长勒克莱尔病死在途中，他曾托唐泰斯把船开到一个小岛上去见囚禁中的拿破仑，拿破仑委托唐泰斯捎一封密信给他在巴黎的亲信。费尔南便抓住这个把柄，把唐泰斯的一张告密条送到了当局的手中。5月，

正当唐泰斯举行婚礼之际，他被逮捕了。审理这个案子的是代理检察官，他发现密信的收信人就是自己的父亲，为了确保自己的前途，他宣判唐泰斯为极度危险的政治犯，并将其打入孤岛上的伊夫堡监狱。自此，唐泰斯在死牢里度过了 14 年的艰难时光。

这个故事的悲剧原因就是唐泰斯的才华受到了唐格拉尔的嫉妒，他的爱情受到了费尔南的嫉妒，于是被两人勾结起来悄悄陷害了。这类的故事历史上数不胜数，似乎是一个铁的真理："木秀于林风必摧之。"我们不能改变这个事实就只能采取方法应对。

《道德经》讲"功成身退天之道"，不仅讲的是一种豁达的人生态度，也有避免灾祸的原因，范蠡、张良便是如此。电视剧《神探狄仁杰》中，狄仁杰每立了一次大功就要辞官归隐，目的也是避开斗争凶恶的朝廷。范蠡、张良、狄仁杰这些手握重权、功勋卓著又才华横溢、智慧超群的人都畏惧小人，我们普通人更不能掉以轻心。在现代社会中，人与人之间的关系更复杂，利益牵扯也是千丝万缕，要想取得成功而不被陷害，同样需要非凡的智慧。

有才不施展当然是傻瓜，但是要让人不嫉妒，就必须谦卑，能让别人受益的就让给别人，不处处表现、处处相争，以一颗友善的心、尊重的心去对人，这样才会让别人觉得你没有危险，对他没有坏处，这才能保证自己的安全。

然而有的人危机感太重，即使我们做到了谦让与尊重，他为了得到更多的利益或是为了自己当大还是要加以陷害。历史上孙膑与庞涓的故事就是如此，两人共同向鬼谷子学习，孙膑学得更好，却是庞涓先出山建功立业，后来孙膑又学得《孙子兵法》，被魏国请出了山，与庞涓共事。庞涓的本领本不如孙膑，为了自己的利益和面子便常常向孙膑请教，孙膑也以诚相待，毫无保留地告诉他。然而庞涓始终觉得孙膑是个威胁，所以使小人计策陷害孙膑，挖去了他的膝盖。

如此看来，有才华始终是危险的，常常使人防不胜防。所以苏东坡感言"但愿生儿愚且鲁"。一个大文豪如此感慨，也是无奈。对于我们，也只有多加提防了。

"饰厚貌以欺人，面前恐有照胆之镜。"这句话是给那些狡诈虚伪的人敲警钟。孔子讲"人无信则不立"，人要成就事业首先一定要建立信任。

所以有些狡诈虚伪的人便装出一副诚恳老实的样子，以换取别人的信任。但也有弄巧成拙的时候。

《西游记》里，那些妖怪就常常变成一副老实的面孔来骗人，唐僧、猪八戒、沙和尚就经常被骗，只有孙悟空能看出真相。孙悟空就是这样的“照胆之镜”。

那些妖怪被孙悟空识破了的后果是什么呢？奸计无法得逞，轻则受伤被折磨重则丢了性命。即使一次两次被唐僧的善心放过了，最终也会原形毕露。所以《菜根谭》的作者告诉那些装成老实模样骗人的人，一定要小心孙悟空这样的照胆之镜。

周瑜曾经用假途灭虢之计，假装要帮刘备征服西川让刘备让他路过荆州，其实是想趁机夺回荆州。然而他装好人被诸葛亮识破了，在荆州埋下伏兵，气得周瑜箭创崩裂，栽在马下，这也是第三次“气”周瑜，周瑜也就送了性命。

现代社会，骗子就常常装出一个好人面孔，但是聪明的人往往将计就计，不但不让骗子得手，反而捉弄了骗子，甚至帮警方抓住了骗子。

老子说“国之利器不可以示人”，不论是“倚高才而玩世”还是“饰厚貌以欺人”，讲的都是做人做事一定要小心谨慎，不能倚着长处就忘了防备，仗着自己的狡猾聪明就忽视了“魔高一尺，道高一丈”。每个人都自己的特长，或过人之处，但是人们有时容易因为自己的一点长处，而以为没有人能比得上自己。你可能在某方面超过了别人，但是并不等于你在所有方面都超过别人。人总是容易以自我为中心来衡量别人，容易犯一些低级错误，过高地估计自己。这是很危险的。

“机关算尽太聪明，反算了卿卿性命。”《红楼梦》中的这句话我们人人都熟悉，说的也是同样的道理。

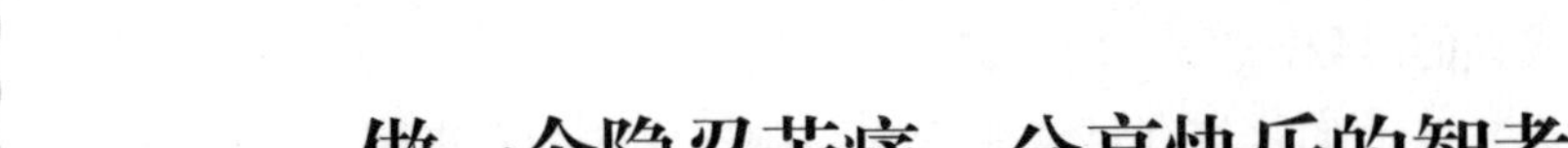

做一个隐忍苦痛、分享快乐的智者

隐忍苦痛是一种修行，安守孤独是一种智慧，分享快乐是活着的哲学。

记得小时候，安静的教室，杂乱的课桌，藤蔓爬上扶梯，阳光洒落眼睑，略带倦意的你趴在课桌上，听老师讲着那越王勾践的故事——那是春秋战国时期，一个混乱的年代，诸国讨伐，千军万马，中原大地呈现出一派分裂割据的局面。雄心勃勃的吴王夫差为报父仇，让伍子胥和伯嚭还有孙子一起操练兵马，终于在刹那关头一举拿下越国。越王勾践也因此成为吴国的俘虏。

年轻气盛的吴王为了替父出一口气，整日羞辱越王，派他看墓与喂马这些奴仆才做的工作。但越王勾践毫不忌讳，卑躬屈膝、忠心顺从地为吴王服务。历经两年，终于“打动”了吴王，被放回了自己的领地。勾践回到越国后，心想我给你个小屁孩做牛做马隐忍了这么多年，怎能咽下这口恶气！他立志报仇雪耻，由于唯恐眼前的安逸消磨了志气，便在吃饭的地方挂上一个苦胆，每逢吃饭前，就先尝一尝那苦胆的苦味，体验曾经的苦涩，还时刻提醒自己：“你忘了从前的耻辱吗？”除此之外，他还把席子撤去，用柴草当作褥子。

这便是后来被世人当作隐忍绝佳代表而千古传诵的成语“卧薪尝胆”的由来。越王在那之后的时间里，亲自耕种、鼓励生育、广纳贤才、救济贫苦，就这样勾践跟平民百姓同甘共苦、共同命运，经过十年发展生产，积聚力量，又经过十年练兵，终于在公元前473年打败夫差，灭掉了吴国。后来勾践北上中原与诸侯会盟，成为春秋时期最后一个霸主。有志者事竟成，破釜沉舟，百二秦关终属楚；苦心人天不负，卧薪尝胆，三千越甲可吞吴。越王勾践就用自己的一颗隐忍之心，成就了一番丰功伟业，也唱出了一段令人称道的绝佳历史；用苦中作乐的积极心态，逆流而上，反败为胜，造就了叹为观止的传奇人生。三年屈辱的痛苦，未曾与人诉说；一代霸王的传说，千古流传！

如果说“卧薪尝胆”是越王勾践精心布置的一局棋，那么楚庄王的“韬光养晦”无疑便是其在人生棋盘上投下的一颗举足轻重的棋子。春秋时期，楚国的储君楚庄王登基。一代雄主楚庄王，正值气血方刚，继位伊始，理应治理朝政，树天下之大威。无奈他白天打猎，晚上喝酒，听音乐，当政三年以来，没有发布一项政令，在处理朝政方面没有任何作为，就这样窝窝囊囊、混混沌沌地过了三年，朝廷百官都为楚国的前途担忧。

直到有一天，楚国管理军政的右司马伍举似乎看出楚庄王带有一丝小心思，便对楚王试探起来，历史上就这样产生了一次著名的君臣对话。伍举说：“奏王上，臣在南方时，见到过一种鸟，它落在南方的土岗上，三年不展翅、不飞翔，也不鸣叫，沉默无声，这只鸟叫什么名呢？”楚庄王听出了这个谜语是在映射自己，于是巧妙地回答：“三年不蜚，蜚将冲天；三年不鸣，鸣将惊人！”其实这句话一说出口，便让机智的伍举与楚庄王对上信号，使其知道了楚庄王深怀“一鸣惊人”的伟大抱负。原来，楚庄王新官上任，家国矛盾加剧，遗下祸害尚难肃清，再加上强臣在侧，若是一举治理朝政，恐怕只得落得个提早被篡权谋位、家破人亡的下场！

为了观察朝野的动态，也为了让别国对他放松警惕，楚庄王继位前三年，不理朝政，夜夜笙歌，用左拥右抱和大智若愚来隐忍着自己的鸿鹄大志。终于，楚庄王深知亲信大臣们要求富国强兵的心情十分迫切，重振君威的时机已经到来！于是半个月后，他开始上朝，亲自处理政务，废除不利于楚国发展的刑法，兴办有利于楚国发展的事务，诛杀了贪赃枉法的大臣，起用了有才干的读书人当官参政，把楚国治理得井井有条。国内政局好转，于是便发兵讨伐齐国，在徐州战败了齐国。又出兵讨伐晋国，取得重大胜利。最后，在宋国召集诸侯国开会，楚国便代替了齐、晋两国，成为天下诸侯的霸主。大智小忍，能隐忍者，必有大智！楚庄王的“一鸣惊人”告诉我们，平时不露声色是为长远观察问题蓄积力量，不但能够正确地预见未来，更能够掌握适当时机。而楚庄王的隐忍姿态恰逢其时，既看清国情，又放荡形骸，悠然自得，不紧不慢，有条不紊，唯向世人展现出自己逍遥自在的一面，以及那独特的成功之道！孔子曰：“百行之本，忍之为上。”忍不过是心字头上一把刀。

能忍说明你不仅能克服这把刀，更能等到良好时机，挥舞刀刃，趾高

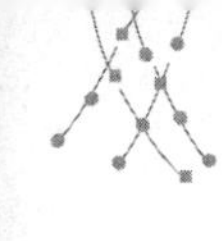

气昂地对那些曾经看低你的人、虐待你的生活重重一击！此时不忍，更待何时？胜败兵家事不期，包羞忍耻是男儿。江东子弟多才俊，卷土重来未可知。这首《题乌江亭》是唐代诗人杜牧创作的一首七言绝句，此诗议论战争成败之理，提出自己对历史上已有结局的战争的假设性推想。其中，杜牧在次句就批评项羽胸襟不够宽广，缺乏大将气度，充满了对项羽负气自刎的惋惜。设想项羽假如回江东重整旗鼓，说不定就可以卷土重来。

无奈项羽不能忍、不想忍，一代豪杰就此陨落！人生总会遇到挫折，也总会有低潮的时刻。其实，人生中的挫折又何尝不是一种乐趣所在！用心感受，挫折不是失败，而是生命中的转机！恰恰是人生最关键的时候，人们面临着至关重要的考验，多数人选择退缩、放弃。其实在这样的时刻，我们最需要的是在黑暗中忍耐，并积极寻求痛中之乐。只要暗自隐忍，蓄积力量，终会有重生的机会。忍耐并快乐，你便获得了成功。“非淡泊无以明志，非宁静无以致远。”说的是隐忍对一个人的塑造：淡泊名利，可使你明确志向；镇静自若，可实现远大的目标。“淡泊宁静”是人生中驾驭成功的悠然境界。在现代社会，隐忍与安乐同样是一门深奥的哲学艺术。

黄旭华，中国第一代核动力潜艇研制创始人之一，被誉为“中国核潜艇之父”。1959 年，苏联提出中断对中国若干重要项目的援助，对中国施加压力。毛泽东听后发誓：“核潜艇一万年也要搞出来”。于是，曾有过几年仿制苏式常规潜艇经历又毕业于上海交大造船系的黄旭华被选中参研。为研制核潜艇，新婚不久的黄旭华告别妻子来到试验基地。后来他把家安在了小岛上。为了艇上千万台设备，上百公里长的电缆、管道，他要联络全国 24 个省市的 2000 多家科研单位，工程复杂。那时没有计算机，他和同事用算盘和计算尺演算出成千上万个数据。

三十多年中，8 个兄弟姐妹都不知道黄旭华搞核潜艇，父亲临终时也不知他是干什么的，母亲从 63 岁盼到 93 岁才见到儿子一面。三十年隐忍，三十年守候，三十年艰辛，在那个到处是惊涛骇浪的时代，他埋下头，甘心做沉默的砥柱；在那个一穷二白的年代，他挺起胸，为祖国创造最大的财富。终于，辛酸迎来成果。1964 年，黄旭华终于带领团队研制出我国第一艘核潜艇，使中国成为世界上第五个拥有核潜艇的国家。

黄旭华的一生，犹如潜艇，在隐忍中发挥出力量，向世界骄傲地展现出价值。隐忍是一种弹性的生活方式。谚语云：“好人半自苦中来。”隐忍通常与痛苦相伴，但隐忍只是暂时的，隐忍不是悲歌，而是黎明前的黑夜。它是在射出弩箭的千钧一发之际的弯弓，是金蝉在破土而出迎接光明前的短暂黑暗，是雨后春笋在等待春雨前的那般忍耐和守候。在困难、挫折与屈辱面前，学会隐忍，一旦时机成熟，必然水到渠成。

独享痛苦才能把痛苦降到最小，分享快乐才能把快乐达至极限。人性的弱点之一就是不懂得隐忍，喜欢诉说自己的痛苦，让别人也跟着痛苦，痛苦无限地放大；人性的弱点之二就是不愿跟人分享快乐，只有自己偷着乐，孤芳自赏，自娱自乐。这究竟是为什么？这与人的知识无关，这与人的聪明无关，聪明反被聪明误的思想和行为太多太多。

总认为把痛苦诉说给别人听，就会减轻自己的痛苦，但是更多的时候增加了无辜者的痛苦，而且你的痛苦依然存在。痛苦在你的身上在你的心里，与别人没有直接的联系和必然的关系。忘掉痛苦而不是诉说痛苦才是你应有的生活文化和拥有的生命智慧。一旦有了快乐，第一时间要学会分享，什么叫分享。一个微笑就是分享，一个点头也是分享，把快乐的心情和愉悦的表情释放出来，你的正能量你的乐观劲将潜移默化地无形有形地感染人们的氛围。

我曾经在澳大利亚的墨尔本和悉尼见到许许多多的外国友人，他们在卫生间里都面带微笑向我主动点头，他们的高兴发自内心，面部的笑容就像刚中了大奖一样的喜悦。这种快乐的分享，我把它从另外一半地球的地方带回了另外一半地球的中国，而且这种不经意的喜悦情怀常驻我的心灵，不经意间在这个世界就放大了快乐。我认为，世界一切物质和精神的东西，包括痛苦和快乐都是意念的东西，它经意和不经意地存在于我们的意识里。只要我们养成忘掉痛苦记住快乐的良好习惯，只要我们形成独享痛苦分享快乐的良好性格，面带微笑心存快乐活在当下，善待自己善待别人善待生命到永远，你的一生将除了快乐还是快乐，何乐而不为，何乐一生不为！

享乐是一种随性的生存姿态。爱因斯坦说："真正的笑，就是对生活乐观，对工作快乐，对事业兴奋。"真正的强者，敢于笑对逆境，安于人生。收起牵强的泪水与一身的伤痕累累，向外界展露傲然的那抹笑，是倔强，是顽强，更是智慧。隐忍成就大事，安乐享受人生。愿做一个在历史岁月中戴着镣铐跳舞的疯子，耐得住寂寞，守得住痛苦之门；只打开快乐之窗，与人分享。

饮酒需有酒德

吾虽不爱饮酒，然爱酒之心颇真。我家后门菜市处有一超市，卖有米酒二元五一瓶，吾常作零食买之，味甚佳。吾家有空屋两间，专储各类白酒。门乍开，扑鼻之酒香便倾泻而至，不亚于各类花卉，香之清之深之缠绵更有过之而无不及。若有闲暇，吾必抚其箱深嗅之，长呼吸，沉醉而忘返。此可见吾爱酒至深也。六岁孩童，乍见长城万里，虽不知其用为抵御蛮夷，然心中亦能生博大浩然之气象，学者之感未必过之，况无胸襟无性情之辈？吾虽不爱饮酒，却能稍悟酒之味，又定比常大喝者浅薄？又如吾之爱花，虽不能呼其名了其性知其构，然能感其美品其香赏其态，又岂非雅致？《庄子》云："倏与忽时相与遇于浑沌之地，浑沌待之甚善。倏与忽谋报浑沌之德，曰：'人皆有七窍以视听食息，此独无有，尝试凿之。'日凿一窍，七日而浑沌死。"该因道乃无定形声香色味之物，定则非道。恰若佛曰："所谓佛法者，即非佛法。"美为道为佛法，自当如此。潜曰："好读书，不求甚解。"吾曰："好美酒，未必在饮。"

然吾亦悔恨未生得一副爱饮量大之躯，若生得，吾便能称霸酒场，交兄弟结真友、享豪爽义气、封男人丈夫；得一游刃人际之杀手锏，持厚黑法宝登堂入室，专名洞越利沟，享阿谀受奉承，前程远大矣。而今却因不爱饮量不大而致一无是处一事无成，悲矣！此非批判嘲讽，想来人生于世，多有受人骗、骗他人，真善美虽美妙却总多失望之处也。

吾常辗转难眠，究竟是何缘由使吾不善饮量不大？某一日神思美人，终于有所获："江山易赏不易得，古人常赞美人与美酒乃人生绝佳之享受，二者伯仲之间，此乃吾自古诗文对二者溢美之词相当中推得。盖因上天将吾对美酒之爱移至美人，致使吾如今加倍深爱美人却难以品得美酒之美，此种无奈乃是天意，吾有何理由力量与之相违？"美酒易得美人难求，吾又岂不恨上天如此安排？若上天将吾对美人之爱移于美酒，使吾忘却美人，吾之苦恼鲜矣。现今的火锅店又多酒水免费，大可狂饮美酒，解吾酒欲，岂不自在？一切皆阴差阳错也。

吾以为，一切美皆于自由中方能领受，此即唐璜愤言鸟囚笼中不愿配对之故。故吾亦有饮酒之时，或心情极畅快，或闻其香而动饮之念。吾在家，室内常放一微型瓶装郎酒，心动之时便喝一小口，尝其味便止，绝不许其损害吾之精神。一日有人生日，吾谈得畅快，亦较往昔多饮。然于人间世，多有被逼饮酒之时，吾对饮酒之厌恶多生于此多饮之时，吾之厌恶，今尝试录其四：

其一：饮酒须入口，入口则为食物之一种，食物最重在味，吾之身体对酒味甚是抵触。啤酒饮之味令人窒息，肚子亦胀，白酒饮之辛辣而味苦，两者皆不尊重躯体。躯体传至神经，便生抵触。为尊重躯体与精神，吾不得不抵触饮酒。

其二：凡酒皆具麻醉性，吾酒量极小，略微多饮，便昏昏沉沉，置精神于麻木。此种情况，实难担保不出不当之言，行不当之事。倘使真有此类事件发生，旁人尚可以“其人为酒疯子”原谅吾，为己岂可厚脸皮以“吾醉也”开脱之？吾有一邻居醉酒后竟提菜刀追砍老婆。吾又有一邻居醉酒后竟烧被子。吾以为此二人之所为皆为人所不齿也。且说人前呕吐之事，吾亦以为大不雅。

其三：酒麻木人非仅一时，短则三两时，长则半日整天。当此时，多是昏言昏睡疯行，几近不成一事，浑浑噩噩间岁月飞去，吾甚痛恨之。“逝者如斯夫，不舍昼夜”，光阴无价，浪费者，天必罪之。

其四：饮酒伤身，吾一街坊，即是因醉酒后呕吐物呛入肺中致死。吾一友人，年未六旬，便因饮酒过度而不治离世。

介于对饮酒之爱恨，吾谈几则思饮所得：

其一：吾以为，酒究其本乃是兴奋剂麻醉剂而已，心绪爽乐有余力之饮酒者乃是喝酒求刺激，心绪低迷愁闷者饮酒乃是寻求麻木。场合上之饮酒非饮酒，吾不谈。吾不喜兴奋剂之刺激，甚恶麻木，故吾不爱饮酒，清明爽朗之心性乃吾最爱之境也。《中庸》云：“喜怒哀乐之未发，谓之中；发而皆中节，谓之和。中也者，天下之大本也；和也者，天下之达道也。致中和，天地位焉，万物育焉。”人欲成，性欲熟，最重中和之道，最忌常悲常喜常哀常乐——适当有之乃是人之常情。常饮酒者有真逍遥若青莲

陶潜者，却更多心浮气躁者，或颓废无信仰者、中酒毒者。吾以为，当今之世，前者极少，后三者极多。当慎思之反省之。

其二：酒乃死物，所谓生愁消愁者皆人之情感为之。青莲诗曰“与尔同销万古愁”，又诗曰“借酒消愁愁更愁”，即证明愁不关酒关乎人也。《水浒传》中有半联云：“酒不醉人人自醉”，颇为中肯。“何以解忧，唯有杜康”偏颇，“借酒消愁愁更愁”亦偏颇，心绪不同之故也。然吾从未发觉百结愁肠因酒醉而大乐者，反是不露声色者醉后大行哭闹之事多。后者无非博得旁人可怜而已，于己一无好处二失尊严矣。

其三：虽酒不可消愁，然若无奈至有欲借酒消愁者，可大醉，但不宜醉于人前，此关乎酒德。世人好饮而颇具酒德者，吾知有陶潜。《五柳先生传》云：“既醉而退，曾不吝情去留。”《隐逸传》载：“潜若先醉，便语客：‘我醉欲眠，卿可去。’”率真中可见酒德。后太白改之为：“我醉欲眠卿且去，明朝有意抱琴来。”亦可见太白之率真与酒德。常饮者宜思之。

其四：欲有所为者，当摈弃麻木以求清明。

时光匆匆，唯不负生命美景

向伟大的2016年说再见的时候快到了，向美好的2017年说你好的时候快来了！2016年的蜡梅花已经开放了很久很久，成都的大街小巷有许许多多的叫卖者和叫卖声，蜡梅的花香香遍天府之国。2017年心中的玫瑰花又在哪里？其实它们在我心中早就盛开而且春暖花开，美不胜收。

心中有山水就是玫瑰园，灵魂有天地就是美人间。闭门读佛书，开门迎佳客，出门见山水，这就是唐晓康今生今世的三大幸事。闭门就是深山，好书就是静土，放下就是神仙，这就是我此时此刻的三大幸运。

2016年12月31日的今天，一分一秒地开始悄悄地离我们远去，渐行渐远。我们感谢，我们感激，我们感恩与我们相伴相随的2016年。微微地笑一笑，轻轻地挥挥手，是道别的时候又是不舍的时刻，让它悄无声息地走吧，走向大海，走向蓝天，走向历史。

世间可以留住的事情很多，但唯独时间留不住，世界可以再来的事情很多，但时间无法再来。在匆匆的岁月里，唯有生命中遇见的风景不可错过，不能错过。

小学的课本上有一篇课文《和时间赛跑》，我们不会怀疑时间就是生命，因为我们的生命长度就是以时间来计量的，我们这一生拥有了多长的时间，就拥有了多长的生命。因此，和时间赛跑其实就是和生命赛跑。那么，我们的生活仅仅是一场赛跑吗？答案是否定的。

赛跑最明显的特性，就是它的目的性，一旦上了赛场，唯一目标就是尽快地到达终点，此时就要心无旁骛，对到达终点前的这段路程上的景色视而不见，一鼓作气地跑到终点，最终赢取胜利的欢呼和喜悦。

然而人生不是这样的，人生的终点是死亡，如果我们盯着这个目标疯狂地冲刺，而不顾沿途的风景，到达终点之后我们拥有什么呢？死亡已经使我们感知了一切的能力，而沿途的风景又被我们放过了。因此最终的结

局是：我们什么也没有感受到什么也没有得到。

因此，我们不能把人生当作赛跑，因为我们的终点是没有知觉的死亡，而生命的精彩全靠知觉感知，如果不欣赏沿途的风景，就如同没有活过。

千年之交的时候，余秋雨先生随香港凤凰卫视“千禧之旅”越野车队跋涉四万公里考察世界文明。难得的是，余秋雨先生没有在旅途中沉默或是等待，而是在无数的险境中坚持以日记的形式完全记录了四万公里行程中的经历，这些日记就是后来畅销的《千年一叹》。在书中余秋雨先生以感伤、厚重而平实，却不失优美的语言，记录了伊斯兰文明、两河文明、阿拉伯文明、印度文明、古埃及文明、希伯来文明等文明的衰落，并探讨了衰落的根本原因，在对比中又逐渐找到了中华文明之所以延续的原因，对文化思考给予了极其重要的启示。

余秋雨先生就是一个善于抓住沿途的每一处风景的人，他的代表作《文化苦旅》就是对一场文化旅行中数十处动人瞬间的记录。普通人可能游玩了全世界都不会留下任何真诚的怀念和思考，以游玩为游玩。殊不知，正是对每一处景致的思索和感受组成了整个旅途的精彩。余秋雨先生对每处风景都不辜负，这种不辜负的责任感下写出来的文字，也永远留下了他生命的意义。

又如在我们的现代教育中，在大学之前，很多学生的主要的明确的目标是考上大学，但是这个目标却给教育带来了苦恼。这苦恼就是学生的德智体美没有得到全面发展，人格不健全，很多学生甚至缺乏基本的生活能力。这样的教育无疑是失败的。但是，那些不把成绩作为唯一，而是从生活的各个方面感受，一点一滴全面提升自己的学生，最终却更成功，更容易受到社会的认可和尊重。其原因就在于他们在上大学的目标之外，还知道在为这个目标努力的过程中，成长依然很重要，而生活中的每一处细微的存在或者每一段微小的经历都可以促进我们的成长。成长应该是人生的长远目的，因此沿途的风景就不能忽视，而是我们必须认真去对待的恩赐。

尤其需要明白的是，赛跑有一个终点，有一个标准的成绩，但是人生不是这样的。每个人对生命的看待方式以及追求的人生意义不一样，因为每一个人的成功都很难放在一起对比。这样去看，人生的成功其实就是做好自己，竭尽所能完成自己的使命就是成功。那么，又何必把人生固化为一种特定的赛场，为它奔跑而不顾一切呢？我们只需要对自己的生命负责。

而对自己的生命负责，就是对待好生命的每一分每一刻。因为在这短暂的一生中，不管我们是否欣赏沿途的风景，是否达成最终的目标，时间总是在毫不留情地流逝。我们在地铁上坐半个小时，如果只是看手机，半个小时过去了；如果是看书，也是半个小时过去了。那么我们为什么不选择看书呢？同样，人生的旅途中，不论我们是否欣赏沿途的风景，时间依然在流逝，绝不会因为我们没有欣赏而停留。因此，欣赏沿途的风景就是对时间的最好利用，如果不利用，就是白白流逝了一段生命。

江河奔流入海，沿途要经过无数的地方，如果它选择了对沿途的田地不闻不顾，那么它最终将是什么也没有做也没有留下什么就流入了大海。如果它对所经之处都用心灌溉，既造福了其他的生命，也实现了自己的意义。夜莺飞过夜空，如果它保持沉默，那么它的歌声将丧失美丽婉转的意义；如果它选择歌唱，在带给世界美丽的享受之时，也让它的好嗓子完成了自己的使命。

2017 年 1 月 1 日已经在向我们、你们、他们悄然走来，它从雪山走来，它从冰川走来，它从寒冬走来。冬天来了春天就不会远，冬天的蜡梅花捎带着心中的玫瑰花一起向我们走来，春天的气息扑面而来。2017 年的展望，读一本好书，交一位智者，存一份爱心，献一份温暖，获一份情谊，有一份快乐，足矣！

生命灵性是最贵的奢侈品

这是机遇的时代，这是激变的时代，这是快进的时代；当传统与现代冲撞、当实体经济遭遇互联网、当领导思维落伍于资本变革，会产生希望，也会带来失望；会迎来曙光，也会面临暗淡。

我们身处时光的洪流，不进则退，资本的千花万朵已在春日里竞相绽放，互联网+、供给侧改革、大数据、P2P、自媒体、双创、孵化器、众筹……乱花渐欲迷人眼，有些事被奉若神明，有些人回到了本来的面目。

面对纷繁复杂的陌生事物，我们是畏首畏尾、裹足不前，还是披荆斩棘、一往无前；面对一入江湖深似海的“套路”，你是选择消隐遁迹山林旷野，还是留下来一一化解？有人自信、有人纠结、有人落寞、有人找不到出口和答案。

也许，在这本书里，你可以找到。不管是关于事业的挫败，还是感情的迷茫，抑或是前行的动力和做人处世的法门。我向你承诺并保证，你看完后，发现这不是心灵鸡汤，而是生命的顿悟，是放之四海而皆准的灵性智慧。

文章做到极处，无有他奇，只是恰好。人品做到极处，无有他异，只是自然。

这是我若干年前阅读《菜根谭》时非常喜欢非常欣赏的一句话，对我的帮助特别大，记忆犹新，常怀感恩。

人这一生，有时就是一句话或者就是一段文字就能彻底改变你的命运。这不是学道而是悟道。这不是他省而是自省。

文章写得好不好，恰到好处就是最妙。人品修得好不好，大道自然就是最佳。

什么是文章的恰到好处？境由心生，文由心定，时间、人物、事由、场景、心情，整体和局部统一，动态和静态平衡，自然和自己合理。这个时候写出来的应该是一篇好文章。

人品又是什么，人品怎么样做才是极致的好？自然就是最好的好，简

单就是最妙的妙，瞬间的真实感觉就是永恒的美好回忆。

你的思想就是你的人品，你的行为就是你的人品，你的习惯就是你的人品，你的性格就是你的人品，你的命运也是你的人品。

你的就是最好的，他的就是二好的。你的才是自然的，他的就是抄袭的。

春夏秋冬潮起潮落叫自然，青春不败鲜花不落叫造假。

真是自然的最高境界也是人品的极致情怀，能够做到一辈子的真我像我而且真性情真情怀真心话直到永远，你的人品就是最好的人品！

我在朋友圈看见一个新的世界奢侈品十大排名，不是爱马仕、LV，也不是阿玛尼，而是以下这些东西：1. 生命的觉醒开悟；2. 一颗自由、喜悦、爱的心；3. 背包走天下的气魄；4. 经常回归大自然；5. 安稳平和的睡眠；6. 享受属于自己空间与时间的生活；7. 牵手一个彼此深爱的灵魂伴侣；8. 若干任何时候都懂你的知心好友；9. 身体内外的健康、内心深处的喜悦、物质的富足和精神的充实；10. 点燃他人希望的精神特质。

读者朋友们，我想给予你的，非常简单，亦如上所列。